Cobarulin forest
コバルリン森 ―秘密の贈り物―
卯月あお
Ao Uzuki
文芸社

目次

序章　不思議な配達屋

静かでとても穏やかな町の外れにある森の端っこ。少し太陽の光がこぼれ射して明るく見える場所がある。

森への入口なのだろう……。

そこには森の奥へ奥へと続く細い小道があり、その入口近くに立つ小ぶりの木の枝には、小さな可愛らしい郵便ポストがぶら下がっていた。一緒に表札が掲げられている。

コケの生えたこげ茶色の古びた表札には、よく見ると『モリル・ラロック』と彫り込まれていた。

しかし、小さなポストと表札らしき物以外、そこには何もなく、この場所からは家らしき建物は見当たらない。

「本当に、こんな小道の奥に住んでいるのだろうか……」

そこから森の奥へと続いている小道は、舗装されてはおらず、小石やら土がむき出しで、所々に大きな石が顔を覗かせ、ドロドロのぬかるんだ場所もある。あまり手入れをされているとは思えない。一度切り開いてみたものの、その後使われることは滅多になかったという感じの道である。

泥が飛び撥ねて服を汚してしまわないように、細心の注意をはらいながらしばらく進んでいくと、その小道を遮るように流れている二筋の小さな小川が見えてきた。

「いったいどうやって渡ればいいんだろう。困ったなあ、どうしよう……」

と、思い悩みながらも先に進んで行くと、目の前に小さな掛け橋が突然現れた。木で造られているその橋にはとても感じの良い細かな細工が施されており、誰か腕の良い職人の手によってコツコツと丁寧に仕上げられたものだろうということが、遠目にも見て取れた。ここに来るまで幾重にもカーブした道をドロドロの場所を避けながら歩いてきたため、周りの景色など気にしているゆとりがなく、こんな素晴らしい橋があることにも気がつかなかった。

橋を渡り始めると、すぐそこを流れるもう一筋の小川に、同じような橋が架けられているのが見えた。大きさも形もそっくりだが細工が違う。

一つ目の橋には、木や草花の細工が施されていた。その木も草も花も、この辺りでは見たこともないものだが、とても美しく、魅力的な植物ばかりだ。それはそれは見事な細工で、その草木はみずみずしく生き生きとし、風が吹けば揺れ動いてしまいそうなほどだ。

「わあ、懐かしいなぁ。こんな所で、こんな場所で、君達の姿をおがめるなんて……。素晴らしい！本物そっくりだ！　まるで違わない。絞め殺しの木。ランプ草に、風鈴草。リンドンの花。こっちには、占い草も、夜星《よぼし》きのこの花まで……。隣は、ポックリの木。虹の花に……モンクの木は、ないのかなぁ、うぅん、あっ！　あった、ここに。君が一番好きなんだぁ。あっ、ここ。この細かいとこまでそっくりだ！ウソみたいだ、凄いゾ！」

感激だった。興奮して、一人橋の上で忙しく動き回り、ボソボソ喋っている。

「この道で間違いはない！」そう言うと、威張ったように胸を張り、慌ててすぐ先にある二つ目の橋に向かって駆け出していった。

二つ目の橋には、フクロウの細工が施されていた。

数羽のフクロウが、きれいに一列に並んでいた。そのフクロウ達の大きさはどれもバラバラで、姿形もみんな全く違っていたが、全部同じ姿勢で太い木の枝にとまっていた。一つ目の橋に劣らずこれもとても見事な細工で、どれも今にも飛び立ちそうだった。そしてその反対側には、羽根模様がびっしりと隙間なく彫り込まれていた。リアルな羽根だらけの細工も非常に細かく見事だったが、少し期待を裏切られた感じがした。興奮して橋桁に近づき過ぎていたので、一歩後ろに下がってその細工全体を見渡すと、何か違和感を感じた。

「えっ？　これは、何てことだ。素晴らしい！　……私は何てバカだったんだ」

羽根模様のその細工には、よく見るとフクロウがいる。夢中になってもっとよく見ると、数羽のフクロウが浮かび上がってくるように見えてきた。さっき見た太い枝にとまっているフクロウと全く同じフクロウが、同じ数だけ発見できた。いや、一羽足りない。

その一羽は一番小さい奴で、橋の上をウロウロと行ったり来たりして探したが、どこを見ても発見できなかった。何だかとても悔しかった。

二つ目の橋の真ん中に戻ると立ち止まり、もっとよく細工を見ようと、足が宙に浮いてしまうほど橋の欄干から身を乗り出して、その裏側、下の方まで覗き込んでいた。

すぐ下を流れる水はきれいに透き通っており、小川の川底までが丸見えだった。そして、波立つことなく流れ続ける水面には、下を、覗き込んでいる彼の姿が、鏡のように映し出されていた。

水面に映る彼の姿は、とても小さかった。どう見ても身長は一メートルちょっと、いや、一メートルにも満たないかもしれない。本当にとっても小さかったので男の子にも見えたが、よく見ると大人の顔だった。

眉毛はキリッとし、目はクリッと大きく、その瞳は淡いきれいな青色《ブルー》で輝いていた。鼻は異様に高く尖っている。色白の肌は透き通るように美しく、ニッコリと微笑んでいるように見える口元はとても愛くるしかった。シワ一つないその顔立ちからは青年のようにも見えたが、グルグルとカールした髪の毛も眉毛も髭も真っ白で、おまけに、お爺さんのようなモシャモシャした顎鬚は胸の下まで伸びており、とても不自然だった。

その男は、背中に大きな変わった形をしたボロボロのカバンを背負い、これまたボロボロの、裾を引きずりそうな長いコートを羽織っていたが、その下から覗くつま先の尖った靴は、ピッカピカに輝いていた。そして、長い白い鬚の中に、大きめの蝶ネクタイがチラリと見えていた。

一番小さなフクロウのことを気にしながらも、満足そうな顔をしたその男が、ピョンと跳んで橋の上に降りると、一枚の白っぽい紙がコートの内ポケットからヒラヒラと舞い落ちてきた。しかしその男はその紙切れを落としたことに気づかず、とてもゆっくり一歩一歩歩きだして、二つ目の橋を渡っていった。

その男の顔は何だか少し幸せそうに見えた。そしてとてもワクワクしているようだった。

彼のポケットから落ちたトランプサイズの白っぽい紙は、小川に落ちずにギリギリ橋の片隅にとどまっていた。よく見ると、紙いっぱいにびっしりと小さな文字が並んでいる。

『ゼンクゥール・ツロッツェン・タムグリア・イマルバルクン・ニュッリチェン・ワンクウォーミリンバ・スィット・レモンイバルバコロ・ナムリ・イフバール・デリフロッレッチル・ボックソッロー・クリボバキムン・ヲッメン・モルテル』

風が吹き、木でできた薄くペラペラのそのカードは、ふわっと舞い上がると橋の下に落ちていってしまった。そして、びっしりと文字が並んでいた面とは反対側を上にして小川の上に落ちた。すると、裏返ったカードの真ん中に円い模様が見えた。よく見ると、その葉っぱ模様のリースの中には一羽のフクロウの絵が描かれている。そして、右下の隅に短い文字が……。

『〈秘密お届け屋〉モルテル・ゼンクゥール』

びっしりと並ぶ文字の行列は、その男の長～い名前で、右下の隅にあった文字は、短くした彼の愛称だった。そう、この木でできたカードは、今回のために作られた彼の名刺だったのだ。

その名刺は、小川をどんどん流れていってすぐに見えなくなってしまった。

モルテルはまだ、あの一番小さなフクロウのことが気になってはいたが、いいかげん諦めて先を急ぐように足を速めて歩きだした。すると、小枝の隙間から太陽の木漏れ日が射し込んできて、少しいい気分になり、モルテルは本当に諦めがついた。もちろん相変わらず道は悪く、ドロドロとぬかるんだ場所や、小岩や、朽ち果てた木を避けて歩かなくてはならなかった。おまけに、さっきまで緩やかな上り坂だったのが、だんだんきつくなってきていたのだが、それでも今は、憂鬱な気分が薄れ、先が楽しみになってきていた。

しばらくは、暖かい木漏れ日を浴びながら歩くことができた。そのせいか、気持ち、足どりも軽やかに感じられた。

「もしかして、そんなに悪くないかも？……」

モルテルは、そう思い始めると、この先のことが気になって仕方なくなってきて、どんどん進んで行った。

しばらく歩いて行くと、先の道が見えなくなった。

「ずーっと上り坂だったから、今度はきっと下り坂になるんだあ。何が見えるんだろう」

気がつくと、モルテルの体は勝手に、気になるその場所に向かって息を切らしながら駆け上っていった。

転がりそうになりながらもその場所にようやくたどり着くと、突然どっと疲れが襲ってきて、モルテルはその場にガクリと座り込んでしまった。

「はぁあ……」

口からは溜息がもれていた。

目の前には、大きな大きな、とても大きな水溜りがあるだけだった。しかも水はドロドロに濁っている。そしてその先には、まだまだ奥に続く小道が見えていた。

行く手を遮られ何も考えられなくなったモルテルは、その場にジーッと座り込んだまま動くことができずにいた。どのくらい時間が過ぎたのか……、しばらくすると、スクッと立ち上がり、辺りをゆっくりと眺めてから、大きな葉っぱに溜まっている水滴を一気に飲み干した。これが今日、彼が初めて口にする水分だった。ただの水だったが、とても甘く感じられ、少し明るい気持ちにさせてくれた。そして、この水のおかげなのか、モルテルはこの状況をどうしたら良いのか考えることができるようになってきた。

「さっきは、とっても素敵な橋のおかげで濡れずに済んだし、おまけに得した気分まで味わったんだ。だけど、この水溜りを避けて通る道はない。先に進むには、どうしても水溜りを通らなくてはいけないんだ……。本当に、とってもとっても大きい水溜りだ……。どうして、なぜ、ここには橋を架けなかったんだろう……」

確かにさっきは、あんなに素敵な橋があんな小さな小川に架けられていたのに……。

所々に蔦の絡みついた古めかしいロープが、水溜りの近くに生えている左右の大きな木それぞれの枝から垂れ下がっているのが見える。それぞれのそのロープの途中には、ちょうど拳大の結び目が幾つも作られていた。その奥にある左右の二本の木にも同じようなロープが一本ずつくくりつけられているようだった。右側のまたその先のもう一本の大きな木にも同じようにロープがぶら下がっていた。でも、その木に垂れ下がったロープの先端には、細い丸太が一本結びつけられてあった。そして反対側の左の木には、

「あれぇ?」

ロープは同じようだが、二本ぶら下がっている。二本のロープの先端には、平らな分厚い木の板がその端にそれぞれのロープと結びつけられていた。

「ブランコだ！」

またまたその先に目を向けると、大きな水溜りの向こう岸に一カ所だけ、妙にたくさん、山のような落ち葉が積もっている場所があることに、モルテルはすぐに気づいた。小山のようにこんもりと積もって落ち葉の山になっているその場所の様子を目にすると、モルテルはさすがにピンときた。

「誰かが、わざとあそこに集めたんだ。あっ！」

モルテルは何かひらめいた様子だったが、またすぐ考え込んでしまった。

「さっきの橋は、何だったんだろう？……この違いは、何なんだろう？　この水溜りよりもさっき流れていた小川の方が幅が狭いのに……？　やっぱり、あの橋には何か意味があるんだ……。うぅ～ん、まてよ、こっちの水溜りの方に意味があるのかも……。ふぅ～む……」

モルテルの頭の中はグルグルと回転していた。

やがて、フッと上の方を見上げ、「でも、そういうことなんだよね？　うん。そういうことなんだ」と一人で呟いた。

この水溜りがどれほど深いのか、ドロドロとした茶色に染まった水の色からはとても分からなかったし、想像もつかなかった。

モルテルは、どうしても自分の体も荷物も汚したくなかった。両腕をグルグルまわしてから、ピョンピョンと小さいジャンプと大きいジャンプを繰り返すと、身につけていたボロボロのカバンがジャンプに合わせて上下し、中の荷物がバーンバーンという音が聞こえるほど激しく揺れた。

「あっ、しまった！　いっけない」

モルテルは荷物のことを忘れてつい夢中になっていた。

「よーし。待て待て」

もう一度、カバンを背負い直すと、体にしっかりと結びつけた。

そして、「ふぅ〜」と、大きく深呼吸すると、「えーい！」と大きな声で叫びながら、一番手前のロープ目がけてジャンプした。その大きな掛け声とは裏腹に、モルテルの目は半分閉じていたみたいだった。

「やったあ、成功だ〜……」

無意識に、震えるような声がモルテルの口からこぼれ出た。

最高のジャンプだったが、目を半分閉じてしまっていたのが原因なのだろうか、しっかりロープにしがみついていたものの、そのロープの一番下にある大きな結び目に、両足を跨るようにしてお尻が引っ掛かり、かろうじてモルテルの体はドロドロの水溜りに落ちずに止まっていた。衝撃とモルテルの体重の重みのせいで、頭の上の方からその木の葉っぱが数枚、すぐ下にある水溜りに向かって吸い込まれるようにパラパラと落ちていった。

モルテルはホッとしながら、全ての葉が落ちきるまでジーッと水面を眺めていた。もう落ちてくる葉っぱがなくなると、ハッと我に返り、次へ進んでいかなければならない今の自分の状況に気づいた。彼の額にはうっすらと冷や汗が滲んでいた。

「ふうー」

その先の次のロープまでは、今のロープよりも距離が短いようだった。

もう一呼吸おくと、モルテルは一つ上にある結び目に手を伸ばし、今おしりが引っ掛かっている結び目の上に慎重に自分の足を片方ずつ乗せて、その上にゆっくり立ち上がると、ロープに必死にしがみついた格好でその小さな体全部を使ってロープが振り子のように動くように何度も何度も踏ん張った。少しずつ動き始めたロープは、随分時間がかかったがやっと振り子のように揺れだした。モルテルは、ロープに揺られるまま体の動きを止めてもう一呼吸おいてから、目標である次のロープに自分の体が一番近づいた瞬間に、反動をつけて、一気に、おもいっきり手を伸ばして飛び込んだ。

「うわあ～！」

もの凄い衝撃が体に加わったかと思うと、腕がピクピクと痺れた。モルテルの右手は、かろうじてロープの先端をギュウウッと握り締めていた。

「あぁ～クソ～……う～ん……さっき飛びついた時よりも、うんと近かったのにィ……」

モルテルは最初のジャンプの時、距離的にはまだ随分ゆとりがあったため、油断してしまったようだった。確かに「これなら、今度は簡単だなっ！」と思っていたかもしれない。自分で気づかないうちに「こんなもんでいいかな」と手を抜いていたかもしれなかった。

モルテルの顔には脂汗がびっしょり。

モルテルは左手をおもいっきり伸ばしてロープを掴み、ロープの上の方によじ登ろうと必死にもがいてみたが、さっきより更に腕が痺れてきて余計ピクピクしてきた。このままでは腕の力がもたないと思ったモルテルはよじ登るのを諦めて、ロープの先に両手でぶら下がったまま体を大きく動かして、また振り子のように揺らし、次のロープに移ることにした。

何度か勢いをつけて体を振ると、またまた大きく揺れだした。調子に乗って、膝を曲げ、今度はグウンと勢いよく膝を伸ばしてもっと大きく振ろうとしたが、モルテルの体はバランスを崩し、今まで真っ直ぐ揺れていたロープは斜め左方向に傾いて揺れてしまった。

モルテルはスタートする時、ブランコではなく、ブランコがぶら下がっている左の方を行こうと決めていた。しかし、今の自分の地点からは、ブランコではなく、細い丸太がぶら下がっている右側の木の方が近くなってしまっていた。このドロドロの水溜りを飛び越えるには、最後はブランコからの方が、朽ち果てているような、あんな細い丸太の棒よりうんと楽だろうと思って進んできたのに、一つ一つ進む度にモルテルの置かれている状況は悪化しているみたいだった。

モルテルは、どうしてもブランコに到達したかったが、自分の全体重を支えていた両腕はパンパンになり、持ちこたえるのはもう限界で、あの透き通るような白い肌をした顔も今や真っ赤になっていた。次の一振りで飛び込まなければ、もうもちそうにない。

これが最後だと心に決めたモルテルは、歯をくいしばり、細い丸太の棒を目指してもう一度、大きく体を振った。その瞬間、体に力が入り過ぎてしまったのか、モルテルは肝心な時に、またバランスを崩してしまった。すると、モルテルのぶら下がっているロープは、クルクルと回り出し、もう飛びつくどころではなく、振り落とされないようにロープを握り締めているだけで精一杯の状態になってしまった。

そうかと思うと、ロープは今度、大きく、ぐるーっと円を描くように振れ始めた。

「あっ！　ブランコが……」

少し目が回っていたけれど、モルテルは自分の体がブランコの近くを通り過ぎているのが分かった。

「チャンスだ！……今だっ！」

ロープの回転する勢いに任せ、モルテルは両手を一気に離した。

「ドスン、バン」

ブランコの板を跨ぐように座り込み、その反動で体が前につんのめり、おでこをその木の板におもいっきりぶつけて、モルテルの体は板を抱え込む形で止まった。

「うそ～……」

モルテルは板にしがみついたまま、その板にくっついたおでこを持ち上げた。少し覗いた彼のその顔は、奇跡的なこの結果にキョトンとしていた。

モルテルは少しの安堵感からか、ヘナヘナと力が抜けたように両足と両腕をぶら～んと伸ばし、またそのまま動かなくなった。

グラッ。

一瞬、ブランコが傾いた。すると、モルテルは慌てて体を起こし、ロープに摑まると正面を向いてブランコにしっかりと座り直した。

穏やかな風が、彼の座っているブランコを少しだけ揺らしていた。

モルテルは、足を振ってブランコを漕ぎ、もう少し揺らしてみた。体に当たる風が気持ち良く、モルテルは少しの休憩をとることにした。さっきまでの冷や汗やら脂汗やらがどんどん引いていくのを感じ、次第に心地よく、良い気持ちになった。

すぐ下にある水溜りをふと見ると、ドロドロの水面に浮かんでいる葉っぱの数が随分増えているのが、一番にモルテルの目に入ってきた。そして、二カ所だったか三カ所だったか、水面に落ちて浮いている葉っぱが、不自然に水溜りの中に引き込まれているのが確かに見えた。不思議に思ったモルテルは、もう一度、目を凝らして水面をしばらく見つめていたが、その後一向にその気配はなかった。

しかし、いつまでも見つめている場合じゃないと我に返ったモルテルは、前方の目標地点に目を向けた。

「これが本当に最後だ！」

モルテルの顔は、途端に真剣な表情に変わっていた。

「おもいっきり飛び込んで落ちても、きっとあのいっぱいの葉っぱの小山が衝撃を吸収してくれるはずだ」

そう自分に言い聞かせながら、両足を大きく振って、今よりもっともっとブランコを揺らそうと夢中で漕いだ。

「こんなんじゃ、全然届きっこない。もっともっと高く上がらないとダメなんだ！」

そう言いながら、バランスを崩さないようにそおーっとブランコの上に立ち上がった。そして、モルテルは自分の小さな体全部を使って何度も何度も、大きく大きくブランコを漕ぎだした。するとブランコは、そのロープが結んである木の枝と同じ高さのところまできれいな水平に上がってきた。モルテルは、必死に漕いでいたので、一度も下を見ていなかったが、パッと目を移すと、自分が地面からとても高い所にいることに初めて気づき、ブルブル体が震えだし、目を瞑り、ギュッとロープを握り直していた。

モルテルは、空気を「すうーっ」と大きく吸い込み、息を「ふうーっ」と大きく吐き出した。

そして、小さく、

「よぉーし」

と、口にすると、「ゴクリッ」と唾を飲み込み、自分の体が一番高く上がった所で、パッと手を離して、おもいっきり両足で、乗っていたブランコの板を蹴った。

モルテルには、一瞬自分の体がふわぁっと浮き上がる感覚があったが、彼の体は、すぐにドロドロの水溜りの向こう側に向かってビューンと落ちていった。もう怖くて目を開けていられない。モルテルは、ギュッと目を閉じたまま「ドサッ」と頭から地面に落ちていた。

目を開けても周りは真っ暗で、自分がいったいどこに落ちたのかさっぱり分からず、体を起こそうと両手両足をバタバタさせて必死にもがいていた。ただ、どこにいるのかは分からなかったが、体はどこも濡れていないし、それに、どこも痛くないことだけは理解できた。

しばらくすると、葉っぱの小山の中からガサガサと落ち葉を掻き分けて、ポコッとモルテルの顔だけが出てきた。目の前が急に明るくなり、モルテルはそのまま顔だけをぐるっと回し、辺りを見渡した後、自分の体に目を移した。彼の体は、落ち葉の中にスッポリ埋もれていた。

「ハハッ。アハハハ。へへへへ……。やったんだ！　大成功だあ！　アハハハハ……」

モルテルはとても嬉しくなって、慌てて落ち葉の山の中から抜け出すと、両足を大きく広げ、両手を空に向けて立ち上がり、後ろにバターンと仰向けに、そう、また落ち葉の中に倒れ込んだ。

「全然痛くないやっ、フッカフカだ！　アッハハハ、ハッハッハハ……」

モルテルは大の字のまま、手足をバタバタさせてそのまましばらく笑い続けていた。辺りには、彼の笑い声と、ガサガサバサバサと落ち葉の音だけが異様に大きく響いていた。

モルテルはホッとしたせいか、落ち葉のベッドのあまりの気持ち良さのせいなのか、急に眠くなり、そのままウトウトと眠り込んでしまった。


「わぁ～！　いっけねぇー。早く行かねばならん」

突然ビックリしたように、モルテルはバッと飛び起きた。

寝起きのせいか、モルテルの言葉遣いは変テコになっていたが、本人は気がついていないようで、

「どれくらい眠っていたのだ、何て失態だ。けしからん。ブツブツ……」と後悔し、足をもつれさせながらバタバタと慌てて歩きだした。

「あ～あ～、どうしよう、どうしよう、どーしよ～」

「急がなきゃ、急がなきゃ。急がなきゃダメだ、急がなきゃ……」

「早く早く」

先ほどまでの眠気は一瞬でどこかに吹き飛んでいた。モルテルの頭の中は、今、後悔と焦りでいっぱいになっていた。どこを見つめているのか、彼の瞳はこの先の遠くの一点を見つめたまま、大股の凄い早足でズンズン歩き続けていた。でも急いでいるわりには、モルテルはなぜか走るということはしなかった。

小道はまたすぐに上りになった。その緩やかな上り坂はずっと続いており、周りには大きな木が増えてきて、張り出した太い枝で太陽の日射しが遮られ、辺りはちょっぴり暗くなってきた。

陰りが多くなったせいか、道はドロッとぬかるんだ場所が更に多くなっていた。少し暗くなってはきたが、その木々の隙間からは、ほんの少しだけだが真っ青で明るい空の色が見えたので、天気はとても良いんだということを知ることができた。

彼はズンズンひたすら歩き続けるだけで、他のことを気にする余裕がなかったのか、ぬかるんだ場所を避けようともせずそのドロドロの上を何度も通り過ぎてしまっている。おかげでモルテルのピカピカだった靴もボロボロのコートの裾もドロだらけになってしまっていた。あんなに洋服が汚れるのを気にしていたのに……。

彼の近くでは、昼間だというのにかすかだが「ホーホー」とフクロウの鳴く声が確かに聞こえている。だがやっぱり、その声さえも今のモルテルは全然気づかないようだった。

がむしゃらに、前方を見つめて歩き続けるモルテルの目の前に、「ヒュ～ッ……　ポトン」と突然、大きな木の実が落ちてきた。

危なかった。ギリギリだった。もう少しでモルテルの頭に命中するところだった。ハッと我に返ったモルテルは上を見上げた。

しかし、木の実をつけた枝は一つも見当たらなかったし、特に何もいなかった。

モルテルは不思議に思い、落ちてきた木の実を拾おうと足元に目を向けた。しかしいくら辺りを見回し探しても、どこにも木の実らしいものは見つからなかった。木の実は、今確かに落ちてきたはずなのに……。

それも不思議だったが、モルテルはあのドロドロの水溜りを無事に渡りきった地点から、今自分が立っているこの場所に来るまでに通ってきた小道の様子を全然思い出せないのだった。記憶のない自分に気がつくと、モルテルはそのことの方がもっと不思議でならなかった。

「ドキッ」とした。引き返すつもりはなかったが、モルテルは後ろを振り返って自分が通ってきたであろう小道を見つめていた。

「おかしいな？」

首を左右に何度も傾げながら、また先を急いで歩きだした。

しばらく行くと、また上りが急にきつくなり、モルテルの目の前に大きな急斜面が現れた。

「へっ？　エッ？　何で……」

まだモルテルの中の不思議が冷めやらないうちに、またも目の前に現れた行く手を阻むこの斜面を呆然と見つめ、一瞬、自分はやっぱりあの時、道を間違えちゃったのかと思ったが、そんなはずはなかった。そりゃあ一部、様子を説明できない場所があるけれど、一本道だったことは間違いないのだから……。

「これ登るの？　登れるの？」

周りには他に道らしきものはなく、上の方を見渡してみても、今度はロープらしきものすらぶら下がってはいなかった。

「もお〜、またかぁー」

モルテルは、両手を膝につき、ガクンと頭を落とした。でもモルテルにはもう駆け上がるしかないことは分かっていた。

いまだ呆然としながら、目の前にある本当に急な上りの斜面を見据えていると、モルテルには、その斜面の上が何だかとても眩しく輝いているように見え、この斜面に挑んでいった。

「わあ〜あ〜、ああ〜ううっううっわあー」

何度となく失敗し、モルテルの体は何度もこの斜面から転がり落ちた。その後、しばらくの間、静かなこの森の中にモルテルの叫び声だけが響き渡っていた。

やっと、本当にやっとやっと、急斜面の坂の上に到達することができたモルテルは、あれだけ気にしていた洋服は、今やどこもかしこもドロドロになってしまっていたし、髪の毛や髭、体中に、小さい葉っぱやクモの巣のようなものがいっぱい絡みついて、とてもみすぼらしい姿になっていた。

「無事だったか……。落ちなくて、本当によかった〜。あ〜」

モルテルは、難題だらけだったここまでの道のりを思い出し、感慨深げだったし、自分がまるでとんでもない偉業を成し遂げたかのように誇らしげだった。

だって、こんな小さな出来事でも、モルテルにとってはこれまで体験したことのない、どれも初めての大冒険のようなものだったのだから……。

「この坂さえ登れば、上にはきっと家がある」と心の中で自分に言い聞かせていたモルテルは、息つく間もなく、目を凝らして辺りを見回したが、家はどこにも見当たらず、そこにはただ木があるだけだった。

「まぁ、そう上手くはいかないか……」

彼はやけに物分かりよく、スタスタと先を急ぎ、道に沿って歩きだした。

五メートルほど行くと、小道は行き止まりになり、車一台通れるぐらいの広い道に出た。

今までは、一本道をただひたすら歩いてくればよかったので、今度はどっちへ進むべきなのか焦ってしまい、左に右に、ただウロウロと行ったり来たりしていた。

道筋をよく覗き込むと、右側は、何となく奥へ続いているような気がした。その反対の左側は、何だか、今必死に登ってきた急斜面の方に向かっているように見えた。

「自分は多分、右側に行くべきだろう」とモルテルには分かっていたが、どうしても左側が気になって仕方なかった。どうして気になってしまうのか、どうしても確かめたくなり、

「ちょっと、ちょっとだけ行ってみるだけだから……」

と、自分に言い聞かせながら、先を急がなければならないのに、やっぱりモルテルは左の方に歩いて行った。

道は大きく右に左に曲がると、突然先が見えなくなってしまった。不思議に思い駆け出していくと、

「わあ～、オットットット、落ちる、やばい！」

急な下り坂に、木の丸太でできた階段が、曲がりくねってずーっと下まで続いていた。

「どこに行くんだろう？」

トントントントンと楽しげな足音を響かせながらモルテルは、弾むように丸太の階段を降りていった。

長い階段だったのに、下に降りつくとその先に道はなく、周りは蔦に覆われていた。

「な〜んだ、つまんない！　な〜んにもないじゃん。変なの」

モルテルは早く戻ろうとくるっと体を回したが、その時、木に絡みついた蔦の隙間から道らしいものが見えた気がした。

「うぅん？」

モルテルは、ゆっくりまた蔦の絡みついた木の方に向き直ると、取りつかれたように蔦を掻き分け始めた。

「イタ！　ツー、痛〜い」

モルテルの手には棘が幾つも刺さっていた。蔦に紛れて野薔薇も一緒に絡みついていた。一本一本手に刺さった棘を取り除いて、今度は慎重にまた蔦を掻き分け始めた。すると、モルテルの小さな体がやっと通り抜けられるぐらいの穴ができた。

モルテルは縮こまり、小さな体をもっと小さくさせて、ボロボロのコートを薔薇の棘に引っ掛けながら、蔦の穴をくぐり抜けた。

すると、モルテルの目の前には、さっき苦労して登った、あの壁のような急斜面が再び現れた。しかも、すぐ横に立っている木には赤いペンキで塗られた矢印が、今モルテルが下りてきた階段の方を向けて打ちつけられており、その下には、『こちらから、どうぞ』と彫り込まれた板が付いていた。今まで蔦で覆われて隠れてしまっていたのが、モルテルが蔦を掻き分けたことで、その姿が現れたのだ。

「何なんだよぉ〜、酷いよ、酷すぎるよ。……あんなに苦労して登ったのに……」

この事実を確認してしまったモルテルの淡いブルーの瞳には、うっすらと涙が滲み、さっきよりも落胆して唇をグッと噛み締めると、赤い矢印を隠していた蔦を狂ったように蹴飛ばしていた。こんなモルテルの姿は滅多に見ることはない。特に植物に対してこんな乱暴なことをすることはないのだが……。そんな今の彼には失礼な言い方だが、涙で光ったモルテルの淡い青色《ブルー》の瞳は一段ときれいに輝き、美しかった。

モルテルはこの場から逃げるように、蔦のトンネルを潜り抜け、丸太の階段を駆け上がり、あっという間に先ほどの広くなった道に戻ってきた。

モルテルのボロボロコートは所々ビリビリと引き裂かれ、余計ヨレヨレのボロボロになっていた。きっと、慌てて蔦のトンネルを抜けてきた時、野薔薇の棘に引っ掛かり引き裂いてしまったのだろう。でも、ここまで来る間に随分汚れていたので、多少破れていても、残念ながらボロボロのコートはボロボロのコートであって、別に気にならなかった。

モルテルは気を取り直し、腕を大きく振って口笛を吹きながら、またどんどん先に進んで行った。今歩いている道は、道幅が広くなったせいか、木の枝の間から太陽の日射しがほどよく射し込んでポカポカと暖かく、平らな地面にはぬかるみも全くなくとても気持ち良かった。

気分良く二十分ほど歩いてくると、目の前が道の先が見えないぐらい眩しくなり、目を半分、手のひらで覆いながら歩かなくてはならなかった。そのままゆっくり歩いて行くと、そこはまだ森の中だったが、広く切り開かれたとても明るい美しい場所の一番奥にポツンと一軒だけ家が建っていた。

モルテルが立っている周りには、この世界では育てるのが極めて難しくなってしまったと聞かされていた草花ばかりが一面を覆い、その間を抜けて行くように、きれいに敷き詰められた石畳の道が、その家の近くまで続いていた。

モルテルは驚き、感激し、また小さな子供のように興奮していた。

「間違いない！　やっと、ラロック家に着いたんだ！」

モルテルは自信満々の顔で叫んだ。興奮しているモルテルは落ち着きがなくなっていた。

「すっごいぞ！」

「こんなにたくさん。ここだけだ、今までどこにも咲いていなかった……」

「デルブリック爺様は、ご存じないのだろうか、この場所を……。確かに、おまえが向かう世界では、絶対、育たんようになってしまったとおっしゃっていた」

「これは、最高のみやげ話になるぞ〜。きっと喜ばれる、間違いない！　それに、橋に彫られていたあの細工だ！　なぜ、この世界の人間が知ってるんだ？　もしかしたら、ここには、秘密があるのかもしれない」

「僕を認めてくれたから、デルブリック爺様は、僕に……。凄いや！」

モルテルの顔は、右に左に、左に右に、めまぐるしく動き、淡い青色《ブルー》の瞳は輝き、キョロキョロと忙しく観察していた。夢中になり過ぎてしっかり前を見ていなかったモルテルは、何度も躓きそうになりながらも、相変わらず草花に釘付けになっていた。モルテルは、人一倍草花や木が好きだったし、詳しくもあった。そんなモルテルの本当の夢は、植物博士になることだった。

モルテルがやっと顔を上げると、いつの間にか家の真ん前まで歩き着いていた。

不思議な家だった。

「いったいこの家の玄関はどこだろう……」

モルテルは口をあんぐり開けたまま目の前にある家を見つめていた。

モルテルの目の前に建っている家は、いろんな形をした箱が幾つもくっつきあってできているようで、しかも、何カ所か、元々そこにあったものなのか、屋根を突き抜けて大きな木が伸び続けていた。

「どうして、あの木達だけ残したんだろう……」

家を突き抜けて生える大きな木のてっぺんには、どれも、大きな鳥の巣があった。

壁は、全て、木やレンガでできているようだ。部屋の窓、扉、それぞれたくさんついていたが、どれ一つとして同じ形の物はなかった。モルテルには、この家の玄関ドアがどれなのか見当がつかず、とりあえず家の周りをぐるっと回ってみることにした。

屋根の上から生き生きときれいな花が咲いていた。まるで、屋根に種を植えて、毎日毎日水をやり育て上げたように、緑のじゅうたんで覆われているように見えたが、所々茶色くなっていた。まるで落ち葉を何層にも重ねてあるように見えた。屋根の上には、レンガ造りの煙突が六つもあった。しかし、そのうち四つの煙突の上には、蓋をするようにそれぞれ、四角・三角・まん丸、そしてよく分からない形をした置物が置かれていた。

一階にも、多分二階であろう場所にもバルコニーがついていた。その二つのバルコニーは螺旋階段でつながっていた。二階にある小さな円い窓には地面まで続く滑り台がついていた。それに、その上の方にある窓の真ん中には大きく立派なステンドグラスがはめ込まれていた。この家にあるステンドグラスは、ここだけだった。

家の裏に回ると一面に畑が広がり、その奥には小川が流れ、その横には黄金色の実をたわわにつけた小麦の穂が垂れ下がり風に揺れていた。よく手入れされた畑にはいろいろな野菜がびっしり植えられていた。果物の木もたくさんあった。

家の近くには、外で食事ができるようにテーブルと長椅子が二つ置かれてあった。その横にとても大きな木が一本立っており、その太い枝の上には小さい小屋のような物が載っかっていた。その木の上の小屋と家の二階とは、つり橋でつながっていた。

「変わってる家だなあ。でも、私は好きだ！　気に入った、なかなかの物だ。でも……結局、玄関はどこなんだろう？」

家の周りを一回りしたが、表札などはなく、モルテルには分からなかった。

「ラロックさ～ん、玄関はどちらでしょうか？」

「あのお～、誰かいらっしゃいませんか？」

「あのお～、……お届けに来ました」

いくらモルテルが叫んでも返事はなかった。

「困ったなあ……どうしよう。遅れてるんだ。早く次のとこに行かなきゃならない」

ブツブツ呟きながら、モルテルはまた家の周りを歩きだした。

「よし、この扉にしよう！」

モルテルは自分の一番気に入った扉に決めた。その扉には、モンクの花の模様とモンクの葉をかたどった取っ手がついていた。それがモルテルの決め手になった。

その扉の前でモルテルは、背中に背負っていた変てこりんなカバンを下ろし、その中に両手を突っ込みゴソゴソと中身を探ると、一つの白い封筒を取り出した。そしてその封筒を見つめると、

「違う！」

ポイッと後ろにほうり投げ、もう片方の手に持っている白い封筒を見つめた。

「これじゃない！」

またポイッと後ろにほうり投げた。すると、また今度も全く同じ白い封筒を手に取り、

「これも、違う！」

と、またポイッとほうった。白い封筒ばかりをカバンから取り出しては、「う～ん、違う」「これでもない」「えーと、これ？　違う」「これも違うし、これも違う」「これは……、違う、違う、違う……」……と、モルテルの周りは、全く区別のつかない同じ白い封筒の山でいっぱいになっていた。

「あっ、あったあった～、これだあ」

モルテルは、その白い封筒を口にくわえると、カバンの中から、今度は迷うことなく美しい紙で包まれた大きなきれいなリボンが掛かった箱を取り出した。そして、口にくわえた白い封筒とボロボロコートのポケットから取り出した自分の名刺を挟み、その扉の前に置いた。

「これで、よっしっ！」

モルテルは、自分の横に山のように積まれた白い封筒をまたカバンに押し込めると、小屋が載っかった大きな木の近くにある椅子にチョコンと腰を下ろした。そして、持たされたお弁当をテーブルに広げた。大きなおむすびが二つと、見たこともない赤色と黄緑色と水色の木の実が一つずつ入っていた。

モルテルは慌ててお弁当を全部たいらげると、辺りをキョロキョロ見回して、カバンの中から長くて細い棒のような物を一本取り出した。そしてその棒を口にくわえて、その先に火を点けた。モルテルが「ポッポッポッ」と、口から白い煙を吐くと、その白い煙は、虹色に光って、どんどん空高く昇っていき、「パーン！　パーン！」と音をたてて輝くと消えてしまった。

モルテルはデルブリック爺様に持ち出しを禁止されていたのに、どうせバレないだろうと、内緒でこの七色煙草を持ってきていたのだ。

満足そうな顔をしたモルテルは、カバンを背負い、ラロック家の建物に向かって丁寧に一礼し、来た道を戻っていった。

「太陽がもうあんなところにいる。急がなければ……」

太陽は、かなり西の空に移動していた。

「もう、こんな時間なんて、ちょっとゆっくりし過ぎた！」

モルテルは時計など持っていなかったが、しきりに太陽を見ては時を確認し、来た道を足早に引き返し始めた。

途中、モルテルは迷わずあの時見つけた階段の道を選択した。やがてあのドロドロの水溜りのそばまで来ると、「ホーホー……」と、姿は見えないが、確かにフクロウの鳴く声が聞こえた。

今度は、モルテルにもその声が聞こえたようだった。するとモルテルは、あんなに苦労した目の前のドロドロの水溜りの水面を、歩くようにポン、ポン、ポーンと、いとも簡単に渡っていくと、いつの間にか見えなくなってしまった。水溜りの水面に幾つかの波紋を残して……。

いったいモルテルは、どこに消えてしまったんだろう……。

不思議なことに、モルテルがいなくなると、彼がずーっと気にしていたあの橋のフクロウは、今はきちんと同じ数だけ確認できた。モルテルが見つけ出せなかったあの一番小さなフクロウもちゃんといたのだ。

その日、夜遅くになっても、モルテルの届けた荷物は、寂しくあの扉の前に置かれたままだった。

第一章　コバルリンの記憶

一

今日のラロック家は、朝早くから慌ただしく、家族みんなの大きな声が飛び交い、その声は家の外まで聞こえていた。

ダンダンダンダン

「も〜、いつまで寝ているつもりなの！　ライル！　早くしなさい。朝食の準備はとっくにできてるのよ！」

バターン　ドンドン……ドン　バーン

「おーい、もう時間がないぞ！」

「あの子ったら、まだベッドの中でリムと一緒にスヤスヤよっ、まったくもう！　昨日、遅くまで起きてたからよ。だから早く寝なさいって言ったのに！」

「おい、リシエが起きちゃうぞ」

「いけない、そうね、静かにしなくっちゃ」

トントントン……、バタバタバタ……バターン！

「いってぇー、お～痛い、くそおー！」

「シーッ！　もう！　ライル、リシエが起きちゃうわよ！」

「ごめん。慌てたら落っこちちゃった。へへへ」

「大丈夫？　でも本当に急ぎなさい。隣町までは時間かかるから、朝食はしっかり食べるのよ！」

「分かってるよ！」

「ライル、荷物は？」

「あっ！　しまった！　用意するの忘れてたぁ。ハハハハハ……」

「ハハハじゃないぞ！　メリル、手伝ってやれ」

「もー！」

ガッシャーン！

「わあー！　もぉーっ！　モリル、ここお願いね」

「大丈夫か？　分かったから落ち着いて！　まだ間に合うよ」

「わーんわーん、うぇ～ん、うぅうっうっう……」

「モリル、ウグッ、リシエちゃんが起きてきちゃったよ」

「あ～、本当だ！　よしよし、リシエごめんなぁー、おいで」

ラロック家の家の中は、早朝だというのに騒がしかった。

一人息子のライルは寝坊をするし、しかもやっと起きたと思えば慌てて階段から転げ落ちるし、母親のいいつけを守らず、時間がないのに今日持って行く荷物の用意もしていない。おかげで、焦ってしまった母親のメリルはスープ鍋をひっくり返してしまうわ、あまりの騒ぎにビックリした、まだ二歳の一人娘でライルの妹リシエは、泣きじゃくって起きてくるわで、父親のモリルもリシエを抱きかかえ、おっちょこちょいのメリルのおかげでスープでビシャビシャになった床を拭かなければならず、ラロック家のみんなはてんやわんやだった。

ただ、ライルの愛犬リムだけがこの騒ぎの中、まだベッドに潜り込み、気持ち良さそうにいびきをかいてスヤスヤと寝ていた。

ライルは朝食を喉に詰まらせながら、慌てて口に押し込むと、キッチンにはいつくばって床の掃除をしているモリルを跨ぎ、ガシャンと自分の食器をシンクに置き、顔を洗うためにバスルームに走って行った。

メリルは、二階にあるライルの部屋でザックに三泊分の着替えとおみやげを詰め込み、息を切らしながら螺旋階段を駆け下りてきた。

みんなが慌てている中、リシエはモリルの腕の中で「キャッキャ、アハ……」と上機嫌だった。

「準備できたあ？　はいはい、急いで急いで！」

メリルは玄関にライルのザックを下ろし、ライルがバスルームから出てくるのを足踏みしながらイライラして待っていた。

ビューンとバスルームから走ってきたライルは、「おまたせ！　準備ＯＫ！」とウインクすると、靴を履きザックを背中に背負い、「いってきま～す！」と玄関扉に手をかけた。

「うぅ、あっははは、はははは、はっはっはあ……」

メリルのでっかい笑い声が家中にこだました。

ライルは振り向くと、怒った顔で、

「何だよ、メリル！　何笑ってるんだよ。バカ笑いじゃなくて、いってらっしゃいぐらい言えよなっ！」

「ライル？　本当に？　ホントに、その格好で行くつもりなの？」

メリルは、笑いをこらえながら、皮肉ったように言った。

「え？」

全然気づかず不思議そうな顔をしているライルに、もう一言付け加えた。

「ウフフフ……。素敵な洋服ね！」

「わあ～、ああー、僕、まだパジャマのままだった！」

ドサッとザックをその場に下ろすと、ライルは慌てて自分の部屋に駆け込んでいった。

「慌ただしい朝もいいものね。ウフフフ……」

メリルはとても楽しそうだった。

「ライル、ゆっくりでいいぞ！　そのかわり、ビシッときめて出てこいよ！」

モリルは、ドタバタやってるライルの部屋に向かって、おっちょこちょいの息子をからかうように叫んだ。

お気に入りのコートを羽織り、やっと出かける仕度を整えたライルは、慌てて玄関から飛び出して行った。そして、すぐに足を止めて振り返ると、大きく手を振りながら叫んだ。

「モリル、メリル、いってきまーす！　リシエもリムも、いってきまーす！」

ライルは、家族に見送られながら、今度こそやっと出かけて行った。少し走ればきっと間に合うだろう。

二

今日は、ライルの通うキムジナーレイク初等学校の主催で、ホームステイがある日だった。友好関係にある隣町のライトストリート初等学校の生徒の家に三泊四日の予定でホームステイをさせてもらい、交流を深め、もっと仲良くなろうという企画があり、今日はその出発の日だった。

ライルの暮らしている町は、俗にいう田舎で、初等学校は一つしかないにもかかわらず、全校生徒は三十名足らずで、しかもライルと同じ学年の子は三人しかいなかった。ライルを含めて三人だけである。

ライルが今日向かうライトストリート初等学校は、隣町といっても三百キロも離れていた。移動するだけで時間がかかるので、参加する生徒達の集合時間がとても早かったのだ。

ライルは遅刻しそうなのにもかかわらず、見送る両親と妹にいつまでも手を振り、のんびりと歩いていた。だけど、両親と妹の見送る姿が見えなくなると、ポケットからライルが初等学校に入学した年に死んでしまったバロックお爺さんに貰った形見の懐中時計を取り出し時間を確認すると、慌てて走りだした。結局、ライルはそのままずうっと走り続け、いつも二時間はかかる道のりを一時間ちょっとで、集合場所である学校の入口にたどり着くことができた。

キムジナーレイク初等学校の校門の前は、子供達を送り届ける両親達のトラックや耕耘機やトラクターやらでごった返していた。中には、トラックに、馬や牛を乗せている人もいた。

この町には、初等学校どころか学校というものがここだけしかなく、数十キロも離れた家から通う子供達がほとんどだったし、ほとんどの両親は広大な農園を経営していたため、校門前のこの様子は、いつもの当たり前の送り迎えの光景だった。

この町は、公的には町となっていたが、ここに住む人達はみんな、自分達の町を村と言っていた。この村にはとても小さな湖がたくさんあり、自然豊かで、他にあるものといえば、果樹園や農園。飲食店は一軒しかないし、食料品と日用品を扱う店も一つしかなかった。

ライルは、トラックやトラクターの間をくぐりぬけ、校門をくぐった。すると校庭には、もう、大きな立派なバスが一台停まっていた。さっきまで間に合ってホッとしていたライルだったが、見たこともない立派なバスの姿を見た途端、今度は急にワクワクしてきた。

ライルが興奮したまま体育館の中に入っていくと、とっくに来ていたライルの二人だけの同級生で友達でもあるロイブとボブが、心配そうな顔をしてキョロキョロと自分を捜している姿が見えた。

ライルはそんな二人の後ろから駆け寄ると、「よっ！　おはよっ」と、二人の肩をポンッとたたいた。

「おはようじゃないだろ！　あれだけ、みんなより早く来ようって約束したのによお。なあ、ロイブ」

機嫌悪そうに、ボブは吐き捨てるように言った。

今回参加する生徒達には、町の歴史など、何でもいいから隣町についての情報を調べることという宿題が先生から事前に出されていた。ライル達三人はみんなより早く学校に来て、それぞれが調べた隣町の情報を交換しようと約束していたのだ。それなのにライルは寝坊してしまったのだ。

「まあ、まあ、そんなにカリカリするなって」

ライルはそう言うと、わざとボブの前でおどけてみせた。そのライルの態度にボブの顔つきが変わってきたのにロイブが気がついた。このままだとまずい。

「おい、ライル、いい加減にしとけって」

ロイブはライルを小突き、小さい声でライルの耳元に囁いた。

「そうだな。ボブの奴、暴れだしたら止まらないからな」

ライルもロイブの耳元に囁き返した。

「二人で何コソコソやってるんだよ！」

「別に。それよりボブ、すっげーバスが、もう校庭に停まってたぞ！」

「ホントか？　俺が来た時は、まだ停まってなかったぞ」

「おっきい窓が上にも下にもビッシリついてたよ。すっごい高いし、大きいし」

「へぇ〜。ずるいな、ライルだけ」

「ハハハ、ついてたよ。遅くなるのも悪くはないよなっ！」

「俺も早く見たい！　くそぉ〜、早く来るんじゃなかったな」

ライルもロイブもボブも、目の前でバスを見たこともなければ、普通の車にさえ乗ったことがなかったので、興奮して夢中で話し続けていた。

ライル達はたった三人だけの同級生なので、いつも一緒に行動していた。もちろん仲が良い。

ロイブ・アッシムはとても物知りで頭が良く、運動もバッグンな男の子で、瞳は緑色で切れ長のキリリとした目をしていた。少し癖のある茶色の髪は、いつも外にピョンピョンとびはねていた。ライルには一番の親友でとても頼りがいがあった。

ボブ・メンデスはとにかく勉強が大嫌いなのだ。子供ながらに妙にガッシリとした体格をしており、男ばかり五人兄弟の中で育ったせいか、少し荒っぽいところがある。普段はとても優しいが、怒りだすとすぐに暴れだして手がつけられない。だが、正直で素直な彼はなぜか憎めない奴だ。

ライル達は体育館で校長先生の挨拶と注意事項を聞くと、立派なとても大きな二階建てのバスに乗り込んで、三百キロ離れた隣町に向けて出発していった。

ちなみに、この日は、モルテルがラロック家を訪れた日の二日前の朝だった。

三

その夜のラロック家は、朝の騒々しさと打って変わって静まり返っていた。

リムとリシエは、いつもの時間を過ぎても帰って来ないライルを、玄関横のベンチに仲良くちょこんと座って待ち続けていた。

次第に外は薄暗くなってきて、メリルは畑仕事を切り上げて、夕食の材料となるたくさんの野菜を抱きだした。

え家に戻ってきた。すると、玄関横のベンチにリムと一緒に座っていたリシエが、メリルの顔を見て泣

「どうしたの？」

リシエは、まだヒクヒク泣き続けている。

「リムもどうしたの？　こんな所で」

リムはいじけた顔つきでうらめしそうにメリルを見つめていた。

「リシエ、もう大丈夫よ。泣かないで」

「ヒックヒク、ヒッ、ラッイッが……いにゃい。いにゃい。ウ～……」

隣に座っているリムまでが、リシエと同じ訴えをした目をメリルに向けているようだった。

健気に、ずーっとここでライルの帰りを待っていたことに、やっと気づいたメリルは、二人に、ライルは泊まりで、あと三日間帰ってこないことを説明した。しかしライルのことが大好きなリシエは、納得するどころかもっと激しく泣きだしてしまい、手がつけられないほどだった。

だがしばらくすると、朝早かったうえにお昼寝もしなかったリシエは疲れ果て、リビングのお気に入りのソファーの上でリムに抱きついたまま眠ってしまった。リムはおとなしくジーッとしていた。

作業部屋から戻ってきたモリルは、そんなリシエを抱きかかえてベッドに寝かせに行った。やっとリシエから解放されたリムは、夕食を貰うとおとなしく暖炉の前に横になったが、リムの目は玄関の方をじーっと見つめていた。まるでまだライルの帰りを待っているようだった。

モリルとメリルは、何年ぶりかの二人っきりの夕食をとった。

この日は例年になく寒い夜で、ラロック家はこの秋初めて暖炉に火をいれた。

夜も更けてくると次第に風が強くなり、家の外では木々がざわめきだしたが、珍しく静かなラロック家のリビングには、暖炉の中で燃え上がる薪のパチパチという音だけが妙に大きく響いていた。

本当にとても静かな夜だった。

食事の片づけを終えて、なぜか深刻そうな顔をしてリビングに入ってきたメリルは、暖炉の前の揺り椅子に座って本を読んでいたモリルの前に立ち止まった。

「モリル……」

モリルに声をかけると、一呼吸おいて話し始めた。

「ここ何日も続けてあの時の夢を見るの。同じ夢を……」

顔を上げたモリルの顔からは、先ほどまでの穏やかな表情が消えていた。モリルには、メリルのそれだけの言葉でどんな夢を見たのか、何を意味しているのか、すぐに理解することができた。モリルは、黙ったまま、リビングの暖炉のそばにある自分の作った大きな木のオブジェの上に飾られている、葉っぱの細工がほどこされた写真立てに目を向けた。

メリルは、そのまま話を続けた。

「そろそろ、ライルにあれを渡さなくてはならないわ。ライルの十歳の誕生日は、ちょうどあの子が隣町から帰って来る日なのよ。モリル、あの言葉……。あなたも覚えているでしょう」

モリルは険しい顔をして黙ったままだった。

「なるべく早い方がいいと思うの。ライルのために……」

メリルはそう言うと、黙ってモリルの言葉を待った。

二人の間には、長い沈黙の時が流れていた。

やっとモリルが口を開いた。

「クリスマスまで待たないか？　家族みんなで、楽しくクリスマスパーティーをして……」

メリルは、モリルの意見を最後まで聞かずに、口を開いた。

「それがどういうことか分かっているの？　あなたは、分かっていらっしゃるんですか！」

とても強い口調だった。

そんなことはモリルにも充分分かっていた。早い方がライルには時間がある、分かってはいたが、とても不安で、なかなか踏み切れなかった。

メリルは、また黙り込んだモリルにもう一言付け加えた。

「私はあの子を信じているわ」

メリルのその言葉に、モリルはハッとさせられた。そしてモリルの顔つきが変わった。

「分かった」

一言だった。モリルは、余計なことを言わなかった。

「来年のクリスマスは盛大にやりましょう。必ずライルも一緒よ」

暖炉の前でライルの帰りを待つように玄関の方を見つめていたリムも、今は体をまるめて眠っていた。

二人は気づいていないようだったが、よく見ると、リムの耳だけがかすかにピクピク動いていた。まるで二人の話を聞いているように……。

その時、家の外では、ラロック家の屋根から突き出た木の枝に、まだライルが見たことのないフクロウが一羽、静かにとまっていた。もちろん、家の中にいたモリルにもメリルにも気づきようがなかった。残念ながら……。

ちなみに、この時、モルテルがラロック家を訪れた日の二日前の夜だった。いや、時刻はもう一日前になっていた。

四

次の日、夜が明ける前に、モリルとメリルは背中に大きなザックを背負って家から出てくると、山の方へと歩いていった。昨日、夜遅くまでリビングに明かりが点いていたし、こんなに朝早くては、二人ともあまり睡眠をとれていないだろうに……。

ずっと黙って歩き続けていたが、あれがどこにあるのか、二人とも知らなかった。知らないでひたすら森の中を歩いていた。もうどれくらい歩き続けたのか、モリルが突然メリルに話しかけた。

「確か……、『その時がきたら、お前達の住んでいる家の裏にある白く高く聳《そび》える山への一本の道をたどっていけば、お前達には、必ず、どこにあるかその場所が分かるはず』だったよな」

「ええ」

メリルはしっかり頷いた。

二人はあの不思議の森のデルブリックの言葉を思い出していた。

その当時、モリルもメリルも十歳の子供だった。

『二人の間にいずれ生まれるであろう男の子が十歳となり、この森を自分の力で見つけだし、次の誕生日までに幻の実、コバルリンを探し出さなければ……。お前達のその息子は、生きていけない。……そして、その子を失ったお前達の住む世界には、恐ろしいことが起こるだろう』

そう言うと、二人の目の前に、不思議な箱が現れた。

『これを、その子の十歳の誕生日が過ぎたら渡しなさい。きっと、その子を助けてくれるだろう。だが、何も説明してはならない。この箱は、これに相応しくない者が手にすると、箱を開けるどころか、とても重く、持つことすらできはせん。そういう者が持ち上げようとしても無駄じゃ。ビクとも動きはせん。どんなに力のある者が何人かかろうがじゃ。どんな権力者でも手にすることはできん。選ばれた者ならば、これを開けることができるはず。そして、理解することができるはず』

するを今度は、二人の目の前からその箱は、スーッと消えてしまった。そして、デルブリックは何事もなかったように話を続けた。

『あの箱は、ある場所に隠しておく。その時がきたら、お前達の住んでいる家の裏にある白く高く聳える山への一本の道をたどっていけば、お前達には、必ず、どこにあるかその場所が分かるはず……、光が導いてくれるであろう。ただし、探しに出ることを誰にも気づかれないようにしなければならないぞ。それと、お前達が今、それぞれの首にぶら下げている物、それを決してなくしてはならんぞ。誰にも見せず、大切に持ち続けなさい。ずうっと、お前達を守ってくれる』

デルブリックは、最後にもう一言付け加えた。

『今の話もこの世界のことも、誰にも、これから生まれてくるであろう、その息子にも話してはならない。決して、誰にも言ってはならない。……それじゃあ、元気でな。気をつけて帰るのじゃぞ』

二人ともコクリと頷いた。

気がつくと、モリルとメリルはそれぞれ遠く離れた別々の自分の家に帰っていた。その後、大人になるまで、お互いに会うことはなかった。全く知らない別々の人生を歩んできた。

明後日の夜は、その息子であるライルの十歳の誕生日であり、ライルが隣町のホームステイ先から帰ってくることになっていた。

ライルが生まれてから約十年間、モリルとメリルが家を空け、出かけるのは初めてのことだった。ライルが出かけていることが、今の二人にとっては幸運となっていた。

モリルとメリルは、また黙ったまま森の中を歩いていた。前方に現れた藪の長いトンネルをやっとの思いでくぐり抜けた。その藪のトンネルをくぐり抜けた途端、辺りは真っ暗になっていた。さっきまで、雲一つない素晴らしい天気で、暖かい太陽の日射しと清々しい森の空気が、二人の足取りを軽やかにしていたはずなのに……。

山の天気は変わりやすいが、それとは明らかに違う。

ほんの少し前までとても明るい場所にいた二人は、そのせいか、本当に目の前が真っ暗で、何一つぼんやりとも見えず、お互いがどこにいるのかさえ分からなくなっていた。二人は一歩も歩けずにいた。

「メリル？」

「モリル、私は大丈夫よ」

お互いに声だけで存在を確認し合った。

「メリル、しばらくこのまま様子を見よう」

「分かったわ」

二人は、静かにその場に立ち尽くしていた。

そのうち、ぼんやりとだが辺りが見えるようになってきた。だんだん目が暗闇に慣れてきたのだろう……。

何げなく空を見上げると、モリルの目に星空が飛び込んできた。さっきまで見ていた雲一つない青空が、夜になるとまさにこんな感じだろうと思った。いいや、それ以上かもしれない。今まで見たことのない、とてもきれいな星空に、ただただ見とれていた。

モリルは、今更ながらこの空の変化におかしさを感じていた。そして、暗闇の中、腕時計を目に押しつけるようにして、時間と日付を確認した。

「九時四十八分、まだ十時前だ。日付も変わっていない。十一月八日の火曜日だ。どういうことなんだ！まだ昼前じゃないか。なんで、星空が……。やっぱり……おかしい……。こんなことって……」

そう言いながら、目を擦り、また上を見上げたモリルは呆然としていた。

メリルはまだ満天の星空に感動していた。

「私達、気を失って、夢でも見ていたのかしら……。でも、こんなきれいな星空のご褒美が貰えるなんて、何て素敵なことかしら。……本当にきれい」

モリルはそんなメリルの言葉を聞いて、あきれるどころか何だかホッとした。それと同時に、とても心強かった。そして安心したのか、このおかしな現象がどうでもよくなっていたのか、モリルも再び、星空を眺めていた。そこには、穏やかな静寂が広がっていた。

と、

「こうしてはいられないわ！　私ったら……」

メリルはザックの中から小さなランプを一つ取り出すと、素早く、とても手馴れているように灯りを灯した。

「急がなくっちゃ、ライルが帰る前に戻れなくなるわ」

メリルは何事もなかったようにスタスタと歩き始めた。

モリルは、メリルが落ち葉を踏みしめて歩きだした音を感じていたが、頭上に広がる美しい星空にとりつかれたように、目を離すことができずにいた。

「モリルゥー、早く行かなくっちゃ。何してるの！　急いで！」

メリルは大声で叫んだ。

その大きな声にやっと我に返ったモリルは、いつの間にかランプが自分の手に握り締められていることに初めて気がつき、慌てて、ずーっと先にいたメリルの元に走り寄った。

「すまん、すまん」

「さぁ、先を急ぎましょう」

メリルは、モリルを責めることなく、逆にニッコリと笑ってみせた。

「ああ、そうだな」

モリルも笑い返した。二人は今日、やっとまともな会話を交わしたが、お互いに、今自分達が目の当たりにしている不思議な現象については、一切話そうとはしなかった。

ただただ、どんどん歩いて先に進んでいった。それに従い、道もどんどん細くなってきた。

どのくらい歩いただろう……。

「ガサッ、ガサガサ、ゴソゴソ、ピーッピピ、ピピピピ……」

と、とても小さな音が周りの森の奥から聞こえてきた。二人には、森の動物達が、驚き、危険を感じて、逃げ回っている音だと分かっていたので、何も怖くなく、何も恐れずにスタスタと歩き続けることができた。

そのうち道は、もう二人横に並んでは歩けないほどの道幅になってきたので、モリルが前を、メリルがその後ろを歩くようになっていた。

「ガサガサ、ゴソゴソ、ザワザワ、バサバサ、ピーピー、グゥ～グゥ～……」

二人の周りは、今までとは比べものにならないぐらいの大きな物音で溢れ返り、さすがの二人も、今、この場にいることへの動揺が隠しきれなくなっていた。二人とも、真っ直ぐ前を向いて歩いていたが、目だけがキョロキョロと泳いでいた。

二人のその様子に気がついたのか、物音は一斉にさらに大きくなった。それと同時に、二人の体はビクビクと震えだしたが、そのまま歩き続けていた。あまりにも大きな、その責め立てるような声にメリルは耳を塞ぎたくなっていた。

その時、「ホォーホォー」と、フクロウの鳴く太く大きな声がこだました。すると、不思議なことに、物音がピタッと止まり、辺りは静まり返った。

そのフクロウの鳴き声は、二人にはいつの日か、遠い昔に聞いたことのある、懐かしい感じの声だった。安心したような、でも複雑な顔をした二人は、お互いに見つめ合い、コクリと頷き合うと、また歩きだした。

すると、遠くの方に、ポッと明るく輝いている場所が一カ所あるのが、突然モリルの目に入ってきた。モリルは興奮して、いきなりピタッと止まったので、無心にモリルの後を歩き続けていたメリルは、モリルの背中におもいっきりぶつかってしまった。その反動で後ろに転がり落ちそうになったメリルを、振り返ったモリルは慌てて助け上げると、前方の明るく輝いている場所を指差してみせた。

「ほら!」

メリルの目にも、遠く、上の方に輝いているその場所が見えた。

「もしかして……『光が導いてくれるであろう』……」

二人は顔を見合わせると、小さくコクリと頷き、手を取り合ってきつい登りを進んで行った。二人がその場所へ近づくにつれ道は険しくなっていき、とうとう切り立った岩場に出てしまった。だがその光は、さっきよりも輝きを増していた。二人の目も輝いていたが、二人の息はハアハアと苦しそうだった。

モリルはこれ以上は危険だと判断したのか、すぐ右上にある大きな岩棚によじ登ると、ザックを降ろしメリルを引っ張り上げた。そして、ザックの中から、念のため準備してきた太い長いロープを取り出し、腰に岩登り用の道具がたくさんぶら下がったベルトを締めた。更に、取り出したロープを自分の体に手馴れたようにサッと結びつけた。不安そうに見つめるメリルの体に、何も言わずに、そのロープのもう片方の端を同じように結びつけると、もう一度、入念にロープの結び目を引っ張って確認した。

「よっし」

小さな声が真剣な顔をしたモリルの口から漏れた。そして、メリルに微笑みかけると、彼女の頭に手を軽くポンポンと触れ、目の前にそそり立つ岩場に向き直った。そんなモリルの微笑みのおかげで、メリルの不安な気持ちが少し落ち着いた。逆に今、モリルは不安と緊張でいっぱいになっている自分と戦っていた。

左上には、狭いが少し休めそうな場所がある。モリルはまずそこまで登ってみることにした。

「メリル、合図するまで、ここにいてくれ」

モリルはそう言うと、ゆっくり一歩一歩慎重に足場を探しながら登り始めた。何度も足を踏み外し、何度も落ちそうになった。

思ったよりも時間がかかってしまったが、やがて、モリルはその左上の平らな足場に立った。そこは、やっと両足がつけるほどの広さしかなかったが、疲れた腕と足を休ませるには充分だった。辺りは更に暗くなり、自分のすぐそばしか見えなくなっていた。

モリルは腰にぶら下げていたランプを手に持つと、自分が今立っているすぐそこの左側を照らしてみた。すると、モリルのランプを持つ手がプルプルと震えだし、誤ってランプを落としてしまった。下でその様子を見ていたメリルは、その瞬間、手で顔を覆っていた。

ランプは凄い勢いで下に落ちていった。ランプの明かりは、まるで暗闇の底に吸い込まれるかのようにあっという間に消えてしまった。

モリルのいる左側はすぐに絶壁になっていた。足を踏み外したらひとたまりもない。落ちたらすぐに死を意味する場所に、今モリルはいるのだ。

モリルは、久しぶりに恐怖感というものにとりつかれていた。顔は蒼ざめ、額は冷や汗でびっしょりになって、手も足も硬直し、体はブルブルと震え、その場所から進めないでいた。大事な唯一の明かりであったランプも今やもうない。しかし、いつまでもたついている時間はない。

「ふぅー……ふぅー……ふぅー」

モリルは気持ちを落ち着けようと息を整えていた。その時、前方に、ほんの小さな灯りがポッと光った気がした。上にある輝く場所からの反射だったんだろうか……。

メリルは岩棚の上で、胸に握り締めた手を当てて、体をガタガタ震わせ、心配そうに、そして祈るようにジーッとモリルを見つめ続けていた。

モリルは気を取り直し、勇気を出して、微妙に張り出して見えるかろうじて指先だけが乗る場所へ手を伸ばした。すると、その少し先にポッと小さな光が灯った。モリルは驚いて、目を見開いた。やっぱりさっきの灯りも気のせいではなかったんだと、不思議な気持ちよりも、何ともいえない嬉しさでいっぱいになった。しかしその光のそばに手を置くと、何もなかったように光は消えてしまいモリルの手元はまた暗くなった。今のは夢だったんだろうかと思っていると、またその先に、ポッと光が灯った。反対側の手をその光の元へ差し出すと、またその光は消えた。手元さえ見えない暗闇だったが、この不思議な光のおかげで簡単に足場を見つけることができ、こんな危険な岩場を簡単に登ることができるようになった。

モリルは次第にこの岩場に慣れてきた。すると、この光が何なのか気になって仕方なくなってきた。だが、この不思議な光は、モリルが自分の目で確認できる場所に来る前に消えてしまっていた。

次の光が灯った瞬間、今度はそこに手をもっていく前に、グッと力を振り絞り、手を伸ばす前に、先に体を持ち上げた。するとモリルの目の前に、とても小さい草が光った。よく覗き込むと、その小さな草は、緑色の葉っぱの間から伸びる茎の先に小さな小さなランプのような形をしたとても可愛いきれいな花を咲かせていた。他の二本の茎には豆電球のような蕾がついていて、その蕾が光っていたのだった。

モリルは若い頃、一人でいろいろな山や岩場を登ったことがあるが、それでも、こんな花を見たのは初めてだった。こんな状況にもかかわらず、モリルは感動してつい見とれてしまっていた。

するとモリルの上の方で、ポッ、ポッ、ポッ……と同じ小さな光が幾つも点滅した。それはまるで、モリルに早く上に登ってくるように催促しているかのようだった。

その光達に気づいたモリルは、その光景を見上げながら微笑んでいた。そして今、モリルの中のとてつもない恐怖は吹き飛んでいた。それどころか、下で待つメリルの心配をよそに、今の自分のおかれた状況を楽しんでいた。だって、ほのかな小さな光が自分を導いてくれているのだから、これがワクワクせずにいられるもんか、と思ったのだ。

モリルは、ただ目の前にあるこの光を信じて登り続けるだけだった。自分だけの力では、とうてい登ることのできない険しい難しい岩場なのだから……。

そしてモリルは、三つ目の大きな岩棚を過ぎると、岩の羽草（皆が「天使の羽根をつける草」と呼ぶ幻の野草）だけが一面を占める平地に登り着いた。

その奥には、輝く大きな光があった。

ザックを地面に降ろしたモリルの体は、今や、爽快な疲労感と安堵感で満ち溢れていた。いつもの山登りなら、持ってきたコンロで湯を沸かし、温かい上等のコーヒーを淹《い》れて、余韻にひたりながら美味しい空気を吸って一息つきこの満足感を満喫するのだが、今回はそういうわけにはいかなかった。きっと、メリルは下の岩棚で心配して待っている。

「メリル、聞こえるか?」

モリルは、大声で叫んだ。

「大丈夫ぅー?　無事なのね?」

やっぱり心配していたメリルの声が小さく聞こえてきた。

「ああ。ロープで引っ張り上げるから、君も登っておいで。大丈夫、簡単だよ。僕を信じて。それに、素晴らしいんだ。ここは凄く素晴らしい。さあ」

「分かったわ」

メリルは、大きく深呼吸すると、ロープをギュッと握り締めた。メリルの体は不思議なぐらいに軽く、スルスルと簡単に引き上げることができ、モリルはまた驚いた。引き上げられたメリル自身も、あっという間の出来事にビックリしているようだった。

モリルは、自分がここまでどうして登ってこれたのかをこと細かにメリルに説明して聴かせた。メリルは、モリルを導いてくれたという不思議な小さな光のことをモリルから聞かされても、決して彼のその不思議な話を疑うことはなかった。

「『光が導いてくれるであろう』……」

二人は、岩の羽草を掻き分けながら輝く場所へと進んで行った。

やがてモリルとメリルはとうとうその場所へたどり着いた。その場所は、目を開けていられないほどの、美しく輝く光を放っていた。

二人はどうしていいか分からずに、手を取り合ってただその場に立ち尽くしていた。

しばらくすると、ピカッと一瞬、今までよりも明るく輝いたかと思うと、ゆっくりゆっくりと光は弱まり、地面に吸い込まれるように消えていった。するとそこには、見たこともない小さな実をたわわにつけた、小さいけれど風格のある何とも不思議な木が三本あった。そして、その木に守られるように、真ん中には、あの時、二人が見たあの不思議な箱があるのが分かった。

モリルとメリルは、一緒に、そっと、そこにあるあの箱に手を触れた。その瞬間、顔を見合わせた二人の脳裏には、またあの時のデルブリックの言葉が蘇ってきた。二人とも何も言わなかったが、心の中では、もし、重くて持ち上がらなかったらどうしようと心配していた。そう思えば思うほど、二人は、緊張感でいっぱいになっていた。だが、二人で気持ちを一つにし、その箱を拾い上げようと、触れた手に力を込めると、拍子抜けするぐらい軽々と持ち上がったのだ。

その箱を手に、顔を見合わせた二人はホッとしていた。本当に今、あの不思議な箱を拾い上げることができた。いや、受け取ったのだ。

その後、モリルは何も言わなかったが、メリルの頬っぺたにそっとキスをすると、また彼女の頭にポンポンと軽く触れた。ポッと赤らんだメリルの顔は幸福感でいっぱいだった。

モリルとメリルは、黙ったままその場に立ち尽くし、自分達の手にあるその不思議な箱をじっと見つめていた。二人は、緊張の糸が切れ、体から力が抜け、ホッとしたような安堵感を感じていたと同時に、息子、ライルのことを考えると、迫ってくるようなこの先の不安感もあって、何ともいえない複雑な感覚に襲われていた。

そんな二人の周りに少し霧が立ち込めてきたかと思うと、辺りは一瞬にして一面の霧に覆われてしまい、目の前は真っ白で何も見えなくなった。すると今度は、二人の周りに、とても甘ったるい匂いが漂ってきた。その瞬間、モリルとメリルは、ふーっと心地よい、今まで感じたことのない眠気に襲われてしまった。何ともいえない気持ち良さの中、気が遠のいていくのを感じたが、二人とも、自分ではどうすることもできなかった。そのまま意識が薄れていった。

五

再び気がついた時、二人とも、自分達の家の庭にある、小屋が上に建てられているあの大きな木の根元に座り込み、もたれかかっていた。

まるで長い夢から覚めたかのようなモリルは、頭の中がゴチャゴチャになって、自分達の今の状況が理解できずにいた。

「何をしてたんだろう……夢だったんだろうか……いつの間に、こんな所で寝てしまったんだろう……。いや、う～ん……、確か、いい匂いが……」

頭の中が混乱していた。まだボーッとしている。

あの甘ったるい匂いがモリルの鼻先にかすかに残っていた。

先に我に返ったのはモリルだった。モリルは頭をブンブン振って目をパチパチさせると、慌てて自分の持ち物を確かめた。

背中にはちゃんとザックを背負っていたし、両手はあの不思議な箱をとても大事にしっかり握り締めていた。そして自分の傍らには、まだ夢の中にいるようなボーッとしたメリルがいた。

「よかった。……でも、あの時、いったい何が起こったんだ？　それに、どうやって戻ってきたんだ？」

モリルは全く覚えていなかった。

「そうだ！　今、何時なんだ？　何日だ？」

モリルはとにかく今現在の日付を確認しようと、左腕にいつもつけている腕時計を見つめた。

「四時十三分。十一月……十日」

「え？　そんなっ……」

あれから三日も経っていた。もうライルの戻ってくる日だった。そして、それはライルの大切な誕生日を意味していた。しかも、夕方の四時を過ぎている。じきに、何時間も経たないうちに、ライルが帰ってきてしまう。

モリルは、慌てて傍らに横たわっているメリルを抱き起こすと、彼女の体を揺すり目覚めさせた。

「メリル、大変だ！　もう十日だ！」

「何？　どうしたの？　えっ、私……」

メリルはまだ自分の状況が理解できていなかった。

「モリル、何で？　私達、どうやって？　どうしたの？　覚えてないわ。思い出せないわ。どうしちゃったのかしら。なんで？」

メリルは、自分が知らない間に家に戻ってきていることに余計混乱していた。

「大丈夫だ。ほら」

モリルは、持っているあの不思議な箱をメリルにやさしく手渡した。するとメリルはやっと落ち着き、同時に安心したようだった。

「メリル、今日は、ライルの戻ってくる日だよ。しかも、もう三時間しかないんだ」

「きゃ〜、大変！　急がなくっちゃ！　バースデーパーティーの準備が間に合わないじゃない」

そう言ってモリルの胸にあの大事な不思議な箱を無造作に押しつけると、メリルは慌てて走りだした。

モリルは、そんないつものバタバタしたメリルを見てやっと安心し、彼女の後を追って自分も家に向かって走っていった。

玄関前には、きれいな包み紙に包まれた大きなリボンのついた箱がポツンと置かれていた（偶然にもモルテルは、きちんとラロック家の玄関を当てていた）。

その荷物に気がついたモリルとメリルは顔を見合わせて少し驚いた表情をしていた。これまで、ラロック家にこんな荷物が届くことなど一度もなかったのだから。

「珍しいわね？」

きれいにラッピングされたその箱を拾い上げたメリルが、不思議そうに呟いていた。

「とにかく、家の中に入ろう」

モリルは、そっとメリルを促してエスコートした。

二人が、玄関扉を開けた途端、もの凄い勢いで螺旋階段を駆け下りてきたリムが嬉しそうに跳びついて来た。リシエはモリルの友人のボルデ家に預かってもらっていたが、リムはこの家に一人で、いや一匹で留守番をさせられていたのだ。そんなことは今まで一度もなかったことだったので、寂しく心細かったリムは、ライルの部屋でみんなの帰りをずうっと待っていたのだ。

「よしよし、リム。落ち着け。大事な荷物を持ってるから、ちょっと待て」

二人の足にまつわりつきながら、リムも一緒に暖炉のあるリビングに入っていった。

大きなダイニングテーブルの上に、モリルは受け取ってきたあの不思議な箱を、メリルは玄関に届けられていたきれいな包み紙に大きなリボンのついた箱を置いた。そして、重たいザックをそれぞれ床に降ろした。

「さあ！　ご馳走にとりかからなくっちゃ！」

メリルは、ニコッとモリルに笑顔を見せるとキッチンに向かった。

「ザックを片づけたら、手伝うよ」

「リム、もうどこにも行かないから安心しろ」

モリルはそう言うと、重たいザックを二つ抱えて、自分の部屋に向かった。リムは、安心したのか、暖炉の前のいつものお気に入りの場所へ行き、横になると、すぐにウトウトとし始めた。きっと留守中、不安で、ずーっと眠っていなかったのだろう……。

大きなダイニングテーブルの上にポツンと置かれたままの二つの箱。周りに誰もいなくなると、一つの箱が、ゴトッと動いた。リムの耳には、確かにその音が聞こえた。

「ワン！　ワンワンワン、ワン！　ワン……」

つかの間の眠りからすぐに飛び起きたリムは、しきりにその一つの箱に向かって激しく吠えていた。普段は全く吠えることのないリムが、狂ったように吠え続けていた。

激しく吠えるリムの声を聞き、ビックリしたモリルとメリルは、慌ててリムの元に駆け寄ってきた。しかし、箱が勝手に動くはずがなく、別段、そこには変わった様子はなかった。

「ダメ！　も～、リムったら脅かさないでよ。忙しいのにぃー！」

メリルは、またすぐにキッチンに戻っていった。しかし、それでもリムは、諦めず、何かを伝えようとするように、まだ吠え続けていた。

「コラッ！　ダメ。やめなさい。リム、やめるんだ！」

モリルさえも強い口調でリムを怒鳴った。リムはシュンとなり、トボトボと、また暖炉の前のいつもの場所に戻るといじけた顔をしてうずくまってしまったが、訴えるような目だけはまだジーッとモリルを見つめ続けていた。

リムの訴えたかったこととは全然違っていたが、モリルはリムのおかげで、白い封筒と小さなカードが大きなリボンの間に挟まれているのに気がついた。

「『ゼンクゥール・ツロッツェン・タムグリア・イマルバルクン・ニュッリチェン・ワンクウォーミリンバ・スィット・レモンイバルバコロ・ナムリ・イフバール・デリフロッレッチル・ボックソッロー・クリボ

バキムン・ヲッメン・モルテル』？……何だ？　どういう意味だ？」

「『〈秘密お届け屋〉モルテル・ゼンクゥール』何だあ〜？　秘密お届け屋？　モ・ル・テ・ル？」

白い封筒には、宛名も差出人の名も書かれていなかった。

「これって？　もしかして……。これもライルに関係があるのかもしれない。メリル！　ちょっと、こっちに来てくれないか！」

モリルは、なぜかその封筒を一人で開けてはいけない気がして、無意識にメリルを呼んでいた。

「いったい今度は、なあに？」

時間がなく、急いでご馳走の準備をしているメリルは、呼びつけられ、ちょっと機嫌が悪そうだった。

「これ」

モリルは、メリルにまず、あのモルテルの名刺を見せた。そして、不思議そうな顔をしたメリルに、今度は真っ白い封筒を手渡そうとした。

「これ」

メリルの手がその白い封筒に触れたちょうどその時、真っ白いその封筒の上に、ふわ〜っと文字が浮かび上がってきた。驚いたメリルは、パッと封筒から手を離してしまった。すると、途端に、また真っ白い、何も書かれていない元の封筒に戻ってしまった。今、何も起こらなかったかのように……。

「メリル、きっと二人で持たないとダメなんだよ。ほらっ」

モリルは、なぜかとても冷静だった。そして、またメリルも一緒に真っ白い封筒を持つと、そこにはまた、ふわ〜っと再び文字が浮かび上がってきた。

『親愛なるモリル・ラロック　そしてメリル・ラロックへ——コバルリン森のデルブリックより』

「私達へよ」

メリルは驚き、囁くように呟いていた。

「ああ。デルブリックからだ」

そう言うと、モリルはその真っ白い封筒を慌てて開けた。すると中からは、また真っ白な紙だけが出てきた。隣に寄り添って、モリルの手元を覗き込んでいたメリルは、何も言わずにその白い紙に手を伸ばし、そっと、自分の指をのせた。するとまた、その紙の上に文字がゆっくりと浮かび上がってきた。

二人は、黙ったまま、じっとその光景を見つめていた。


『久しぶりじゃな。

モリル、メリル元気かな？　そして、今日、十歳を迎えた優しい息子、ライルも元気かな？

まずは、用件を伝えることにしよう。

一つは……、この手紙と一緒にモルテルに届けさせた物は、私からライルへの心ばかりのバースデープレゼントじゃ。お前達から渡しておくれ。決してわしからじゃと言ってはならぬぞ。秘密じゃからな。

もう一つは……、あの時、大切なことを言い忘れておった。お前達が今も大切に持っているじゃろう、あの、それぞれのカギ、いや首飾りをライルに与えなさい。ライルの力になり、そしてライルを守ってくれるじゃろう。ハハハハ、用件は以上じゃよ。

モリル、メリル、もしやと思うが、今、不安かい？

いいかな、お前達の息子、ライルを信じなさい。お前達の息子は、本当に良い子じゃ。

そして最後になるが、楽しいバースデーパーティーを！

ああ、そうじゃ、もう一つ、いつか、また会えることを楽しみにしているよ……。

デルブリックより』

その手紙は、読み終えるとまた、ただの真っ白い紙切れに戻ってしまった。ただ、文字が全部消えてしまう直前に、その紙の上にデルブリックのやさしく微笑んだ姿が、すぐ消えてはしまったが、一瞬現れた気がした。モリルもメリルも幸せそうな穏やかな顔をしていた。

先に口を開いたのはメリルだった。メリルは大きなダイニングテーブルに置かれていた二つの箱を持ち上げると、モリルに手渡した。

「とりあえず、これ、隠しておいて、私達の寝室にでも……」

「ＯＫ！　後のお楽しみってことだな」

モリルはニッコリ笑うと、ウインクしてみせた。

「そうね」

そう言うと、メリルも笑ってウインクを返した。

モリルもメリルも、この手紙のおかげで、気持ちが楽になっていた。何をそんなに心配し、不安になっていたのかとバカバカしく思えた。それどころか、今は、素敵な冒険をするであろうライルのことが羨ましくさえあった。

二つの箱を抱えて、自分達の寝室に入ってきたモリルは、大切そうにベッドの上に箱をそっと下ろすと、ベッド脇の変てこりんなチェストの一番上の引き出しから、美しい彫刻の施されたケースを取り出した。そして、そっと蓋を開けると、その中身をジーッと見つめ、あの時のことを思い出していた。モリルの顔は、ニッコリと笑っていた。

「モリルゥー、何してるの？　早く手伝ってぇ」

メリルのその大きな声に、今まさに思い出の中に浸っていたモリルは、現実に呼び戻され、慌ててリビングに戻っていった。

「もぉー、モリル、何してたの？」

「わるいわるい」

モリルは、笑ってごまかした。

「じゃ、モリルは、テーブルのセッティングと、飾りつけ、それから、ローソクの準備……、とりあえず、そんなとこかな？　お願いしま～す」

「ＯＫ！」

準備に夢中になっているモリルは、何だかウキウキしているように見えた。その一方、やっとバースデーケーキが焼き上がり、ホイップクリームで最後のデコレーションをしているメリルも、やっぱり、とても楽しそうだった。

大きなダイニングテーブルの上には、メリルお手製の刺繍の入った真っ白いカバーが掛けられ、ご馳走の盛られた大きなお皿が幾つも並び、四人分のスプーンにフォーク、ナイフ、冷やしたワインクーラーにシャンパン一本と四つのグラス、そして、そのグラスと同じ模様がほどこされた可愛らしいガラスの器が置かれていた。次にモリルは、部屋の飾りつけを始めた。ちなみに、ラロック家には、パーティー用の小道具や飾りをしまっておく専用の部屋まであった。モリルは、何度もその部屋とリビングを行ったり来たりして、慌ただしく走り回っていた。

「わ～、わあわあ……」

けたたましいメリルの突然の叫び声が、部屋中に響き渡った。

「どうした？　メリル」

「リシエ……リシエを迎えに行くの忘れてるわ！」

「わあ～！　しまった」

二人とも、バタバタと慌てていたため、友人のボルデ家に預かってもらっていた可愛い娘、リシエのことをすっかり忘れてしまっていた。

モリルは、「ごめん、リシエー」と叫びながら、血相を変えて玄関を飛び出していった。「お願いねー」と叫んだメリルの言葉は、もうモリルには聞こえていなかっただろう……。

メリルが、やっと完成した、たっぷりの生クリームとたくさんの苺が載ったとても大きな自慢のバースデーケーキをダイニングテーブルの中央に置き、その上にライルの歳の数のロウソクを立て始めると、まだいじけて暖炉の前でうずくまっていたリムが、玄関に向かって嬉しそうに飛んで行った。メリルが十本目のロウソクをケーキに差し終えた、ちょうどその時、モリルとリシエが仲良く帰ってきた。

「ただいま〜」

「たりゃいみゃ〜。あはは。きゃはは……」

リシエは、三日間も家族と離れ離れだったのに、そんなことは今まで一度もなかったのに、しかも両親に預けられていたことを忘れられていたのに、それにもかかわらず、とても上機嫌だった。そんなリシエの頬っぺをリムは、嬉しそうにペロペロとしつこいぐらい舐めていた。リシエは、嬉しいのかくすぐったいのか、キャッキャと一段と機嫌良く笑っていた。

「おかえり」

リビングから、頬っぺたにクリームをつけたまま飛び出してきたメリルは、リシエをギュッと抱きしめた（さっきまで、すっかり忘れていたリシエに対するお詫びを込めて……）。

「さあ、もうすぐライルが帰ってくるわよ！」

六

「たっだいまー！」

それから間もなく、元気いっぱいのライルの大声が、ラロック家に響き渡った。

「あれ？　おかしいな？　誰もいないいなんて？」

ライルは、勢いよく玄関に飛び込んできたが、夜の七時を回っているというのに、家の中は真っ暗だった。暗いだけじゃなく静まり返っていた。ライルは、モリルとメリルに隣町のことを早く話したくてウズウズしながら帰ってきた。誰もいないことに最初は拍子抜けしたが、今度は自分のいない間に何かあったんじゃないかと心配になってきた。そのまま荷物を玄関に下ろすと、「誰もいないのぉー？　メリル、モリル？」と叫びながら、扉を開けてリビングに入っていった。その瞬間、

「パンパンパーン！　パンパン！　パーン！」

静まり返った真っ暗なリビングに、もの凄い音が鳴った。ライルは、とっさに頭を手で覆い、縮こまった。

ライルを驚かせるために、ひっそりと隠れ待っていた、モリルとメリル、そしてリシエからの盛大なお祝いの特大のクラッカーの音だった。両親のいたずら心からの素敵な演出だったのだが、ライルは、ビックリしたのもつかの間で、ポカーンと部屋の入口に突っ立っていた。

ライルは、初めてだらけの隣町での体験を、残らず全部、両親に早く話したくて、ウズウズしながら急いで帰ってきたので、わけが分からず呆気《あっけ》にとられていた。もちろん、今日が自分の誕生日なんてこともこれっぽっちも頭になかったし、すっかり忘れていた。

ポッ。ポッ。ポッ。……

「？」

ダイニングテーブルの上に、次々と十個の炎が灯ると、みんなの歌声が聞こえてきた。

「♪ハッピーバースデー・トゥーユー……」

バースデーソングだった。十本のローソクの炎の間から、みんなの笑顔が、ぼわーっと浮かび上がって見えた。

「♪ハッピーバースデー・ディア・ライル……ハッピーバースデー・トゥーユー」

「ライル、お誕生日おめでとう！」モリルが嬉しそうに言った。

「おめでとう！」メリルとリシエも、嬉しそうに続いた。

「さあ！　突っ立ってないで、早くこっちに来て、ロウソクの火を消して！」

そう言って促すメリルの言葉を聞いても、ライルは、ピンときていない様子だった。

「あっ、えっ？　ただいま……。えっ、僕の？　誕生日だっけ？　ハハハハハハ……エヘヘ、すっかり忘れちゃってたよ。へへへ……そうだよね、うん、ありがとう！　やったあー！　凄いや！」

「さあ！　ライル、早くロウソクの火を消せよ。もう、みんな腹ペコだぞ」

今度はモリルが、興奮して照れくさそうにその場でモジモジしているライルに催促した。

「うん」

ライルは、ダイニングテーブルに集まっている家族の顔をぐるっと見回すと、「ふう〜う、ふうっ」照れくさそうに顔を赤らめながら、バースデーケーキに立つ十本のろうそくの炎を一気に吹き消した。

「おめでとう！　ライル」

モリルとメリルは、また優しい笑顔でお祝いを言ったが、リムは、「待ってました！」というように、リシエをさしおいて、ライルに飛びかかった。そのリムの勢いでライルは床に倒れ込んだが、リムはお構いなしで、狂ったようにペロペロとライルの顔中を舐めまくった。ライルの帰りを待ち望んでいたリムの、もの凄い喜びの歓迎だった。

「分かったよ。分かったってばぁ。リム、もうやめろってばぁ〜。おいったら」

そう言いながら、ライルの顔はまんざらでもないようで、とても嬉しそうにニコニコしていた。リシエは、そんな二人の、いいや、一人と一匹の姿を見て、ちょっとリムに嫉妬していた。だって、自分もライルの帰りを楽しみにしていたのだから……。

モリルは部屋の明かりを点けて、みんなのグラスにシャンパンをついだ。もちろん、みんなのグラスとお揃いの模様が描かれたガラスの器にも、リム用に、みんなと同じようにシャンパンが注がれた。

「さあ！　腹ペコだ。乾杯しよう。みんな席に着いて、グラスを持って、いくよ！」

「かんぱーい！」

家族みんなで仲良く祝杯をあげた。

時刻は、もうすぐ夜の八時になろうとしていたし、とにかくみんな、本当に腹ペコだった。だから、何よりまず、ずらーっとテーブルに並んでいるご馳走を食べることにした。もちろんリムも一緒だった。モリルが作ってくれた自分の椅子にきちんと座っている。

モリルとメリルは、何を差し置いてもとりあえずは、家族みんなでライルの誕生日を楽しくお祝いし、楽しく食事をとることにしていた。話はその後にしようと決めていた。

今夜のラロック家の食卓は、普段より特別に賑やかだ。

ライルは、チキンを頬張りながら、隣町での出来事、ホームステイ先の家での出来事を熱っぽく、そして興奮気味に喋り始めた。

「凄いんだ！　あのね、二階建ての真っ赤なバスに乗って行ったんだ。モリルもメリルも見たことないと思うな、すっごいでっかい窓が全部の席についててさあ、すっごい見晴らしいいんだ！　しかも僕達、二階に座れたんだ。ラッキーだったよ！　最高の眺めだよ。それでね、すっごいでっかい湖があったんだ、途中でだよ。湖の水がザブーンザブーンって、僕達が立ってる所まで向かってくるんだ。本当に、でっかーいんだ。それでね、え～と、そうそう、僕達の村って、凄く大きいんだね。先生が隣町に入ったって教えてくれた時には、あんなに朝早く出発したのに、もう薄暗くなってたんだ。隣町って、すっごいビルが建ち並んでるんだ！　すっごい高さなんだよ！　道なんて、全部、アスファルトってやつできれいに舗装してあって、人が歩くところはびっしりとレンガが敷き詰められてて、土のドロドロしたとこなんてひとつもないんだもん！　それにね、道の横には、いっぱい店が並んでて、何でもあるんだ。ビックリしたよ……ほんとにビックリさ！　とにかく凄いんだ！

それに、向こうの学校って凄い立派で、僕達の学校とは大違いだよ。歓迎会を開いてくれたんだけど、凄い生徒の人数で大きい体育館もギュウギュウ詰めだったよ。先生もたくさんいたよ。全く比べものにならないよ」

モリルもメリルもライルの話を黙って聞いていたが、リシエはさんざんはしゃいだあげく、フォークを握りしめたまま、そのままウトウト眠ってしまっていた。リムも、食事を平らげると、自分の席からピョンと飛び降りて、ライルの足元にまるまって、眠ってしまっていた。

「それで、僕達は、ルリア・キャンベルっていう女の子の家に行くことになったんだ。ルリアのパパが学校まで迎えに来てくれたんだ、ピッカピカの車で、これが、すっごいかっこいいんだ。そうそう、ボブ、バスに酔っちゃって、キャンベルさんの車に乗り込んですぐ吐いちゃってさっ、だらしないんだ、アイツ。全然、ダメだよ。

そうそう、ルリアの家は、木じゃないんだ。ルリアのパパが説明してくれたんだけど、何か難しいこと言ってて僕には分からなかった。とにかく、うちとは全然違うんだ。それでね……」

自分の息子がこんなにおしゃべりだったのかと思うほど、ライルの話はとめどなく続いた。

食事の手を止めて話に夢中になっているライルに、やっとメリルが割って入った。

「ライル、落ち着いて。まずは食事をしなさい。時間はたっぷりあるわよ」

そう言って優しく微笑んだ。

「ハハハハ！　そうだぞ、明日から冬休みなんだろ。ゆっくり聞かせてもらうから、まずはちゃんと食べろよ。みんなうまいぞ～、それに、まだまだケーキも待ってるからな！」

モリルも笑って、付け加えた。

「そうだね。ごめんメリル……うまいよ。へへへ」

ライルは、目の前のご馳走をガツガツ口の中に詰め込んでいった。一気に詰め込み過ぎて、ライルは何度もむせていた。そういえば、自分もかなりお腹が減っていたということに気がついた。……やっとだ。あまりにも興奮していたので、ライルはそれすらも忘れていたようだ。

「うまいよ。うぐっ。うん、ごれぼ、うばい。うっんぐ。ゴホッ……うまい」

そんな夢中で美味しそうに食べるライルの姿を見て、メリルはとても満足だった。

「ゴックン、あぁ～うまかった。どれも全部最高だよ」

ライルは、メリルの料理をちょっとオーバー気味に褒めちぎった。

「当たり前さっ、メリルの料理が一番さっ！」

負けじと、モリルもおどけてよいしょした。でも、まんざらよいしょでもなかった。モリルは密かにメリルの料理の腕前を自慢に思っていた。

「アハハハ、ハハハ！」

メリルは、二人が大げさに自分の料理に感動してみせていることは分かっていたが、それでも最高に嬉しかった。

「さっき、どこまで話したっけ？　そうだ、ルリアの家の話だったよね？　そうそう、僕達、キャンベルさんにいろんな所に連れて行ってもらったんだ！　遊園地だろ、動物園だろ、水族館、デパートやレストランに……」

「なあ、ルリアちゃんはどんな子なんだ？」

「えっ？　ああ、うん、え～と、女の子とは思えないほど活発で、何にでも物怖じしなくって気が強いんだ。でも、正直で素直なところもあるかな。そうそう、遊園地で、振り落とされるかと思うぐらい凄いスピードのドリームスターっていう乗り物に乗った時なんて、ボブだけじゃなくロイブまで顔を真っ青にして、吐きそうになったのに、ルリアはキャアキャア大騒ぎしたくせに、全然へっちゃらで何度も乗ってたよ、アイツ、本当は、男に生まれるべきだったんじゃないかな。ああ、僕は全然へっちゃらだったからね！」

「そう、それで？　ルリアちゃんは、可愛かった？」

「えっ？　何言ってるの？　そんなこと……そんなの知らないよ！」

ライルの脳裏にルリアの笑顔がよみがえっていた。「私、長い髪が嫌いだから、いつもショートカットなの」と言ったルリアのクルッとした大きな目、青色《ブルー》の瞳がとても印象的で、色白で、見た目はとても女らしく可愛かった。

　ライルの頬っぺたが少し赤らんでいた。

「そっ、それよりさぁ、デパートなんて、何でもあるんだよ。ああ、それから、動物園って、あんなにいっぱい動物がいるんだね。でも……、森じゃないんだ。狭い檻の部屋の中にいるんだ……。変だよね？　水族館でも……、狭い水槽の中だった」

　今まで、体全部をいっぱいに動かし、目をキラキラ輝かせて夢中に話していたライルが、突然、黙り込んだ。

「どうしたんだ？　ライル？」

　モリルが、心配してライルの顔を覗き込んでいた。

「あの時は、思わなかったんだけど……あんなの本当は可哀想だなって思って……」

「そうね、この森にいる動物達の方が幸せかもしれないわね」

　メリルが優しく言った。

「うん。そうだね。え～と、それから、何だっけ、いろんなことあって……。どこも、すっごく楽しくて、面白かったんだ」

　そこまで話すと、一息つき、

「本当に、楽しかったなっ。あっという間だよ、四日間なんて。もっといたかったな～。夢のような街だったなあ～」

そう言って静かになった。ライルの頭の中は、また隣町に逆戻りしてしまったようだった。

「あっ！　忘れてたあ～。ルリアのパパとママが、必ず、ご両親によろしく伝えてくれって。一度、こっちにも遊びに来たいって言ってたよ」

「そうか、今回のお礼も言いたいし、遊びに来てくれるといいな。素敵な友達ができてよかったな、ライル」

モリルは、ライルの頭をクシャクシャと撫でた。ライルの頬っぺたがまた赤くなっていた。

「そうだ！　ライル。プレゼントがあるぞ」

まだ、誕生日プレゼントをライルに渡していなかった。

「ちょっと待ってろ」

そう言って、モリルは寝室に入っていった。ベッドに置かれたあの二つの箱にちらっと目をやると、別の包みを手にして、また急いでリビングに戻った。

「はい。ライル」

その包みを受け取ったライルは、嬉しそうにすぐに開け始めた。包みの中は、ライルの誕生日恒例のプレゼントであるモリル自作のフクロウの彫刻の置物だった。モリルは、毎年毎年、ライルの誕生日に一羽ずつ、違う種類のフクロウを彫って、欠かさずプレゼントしてきたのだ。その見事なフクロウの置物(本当に、本物そっくり。いや、生きているようだった)をライルは、凄く気に入っていたし、毎年、とても楽しみにしていた。そして、自分の部屋の棚に並べて、全部、大切にしている。

ライルは、なぜか赤ん坊の時から、フクロウが大好きだった。最初は、ライルが誕生してすぐに、一羽のフクロウの彫刻をプレゼントした。それを見ると、ぐずってどうしようもないライルもすぐに泣き止んだ。それ以来、モリルはライルの誕生日が近づくと、フクロウの置物を彫ることにしたのだ。

　モリルは、ず～っと前から、ライルが十歳を迎える年には、自分の一番のお気に入り、とっておきのフクロウと決めていた。そして、今年は特に、ライルに気づかれないように、見つからないように注意して作っていた。もちろん毎年、気づかれないように気をつけてはいたが、今年は特に慎重だった。おかげで、モリル自身も納得する傑作に仕上がった。今年のプレゼントのフクロウは、モリル自身も、今までで一番、気に入っていた。

「うわぁ～、凄いや！　これで十羽、ううん、十一羽目だね。最高のプレゼントだよ。父さん、ありがとう」

　ライルは、久しぶりに、モリルのことを父さんと呼んだ。

　モリルは、父さんと呼ばれたせいか、そして今年も、自分のプレゼントをいつものように喜んでくれたせいか、それとも、あのことがあるせいか、妙に、ジィーンとしていた。

「ライル、今年は、私からもプレゼントがあるわよ」

「ええー、ホント？　何々？」

　毎年、プレゼントはモリルの手作りフクロウだけだったので、ライルは驚いたが、嬉しそうだった。

　メリルは、エプロンからおもむろに、リボンのついた小さな箱を取り出すと、ライルに渡した。

「開けてもいい？」

「もちろんよ、どうぞ」

メリルは、優しく返事をした。

テーブルの上で慌ててリボンを解き、箱を開けて中を覗き込んだライルの顔が、一瞬にして輝くような笑顔に変わっていた。

「うわぁ～、これ欲しかったんだ！　ずーっと前から……。やったあ！　ありがとう、母さん。本当にありがとう。とっても嬉しいよ。最高の誕生日だ！」

ライルは、メリルのことも、久しぶりに母さんと呼んでいた。

ライルは、メリルにお礼を言うと、プレゼントのナイフを手に取り、上に掲げて、本当に嬉しそうに見つめていた。ライルは、いつもナイフ一本を器用に使い、さっさっと、何でも見事に彫り上げてしまうモリルに、幼い頃から憧れていた。いつも、そんなモリルの作業する姿を、横に座っていつまでも眺めていた。

メリルは、そんなライルのことをずっと見てきていたし、ライルは言わなかったが、自分のナイフを前からずうっと欲しがっていたことも知っていた。それに、もうライルも十歳になる。男の子は、そろそろナイフぐらい使いこなせないと、と思っていたので、ちょうどいいタイミングだった。

「ライル、もう遅いわ。先にお風呂に入ったら？」

いつの間にか、もう夜の十時を回っていた。

「ＯＫ！　そうするよ」

今日のライルは、上機嫌のせいか、やけに素直だった。プレゼントを持って、玄関にほうり出したままの自分の荷物を担ぐと、螺旋階段を駆け上がって、自分の部屋に入っていった。ドサッとカバンを床に置くと、ナイフを机の上に置き、モリルのフクロウを、他の十羽達が飾られている棚に順番どおりに並べ、フクロウ全部をもう一度眺めた。そして、満足すると、パジャマを引っ掴み、バスルームに走っていった。リビングから飛び出して来たリムがその後を追ったが、すぐに、ライルに「待ってろ！」と言われてしまったので、しょんぼりと、またリビングに戻っていった。

メリルは、少し不安になっていた。目を輝かせて、夢中で隣町での出来事を話すライルを見て、今、あの子を隣町に行かすべきじゃなかった、すっかり街に憧れてしまったんじゃないかと後悔し始めていた。

モリルは、ライルの話を聞きながら、いつあの不思議な箱を息子に渡そうかと、そして何と言って渡そうかと、ずっと考えていた。

モリルは、自分の横で心配そうな顔をして考え込んでいるメリルの肩に手を置くと、

「大丈夫だよ。『お前達の息子、ライルを信じなさい』だろ」

と、笑ってみせた。

「そうね、ごめんなさい」

メリルは、少しのことで動揺した自分を恥ずかしく思い、これからは、ドンと構えていようと決心した。

ライルは、お風呂の中で、この目まぐるしかった四日間を思い返していたのか、いつもより長風呂だった。モリルとメリルは、暖炉の前のソファーに座って、何やら話し合っていた。

そこへ、お風呂から上がってきたライルが、暖炉の前にまるまって寝ていたリムを抱きかかえながら、モリルとメリルの方を向いて、また照れくさそうにした。

「おやすみなさい。今日は、本当にありがとう」

今日のライルは、どうしても、もう一度お礼を言いたい気持ちでいっぱいだった。

「ライル、もう少しいいかな?」

モリルが、自分の部屋に行こうとしているライルを呼び止めた。

「うん。構わないよ」

ライルは不思議そうな顔をしている。

「ライル。私達から、まだプレゼントがあるの」

メリルがそう言うと、ライルは、今度は驚いた顔をした。

「本当に? 何? ナニナニ? スゴイや! ヤッホー! 最高だあ! どうなってるの?」

ライルは、もう有頂天になり、飛び跳ね、リビングを駆け回っていた。ビックリしたリムもライルの後について一緒に駆け回っていた。

「ライル! 落ち着いて。そこに座って」

メリルは、はしゃぎ過ぎているライルに少し強い口調で言った。

「ああ、そこに座って、ちょっと待っててくれ」

メリルに続き、モリルも真面目な顔つきで言った。

そんな二人の真剣な顔つきに驚いたライルは、黙って、言うとおりソファーに座り込むと、リビングを出ていったモリルの戻ってくるのをおとなしくメリルと待っていた。リムは、ライルより先に何かを感じとったのか、すでにいつものお気に入りの場所でおとなしくまるまっていた。

ライルはたまらず、口を開いた。

「いったい何なの？　モリルもメリルもおかしいよ。急にどうしたの？　何か変だよ」

そこへ、モリルが二つの箱を抱えて寝室から戻ってきた。モリルの箱を抱えたその姿を見て、ライルは、なんだあ、ほんとにプレゼントなんだぁと、ホッとした。でも、相変わらず、二人は、真面目な真剣な顔をしていた。

モリルは、メリルの横に座ると、大事そうに丁寧に二つの箱を自分の隣にそっと置いた。

「メリル、私から話すよ。いいかい？」

モリルは、もう一度確認するかのように、メリルに同意を求めた。メリルは、ただコクリと静かに頷いたが、しかしモリルは、それから黙ったままだった。その二人の様子は、ライルから見ると、やっぱり違和感があったし、どこか変だった。

「ライル、真剣に聞いてほしいんだ。ライルも、今日でもう十歳になったよな？」

「うん」

「ライル、まず最後まで父さんの話を黙って聞いてほしい。いいかい？」

モリルが自分のことを父さんと言ったのは、初めてのことだった。

「うん」

ライルは、自分の体が、自分の意思とは関係なく、ちょっとビクンとしたのを感じながら、いつの間にか返事をしていた。

モリルは、ライルに気づかれないように、小さく深呼吸をするとまた話し始めた（モリルの話が始まると、まるまって眠っていたはずのリムの耳が、突然ピクピクと動きだした)。

「ライルも、今日でもう十歳だ。父さんは、ライルに、もっともっと、いろんなことに興味を持ってほしいと思ってる。そして、自分自身で考えて、行動してほしい。いろんな所に目を向けてな。時には、冒険することだって必要だと、父さんは思う。父さんも母さんも、ライルと同じ歳に、とびっきりの冒険をしたんだよ。もちろん、大変なことがたくさんあったけど、それ以上に楽しいこともたくさんあった。その時、大切な友達もたくさんできたし、今も大切な父さんの思い出だよ。母さんだってそうさ。だから父さんも母さんも、ライルにも、そういう経験をしてもっともっと成長してほしいと思ってる。

ライル、きっと、お前にも、そういう時がきてると思うんだ。辛いことがあるかもしれない。困ったことや恐ろしいことに遭うかもしれない。それでも、自分自身で考えて、一つ一つ解決してほしいと思う。諦めずに……。大切なのは、自分を信じること、そして、恐れずに立ち向かって行くことだ。もう一つ、誰に流されることなく、自分自身で善悪を見極めることだよ。いいかい、ライル。父さんと母さんは、いつでもライルのことを思っているし、愛している。今、父さんの言ったことを忘れないでくれ。

そして、これが、ライルの冒険への第一歩だよ。この中には、ライルにとって素敵な物がきっと入っているよ。う〜ん、ライル自身が見つけるって言った方がいいのかもしれないなっ。きっと、これからのライルの助けになると思うよ」

最後にそう言って、森の中で受け取ったあの不思議な箱をライルに手渡そうとしたが、一瞬、モリルの動きが止まった。モリルは、顔には出さなかったが、少し不安になっていた。もし、ライルに手渡した瞬間、この箱が、ズシリと重くなり、ライルが持つことすらできなかったら、この先、ライルは、どうなるのだろうか……。本当にライルは、この箱を手にするのに相応しい子なのだろうか……。モリルは今、自分達が、森の中で、この箱を初めて手にした時よりも緊張していた。

　モリルがあれこれ考えているうちに、ライルの方からモリルに歩み寄り、モリルから不思議な箱を黙って受け取っていた。モリルの心配は、全くの取り越し苦労だった。ライルは、受け取ったその箱を見つめ、少し、戸惑った表情をしていただけだった。

　モリルは、幼い頃からよくいろんな話を聞かせてくれたが、こんな真剣な顔をして真面目に話をしたことは一度もなかった。これが初めてのことだった。僕がいたずらをした時だって、テストで恐ろしく悪い点を取って帰ってきた時も、モリルは怒るどころか笑い飛ばしてくれた。

　戸惑うライルの気持ちを無視するように、モリルはすぐに、もう一つの箱、モルテルによって届けられ、玄関に置かれていたあのデルブリックからのプレゼントをライルに手渡した。

「ライル、それは、私達の大切な人、そう、私達が冒険をした時に出会った人から届いたんだ。ライルへの誕生日プレゼントだよ。大切にしなさい」

　ライルは、次々と渡される贈り物を前に、自分の中で動揺する気持ちを必死で整理しようとしていたが、そんなライルにおかまいなしでモリルは、またポケットから何かを取り出して、それをライルに差し出していた。

「最後に、父さんと母さんからもう一つずつ大切なプレゼントだよ」

　メリルも一緒に、同じようなものをライルに差し出していた。

「これは母さんからよ」

メリルは、そう言うと、モリルの差し出した首飾りと、それとそっくりの自分の首飾りを一緒に、ライルの首に掛けてあげるとライルの顔を見て優しくニッコリと微笑んだ。

「父さんと母さんは、お互いに冒険をしていた時に、初めて出会ったんだ。その冒険が終わると、離れ離れになったけど、大人になって、また再会することができて結婚したんだ。父さん達が再会できたのも、きっとコレのおかげかな。コレは、冒険の時に見つけた物なんだ。それからずーっと、父さんと母さんの宝物なんだ。これからは、ライルが、いつも身に着けて大切にしてほしい。きっと、ライルを守ってくれる。

父さんと母さんからの話は、これで終わりだよ。もう遅い。さあ、部屋に行って休みなさい。おやすみ、ライル」

「ライル、おやすみ」

そう言って立ち上がると、メリルは優しくライルのおでこにキスをした。

「おやすみなさい」

ライルは今、モリルとメリルに聞きたいことが山ほどあったが、二人にせかされるように、おやすみを言うと、二人に貰った全ての物を両腕に抱え込んでリビングを出ていった。リムもその後をついて一緒に出ていった。

ライルが出ていくと、リビングでは、モリルが黙ったまま、じっと考え込んでいた。自分は、きちんとライルに話をしてやれたんだろうか、あんな言い方で良かったんだろうか、もっといい話し方があったんじゃないか、ライルは分かってくれただろうか……。考えることは尽きることなく、モリルは頭を抱え込んでいた。

「大丈夫よ、モリル。きっと分かってくれるわ、ライルなら。心配するのはよしましょう。さあ、モリルもお風呂に入って！　今夜は、もう遅いわ。私達も早く寝ましょう」

「ああ」

それだけ言うと、モリルはゆっくりと立ち上がり、バスルームへ向かっていった。

第二章　七つの卵の木

一

ライルは自分の部屋に入ると、モリルから受け取った二つのプレゼントの箱と、モリルが首に掛けてくれた真ん中に白い円すい形をした動物の牙のような物がぶら下がっている両親の宝物の、そっくりな二つの首飾りを、フクロウの形をしたランプがある机の上に置き、ベッドに仰向けに倒れ込んだ。

ライルはそのまま、自分の部屋の天井を見つめていた。不思議な形をした、異様に高い部屋の天井には、ちょうどベッドの上辺りに小窓がついていて、その窓からは、夜空に輝く満天の星空が覗いて見えていた。もう真夜中だったし、冬の澄み切った空気の晴れた夜空には、一段と星がきれいに見えるのだ。まさに、今日は、最高に美しい星空が広がっていた。しかし、今のライルの頭の中は、それどころではなかった。モリルのさっきの話を思い出していた。

ライルはずーっと考え込んでいた。眠れるはずがなかった。

「モリルは何で突然あんな話をしたんだろう。あんな真面目に話しちゃってさっ！　いったい、どうしたっていうんだ。どういうこと？　どういう意味？　冒険？　その時？が来たって……僕の冒険って何のことだろう。モリルもメリルも、冒険したって言ってたけど……。どんな冒険かは話してくれなかったし……。いつものモリルなら、そういう話なら絶対聞かせてくれるのになぁ。きっと、僕は聞いちゃダメなんだ。そんな感じだったもんな〜。――あっ、そうだ、大変なことって？　何なんだ？……絶対変だ！　もう！　……僕には、分かんないや！」

突然ライルは、両手で自分の頭をグシャグシャとかきむしると、ベッドの上をのたうち回っていた。ライルの隣で、安心してすぐに眠りについていたリムは、ビックリして飛び起きると、ベッドの端っこに避難してライルのその様子を見つめ、不思議そうに何度も何度も首を傾げていた。

しばらくすると、ライルはいきなり起き上がり、ベッドの上に胡坐をかくと、少し離れた場所にある机の上に置かれたままのモリルがくれたあの箱をジーッと見つめ出した。

「そうだ、箱の中にあるって……。僕が見つける素敵な物……。僕を助けてくれる……。僕の冒険……。冒険への第一歩」

ライルは今、その箱の中身がとても気になって仕方なくなっていたが、なぜか、すぐに確かめようとはしなかった。小さい時から何に対しても好奇心が強かったが、今回は慎重になっているようだった。モリルがあんなに真剣な顔をして話をしたせいか、何となくだが、その箱を開けるには、きちんとした覚悟が必要な気がしていたし……、どうしてなのかは自分でも分からなかったが、漠然とした不安もあった。その不安は、今までライルが感じたことのない、自分でも説明できないものだった。

しばらくすると、ライルは急にベッドから立ち上がり、その箱が置かれている自分の机に向かって、ゆっくりと引き寄せられるように歩きだした。眠たそうなリムは、ベッドの上でまるまっていたが、それでも目だけはライルの方を見ていた。

「何てきれいな箱なんだろう……。へぇ～、不思議な箱だなあ～」

今、ライルの手は、自然にその箱に伸びていた。

「えっ！　わあ～、何？　何？　何？　ちょっと触れただけなのに何でこんなに……こんなに冷たいんだよ！　尋常な冷たさじゃないよ！　うぅ～……、寒くて凍えそうだ……。何なんだあ～」

ライルは、慌てて薪ストーブの前に飛んで行った。その前で、歯をガチガチいわせながら、ブルブルと震えるライルの唇は紫色になっていた。ライルは今、驚きを通り越し、漠然とした恐怖と寒さとで体が固まってしまい、動けずにいた。だが、その一方でとても興味が湧いていた。

「モリルがくれたんだ、変な物であるはずない。でも、今のは何なんだ？　何が……。きっと、簡単な気持ちで開けちゃ駄目なんだ！　どうしよう……。気になるけど、怖い……」

体を温めながら、ただ時間だけが過ぎていった。

「そうだ！　そういえば、もう一つ……。とりあえず、もう一つの方から開けてみよう！　確か、モリルは、大切な人から届いたって言ってた。その人には、冒険した時に会ったって言ってたっけ。僕にプレゼントって、何だろう？」

その箱は、きれいな紙で包まれていて、おまけにきれいな大きなリボンまでついていた。まさに、ごく普通のプレゼントという姿だった。おかげでライルは、一度も会ったことのない人からのプレゼントだったうえに、あんな話の時に、しかもあの不思議な箱と一緒に渡されたのに、警戒せずに済んだ。その証拠に、嬉しそうにすぐ手に取り、床に座り込むと、急いでリボンをほどき、包みを剥がした。すると、白樺のような木でできた蓋のついた木箱が現れた。その木箱はとても大きく、ライルは何が入っているか、何をくれたのかとても楽しみでワクワクした。

木箱の蓋を開けると、その中には、色とりどりの鮮やかな葉っぱがぎっしり詰まっていた。

「ううん？」

木箱の中の葉っぱは、いろんな形をしていて、本当に色とりどりでどれも鮮やかだった。その葉っぱは、最初は落ち葉のように見えたが、どれもみずみずしく生き生きとしていて、とても葉っぱとは思えなかった。本当にとてもきれいなものばかりだったが、ライルの想像する中身とは全く違っていた。

「えっ？　何、何だ？　まさか、これじゃないよね？　そうだよ、幾らなんでも葉っぱの山の贈り物ってことはないさっ……。こんなのわざわざ送ったりしないよな」

ライルは、木箱の中の葉っぱを掻き分けた。すると、箱いっぱいの大きさの茶色い物体が出てきた。ライルには、それが何なのか全く分からなかった。すっぽりと木箱に納まったその物体を取り出すと、それは、真ん丸いボールのような、表面は木の実のような物で、それが一つだけ入っているようだった。ライルは、目の前にあるプレゼントが何なのか、ますます分からなくなった。

「？」

ライルは、これだけのはずがない、他にも何か入っていないか？　手紙があるかもしれないと思い、木箱をひっくり返して揺すってみた。ボトンと茶色い丸い物体が落っこちると、コロコロとライルの周りを転がって、中に入っていた葉っぱが床一面に散らばった。床に広がった葉っぱの中には、ライルの予想どおり、紙が一枚紛れ込んでいた。紙だと思ったが、拾い上げてみると、それは皮のような物だった。
そこには、文字が書かれてあった。

『―七つの卵の木の育て方カード―
i．一度、木箱から全部を取り出してください。
ii．空になった木箱に一緒に入っていた葉っぱを全部戻してください。
　ж葉っぱの入れ方によってかなりの違いが出ます。
iii．葉っぱの上に、七つの卵の木の実を置いてください。
iv．お気に入りの場所に置いておきます。
　ж生長するまでは、一度置いた場所から決して動かさないでください。
　――その他の注意事項――
☆必ず木箱の中で育ててください。
　木箱から他の場所・他の物へ植え替えないでください。死んでしまいます。
☆求められるまでは、決して水を与えないでください。
☆木箱の蓋は、栄養と薬になりますので捨てないでください。
　適度に与えると健康に育ちます。
☆一つ一つの木の実は、大切に使ってください。

☆木の実をつけない場合、しばらく寝かせてください。
☆あまり大きく生長させると、本来の姿と異なる場合がありますのでご注意ください。
　……あなたにも、幸運が訪れますように……
※なお、コンテストにたくさんの方が出品されることを願っております。
　あなたもグランプリをとれるように育ててみてください』

ライルは、目の前に転がっているその茶色いボールのような物をまた手に取ると、ジロジロと隅々まで眺め回した。

「これが、ホントに木の実なのか？」

こんな木の実をライルは、初めて目にしたし、見たこともなければ聞いたこともない。こんな物がこの世にあることすら知らなかった。それに、この『七つの卵の木の育て方カード』に書かれていることが、ライルには納得できなかった。本当に、これが植物の一種だったとしたら、そんな育て方があるわけがない。どう考えてもおかしいと思った。でも、これをくれたのは、モリルとメリルが大切に思っている人だと聞いていたので、怪しいものであるはずがなかったし、モリルにもこのプレゼントを大切にするように言われたので、戸惑ったし不思議だったけれど、そこに書いてあるようにきちんと育ててみようと思った。それに自分が全然知らない物だったので、生長したらどんな物なのか、どんな姿をしているのか、凄く、興味もあった。

「まずは、え～っと、『箱から全部出す』かぁ～。もう出しちゃったし……」

ライルは、『七つの卵の木の育て方カード』に書いてあるとおりに育ててみることにした。

「次は……『木箱に葉っぱを全部戻す』だ」

ライルは、さっき自分が部屋の床にばら撒いてしまった葉っぱを拾い始めた。

「こんなことなら、もっと上手く出せばよかったよ」

ライルが床に落ちている葉っぱを乱暴に掻き集めると、そのせいで少しの風がたち、いたる所に散らばっていた葉っぱが舞い上がってしまった。葉っぱの中には、ライルの息遣いだけで舞い上がってしまうようなフワフワの物もあり、床に落ちている葉っぱを拾って木箱に戻すだけの単純で簡単なはずの作業なのに、ライルは結構手間取っていた。

ほとんどの葉っぱを木箱に戻したが、一枚の葉っぱ、上等な羽毛のように軽くてフワフワの葉っぱが、ライルが手を伸ばして拾おうとすると、そのライルの動作だけでまた違う所へ舞い上がってしまう。その葉っぱは、まるでライルから逃げているようだった。ライルは、天井高くまで舞い上がってタンスの上に落ちてきたその最後の一枚の葉っぱを、やっと捕まえた。捕まえた最後の葉っぱを木箱に入れると、また舞い上がってしまわないように慌てて木箱に蓋をした。

「ふぅ～。やっと終わった。これで、本当に全部だ！　ふぅ～」

ライルは、葉っぱ全部を木箱に戻すだけの作業に何分もかかってしまった。葉っぱを追いかけて部屋中を走り回ったり、飛び跳ねたりしたので、ライルの額には、うっすらと汗が滲んでいた。

ライルのこの騒ぎで、リムはもうベッドの上で寝ているどころではなくなっていた。最初は、眠たそうにボーッとしていたリムだったが、葉っぱを追いかけるライルに何度も踏まれそうになったので、すっかり目が覚めてしまった。そして、舞い上がる葉っぱを楽しそうに、ライルと一緒になって追いかけ回し、ジャンプして口にくわえようとしていた。今は、リムも疲れたのか、口から舌をダラ～ンと出して、ハアハアと荒い息遣いをして床に伏せていた。まるでモップのように短い四本の足を全部真っ直ぐに伸ばして……。ちなみにライルは、リムのその姿がお気に入りだった。

ライルは、喉がカラカラになっていたので、キッチンに飲み物を取りに行くために自分の部屋を出て、暗闇の中、螺旋階段を下りて行った。

大きなマグカップ二つに、一つはジュースを、もう一つには水を入れて部屋に戻ってきた。ライルが部屋の扉を開けると、リムは七つの卵の木の実に鼻を近づけて、不思議そうに小首を傾げながらクンクン臭いを嗅いでいた。

「おい！　何するんだ！　リム、ダメだぞ！」

リムが七つの卵の木の実を自分のおもちゃ、遊びのボールと勘違いして傷つけてしまうかもしれないと焦ったライルは、つい強い口調になってしまった。リムは、ビックリしてすぐに七つの卵の木の実から離れると、シュンとして床に伏せてしまった。

「ちょっと強く言い過ぎたよ。ごめん、リム。喉渇いたろ?、お前も飲めよ」

ライルはそう言って、リムの前に水の入った方のマグカップを差し出し、隣に腰を下ろすと、リムの体を撫でながら自分も持ってきたジュースを飲んだ。すると、シュンといじけていたリムも嬉しそうに、ゴクゴクと凄い勢いで水を飲みだした。よっぽど喉が渇いていたんだろう、リムは、マグカップの水を一気に全部飲み干してしまった。

ライルは、リムと一息入れると、また、床の上の『七つの卵の木の育て方カード』に目を落とした。

「次は……、え～と、『葉っぱの上に実を載せる』だ。ううん？　ちょっと待てよ、『葉っぱの入れ方によって違いが出ます』って？　どういうことなんだろう」

ライルは次の作業に移る前に、腕を組みベッドにもたれかかって、あれこれ考え込んでしまった。

「まっ、いいや！　とにかくこの実を木箱に戻そっと」

幾ら考えても七つの卵の木を知らないライルには、結局、その意味が分かるはずもなく、諦めるしかなかった。生まれて初めて育てる物だし、聞いたことも見たこともないのだから、「仕方がないや！　何とかなるさっ！」と開き直ることにした。それに、誰にも頼らず、自分だけの手で育てたかった。

ライルは、大きく息を吸うと、素早く息を止めて、「そっと開けないと、きっとまた葉っぱが舞い上がっちゃうなあ。よし、慎重に、慎重に、そ～っと」と、心の中で自分に言い聞かせながら木箱の蓋を開けた。箱の中で、葉っぱが何枚かフワフワと動いていたが舞い上がることはなかった。息苦しそうに真っ赤な顔をしたライルは、木箱に背を向けるようにそーっとゆっくり後ろを向いた。

「プッハー、ハアハアハアハア……。あ～、苦しかったあ～。でも、上手くいった！」

ライルはまた息を止めて、木箱の方に向き直ると、葉っぱの上に七つの卵の木の実をそ～っと置いた。

「よし！　上手くいった！」

木の実を箱に戻すところまで作業を終えたライルは、ちょっとホッとしていた。

「後は……、『お気に入りの場所に置く』だな。そっか～、置く場所か～、どうしようかな。う～ん？……。動かしちゃダメって書いてあるから、きっとしばらくの間は、その場所から動かせないってことだよなあ。う〜ん、どこにしようかなあ〜」

ライルは、随分悩んでいた。

だって、ライルには、七つの卵の木がどんな形をしていて、どれくらいの大きさに生長するのか全く分からなかった。ライルに分かっていることは、この大きな茶色いボールのような物が、植物の木の実であることだけだった。ただ一つ分かったのも、『七つの卵の木の育て方カード』が入っていたからだった。そこに、『七つの卵の木』、そう『木の育て方』と書いてあったからだった。それがなければ、ライルは絶対に、これが、木の実だとは分からなかった。

机の上の、昔モリルが使っていたフクロウ型のランプの隣にしようか、それとも部屋の片隅にある小さな薪ストーブの隣にしようか、でも暑過ぎるかもしれないし、ベッドの横に置いとこうか、それともソファーの隣は、うう〜ん、いまいちだな。丸窓の所は、滑り台で外に下りるのに邪魔になるし、四角い窓の前は置ける場所がないし、ドーム型の窓の所には置けるけど、もし大きくなったら狭いし、窓ガラスにぶつかっちゃうよな。じゃあ、天井の大きな梁の上っていうのもあるけど、落っこちちゃったらダメだし、う〜ん。あっ、部屋の外のバルコニーに置こうかな、でも、寒過ぎるかあ。どうしよう……。

「あっ！」

ライルは、もう一度、『七つの卵の木の育て方カード』を見て確認した。

「『お気に入りの場所』って書いてある！　これって、僕のお気に入りの場所ってことだよな。僕の部屋の中で、僕がお気に入りの場所は……。う〜ん……」

ライルは、ちょうど部屋の真ん中辺りに立って、腕を組むと、また黙って考えていた。

自分の部屋の大きなガラス扉から出られる外のバルコニーにあるモリルが作ってくれた揺り椅子がお気に入りだし大好きだ。それに、毎年楽しみにしているモリルが作ってくれるフクロウの置物が並べられている棚も大好きな場所だ。まるで豚の形をしている薪ストーブもお気に入りで、寒い夜は、その前にクッションを幾つも持ってきてゴロゴロするのが、ポカポカと気持ち良くて大好きだ。ベッドの横にあるグネグネと変わった形をしたチェストの一番上の引き出しには、自分の大切にしている物を入れてあり、それもお気に入りだ。それから、洋服ダンスではない、それよりもっと小さい、モリルの作ってくれたからくりタンスも凄く好きだ。そうそう、それに、部屋に三つあるロフトのうち、一番広いロフト。そのロフトは、丸く宙に浮いているように部屋の真ん中にあり、そのロフトの真ん中に、何本もの枝を残したまま、磨き上げられた太い木が床から天井まで柱の役目をして通っていて、天井にある大きな梁からブランコがぶら下がっていて、そのロフトには、その木の柱を登らなければ行けないし、下りる時も、その木からしか下りられない、でもそんなとこも大好きだ。もう一つのロフトに上がれば、モリルが、壁一面に、岩登り訓練用につけてくれた小さな岩があって、その壁をどんどん登って、反り返った壁を越えると、小さな秘密基地に着くんだ、ここも大好きな場所だ。う～ん。一番お気に入りの場所は……。

「そうだ！　ステンドグラスだ！　うん、決めた！　その前に置こう」

ライルの部屋の一角にある、梯子の階段を上った小さなロフトスペースに、部屋の壁から張り出した大きな出窓のような場所にはめ込まれた、大きな大きな、一枚のステンドグラスがある。その下には、三人が腰を下ろすことができるぐらいのスペースがあり、ライルは、幼い時から何かあるとよくそこに座って、ステンドグラスの模様を眺めていた。そのステンドグラスが大好きだった。

このステンドグラスも、モリルの手作りだった。モリルがまだ、メリルと再会をする前に、自分が子供の時から大事にしていたスケッチブックのことを思い出し、中を見てみると、今のライルと同じ歳、あの冒険から自分の家に帰ってきた時、忘れないようにと、冒険をした森の様子を絵に書いていたのが、何枚も残っていた。そしてモリルは、町で評判の腕の良いステンドグラスの職人さんを尋ね、何度も頼み込み、教えてもらいながら、スケッチブックの絵を元に一年をかけて作った、その時のステンドグラスだった。モリルは、そのステンドグラスを大切に保管して、いつか自分が家を建てた時、自分の子供の部屋に取り付けようと決めていたのだ。あの時の森での冒険は、自分の子供に話すことはできないが、せめてこの絵だけは見てほしくて、いや、見せたくて、ステンドグラスにすることにしたのだ。これなら、毎日でも、子供の目に入るから……。

ライルは、最近は、そこに座ってそのステンドグラスを眺めることはなくなっていたが、それでも、もちろん今も変わらず大好きだ。そう、自分の部屋の中で一番のお気に入りの場所だ。

やっと、七つの卵の木の実が入った木箱を置く場所を決めたライルは、その木箱を早くその場所に移したくて仕方なくなっていた。改めて、自分がこのステンドグラスをどれほど好きだったか分かったことが、ライルには、たまらなく嬉しかったからかもしれない。

「よ〜しっ。早く置こうっと！」

ライルはすぐに、まだ床に置かれたままの木箱に駆け寄った。

「わあっ！　しまった！」

ライルは、急に、箱の目の前でピタッと止まった。するとライルは、慌てて口に手を当てると、何やら、ブツブツ言いだした。

「わぁぁ、こぶな、でっかぐ、ごべだじだら、まだぁ、はっばが……」

ライルは、さっきまで、息まで止めて、あんなに慎重に木の実をこの木箱に戻したことを思い出し、木箱と木の実の隙間にある葉っぱがまた部屋に舞い上がってしまうかもしれないと焦っていた。

でも、不思議なことに、木箱の中の葉っぱは、舞い上がるどころか全く動かなかった。あの苦労して捕まえたフワフワの葉っぱでさえ、全く動かず、ピクリともしなかった。

ホッと安心して、今度こそ木箱をステンドグラスのあの場所へ持っていこうと、木箱に手をかけたが、なぜかライルは、それから動かなくなった。そのうちライルは、何度も何度も、木箱を引っ張るような仕草を繰り返していた。

「アッレェ〜、おかしいなあ?」

もうライルの頭の中は、葉っぱが舞い上がる心配をしているどころではなかった。

「もう、何でだよ!」

木箱は、急に重くなっていて、持ち上がらなかった。まるで、地面に奥深く根が張った木のように、そこから動かされるのを拒んでいるようだった。

「ホントに何でだよ！　重たくて持ち上げられないし、ちっとも動かせないよ！　も〜」

ライルは、その後も何とか動かそうと、木箱を何度も引っ張ってみたが、ビクともしなかった。本当に、その場所に根を張ってしまったかのようだった。

「くっそお！　どうするんだよ、こんな部屋の真ん中で。もう！　このままじゃ、邪魔になっちゃうよ」

ライルは、今や意地になって、どうしてもステンドグラスの窓の所に持って行こうと必死に動かそうとしていた。しかし、ライルがどれだけがんばっても、ビクともしなかった。

「ちっきしょう！　もう、ヘトヘトだ～」

ライルは、床の上に倒れ込みグッタリしていた。

「はあ。ダメだ。ビクともしないや」

木箱の中の七つの卵の木の実は、その中で、もう息づき始めていた。


ライルは、立ち上がるとベッドの上にバタッと転がり込んだ。時刻は、もうすでに、夜中の三時を回ろうとしていた。

結局ライルは、七つの卵の木の実が入っている木箱を、お気に入りのステンドグラスの前に置くことを諦めた。そして、ライルは布団の中に潜り込んだが、なかなか寝つけずにいた。

この夜ライルが眠りについたのは、日が昇る直前の朝の五時を回っていた。やっと浅い眠りについたライルは、自分の幼い頃の夢を見ていた。

ライルは、突然夢から覚めてビクンとして起き上がった。寒い朝だというのに体中が汗ビッショリになっていた。

「夢かあ。……あ～、ビックリした～」

ライルは、額の汗を拭いながら柱に掛かっているからくり時計に目をやった。

もう、朝の十時を回っていた。

「わあ〜あ〜。寝坊しちゃったよ。学校に遅刻しちゃう！　違う違う、もう遅刻だ！　大遅刻だよ〜」

柱に掛けられた立派なからくり時計には、いつも朝の六時と夜の六時になると、その時計の木の小窓から「ホーホー」と鳴きながらフクロウが飛び出してくる仕掛けがあった。そのフクロウは、羽根までパタパタと動くのだ。しかし、今日のライルは、寝ついたばかりの時間だったので熟睡していたのか、夢を見ていたせいなのか、六時のその音にも気づかなかったし、ライルが寝坊すると、いつもメリルが起こしにくるのに、その記憶すらなかった。

ライルは、慌ててベッドから飛び起きた。そして、案の定、ライルは、部屋の真ん中近くに置かれたままのあの七つの卵の木の実の入った木箱に躓いた。

すると、ライルがぶつかったせいで、木箱の位置が少しだけずれていた。あれだけライルが必死になってがんばってもビクともしなかった、凄く重たくなっていた木箱が……。今ちょっとライルの足が引っ掛かっただけで動いたのだ。だけどライルは、慌てていたので、そのことに気づかなかった。木箱にぶつけた左足の小指をおさえながら、その痛さに声を押し殺し、その左足をかばうように足を引きずって慌てて自分の部屋を出ると、螺旋階段を駆け下りていった。

そんなライルは、もう一つの大きな変化にも気づいていなかった。

七つの卵の木は、生長していたのだ。五十センチほどに……。

二

「おっはよおー！　ライル！」

「？」

いつもならライルが寝坊するとカリカリして、「急げ！　急げ！」って言うのに、今日のメリルは、上機嫌だった。ライルは、そんなメリルの態度が不思議だったし、ちょっと不気味で、逆に怖かった。そっと、キッチンの中を覗き込むと、メリルは、鼻歌を歌いながらパン生地を捏ねていた。その脇には、自家製のつるなしのジャムと、ルバーブのジャムの入ったビンが置いてあった。

ライルは、すぐに、いつものメリルお手製のジャムパンを作っているんだと分かったが、どうしてメリルは、僕を起こしに来ないで、しかも今頃起きてきた僕に変な顔をしないで、それどころか上機嫌でパンを作っているのか、しかも大量にだ、ライルは、ますます不思議になっていた。

「あっ、おはようございます。……すいましぇん、遅ようございます」

メリルの機嫌は良かったが、ライルは、念のため、謝っておいた。

「うん。おはよう！　もう少し待ってて～。もうすぐパンを焼くところだから……ねっ！」

そんなメリルの穏やかで優しい言葉を聞いたライルは、何か恐ろしくて体がビクンとした。

「メリル、モリルは？」

リビングには、リシエの姿もなかった。

「モリルなら、ルキンさんの所よ。ほら、息子さんがリンク湖のほとりに家を建てるって言ってたでしょ、だから、手伝いに行ったのよ。ライルにも、前に一度、話さなかったかしら？」

ライルは、確かに聞いていたし、家造りにはとても興味があったので、モリルに、一緒に連れて行ってほしいとお願いまでしていた。自分の住むこの家は、モリル一人で建てたということを聞いていたが、自分の生まれる前には、もうでき上がっていて、どうやって建てたのか全く知らないし、ライルには想像できないし、分からない。ライルの記憶にうっすらと何となく残っているのは、まだ自分の幼い頃に、庭にある大きな木の上に建つ小屋のような小さなツリーハウスを組み立てている、たくましいモリルの姿だけだった。その頃、ライルは、三つか、四つで、ライルの遊び場の一つとしてモリルが作ってくれたのだ。ライルは、前にも一度お願いしたことがあったが、その時は、まだ早いからダメだと言われてしまった。それからもう何年か経ったし、今回は、ちょうど学校が冬休みに入ることもあって、絶対、邪魔をしないこと、自分でできることは進んで手伝うことを約束し、ライルも一緒に連れていってもらえることになっていた。ライルは凄く楽しみにしていたのに、昨日までの数日間、いろんなことがあったので、ルキンさん家の家造りが今日からだったことをすっかり忘れていた。

「今日からだったんだ……。え～、じゃ、今日から、僕って、冬休みってことだ！　な～んだ。そういうことかぁ～」

ライルは、学校が冬休みに入っていたこともすっかり忘れていた。昨日は、モリルのあんな話もあったし、あの七つの卵の木の実で頭がいっぱいだったから、すっかり忘れてしまっていた。学校が休みだからメリルは、自分を起こしに来なかったたし、寝坊しても怒らなかったんだと、やっと気づいた。

「バッカみたい。なんだぁ～」

ライルは、ボソボソ言いながら、悔しそうにしていた。モリルが自分を置いて行ってしまったことを……。もちろん、ライルには、忘れてしまっていて、そして、起きなかった自分が悪いと頭では分かっていたが……。

「ライル、そろそろ顔を洗って、パジャマを着替えたら？」

いつまでも頭ボシャボシャのパジャマ姿のライルに、メリルはあきれたように言った。

「あっ、うん」

ライルは、落ち込んだまま、リビングを出てバスルームに向かっていった。

ライルは、洗面台の蛇口を開いて、水を出すと、ザバザバと顔を洗った。とっても冷たい水は、ライルの中の残った眠気全部を吹き飛ばした。そして、ライルはまたリビングに戻っていった。

メリルは、キッチンにある薪のオーブンにきれいな形に成型されたパン生地を入れながら、ライルに声をかけた。

「ライル、今日は、お昼からどうするの？　学校も冬休みになったし、今日の予定は？」

「えっ？　何で？」

「たまには、モリル達に、パンでも差し入れしようと思ってるんだけど、ライルも一緒に行く？　前から家を造るところ、一度見たかったんでしょ？　どうする？」

「えっ！」

予想していなかった突然のメリルの誘いに、ライルは驚いたが、今日行くのはもう無理だと諦めていたので嬉しかった。でも、あからさまに喜ぶと何だか照れくさい気がして、喜んでいることを悟られないように、ごまかすように、迷っているようなふりをした。

「あ～、う～ん。どうしようかな？　そうだなあ、一緒に行ってもいいけどぉ～。どうしようかなあ。う～ん。そうだよね？　分かったよ、行くよ。一回、見たかったしね」

「じゃあ、早く準備しなさい！　ライル、まだパジャマのままよ」

メリルはそう言うと、ライルにばれないように、クスッと笑っていた。

実は、モリルは今朝、リンク湖の家造りの現場に出発する前に、「約束していたのに置いて行かれたと思って、ライルががっかりするだろうからお昼にでも一緒においで。昨日、遅くまで起きていたみたいだからな……。でも、昼前には、ライルも起きてくるだろ。なっ！」とメリルに言ってから出かけていったのだ。モリルもメリルも、ライルの気持ちなどお見通しだったのだ。

「分かった！　着替えてくるよ」

そう言って、またリビングを出ていくライルの後ろ姿は、メリルには、はしゃいでいるように見えて、何だかとても愛しく思った。

ライルは自分の部屋に戻ると、慌ててタンスから洋服を引っ張り出していた。

この時、ライルはまだ、七つの卵の木の変化に気づかないでいた。あんな場所、部屋の真ん中近くに置かれているのに……。

そう、ライルの頭の中は、今はすでに家造りのことでいっぱいになっていたのだ。そして、ライルは、結局その変化に気づかないまま、着替えるとすぐに部屋から出て行ってしまった。

リムはといえば、昨晩、誰のせいとは言わないが、なかなか眠れなかったし、今朝は冷え込んだので、まだ布団の中に潜り込んで、静かで心地よい眠りの中にいた。

「メリルゥー、準備できたよ！」

ライルは早く家造りの現場に行きたくて、ウズウズしながら玄関の前で叫んだ。もうライルの頭の中には、七つの卵の木のことも、あの不思議な箱のことも、モリルの昨日の話さえも、確実になくなっていた。

「ライル、ちょっとこっち来て！」

まだ準備中らしく、メリルの声はキッチンの方から聞こえてきた。ライルは仕方なくキッチンへ入っていった。

「もお～、何やってるんだよ！　お昼過ぎちゃうよ。……遅い！」

ライルは、自分だって朝、起きなかったくせに、まだ準備をしているメリルにいらつくように言った。そんなライルの態度に怒ることもなく、キッチンの中でゴソゴソ探し物をしているメリルは、ライルの言葉などおかまいなしだった。

「あ～、ライル、ちょっと、手伝ってちょうだい！　ほら、テーブルの上に置いてある今焼いたパンをバスケットに詰めて。あー、パンは、一つずつそこ、テーブルの上に一緒に置いてある紙ナプキンに包んでからよ」

ライルは、ブツブツ文句を言いながらも、仕方ないと思って手伝い始めた。

「思ったより時間がかかっちゃったわね。さぁ、行きましょうか？」

やっと、出かける準備が整ったようだ。メリルは、大きなザックを背中に背負っていた。リンク湖までは、とても時間がかかる……。一時間三十分？　いえ、二時間はかかるかも……。そのため、重たいスープ入りのポットをザックの中に入れて行くことにしたのだ。ライルは、パンの入ったバスケットを二つ、手に持った。パンも、これだけの量ともなると結構重かった。

玄関を出ようとしていた時、思い出したようにライルが、メリルに聞いた。

「そういえば、リシエは？」

朝から姿の見えないリシエのことを、ライルはすっかり忘れていた。

「ライルに、言わなかった？」

「えっ？　何を？」

「リシエは朝から、初めての体験幼稚園に行ってるわよ」

メリルは、玄関扉を開けながら言った。

「な～んだ。そうなんだ～。てっきり、メリルはリシエのこと忘れてて、家において行く気かと思ってビックリしたよ！　そっかあ、今、いないんだ」

二人は玄関を出ると、モリル達が家造りをしているリンク湖のほとりに向けて歩きだした。そして、メリルは歩きながら、リシエの幼稚園のことをライルに説明し始めた。

「リシエ、来年の夏で、三歳になるでしょ。だから、来春から幼稚園に入園できるのね。リシエったら、毎日ライルが学校に行ってるじゃない？　だから、ずーっと、自分も行きたいって言ってたの。しかも初等学校によ。幼稚園じゃなくて、ライルと一緒の所にって。最近は、やっと諦めてくれたのか、あんまり言わなくなったけどね。

どうしようかなって、モリルと相談したんだけど、ちょうど幼稚園主催の、来春入園予定のお子さんのための体験入園っていうのがあるって聞いたのね。まあ、今から徐々に幼稚園に慣れてもらって、それから入園してもらうってことらしいんだけどね。リシエがあんなに、学校に行きたいって大騒ぎしてたから、試しに一度、参加させてみようってことにしたの。その結果次第で、リシエが、行きたいって言えば、春から通わせてあげた方がいいかなって思ってるの。

ライルの時は、全然考えなかったし、モリルも私もそんなの必要ないって思ってたしね。もちろん、ライルもその時、行きたいって言わなかったしね。それに、ライルは、毎日毎日、リムと一緒に森の中を駆け回ってたもんね。私達は、それが一番大切だって思ってたから……。もちろん、今もそう思ってるけど……。

そういうことなの。それで、今日がその初日ってこと。その後、まだ何日かあるんだけどね。それも、リシエ次第かな。……それにしても、リシエ、大丈夫かしら……。泣いてないかしら……。

ねぇ、ライルは、リシエの幼稚園、どう思う?」

メリルもモリルも、いつもいろんなことをきちんとライルにも話してくれた。ライルが理解できないと、分かりやすく納得するまで説明してくれたし、何か決める時は、ちゃんと意見も聞いてくれた。それに、自分達の意見や気持ちを押しつけず、本人の気持ちを一番に考えてくれた。そのかわり、一度自分の決めたことは、最後までやり通すようにと、どんな時も言われた。もちろん、それが、ただのわがままだったり、筋の通らないことだと、怒られたし、厳しく注意されたけれど……。

ライルは、そんな両親が大好きだった。

「そうなんだぁ～。リシエのことだから、きっと今頃喜んで、はしゃいでると思うよ。リシエが行きたいって言えば、いいんじゃない？　あいつ、すぐ人気者になるよ！　間違いないネ！　僕が、幼稚園に行ったことがないことを話すと、最初は学校の先生も友達も驚いたし、変な奴って言われたこともあったけど、僕は何とも思わなかったし、おかしいとも思ってないよ。

毎日、楽しかったし、まだ小さかったけど、あの頃、やりたいことがいっぱいあった気がするし、だから、毎日忙しかった気がする。子供のくせにさっ。……とにかく、リシエだって、どっちになっても、きっと大丈夫だよ！　へへへ」

ライルは、少し照れくさそうにして、足を速めてメリルの前をズンズン歩きだした。

「そうね。……もう、生意気になったわね！　でも、ライルだって、まだ子供でしょ！　フフフフ……」

いつの間にか、少し大人になったライルの後ろ姿を見て、メリルは、嬉しかった。でも少し寂しい気もした。

それから二人は、しばらくの間、黙々と歩き続けていた。とてもいい天気だったし、気持ち良かった。

「あっ！」

突然ライルが、大きい声をあげた。

「リムのこと……、忘れてたぁ～」

ライルは、家を出て、随分経ってから気がついた。そういえば、今日起きてから、一度もリムの姿を見ていなかった。

「アイツ、まだ寝てるのかなあ、きっとまた、布団の中に潜り込んでたんだなっ。何も言わずに出てきちゃったけど……、もうこんな所まで来てるし、しょうがないよな。帰ったら、すねてるだろうな～。まあ、しょうがない、帰ったら謝るか！」

ライルは、いつでも一緒にいるリムのことを考えて心配していた。

「大丈夫よ、リムなら。お利口にしてるわよ」

「うん、そうだよね。大丈夫だよね」

ライルとメリルは、また先を急いだ。そう、結局、爆睡していたリムは、自分の知らない間に留守番させられることになってしまっていた。

二人が、家造りの現場であるリンク湖のほとりに到着すると、村人が大勢集まっていた。みんなそれぞれ手分けして作業をしていた。

ライル、いやラロック家の暮らす村は、誰かが新しく家を建てると聞けば、村の人達が自然と集まり、協力して、自分達の手だけでその家を建てるのが当たり前だった。力自慢や腕自慢の男が集まり、大きい木の伐採から細かい作業までこなすのだ。もちろん、それ以外にも手の空いた者は集まってきた。女の人達は、そんな男達のために食事を作り振る舞った。

だから、この村の人達は、そんじょそこいらの大工顔負けの仕事をこなすし、とても良い腕前を持つ者がたくさんいた。ライルの家は、モリルが、誰の助けも借りずに、一人で造ったもので、村人の中でも、モリルの腕前は、グンを抜いていた。そのせいか、何かあると、すぐモリルにお呼びがかかるのだ。

この村は、とても広かったので、ポツンポツンとしか家はなかったが、そのほとんどが、木でできた家だった。ちなみに、ライル達が通う学校も、この村の人達が、力を合わせて、自分達の手でコツコツと何年もかけて建てたものだった。

この村では、昔から、森には精霊が宿っていると伝えられてきた。そのため、村人達は、とても森を大切にしていた。だから、一本、木を伐採すれば、そこに、同じ種類の苗木を一本植えることを決して忘れなかった。そのおかげで、何千年も経つ大木が、いたる所に立ち並び、昔から、美味しい空気に、美味しい水が、守られてきた。

そんな村の人達は、みんな穏やかで、のんびりしていたが、何かあると素早く集まり、団結する。そんな気のいい人ばかりだった。多少、例外な人もいたが……。

メリルは、作業している人達の中からモリルを見つけると、作業の音に負けないように大きな声で叫んでいた。

「モリルゥ～！」

モリルは、二人に気がつくと、作業中の手を止めて、手を振りながら近づいてきた。

「おっ！　ライル、やっと来たな！」

そう言ってニコッと笑った。気まずそうに少しモジモジしていたライルもその途端、嬉しくなって自然と顔がニコッと笑っていた。そんな二人を見て、メリルも微笑んでいた。

「モリル！　これ、差し入れです。皆さんにも食べていただいて！」

そしてメリルは、少し照れくさそうに、お手製のパンの入ったバスケット二つと、ザックから取り出した野菜スープの入ったポットを差し出した。モリルは、差し入れすることなどメリルに聞いていなかったので感激していた。

「お～！　すっごい量だなあ。メリル、がんばったなっ。俺が出かけてから、ずーっと作ってたのか？　大変だったろ？　おっ、特製野菜スープまであるじゃないか。みんな喜ぶよ。サンキュウ！　メリル。ありがたいよ」

モリルは、メリルにお礼を言うと、すぐに、まだ作業を続けているみんなの元に走っていった。ニッコリしながらモリルの後ろ姿を見つめているメリルの顔は、嬉しそうで、少し赤くほてっているように見えた。

ライルは、そんな二人の会話にはお構いなしで、目を輝かせ、目の前に広がる家造りの現場の風景に夢中になっていた。

右側の方には、伐採された大きな丸太の木が何本も積まれてあった。そのすぐそばで、ロイブのお父さんが丸太にまたがって、丸太の木の皮をドローナイフという道具を使って剝ぎ取っていた。その隣にはたくさんの道具が並んでいたし、その他にも道具箱らしき物が幾つも置いてあった。そのそばで、道具の手入れをしている人もいた。そこから少し離れた所では、丸太から切り出されたであろう木材に、ノミと金づちを使って溝を彫っている人もいた。それから、奥の方では、横付けにされたトラックから、いろんな家の材料となる荷物が大勢の人達の手によって順番に荷降ろしされていた。ライルから比較的近い場所では、家の土台造りが始まっていたし、無造作に置かれたテーブルでは、何人か集まって、予想完成図を囲んで何やら相談していた。

初めて目の当たりにするどの作業風景もが、ライルにはみんな新鮮で、ワクワクさせられるものだった。「自分にも手伝うことができるだろうか？　自分にもやれることがあるだろうか？」と、少し心配になりながらも、ライルの目は輝いていた。

ライルはその時、奥の方で、大人達に交じって作業を手伝っている、自分より少し年上らしき少年がいることに気がついた。するとライルは、その少年の姿に勇気づけられたのか、ますます目を輝かせ、やる気満々になっていた。

モリルは戻ってくると、ライルとメリルを、村人、四、五人が集まっているテーブルの所へ連れて行った。すると、作業をしていた村人達もみんな手を休め、こっちに集まってきた。テーブルの横には、石造りの焚き火場が作られていて、その周りを取り囲むように、何本か短めにカットされた丸太が無造作に転がっていた。集まってきた村人達は、次々とその丸太の上に腰を下ろした。

モリルは、まず、今回建てる家の主となるカーフ・ルキンさんと、その父親であるサック・ルキンさんにライルを紹介した。メリルは、モリルの横で一緒に頭を下げていた。この村では、今までにもこういうことがしょっちゅうあったので、メリルの方はみんなと面識があった。そして、モリルは今度、焚き火の周りに集まっている村人達にライルを紹介した。

「息子のライルです。雑用から、コイツのやれることは何でもやらせてやってください。よろしくお願いします」

そう言うと、モリルは頭を深々と下げていた。そのモリルの姿を見て、ライルも慌てて頭を下げた。ライルが頭を上げると、みんなニッコリと微笑んでくれていたので、ライルは、内心ドキドキしていたが、ホッとした。

するとそこに集まっている村人達の中でもひときわいかつい、ゴツイ体つきをしたおじさんが、ライルに声をかけてきた。

「ぼうず、幾つになった?」

ライルはドキッとして、いつになく緊張していたが、それでもすぐに大きな声で答えた。

「はい。十歳になりました。よろしくお願いします」

すると、そのおじさんは、「アハハハハ」と大声で笑い、

「元気でいい！　家造りに興味があるのか?」

と、またライルに訊いてきた。

「はい。ものすっごく。憧れています！」

そう答えたライルの声には、力がこもっていた。

「そうか！　分からんことは、何でも聞け。教えてやるから。でも、お前の親父の方が、ここにいる誰よりも、腕はいいがな。ハハハ！」

ライルの緊張をよそに、おじさんは機嫌良く、豪快に笑った。

「はい。ありがとうございます」

どうやらライルは、このおじさんにも、そこに集まった村人達にも気に入られたようだった。そこへ、サック・ルキンさんが近づいてきて、ライルの頭を撫でると、みんなの方に向かって静かに言った。

「挨拶は済んだようだから、まずは、ラロックさんからの差し入れをいただこう」

みんな一斉に丸太から立ち上がり、メリルの差し入れが置かれているテーブルの周りに集まった。

「ああ！　ありがたいな～、ありがとよ」

「ラロックさん、ありがとう。いただきます」

「お腹、ペコペコだったんですよ。遠慮なくいただきます」

「まったく！　おれの女房にも奥さんの爪の垢を飲ませたいねぇ～。ラロックさんは、幸せ者だよな！こんなできた奥さんを持って。あっ、ありがとうございます」

「どうも、すみません。ごちそうになります」

「うまそうだ！　いっただきま～す！」

次々に、村人達は、メリルにお礼を言った。

メリル自家製のジャムを使った二種類のジャムパンも、ポテトパンも、野菜スープも、みんな大好評だった。特に、メリル自慢の自家製無農薬の新鮮野菜を使った特製の野菜スープは、「絶品だ！」「これが、本当の野菜の甘味と旨味なんだなあ」「野菜って、こんなに美味しくて、味のあるものなんだ～」と感動して、みんながおかわりしていた。

メリルは、そんな村人達の、自分の差し入れを美味しそうに食べてくれる姿と笑顔を見て、凄く嬉しかった。モリルは、みんながメリルの差し入れを褒めてくれたので、とても嬉しそうにニコニコしていた。そんなメリルが自慢でもあった。

メリルは、リシエを幼稚園に迎えに行かなければならなかったので、自分の作ったものを本当に美味しそうに食べてくれた村人の皆さんに、逆に丁寧にお礼の挨拶をして、すっかり空になったバスケットとポットを持って先に帰っていった。

村人達は、思わぬメリルの差し入れに、美味しい休憩にありつけ、エネルギー満タンといった満足そうな顔をしてそれぞれの作業場に戻って行った。だが、ただ一人、さっきライルに話しかけてくれた、いかついおじさんだけがその場に残り、ライルの方に近づいて来ると、隣にいたモリルの方に声をかけた。

「今日はこの後、息子にもきちんと図面を見せてやって、順番に説明してやれ。お前さんの息子だ、きっと、いい腕になる！」

モリルにそれだけ言うと、おじさんも作業に戻っていった。

モリルは、そんなおじさんの後ろ姿に向かって、「ありがとうございます」と、お礼を言っていた。おじさんは、モリルのその声を聞くと、振り向きもせず、自分の作業場に向かって歩きながら、さり気なく右手を上げて答えた。

ライルは、そのおじさんの言葉が凄く嬉しかった。それに、手を上げて自分の作業場に去って行くおじさんの姿がとてもかっこ良く見えて、そのおじさんのことをいっぺんで好きになった。

ライルは、モリルの後について、一通り、今回のルキンさん家の家造りについての説明を受けた。そうしているうちにあっという間に時刻は夕方の四時を回り、太陽が沈みかけていた。

今日の家造りの作業は終了することになり、みんな「お疲れさん」と挨拶を交わし、それぞれが家路についた。

三

ライルとモリルが家に着いた時には、すでに辺りは真っ暗になっており、夜空は、たくさんの星で埋まっていた。

「ただいま～！」

ライルは、靴を玄関に投げ捨てるように脱ぐと、リビングに走っていった。今日、自分は何の手伝いもできなかったが、それでも、ライルはとても満足していた。嬉しくてたまらないライルは、まだ興奮に包まれており、まだまだ元気いっぱいだった。

ライルは、先に帰ってしまったメリルに、家造りの現場での、今日のあれやこれやの出来事を自慢げに報告したかったが、リシエが待ち構えたように飛びついてきたので、ライルはそれどころではなくなってしまった。

リムはというと、ライルが帰ってきたのを分かっているくせに、ライルの方に寄ってきもせず、そっぽを向いたまま暖炉の前のお気に入りの場所にまるまっていた。ライルがリシエを抱き上げながらリムの方を見ると、リムの耳だけがピクピクと動いていた。

ライルは、「アイツ、ふて寝だな？　やっぱり、黙っておいて行ったことを怒ってすねてるな？」と思いながらも、リムには悪いがリシエの相手をしていた。ライルが思っていたとおり幼稚園がよほど楽しかったらしく、ライルの後からリビングに入ってきたモリルにはおかまいなしに、やたらはしゃいで、ライルに一生懸命、幼稚園での出来事を話すリシエの相手で、今はそれどころではなかったのだ。

ライルは、リシエの話をしばらく聞いてやってから、モリルとバトンタッチして、ライルに背を向けるようにしてまだまるまって動かないでいるリムの元に近寄って行った。そしてライルは、リムを抱き上げ、顔を付き合わせようとしたが、リムはライルを避けるように顔をプンとそらした。やっぱり、思ったとおりまだ怒っていた。ライルが、無理やりリムの顔を自分の方へ向けると、リムは、ジト〜ッと訴えるような悲しい目をライルに向けた。そんなリムに、ライルはひたすら今日のことを謝り、これからは二度と黙っておいて行くことはしないと約束した。すると、ライルの気持ちがリムにも通じたのか、リムはライルの頬っぺたをペロンと舐めた。

「よかったぁ〜……」

ライルは、やっと安心して、リムをギュッと抱き締めた。

そんな、今日のラロック家の夜の食卓も、まだ興奮している二人の子供達のおかげで、会話が飛び交い、とても賑やかだった。

幼稚園で、初めての経験をしたリシエは、さすがに今日は疲れたのか、家族みんなとの楽しい食事を終えるとすぐに眠たそうにしていた。メリルは、リシエを早々とお風呂に入れて寝かせつけた。ライルも今日は、僕も早く寝ようと思い、その後すぐお風呂に入った。そして、早々とモリルとメリルに「おやすみ」を言い、リムと一緒に自分の部屋に向かっていった。部屋の扉を開けると、七つの卵の木が目に入っていないのか、そのまま真っ直ぐ、ステンドグラスを見つめながら、それがあるロフトの方に近づいていった。そして、ライルは梯子を上がり、ステンドグラスの前に腰掛けて、久しぶりに、そのステンドグラスに描かれた絵を静かに見つめた。そして、そこに座ったまま、今日の、あのワクワクする家造りの現場の光景を思い出していた。

「あのおじさん、え〜っと、名前は、……確か、サンガーさんだ！　怖そうだったけど、いい人だったなあ。あんなに、怖い顔してるんだもんなあ。そりゃあ、誰だって引くよなっ。でも、見た目で判断しちゃダメってことだ。みんな楽しそうだったな。あっ、あの子は、何歳から、いつから、家造りの手伝いに参加してるんだろう？　モリルに訊くの忘れちゃったなあ。

そういえば、モリル、『今日、荷降ろしが全部済んだから、とりあえず、三日間、手伝いはお休みだ。みんな忙しくて、自分達の仕事もあるからな』って言ってたな〜。三日後か〜、楽しみだなあ。でも……。僕に、何ができるんだろう？　何を手伝わせてもらえるんだろう……。あっ！　今度は忘れないように、カレンダーに○付けとかなきゃ！」

ライルは、腰掛けていたステンドグラスの前から立ち上がり、慌てて梯子を下りると、机の前の壁に掛けられている大きなカレンダーの十五日を、赤ペンで、太く大きな○で囲った。

その時ライルの目には、机の上に置いたままにしていたあの不思議な箱が映った。その時、ライルはやっと、昨日、育てる準備をした七つの卵の木のことを思い出した。

「そうだった！」

ライルは、心の中で、「どのくらいで生長するんだろうな？」と思いながら、昨日、部屋の真ん中に置いたままにした、あの七つの卵の木の実を入れた木箱の方を振り返った。

「えっ？　ええ〜！　何でー！　おおおおおー！　何だあー！」

朝起きてから慌ただしかったので、今日初めてその木箱を見たライルは、驚いて、もの凄い大声で叫んでいた。そのライルの大声は、家中に響き渡っていた。

リビングでは、ライルの凄まじい叫び声に、メリルは驚き、暖炉の側のロッキングチェアーから飛び上がっていた。

「ねえ、モリル、今のライルの声よ！　どうかしたのかしら？　何かあったのかしら？」

メリルは、とても心配になりオロオロしていた。

モリルはというと、そんなメリルとは対照的にソファーにどっしりと座り込んだまま、読んでいた本から目を離し、ゆっくりと顔を上げた。

「リムと遊んでいるか、また一人で何かやってるんだよ。心配ないって、メリル」

そう言うと、またすぐに本を読み始めた。

今のモリルの言葉を聞いていなかったのか、メリルはもう、リビングから出てライルの部屋へ向かう螺旋階段のすぐ下まで来ていた。そして、ライルの様子を見に行こうと、一段、階段に足をかけて、その上にあるライルの部屋に向かって叫んだ。

「ライル！　どうしたの？　何かあったの？　大丈夫？」

下から聞こえてくるメリルの声に、ライルはなぜか、目の前の七つの卵の木を見つかってはいけないと思い、もの凄く焦っていた。モリルとメリルが、友人の代わりに渡してくれたプレゼントだったのに……。

でも、隠そうにも、昨日、この木箱は、重くてビクともしなかったし、ライルには、どうすることもできなかった。でもでも、このままでは、メリルが扉を開けて部屋に入ってきたら、すぐに見つかってしまう。今メリルを部屋の中に入れるわけにはいかない。

ライルは部屋から飛び出し、一か八か、階段の上から下に向けて大きな声で叫んだ。

「大丈夫！　ごめーん。リムと遊んでたんだ！」

ライルがパッと階段の下を見ると、メリルはもう、螺旋階段の中程まで上って来ていた。まだ階段の下にいると思っていたライルは、ちょっと焦って、ビックリしたが、心の中で、「危なかったぁ〜、間一髪だ！」と呟きながらも、メリルを止めようと、もう一度、冷静そうに見えるように、今度は静かに言った。

「大丈夫だよ、母さん。何でもないんだ。ごめん、驚かせて……、リムとふざけてたんだ」

「そう？　それならいいんだけど……。もう、驚かさないでよ。早く寝なさい」

そう言うと、メリルは、ライルの言ったことを信じたようで、そのまま螺旋階段を下り始め、リビングに戻っていった。そのメリルの様子をライルは、階段の上から、しばらく見つめてから、自分の部屋に入った。

モリルは、メリルがリビングに戻ってきたのに気がつくと、すぐに声をかけた。

「そらみろ、大丈夫だったろ?」

「ええ、モリルが言ったとおり。リムと遊んでたって！　まったく、もう少し静かに遊べないものかしら。もう、ビックリさせるんだから……フフフフフ」

メリルは、笑っていた。が、「そういえば、さっき、ライルったら、私のこと、母さんって言った？

言ってた。変ね？　いつもメリルって言うのに……。どうしたのかしら……」メリルは、何かおかしいと思いながら、モリルに聞こえないような小さな声でブツブツ呟いていた。でも別に、ライルは怪我しているわけでもないようだったし、「考え過ぎね」と呟いて、クスッと笑うと、また暖炉のそばのロッキングチェアーに腰を下ろした。

メリルの小さな笑い声に気づき、本から顔を上げたモリルは、何か思い出したように楽しそうなメリルを見て、不思議そうな顔をして首を傾げたが、何も言わずに黙ったまま、また本に目を落とした。

ホッとして部屋の中に戻ったライルは、いきなり驚くほど生長している七つの卵の木の前に立つと、ただジーッと見つめていた。そして、七つの卵の木の周りをゆっくり回り、ジロジロと観察した。

ライルの目は、またもや輝きだしていた。

ライルの目の前には、木箱の中の茶色い七つの卵の木の実を突き破った、透き通るような淡い黄緑色の幹があった。幹といっても、普通の木のように、こげ茶色でゴツゴツした木の皮をまとってはいなかったが、目の前の七つの卵の木の姿を見れば、それが、幹と呼ぶのに相応しいと誰もが思うだろう。その直径は、太い所で、二十センチ近くもありそうに見えた。一晩で、随分太くなっている。そこから伸びる三本の枝のような物がある。いや、きっと枝なのだろう……。その枝は、幹よりもさらに、透けるように薄ーい黄緑色をしている。そして、その枝には、変わった形をした葉のような物が二つついており、他にも、まるで、羽化したてのトンボの羽根のような白っぽい透明の物が、大小、大きさは様々だが、グシャグシャと縮こまったまま幾つもついていた。

もっと間近で観察してみると、七つの卵の木は微妙に全体が斑な色をしていて、その中でも一番透き通った薄ーい黄緑色をした幹の部分を覗き込むように見てみると、その幹の中には、ストローのような管が何本も見えた。しかも、その管の中を、時々、気泡のような透明の丸い物が上に向かって上っているのが見える。

ライルは、そんな七つの卵の木の姿に夢中になってしまい、あまりにも近づき過ぎて、触る気はなかったのに、自分の鼻先が、三本のうち一本の枝先に触れてしまった。ライルの鼻先には、ゼリーに触れた時のような感触があったが、その枝もゼリーのようにプルプルと小刻みに動いていた。すると、次第にその動きが七つの卵の木全体に伝わっていくように、木全部が同じようにプルプルと動きだした。

そんな七つの卵の木の姿は、とても弱々しく見えて、まるで、生まれたての動物の赤ちゃんが、危なっかしく何度も何度も立ち上がろうとしている時の姿に似ていた。ライルは、その七つの卵の木の姿を見て、まるで壊れてしまいそうで、やっぱり触らないでおこうと思った。

現実に、今、自分の目の前に、一晩で、たったの一晩で、こんなに生長した七つの卵の木がある。そのことが、ライルは、とても不思議で信じられなかった。

ライルの目の前にある七つの卵の木は、すでに、七十～八十センチに生長していた。

「何で、朝起きた時、気づかなかったんだろう。こんなことなら、昨日、寝るんじゃなかったよ。起きてて、ずーっとこの実を見ていればよかった。あ～、すげー後悔だあ～」

ライルは、プレゼントされたこの実の成長をノートに記録しながら、少しずつどんなふうに育っていくのかを楽しみにしようと思っていた。そして、いつかこの木の実（七つの卵の木の栽培セット？）をプレゼントしてくれた人、モリルとメリルの大切な人に見てもらおうと、密かに思っていた。それなのに、知らない間にこんなに育ってしまい、ライルは、ショックだった。ガックリきていた。

ライルは、また改めて、一晩でこんなに生長してしまった七つの卵の木を見つめると、不思議さを通り越し、何だか少し怖くなってきた。

「こんなに早く、生長するなんてありえない……」

それと同時に、ある疑問がライルの頭に浮かび上がった。それは、とても単純で素直な疑問だった。

「一晩に、こんなに生長しちゃったら、この木は、この後どれだけ大きくなってしまうんだろう？」と。

見当もつかなければ、想像することもできないライルは、真剣に悩み、不安になってきた。

「あ～！」

ライルは、また大きい声を出してしまって、慌てて自分の口に手を当てて口を塞いだ。

「しまった、ヤバイ！　また、メリルが上に上がってきちゃうとこだったよ……」

ライルは、必要以上に声を押し殺していた。

「そうだ！　朝、慌ててて、何かに躓いて転んだんだ……。その時……、確か、躓いた何かが、少しだけ動いた気がした……」

そう言って、一瞬、ライルは黙った。

「もしかして……」

そう呟いたライルは、七つの卵の木が入っている木箱の横側に手を当てると、軽く押してみた。

「わあああ～！」

危うく、七つの卵の木が倒れるところだった。ライルは、慌ててその木箱を支えたので助かった。倒れそうになった木箱を止めるのに必死だったのと、全然、力を入れてないのに、こんなに軽々と動いてしまったことに驚いて、ライルはまた大きな声を張り上げて叫んでしまった。

ライルは、今の叫び声は、絶対に、また下のリビングにいるモリルとメリルにも聞こえてしまった、ヤバイと思い、そ～っと、音をたてないように部屋から出て、階段の上から下を覗き込んだ。幸い、モリルとメリルも、今日は早々と寝たらしく、リビングの明かりは消えていた。

ライルは、本当に、心の底からホッとした。そして、すぐに部屋に戻り、また七つの卵の木のそばで考え込んでいた。

ライルが、ふと顔を上げると、さっきの倒れそうになった衝撃のせいか、七つの卵の木は、またプルプルと震えるように動いていた。すると、ライルの耳に、小さいけれど「パチン！　パチン！」という音がかすかに聞こえてきた。その音は、だんだん頻繁に聞こえてくるようになってきた。今まで自分の部屋でこんな音を耳にしたことはなく、不思議に思ったライルは、辺りを見回したが、部屋の中には特別変わった様子は見当たらなかった。だが、今のライルにはその音よりも、目の前で、震えているように見える七つの卵の木の方が心配で、ライルは傍に近寄った。

すると、さっきから聞こえている「パチン！　パチン！」という音が少し大きく聞こえるような気がした。ライルは更に七つの卵の木に近づいて、目をパチクリさせながら耳を澄ましていた。

「やっぱり、この木から聞こえてくるんだ！　どうしたんだろう？　コレって、ヤバイのかなあ。さっき、倒しそうになったのがいけなかったのかも……。う～」

ライルは、またいろいろと考え込んでしまった。

そしてライルは、昨日、なくさないようにと、カレンダーの横の壁に画鋲で留めておいたあの『七つの卵の木の育て方カード』を外すと、もう一度見直した。

そのカードには、『.iv. お気に入りの場所に置いておきます。ж生長するまでは、一度置いた場所から決して動かさないでください』と書いてあるだけだった。

「『その他の注意事項』にも、それらしきヒントはないしなあ。う～ん……。もう動かしていいのかな？　やっぱり、朝、躓いたのは、この木箱だったんだ。あの時、すでに木箱は軽くなってたんだ。でも……、ちょっと待てよ、倒れなかったってことは、今よりはまだ重かったってことなんじゃないか？　じゃあ、この木箱は、だんだん軽くなったってことになる。……う～ん、生長するまではって、どれくらい？」

幾らその育て方カードを読み返しても、ライルにはその基準が分からなかった。でも、ライルはとりあえず、早く、当初の予定の場所であるステンドグラスの所に持っていきたかった。だって、このままだと、また自分が躓いてこの木を倒してしまって、今度こそ傷つけかねなかったから。

ライルは、「どうしようかな？」と、ひたすら考えた。「動かすべきか？　やめるべきか？」……。さんざん悩んだあげく、やっぱり、安心できるように、ステンドグラスの所に動かすことにした。

七つの卵の木は、片手でも全然平気なほど軽かったが、ライルは、慎重に両手で持ち上げると、大切そうに抱え込んで、ゆっくりゆっくり、躓いて転ばないように、特に梯子を上る時はとても注意して、ゆっくり、とても慎重になっていた。そして、ステンドグラスの窓まで運ぶと、ゆっくりとその前に差し出し、そーっと置いた。

「これで、よし！　っと。……あれ？」

さっきまで、グシャッと縮こまったヒョロヒョロの弱々しかった葉っぱらしき物が、すっかり伸びきって、葉らしくなっていた。そのことに気がついたライルは、また変化（生長）を見逃してしまった自分にたまらなくなって、七つの卵の木の前に腰を下ろすと、黙ったままジーッと見つめ、観察し始めた。

ライルは、素早く生長するその姿をどうしても、自分の目で確認したかったのだ。

だが、それから何時間経っても、目の前の七つの卵の木は、ちっとも変わらなかった。全く変化がないのだ。ただこの木をここまで移動させた短い時間だけであんなに変化があったのに、途端に生長が止まってしまったようだった。

ジーッと、七つの卵の木の前に座り込んで、少しの変化も見逃さないような真剣な目をしていたライルは、疲れてきたし、本音を言えば、ちょっと飽きてきていた。寒くもなってきたし……。

でも、ライルはまだ諦めたくなかったので、とりあえず、部屋の薪ストーブに火を入れることにした。小さい頃から当たり前だった薪ストーブに火を起こす作業は、ライルにはお手のもので、ライルが火を点けると、次第にストーブの中の薪はパチパチと燃え上がってきた。

ライルは、しばらくの間、薪ストーブの前で、手に自分の息を「ふぅーふぅー」吹きかけながら、冷え切ってしまった体を温めた。その後、ソファーの上の膝掛けを掴み、自分の体を覆って、ロフトの梯子を上がると、またステンドグラスの前の七つの卵の木の前に戻ってきて、どっしりと座り込んだ。

すると、七つの卵の木は、そのわずかな間にまたも生長していた。

ライルは、悔しくて悔しくてたまらなかったが、「何で、もう少し我慢できなかったんだろう……」と、自分の今の行動を後悔した。そして、「今度こそ、目を離さない」と心に誓った。

でもその後も変化はなかった。

ライルは、一段と冷え込んだせいもあって、今度はトイレに行きたくなった。ライルは体をモジモジさせながら一生懸命我慢していたが、どうしても、もう我慢できなくなって、部屋を飛び出し螺旋階段を駆け下りてバスルームに飛び込んだ。

トイレから出てきたライルは、すっきりした顔をして、急いで部屋の七つの卵の木の前に戻ってきたが、その間にやっぱり生長していた。また十センチほど、伸びていたのだ。

「も～、どういうことだよ！　何でだよぉ～」

ライルは、たまらなく悔しかった。おまけに、何だか腹も立ってきた。

どうやら七つの卵の木は、ライルに見られていない時を選んで生長しているようだった。だが、植物が、そんなに器用に生長をコントロールできるはずがなく、ライルはただ、自分のタイミングの悪さに悔しがっていたのだ。

その後ライルは、ピクリとも動かず、瞬きするのも忘れたように、七つの卵の木をジーッと見つめ始めた。ライルの顔の表情は、引き締まり、真剣そのものだった。

そんなライルの様子を不思議に思ったのか、ソファーから下りて、器用にロフトに掛かる梯子を上り、ライルの方に近づいてきたリムも、ライルの隣に並んで座ると、七つの卵の木をライルと一緒になってジーッと見つめだした。リムは何度か、小首を傾げていた。

そんな二人の後ろ姿は、とても愛らしかった。

もう一つの箱、そう、あれ以来、ライルに忘れ去られたように机の上に置かれたままの、あの不思議な箱は、どうなってしまうのだろう。ライルの頭は、もう、七つの卵の木でいっぱいだ。

ライルは、いつまで経ってもその後の変化がない七つの卵の木に、それでもず〜っと、目を向け、その木の前で、粘り続けていた。その隣でリムも、目をショボショボさせながら、時には、大きなあくびをしてまでも、ライルの隣に座り続けた。

ライルも、リムにつられて頻繁にあくびをするようになっていたが、どうしても、どうしてもこの目に、素早く生長する七つの卵の木の姿を収めたくて、睡魔と戦いながらひたすら粘り続けていた。

しかし、そんなライルもとうとう限界がきたのか、眠気に負けそうになりコクリコクリとすると、とうとうウトウトし始めてしまった。すると、膝掛けを握り締めたライルの手をリムがペロペロと舐めて、ライルを起こしてくれた。ライルは、そんな可愛いリムを抱き上げると、自分の股の間に下ろし、一緒に膝掛けにくるまった。するとリムは、モゾモゾと膝掛けから、ちょこんと顔だけを出して、ライルにつきあって、七つの卵の木をまた見つめだした。

しかし、その後も変化はなかった。

リムは、ライルが膝掛けに包んでくれたおかげで、体がポカポカと温かくなり、そのまますぐに眠ってしまった。そのせいか、ライルも、またウトウトする回数が増えてしまった。

ライルは、突然ブルッと体に冷え込みを感じ、下に降りてベッドの上の布団を引っ張ってくると、くるまって、またしぶとく、七つの卵の木の前に座り込んだ。そのライルの動きでリムも目を覚ましたが、ライルが持ってきた布団の中に潜り込むと、またすぐに眠ってしまった。

数分後、体が温まったせいか、結局ライルもそのままロフトの床の上で、布団にくるまったまま眠ってしまった。

この日、ライルはとうとう、七つの卵の木が、自分の目の前で生長する姿を見ることができなかった。


翌朝。ステンドグラスの前、そう、七つの卵の木の前で、布団に包《くる》まってそのまま寝てしまったライルに、大きなガラス窓から朝の太陽の光が降り注いでいた。その陽光の眩しさにライルは目が覚めた。そして、気だるそうにボソボソと何か呟いた。

「あ〜、昨日、ここで寝ちゃったんだ。う〜ん? リムも寝たのか、ここで……」

ライルは、まだ眠かったし、寒かったので、そのまま暖かい布団に包まってゴロゴロしていた。でも、とても眩しかったので、布団の中に頭までも突っ込んでしまった。

寝起きのライルには、太陽の光が眩し過ぎて、目がショボショボとして、ちゃんと開けられなかった。それに、まだ寝ぼけていたせいで、七つの卵の木がはっきり見えていなかった。いや、昨日、あんなに粘っていたのにもかかわらず、見ようともしていないようだった。

ライルは、たまらなく眠たかった。それに、何だか、いろんな夢を見た気がして疲れていた。

ライルのボーッとした頭の中は、自分の幼い頃の夢、見たことも、聞いたこともないとてもきれいな世界をさまよっている夢と、驚くほど生長した、何とも不思議な七つの卵の木のことがごちゃごちゃになっていて、ライルには、どれが現実なのか、どれが夢なのか分からなくなっていた。

四

リビングでは、大きなテーブルにある椅子に腰掛けて、一人、コーンスープをすすっているリシエの姿があった。テーブルの上には、他にも野菜サラダと、ハムとチーズ入りのホットサンドとポテトサラダ入りのホットサンド、オレンジジュース、そしてブラックベリー入りヨーグルトが並んでいた。

メリルは、朝から作業部屋にこもっているモリルの所へ昼食を持っていく準備をしていた。

「おかしいわね。ライルったら、今日も起きてこないわね。しかも、もうお昼よ。ダメだね！　ねぇ〜、リシエ。これ、モリルの所に持っていくから、リシエはここで、ゆっくり食べててね」

リシエの返事も聞かずに、バタバタと急いで、リビングの奥の扉を開けて、長い廊下と長い階段を上ったり下りたりして、モリルのいる作業部屋に向かった。モリルの作業部屋は、この家の一番端にあり、リビングからは結構な距離があったのだ。

メリルは、戻ってくるとリシエの隣に座って自分も一緒に昼食をとり始めた。やがて、テーブルの上には、一人分の昼食だけがポツンと手をつけないまままきれいに残った。それは、まだ起きてこないライルの分だった。

メリルは、いくら冬休みでもいいかげん起こさないといけないと思い、自分とリシエの空になった食器を片づけると、リビングを出てライルの部屋に向かっていった。玄関前の無意味に広い廊下を左に折れ、ライルの部屋に行くためだけの螺旋階段を上って（ライルの部屋は、この家の離れではないが、実は独立した空間になっていた。モリルが、自分が理想とする部屋というコンセプトで、自分の子供のために凝りに凝って作り上げたのだ）、ライルの部屋をノックした。そしてメリルは、ゆっくりと改めて、ライルの部屋の扉を眺めた。扉にはモリルの手によって、夜空の中の一本の木にとまっている一羽のフクロウの彫刻が施され、その扉についている木彫りの取っ手も小さなフクロウ型をしていた。それから、「ライル、入るわよ」と、その扉越しに声をかけたが、ライルの返事はなかった。

「まったく！　まだ、寝てるのかしら……」

メリルはあきれたように呟いて、ライルの部屋の中に入っていった。

この時メリルは、久しぶりにライルの部屋に入ったが、別段変わりはなく、部屋もきれいに片づいていた。とてもきれいに整理整頓されているそのライルの部屋は、同じ年頃の子供の部屋とは思えないほど、本当にきれいだった。それは、モリルが幼い頃から言って聞かせた数少ない躾の一つを、ライルがきちんと守っていたからだった。

モリルが決めたライルへの躾のようなこと（「ようなこと」とは、モリルは、躾という言葉をもの凄く嫌っていたからだ）は、次の四つだけだった。

一・自分の部屋は、自分で掃除をして、きちんと整理整頓すること。そして、自分の持ち物に責任を持つこと。

二・自分のできることは、自分でやる。

自分が一度決めたことは、最後までやり通すこと。

三．リムは、私達の大切な家族で、お前にとっては大切な友達のような存在だから、きちんと対等に接すること。それでも、リムは犬なんだから、責任を持って世話をして、助け、守ってやらなければいけない（そうすれば、きっとリムもお前を守ってくれるよ）。

四．妹を守ってやること。

モリルは、これ以外、特別うるさく言うことはなかった。「もっと、もっと遊べ！」とは言われても、「勉強しろ！」なんて言葉は、この家で聞いたことがない。

メリルは、ライルの部屋に入ってすぐに立ち止まり、ざっとライルの部屋の中を見回すと、そのままライルのベッドに向かって歩きだした。

しかし、ライルのベッドはもぬけの空だった。しかも、布団がなくなっている。不思議に思ったメリルだったが、昨日の夜、ライルが大きな叫び声をあげていたことを思い出し、今度はライルがこの部屋にいないいんじゃないかと心配になってきて、慌てて大声で叫んでいた。

「ライル？　いないの？　ねえ、ライル！」

その時、梯子を上ったステンドグラスの前の小さなロフトスペースでは、メリルが部屋に入ってきたことにすぐに気がついたリムが、ライルの顔をペロペロと舐め続けていた。布団にすっぽり潜り込んで、頭の中を整理している間にまた眠ってしまったライルは、メリルが起こしに来たことなど気づかないでいた。

「ライル！　本当にいないの？」

メリルの呼ぶ声が、やたら近くから聞こえてくることにやっと気づいたライルは、ガバッと布団を跳ね上げて、起き上がった。

「ライル？　もしかして、昨日はそんな所で寝たの？」

メリルは、ステンドグラスのロフトを見上げ、少しビックリした顔をしていた。

「え？　うん」

そう答えたライルは、昨日、ここに運んだ七つの卵の木のことを、やっと、はっきりと思い出した。それと同時に、たまらない動揺が押し寄せてきた。「ヤバイよ。この不思議な姿の七つの卵の木を見られたら……。どうしよう……。ごまかさなきゃ。何とかして……」ライルは、心の中で呟きながら、しどろもどろになっていた。

「うん。ちょっとね……。何となくそんな気分でさ。昨日はね……」

ライルのごまかし方は、ちょっと、苦しかった。

「そう、たまには気分転換になるかもね！　でも、風邪ひかないでよ」

「うん。そうだね」

ライルは、ひきつった顔をしてやたら素直に返事をし、自分の言葉を素直に受け取ってくれたメリルに感謝しながらホッとしていた。このまま七つの卵の木がメリルに気づかれないうちに、早く部屋から出ていってもらおうと、とりあえずはこのロフトから早く下りようと立ち上がった。

「ねぇ、ライル？　その木って、前からそこにあった？」

メリルをうまくごまかせたと思っていたライルは、その言葉を聞いてビクンとし、体が凍りついてしまったような気がした。「どうしよう。何て答えればいいんだ？」ライルはあからさまにモジモジしていた。

「ねぇ、どうかしたの？　ライル？」

「あ、ううん、別に……別に何でもないよ。どうもしないよ」

ライルは、まだかなり動揺していた。

「そう？　ねえ、素敵な木ねえ。私もそこに上ってもいい？　近くでその木を見てもいいかしら？」

ライルは、アタフタしていたが、「ダメ！」って言うのもおかしいし、ライルには、もうごまかしようがなく、諦めるしかなかった。ライルはコクリと頷くと、ガックリと肩を落とした。

メリルはすぐに梯子を上り、ライルのいるロフトに上がってきた。メリルは七つの卵の木に近づき、ジロジロと眺めているようだった。

ライルの頭の中は、グルグル、いや、グチャグチャだった。「あ～あ。メリルはどう思いながら、この不思議な姿の七つの卵の木を見てるんだろう？　メリルに何て説明すればいいんだろう？　最初から素直に全部話しても信じてくれるかなあ？　あ～あ。せっかく、秘密にしてたのに……」

「素敵な木ね？　本当に、良い木だわ」

メリルは、七つの卵の木を眺めながら、しきりに褒めていたが、今のライルには、そんなメリルの声は聞こえていなかった。

メリルは、七つの卵の木をゆっくり眺めて満足すると、後ろで座り込んでいるライルの肩をポンとたたき、「もう、お昼よ！　着替えて下に下りてらっしゃい。お昼ご飯の仕度できてるからね」そう言って、梯子を下りて、ライルの部屋から出ていった。

ライルは、自分の部屋を出ていくメリルの後ろ姿を呆然と見つめながら、とても不思議だった。

「何で？　何で、メリルは、この七つの卵の木を目の前で見て、僕に何にも聞かないの？　ううん、その前に、こんな不思議な木を見て、何で驚かなかったんだ？　何で？　おかしいなあ。もしかしてメリル、この木のこと知ってるのかな？　でも……。うん、やっぱり変だ」

不思議でたまらないライルは、後ろを振り返り、今日初めて、ステンドグラスの前に自分が置いた七つの卵の木を見た。

「？……　えっ？　ええ〜！　何でぇ〜、何でだよ！　そんなあ……」

ライルの目の前にある七つの卵の木は、ごく普通の木になっていた。

「何で？　確かに、昨日は……昨日の夜までは……。だって、確かに、この目で見てたんだ。こんな、違う！　全然、違うよ……。これじゃあ、まるで、違う木じゃないか！　そんなあ、これじゃあ、普通の木とたいして変わらないじゃんか！　いったい、何が起こったっていうんだよぉ〜……」

ライルはわけが分からず、目の前の変わり果てた七つの卵の木を見つめたまま、その前に呆然と突っ立っていた。本当に何が起こったのか分からず、戸惑っていた。

昨日まで、透き通るような淡い黄緑色の幹で、その中に見えるストローのような管には気泡のような丸い物が動き、もっと透けるような淡く薄い、ほのかに黄緑色がかった三本の枝に、変わった形をした大小様々な葉をつけて、生まれたばかりのように弱々しく見えた七つの卵の木は、今や、ライルの家の近くに立つ、ごくごく普通の木のようになっていた。幹はこげ茶色のゴツゴツした木の皮をまとって更に太くなっており、昨日と打って変わって弱々しさをみじんも感じさせないぐらいにしっかりとしていた。弱々しかった三本だった枝も、今や枝分かれし、しっかりとした、とてもたくさんの枝をつけている。葉っぱの数も増えていた。それに、背丈が明らかに縮んでいた。昨日の夜までは、一メートル近くもあったのに、今、目の前にある七つの卵の木は、せいぜい六十センチほどで、力強く、どっしりとした貫禄すら漂わせていた。

もちろん、それでも七つの卵の木は、今までにライルが見たこともない木には違いなかった。しかしライルにしてみれば、昨日まではあまりにも変わってしまって、まるで普通の木と変わらないように見える七つの卵の木は、やっぱりとてもショックだった。

今となっては、メリルに見つかったことなんてどうでもいいことだった。どうして昨日の姿から今の姿に変わってしまったのかという疑問？　いや、それも、今のライルには、どうでもよくなっていた。ライルは、目の前の今の七つの卵の木は、正直、つまらないと思った。今はただ、元の、昨日までの七つの卵の木に戻ってほしかった。そう、自分だけしか知らない、あの不思議な姿の木に戻ってほしかった……。

ライルは、気が抜けていくと同時に、体の力までも抜けていく気がした。そして、変わってしまった七つの卵の木の前に、ヘナヘナと座り込んで、動けなくなってしまった。

「だから……、だからメリルは、七つの卵の木を見ても驚かなかったし、何も訊かなかったのか……」

ライルは力なく呟いていた。

リビングでは、メリルがいつまで経っても下りてこないライルにイライラしていた。ライルのためにわざわざ焼き直したホットサンドも、温め直したコーンスープもまた冷めてしまう。メリルはもう我慢できなくなり、リビングの扉を開けると、上のライルの部屋に向かって、怒鳴るように叫んだ。

「ライル！　何グズグズしてるの！　早く下りてきなさい。起きなさいよ！」

相変わらず、呆然と七つの卵の木の前に座り込んでいたライルは、まだショックで体に力は入らなかったが、下から聞こえてくるメリルの怒鳴り声を聞いて、ゆっくりと立ち上がった。そして、七つの卵の木があるステンドグラスのロフトを後にすると、パジャマをベッドに脱ぎ捨て、手を掛けた洋服ダンスの引き出しの一番上にある服を取り出し、見もせずにその服に着替えだした。

「リム、おいで！」

ところがどうしたのか、ちっともリムがそばに来ない。ライルが不思議に思って振り向くと、リムはまだ、ステンドグラスのロフトの梯子の前でライルの方を向いて、「クゥ～ン　クゥ～ン」と鳴きながら座っていた。そんなリムのすがるような姿を見ても、ライルは、どうしてリムが自分の元に来ないのか分からなかった。

「？　早く来いよ！」

リムは、たまらず、お尻を持ち上げるとそこから下を覗き込み、それでも梯子を下りることなく、足を震わせ、しきりに「クゥ～ン　クゥ～ン」とライルに訴えていた。

「あっ！　ごめん、リム」

ライルは、やっと思い出した。リムは小さい時、その梯子から下りる時、足を踏み外して落っこちてしまったのだ。それ以来リムは、その梯子を上ることはできても下りることはできなくなってしまったのだ。ライルは、かなりショックを受けていたし、ステンドグラスのロフトに上がったのも久しぶりだったせいもあって、リムのその弱点をすっかり忘れてしまっていた。

ライルは慌てて梯子を上り、その上でちょこんと座っているリムを抱きかかえて下ろしてやった。抱きかかえられたリムは、嬉しそうに、しきりにライルの顔を舐めていた。ライルはというと、そんな何とも言えない可愛らしいリムの姿を見て、少し気持ちが癒された気がした。

「リム、行こうか！」

と、声をかけ、リムの頭をクシャッと撫でると、一緒にリビングに下りていった。

「もう、何してたのよ！　コーンスープもホットサンドも冷めちゃったじゃない。せっかく、作り直したのに……。もう！」

そう言ってライルを見たメリルだったが、変なものでも見るようなギョッとした顔をした。めずらしく怒っているメリルに、ライルは、やたらと素直に謝った。

「うん。ごめん。メリル、本当にごめんね」

拍子抜けするようなライルのその素直さと、それ以上に元気がなさそうに見えるライルに、メリルは変てこなライルの服装を指摘することができずに、さっきとは打って変わった優しい声をかけた。

「ライル？　どうしたの？　元気ないんじゃない？」

ライルは、今更七つの卵の木の異変を説明する気にもなれず、力なくニコッと笑ってみせた。

「全然！　何でもないよ。ちょっと考えごとしてただけだよ。美味しそうだね、ホットサンド。いっただきま～す！」

そうごまかしてテーブルに着くと、冷めたコーンスープを一気に飲み干して「うまい！」と言った。そしてすぐに、隣に並んでいるお皿の上のホットサンドにかぶりついた。

メリルは不思議そうな顔をして、黙ったままライルのことを見つめていた。ライルのその変な服装のことを言いたくて、もう一度ライルに声をかけようと思った時、外のテラスから自分を呼ぶリシエの慌てた声が聞こえてきたので、急いでそっちに向かって行った。

ライルは、メリルがいなくなると、慌ててサラダを口にかき込んで、空になったお皿を流しに持っていった。冷蔵庫からオレンジジュースを取り出してマグカップに注ぐと、それを持ち、残りのホットサンドを口にくわえて自分の部屋に戻っていった。リムも、素早く自分のご飯を食べると、ライルの後を追うようにリビングを出ていった。

ライルは、部屋に入ると、そのままステンドグラスのあるロフト、いや、七つの卵の木があるロフトへの梯子を上っていった。そして、またしても七つの卵の木の目の前に、ドカンと座り込むと、またジーッと見つめだし、持ってきたホットサンドにかぶりついた。

しかし、幾らライルが七つの卵の木を見つめても、その姿が変化することはなかった。

ライルは、今日の七つの卵の木の変化がよほどショックだったのか、納得できなかったのか、それとも諦められなかったのか、その日、一日中、七つの卵の木の前を動かなかった。

七つの卵の木は、必ずといっていいほど、ライルの知らないところで姿を変えてしまっていたので、ライルが納得できないのも当たり前なのかもしれない。

やがて日が落ちると、いまだに目の前の七つの卵の木に夢中のライルの耳に、また下から叫ぶメリルの声が聞こえてきた。

「ライル！　部屋にいる？　夕飯の時間よ。いるなら下りてらっしゃい」

ライルは今、七つの卵の木から離れたくなかったが、仕方なく、リムと一緒にリビングへと下りて行った。そして、テーブルへ着くなり、ガツガツとメリルの料理を食べ、あっという間に平らげると、「ごちそうさま！」と言って、自分の器をキッチンの流し台へ運び、そのまま自分の部屋に戻っていった。

そんなライルの姿を見て、モリルとメリルは目を丸くして、肩をすくめて見つめ合っていた。

「なんだ？　あいつ？」

モリルは、呆気に取られていた。

「ライル、何であんな服着てるのかしら……」

メリルは、独り言のように呟いた。

ライルが慌てて自分の部屋に戻っても、七つの卵の木は変化することなく、やっぱり普通の木のままだった。がっかりしたが、まだ諦めていないライルは、自分の見ていない時に変化してしまわなかったことに、少し安心しているところもあった。

ライルは、そんな複雑な気持ちで、また七つの卵の木の前に座り込んだ。リムは、ソファーの上に座り、ステンドグラスのロフトにいるライルの方を寂しそうな顔をして見上げていたが、やがてまるまって眠ってしまった。最近ずっと何かに夢中になってばかりのライルに全然遊んでもらえないリムは、少し寂しかったのだ。

ライルの部屋は、珍しいくらいにシーンと静まり返っていた。

何時間経ったのか、外は、とっくに真っ暗になっていて、とてもきれいな真ん丸の月が夜空の真上で輝いていた。その周りには、いつもどおり数えきれないほどの星が光っていた。今日も、澄みきった、本当にきれいな夜空だった。

「ホーホーホー……」

突然、静まり返っていたライルの部屋に、柱に取りつけられたからくり時計の音が響き渡った。しかも、いつもより大きな音に聞こえた。

今まで身じろぎもせずに、七つの卵の木を真剣に見つめていたライルも、さすがに驚いて立ち上がり、ロフトについている手摺に手を掛けると、柱に掛けられたからくり時計の方を覗き込むようにして確認した。

確かに、からくり時計から飛び出したフクロウが、羽根をパタパタさせていた。そして、ソファーの方に目をやると、リムも驚いたのか、起き上がってキョロキョロしていた。

「どうしたんだ?」

からくり時計はいつもは、朝の六時と夕方の六時に、フクロウが羽根をパタパタさせながら出てきて、時刻を告げるために鳴くのに……。今日の夕方も、きちんと六時に鳴いたし……。しかも、からくり時計のフクロウは出てくると、いつも「ホーホーホー」「ホーホーホー」「ホーホーホー」と三回続けて鳴くのに、今は一回しか鳴かなかった。

「おかしいな? 壊れちゃったのかな?……まっ、いいかぁ! 明日また様子をみよう。えっ? もう夜中の十二時じゃん!」

ライルは、特別、からくり時計の異変を気にすることもなく、昨日の夜からグシャグシャと置きっ放しにしていた足元の布団と膝掛けを摑み、ステンドグラスのロフトから、下の床にほうり投げた。そして、七つの卵の木に、「おやすみ！」と声をかけると、そこを後にして、ライルも梯子を下りた。

「今日は、ベッドでちゃんと寝よう」

そして、布団を抱えてベッドの所まで運ぶと、シーツはめくれあがったままで、その上には、パジャマが脱ぎ捨てられたままになっていた。ライルはバツの悪そうな顔をして、自分の部屋を見回した。開けっ放しのタンスの引き出しからは、引っ掛かった洋服までぶら下がっていたし、薪ストーブの前には、開いたままの本が何冊も散らばっていて、空になったマグカップが三つも置かれたままだった。そのうえお気に入りのコートも床に投げ捨てられたように落ちていた。

「いっけね～、全部、やりっ放しだった。片づけなきゃ！　お風呂はそれからだな」

ライルは、まず、ベッドを整え始めた。それから、部屋の中をバタバタと動き回り、全てを片づけた。

「リム、風呂入ってくるな」

そしてライルは、右手にマグカップ三つと左手にパジャマを持って、部屋を出ていった。リビングは、明かりが消えていて、真っ暗だった。みんな、もうすでに寝てしまっていた。

バスルームの明かりをつけて、服を脱ごうとした時、洗面台の鏡に映る自分の姿を見てビックリした。とてもチグハグな、どう考えてもおかしな組み合わせで、何ともいえない服装で、それは自分でも笑っちゃうほど酷かった。

「なっ、なっ、なっ、なんちゅう取り合わせだ！　今日一日この格好だったなんてえ。どこへも出かけなくてよかったあ、変人扱いされるとこだったよ」

ライルはようやく気がついたのだった。特別おしゃれに関心があるわけではなかったが、今の自分の服装をあえて選んで着るほど、センスが悪いわけではなかった。

ライルは、自分の姿を見て恥ずかしくなったのか、鏡に映る顔が少し赤らんで見えた。ライルは素早く服を脱ぎ捨て、お風呂に「ドボーン」と跳び込むと、ブクブクと頭まで湯舟の中に潜り込んでいた。

ゆっくりお風呂に入り、体を温めたライルは、今日は何も考えず寝ようと決めた。部屋に戻ると、そのままベッドに潜り込み、少し頭を起こして、「リム、もう寝るぞ！　おいで」と、もうすでにソファーの上で気持ち良さそうに眠りについているリムに声をかけた。リムは、ヨロヨロと気だるそうに近づいてきて、ベッドに飛び乗ると布団の中に潜り込んだ。

ライルもリムも、疲れていたのと寝不足で、すぐに眠りについた。

五

真夜中。

ライルとリムが深い眠りに入った頃、ステンドグラスの前に置かれた七つの卵の木に、淡い、柔らかい月明かりが射していた。

やがてその月明かりは、一筋にまとまると、スポットライトのように、七つの卵の木を照らしだした。

まるで、七つの卵の木に引き寄せられるように……。

ライルの真っ暗な部屋で、七つの卵の木に注がれたその眩しいほどの一筋の月の光は、キラキラと輝き、とても幻想的で美しかった。

しばらくすると、七つの卵の木は、パチンパチンという小さな音を出し始めた。すると、七つの卵の木の幹が、だんだん、透き通るような黄緑色に変わっていった。そう、ライルが見た、昨日の夜の姿のように……。次第に、全体が透き通るような黄緑色に変わり、葉っぱまでもが透き通っていた。透き通るような幹の中には、ライルが見た時よりも多くのストローのような管があり、その中には、もの凄くたくさんの丸い気泡のような物がプクプクと音をたて、上へ上へ上がっていた。その管を通る丸く小さな物は、ほとんどが無色透明のように見えたが、中には色のついた物も紛れ込んでいて、管によって少しずつ色が違っていた。その色は、全てほんのりと淡く、全部で七色あり、無色透明の物は全く光らなかったが、その色つきの丸い物だけがキラキラと輝きながら管の中を上っていた。

やがて七つの卵の木の葉っぱの表面には、直径二ミリほどのダイヤモンドのような光り輝く無数の粒が、葉っぱの中から生まれてくるように現れ、葉っぱの上で虹色に輝きだした。すると、七つの卵の木に注がれた月の光は、ゆっくりと、今度は月に戻っていくように、いや、吸い込まれていくように消えていった。ライルの部屋は途端に暗くなったが、そのおかげで、輝きながら動く七色の丸い物と、虹色に光る無数の小さな粒がきれいに見えて、七つの卵の木をよりいっそう幻想的に見せていた。

すると今度は、七つの卵の木自体が、うっすらと輝きだしたかと思うと、突然、まばゆいほどの光を放った。

七つの卵の木が放った光の筋は三本に分かれた。

そのうちの一筋の光は、ライルが眠るベッドにも届いていたが、深い眠りの中で、また幼い頃の夢を見ていたライルは全然気づかず、スヤスヤと幸せそうな顔をしていた。布団の中に潜り込んで眠っていたリムなど、気がつくどころかグーグーといびきをかいて爆睡していた。ライルのベッドに当たった七つの卵の木が放つその光は、そこで眠っているライルの方にゆっくりと移動し、ライルの頭のところで止まった。その光は、そのまま数分、ライルの頭に注がれた。そして、その一筋の光は、ゆっくりと消えていった。

二筋目の光は、いまだ忘れ去られたかのように机の上に置かれたままのあの不思議な箱に注がれていた。その光も、数分経つとゆっくりと消えていった。

三筋目、そう、最後の光は、あのモリルとメリルの宝物だった首飾りの片方の真ん中にぶら下がった白い牙の形をした部分に注がれていた。注がれたその光は、その牙のような部分に吸い込まれるように消えたが、その牙に開いた幾つかの穴から眩しい光が一斉に放たれた。その光も同じように数分経つと消えてしまったが、すぐにもう片方の首飾りの牙のような部分が、同じように輝いた。だが、そこから現れた光もまたすぐに消えてしまった。

七つの卵の木から放たれた光の筋が全て消え去ると、七つの卵の木は、一瞬、パーンといっそう眩しく光り輝き、また普通の木の姿に戻っていた。そして、葉っぱの上に現れて、七色に光っている無数の粒は、葉を伝い雫のように、ポトン、ポトン、ポトンと、一粒ずつ木箱の中に落ちていった。暗闇の中、スローモーションのようにゆっくりと落ちていくその虹色に光るダイヤモンドのような小さな粒が創り出す幻想的な光景は、とてもきれいだった。そして、最後の一粒が落ちると、ライルの部屋は、とても静かで、また真っ暗になった。

本当に、まるで、何事もなかったように静まり返って……何事も起こらなかったかのように……。

その後ライルは、記憶の中から消えていた幼い頃の自分の不思議な体験を、夢の中で鮮明に思い出していた。

六

翌朝の六時。

ライルの部屋の柱に掛けられたからくり時計からフクロウが飛び出し、羽根をパタパタさせ、「ホーホーホー……ホーホーホー……ホーホーホー」と三回鳴くと、羽根をパタパタさせたまま、時計の中に戻った。からくり時計は壊れていなかった。

気持ち良さそうにベッドで寝ていたライルは、そのからくり時計の音とともに目を覚ました。

目を覚ましたライルは、幼い頃の、あの不思議な体験をした時のようにドキドキしていた。胸がときめき、自分の心臓の鼓動がドキドキと激しくなるのを感じていた。

そして、ライルは興奮状態の中、素早くベッドから起き上がると、洋服に着替え、すぐにリビングに下りて行った。ライルは、昨夜見た夢のおかげで、記憶の中から消えていたあの幼い時の不思議な体験のことを鮮明に思い出し、早くモリルとメリルに訊きたいこと、いや、確かめたいことがあったのだ。

リムは、布団の中をモゾモゾと移動して、チョコンと顔だけを布団から出し、眠そうに、ぬぼ～っとしていた。まだ外は薄暗かったし、ここ数日、ライルの朝は遅く、昼近くまで寝ていることが当たり前のようになっていたから、リムもそんな毎日に慣れてしまっていた。

そんなリムを残し、ライルがリビングに下りていくと、そこにはまだ誰もいなかった。

ライルは、早く確かめたくて、モリルとメリルが起きてくるのを待って、落ち着きなくイライラしてリビングの中を行ったり来たりしていた。

朝日が昇ってリビングの中が少し明るくなってくると、最初にメリルが起きてきた。メリルは、誰もいないと思っていたリビングにライルがいることに気がつくと跳び上がって驚いていた。メリルが、驚くのも当然だった。ライルが一番最初に起きることなど今まで一度もなかったのだから……。

「ライル？　……もう、驚かさないでよ！　心臓が止まりそうだったじゃない。いったい何？　どうしちゃったの？　雪でも降るのかしら。もう、ヤダわ、ハハハハ……。あ～。ホント、ビックリしたわ。ライルが、こんなに早く起きてくるなんてありえないもの。今日、どこかへ行く予定なの？」

メリルはそれだけ言うと、ライルの話を聞こうともせず、そのままバスルームへ向かってしまった。

まだかな、もう起きてくるかなっと、ただひたすら待っていたライルは、何となく頭にきて、バスルームの方に向かって叫んでいた。

「何だよそれ！　驚くくらいなら、もっと真剣に心配しろよ！」

ライルは、ちょっとふてくされた顔をして、リビングのソファーにドスンと座り込んだ。

メリルはリビングに戻ってくると、エプロンをつけ、すぐに朝食の仕度に取りかかった。忙しく手を動かしながら、リビングを覗き込むと、メリルの目には、膨れっ面をしたライルの顔が見えた。

「ライル、ごめんね。おはよう。……どうかしたの？　何かあった？　話してごらん」

ライルは、本当はすぐにでも話をして確認したかったが、「もういいよ。別に何でもないから」と、つい意地になって、メリルに吐き捨てるような言い方をしてしまった。

「そう。それならいいけど」

メリルは、特別気にすることもなく、鼻歌を歌いながら楽しそうに朝食作りを続けていた。

ライルはというと、あんなふうにメリルに言ってしまって、ちょっと後悔していた。もう、モリルに聞いて確認するしかなかった。

しばらくするとメリルは、キッチンからリビングのテーブルに朝食を運び始めていた。ライルは、ソファーに座り込んだままその様子をボーッと見つめていたが、メリルがテーブルにどんどんおかずを運んでくるのでちょっとビックリした。

メリルは、久しぶりに家族全員で朝食が食べられることが嬉しくて、気がつくと、あれもこれもとついつい作り過ぎてしまったのだ。

「あんなに誰が食べるんだよ！」ライルはリビングの大きなテーブルいっぱいに並べられた凄い量の朝食を見つめ、メリルに聞こえないようにボソッとあきれた顔をして呟いた。

朝食の準備が全て整った頃、やっとモリルがリビングに入ってきた。

「おはよう！　おっ！　ライル、今日は珍しく早いな。どうかしたのか？」

顔を見るなりモリルにもメリルと同じように言われてしまい、ライルは、「やっぱり、みんな、そう思うのか……」と少し落ち込み、モリルにも話すきっかけを失ってしまった。

「モリル、おはよう！　朝食の準備、できてるから、早く、顔洗ってきて」

メリルは、満面の笑みを浮かべていた。

「ああ。そうするよ」

モリルはそう言って、リビングに入ってきた反対側の扉へ歩いていったが、いつもどおり大きなテーブルの横を通り過ぎると、一瞬足を止め、ビックリした顔をして振り返ると、何も言わずにメリルの顔を見た。メリルは、ただ、ニッコリしていた。モリルは、あえて何も言わず、そのままリビングを出てバスルームに向かったが、その途中、何度も何度も首を傾げていた。ライルも急いでモリルの後を追いかけて、バスルームに向かった。

モリルは、髭を剃りながらライルに話しかけてきた。

「ライル。テーブルの上の朝食見たか？　凄い量だな。今日って、何かの日だったか？　ライル分かるか？」

「僕もビックリしたよ！　誰があんなに食べるんだって思っちゃった。メリル、やたら機嫌良さそうに作ってたよ。でも……、今日は、別に何の日でもないと思うよ。う～ん、僕にも分からないや」

そう言うと、ライルは顔を洗った。今日も蛇口から出る水はとても冷たかった。

「ふ～、冷たい！」

「ますます冷たくなってきたな。雪の降る日も近いかもな」

ライルは、話を切り出すタイミングがなかなか摑めないでいた。

二人ともすっきりした顔をして仲良くリビングに戻ってくると、その間にリシエが起きてきていた。まだ眠たそうな顔をしてソファーの上に転がっていた。

ラロック家全員がやっと朝食（う〜ん、朝食とはとても思えない豪華な食事）のテーブルに着いた。

「さあ、いただきましょう！」

メリルは、やけに嬉しそうだった。

「……」

モリルとライルは、朝だというのに、目の前にある大量のおかずを改めて見ると、それだけでお腹がいっぱいになった気分だった。メリルには悪いが、ライルはちょっと勘弁してほしいと思っていた。ライルとは対照的に、まだ小さいリシエは大喜びだった。メリルは、そんなリシエを見て満足そうにニコニコと笑っていた。

モリルとライルは、がんばっていつもよりたくさん食べていたが、お腹もすぐに限界になり、テーブルの上には八割以上の料理が残ってしまった。

ライルはお腹がはちきれそうに苦しく、話を切り出すどころではなくなってしまった。

「ごちそうさま、美味しかったよ」とモリルがメリルに息を切らしながら言った。ライルもかろうじて、「ごちそうさま」とだけ言えた。

モリルとライルは、何も言わず、リビングのソファーにドカンと座り込んでいたが、もうこれ以上、モヤモヤした気持ちのままではいられないと思ったライルは、まだ苦しそうな顔をして隣に座っているモリルに、今日見た夢のおかげで思い出した、幼い頃の自分の不思議な体験の話を始めた。

「モリル。確かめたいこと、う〜ん、聞いてほしいことがあるんだけど……。今でもいい？」

「ああ。何だ?」

モリルはまだ苦しそうな顔をしていたが、何でも聞いてやるぞと言わんばかりに、ライルの方に体を向けてくれた。

「うん。え〜と、あのね……。あの……」

ライルは、モリルが真剣な目をして自分を見ていたので、少し照れくさかったし、どこから話せばいいのか迷ってしまってシドロモドロになっていた。

「ライル? どうしたんだ? ゆっくりでいいから、順番に話してごらん」

「うん。じゃあ、まず、順番に話すね。え〜と、最近よく、子供の頃の夢を見るんだ。昨日の夜……もう今日って言わなきゃいけない時間だったんだけど、はっきり見たんだ! あの時のことを夢で……。ずーっと、忘れちゃってたんだけど、夢のおかげで思い出したんだ。

たぶん僕が、四歳か五歳の頃だったと思うんだけど……。あっ、あの頃、僕とリムは、毎日一緒に一日中、森の中で遊んでたじゃん。モリルも覚えてるよね? そんな僕達に、ある日モリルは、『森の中にある、あの苔のビッシリついた大きな岩のある所から奥には決して行っちゃダメだよ。危ないからな。ライル、リム、約束してくれ』って言ったよね。その時、僕、そう言われると余計その奥はどうなっているのかって、とても気になったんだけど、ちゃんとモリルと約束したよね。『絶対行かない』って……。でも、モリルと約束して五日ぐらい経った頃かな? リムが何かを見つけて、追いかけて行っちゃって、僕、夢中でリムの後を追いかけていたら、知らないうちに森の奥に入り込んじゃってて、気がついたら、僕達、大きな湖の前、そう、本当に透き通るようにきれいな湖の前に出たんだ。その湖の真ん中には、浮いているような小さな島があって、その小島には、杉の木に似た、とっても、とても大きな木が一本だけあって、その周りには、きれいな花がいっぱい咲いてたんだ。

そこは、ホントにきれいな場所だったよ。あんまりきれいだったから、その日一日中、その湖の前に座って眺めてたんだ。リムも、何かを追いかけてたのを忘れちゃったみたいに、一緒に座ってたぐらいだよ。……その日から、その場所が、僕達のお気に入りの場所になったんだ。毎日毎日、そこに行ってたんだ。

モリル……。ごめんなさい。本当は、僕達、モリルとの約束破ってたんだ」

今更だったが、少し反省したように、ライルは話の途中で黙り込んでうつむいてしまった。

モリルはまた、そんなライルに優しく声をかけてくれた。

「ライル、もう気にするな。正直に話してくれてありがとう。まだ話は終わってないんだろう？　続けてごらん」

ライルは嬉しそうに、ニコッと笑い、話を続けた。

「うん。それでね、ある日、またその湖のほとりで寝転がってたら、『ボチャン』って音がして、何かと思って湖を見たら、モモンガの赤ちゃんが溺れそうになってたんだ。あっ、何でモモンガの赤ちゃんって分かったかというと、ちょうどね、その上にある湖に張り出した木の枝に、溺れそうなその小さな動物よりひとまわり大きな、心配そうにオロオロしているモモンガがいたんだ。きっと、その子のお母さんだろうってすぐ分かった。そしたらね、リムがいきなり湖に飛び込んで、そのモモンガの赤ちゃんの方に泳いで行ったんだよ。凄いよね、アイツ、助けようとしたんだ！　それでその赤ちゃん、どうしたと思う？　ちゃんとリムの背中に這い上がって、しがみついたんだよ。凄いよね！

　でも、リム、こっちに戻ってこないで、湖の真ん中にある小島に向かって泳ぎ出しちゃったんだ。僕、慌ててこっちだよって叫んだんだけど、ダメで、そのまま小島まで泳いで行っちゃって、小島にある大木の前で座り込んでたんだ。僕、心配になって、慌てちゃって、僕も泳いで小島に行くしかないって思ってたら、またリムが湖に飛び込んで、モモンガの赤ちゃんを背中に乗せたままこっちに向かって泳ぎ出したんだ。僕も一緒に待ってようと、心配して木から下りてきたモモンガのお母さんに近づいたんだけど、すぐ逃げちゃってダメだった。

　それでね、リムが、こっちまで泳ぎ着いたら、リムの背中にしがみついていたモモンガの赤ちゃん、リムの背中から顔の方に動いていって、リムの鼻をペロペロって舐めたんだよ。それから無事に、お母さんの所に帰っていったんだ。それからその日はすぐ、僕もリムも家に帰ったんだ。リム、疲れてたし……。

　その次の朝、起きたらリムが部屋のどこにもいなかったんだ。モリル、覚えてるよね？　リムがいなくて、みんなで探したこと。あの時、どれだけ捜しても、リムはどこにもいなくて、でも、みんなで心配してたら夕方ひょっこり帰ってきたでしょ。その日の夜、リムが寝ていた僕の顔をしつこく舐めて、僕を起こして、リムは、窓の外を見つめてて、外に連れてってほしいみたいで、僕のパジャマの袖をくわえて滑り台のある丸窓の所まで僕を引っ張って行ったんだ。

　僕達は、滑り台を使って家の外に出たんだけど、リムはどんどん森の方へ走って行って、森へ入る所で僕を待ってて、僕がリムに追いつくと、リムは森の中に向かってまた走りだしたんだ。必死に走ってリムを追って行ったら、リムはこっちを向いて、苔の岩の前に座って僕の来るのを待ってたんだ。そこに着いたら、岩についた深い緑色をしていた苔が黄緑色に光ってて、凄く不思議な物を見たようで驚いたけど、すぐに分かったよ。……それまで、夜、森の中に入ったことのなかった僕は、モリルが話してくれた光る苔、光苔をその時初めて見たんだ。

僕が夢中で光苔を見つめていると、リムはそこに座ったまま、「クゥ〜ン、クゥ〜ン」って鳴いてたんだ。何かと思ったら、光苔に覆われたその大きな岩のてっぺんに、あの時のモモンガの親子がいたんだ。そのお母さんモモンガは、赤ちゃんを背中に乗っけて、僕達のそばまで降りてきたんだ。その時、リムとモモンガの親子が、何か話をしてる気がしたんだ。その後、モモンガの親子は、木に登って、木の枝から枝に飛んで、森の奥へ奥へと向かって行ったんだけど、リムは、この光景にビックリしている僕のパジャマの裾をまたくわえると、森の奥へと僕を誘ったんだ。リムは、僕にも来いって言ってるみたいだった。だから、リムと一緒にモモンガの後について行ったんだ。モモンガの親子も、僕達が来るのを時々止まっては、待っていてくれるようだったよ。

とうとう僕達は、あのお気に入りの場所の湖の所まで来て、そしたら、昨日までなかったのに、小さないかだが湖の岸辺に浮いてたんだ。よく見ると、モモンガの親子は、そのいかだに乗って、僕達を待ってたんだ。そしたら、リムもすぐにそのいかだに乗り込んで、それから僕もそのいかだに一緒に乗って、湖の真ん中に浮いているような小さな島に渡ったんだ。僕達がその小島に着くと、モモンガの親子は、目の前に聳えるように立っている杉の木に似た大木に登っていったんだ。僕は、その大きさに圧倒されながら目の前にあるその大木をただ見上げていたら、突然、その大木が僕に話しかけてきたんだ。

『ライル、そしてリム、この子達を助けてくれてありがとう。本当に、わしは、感謝しておるぞ。これからも、この森の動物達、全ての生きる者達を大切にしてやっておくれ。……優しいライルよ、本当にありがとうよ。また、いつの日か、本当に会えることを楽しみにしておるよ』

その大木はね、そう言うと、木に顔が浮き出てきて、ニコッと笑ったんだ。でも、すぐ顔が消えちゃって……。だけど全然、怖くなかったんだよ。だって、その大木は、かすれた、すごく低い声だったけど、優しい声で、笑い顔はバロック爺さんに似てたんだ。

それでね、その時、リムを見たら、リムの背中の上に光る丸い玉が浮かんでたんだ。その方が、驚いたな。その丸い玉は、シャボン玉のようにパチンと消えたんだけど、そしたら、リムの背中の上に、小さな人、小人？　が乗っかってたんだ。その小人は……。モリル、いつか、僕に話してくれたよね？『ウェルッシュコーギーは、背中に妖精を乗せて野原を駆け回ってるんだ』って。その時、僕は、自分にはリムの背中に妖精なんて見えないから『ウソだ！』って言ったけど、モリルは、『いつか、きっと、ライルにも見える時がくるよ』って言ってくれたでしょ？

僕、この時、確かに見たんだ！　僕が想像してた妖精とは全然違ってたけど、確かにあの時、リムの背中に妖精がいたんだ。その妖精は……。顔は思い出せないけど、サンタクロースのおじさんみたいな長い白い髭があって、手には、変てこりんな木の杖を持っていて、大きな変わった首飾りのような物を首にぶら下げてたんだ。小さな小さなその妖精の身長は、十センチ前後で、僕の手の上に簡単に乗っかる大きさだったんだ。でも……、僕が話しかけようとしたら消えちゃった。

その後、すぐに、何か甘ったるい、いい匂いが漂ってきて……。何でなのか、あの匂いを嗅いでから、自分の家に戻ってくるまでの記憶が、どうしても思い出せない。気がついた時には、確か、自分の部屋のベッドで寝てたんだ。でも、絶対、夢じゃないって思うんだ。モモンガの親子のことも、湖のことも、あの木が話しかけて笑ったのも、あの妖精も……。今話した全部が、本当に、僕が実際に体験したことだと思うんだ……。でも僕、ずーっと、その時のこと忘れてて……。

誰にも、話さなかったのかな？　もしかして、モリル達に話さなかった？　今の話、僕から聞いたことないかな？　ねえ、何か知ってることある？　何で今まで忘れてたんだろう……。モリルは、やっぱり夢だと思う？　でもウソじゃないんだ。ホントだよ」

ライルは話し終わると、何だかその頃の興奮が蘇ったかのように、凄く興奮していた。

モリルは、ライルの長い話が終わるまで、何も言わず、黙って聞いてくれた。そして、ゆっくり口を開いた。

「ライル？　大丈夫か？　分かったから、ちょっと落ち着いて……。いいかい、ライル、お前は、本当に毎日楽しそうだったよ。リムと一緒に、毎日森の中を駆け回って遊んでたよ。お前達が家に戻ってくるのはいつも夕方で、何度も泥んこになって帰ってきたよ。お前は、森から帰ってくると毎日、こんなことがあった、こんなの見つけたって、楽しそうに話してくれたなあ」

そこまで話すと、モリルはテーブルに座って、たぶん、ライルの話を聞いていただろうメリルに目配せをした。

メリルはコクリと頷いた。そしてモリルはまた話し始めた。

「ライルは、今話してくれたことが本当に自分が体験したことなのかを確かめたいんだよな？」

ライルは、黙ったままコクンと頷いていた。

「じゃあ、正直に話すよ。いいね？」

ライルはまたコクリと頷いた。

「ライル、お前は、気がついたらベッドで寝ていたって言ったね？　その日の朝、本当は、お前は家の外のツリーハウスの木の根元にいたんだ。パジャマのまま寝てるお前を見つけた時は、父さんもメリルも本当にビックリしたよ。その時、お前は、春だというのにたくさんの落ち葉に包まれていたんだ。本当に不思議だったよ。そう、あの日は春だというのにとても冷え込んで、寒かったのに……。きっと、その落ち葉が、ライルを暖めてくれたんだろうな……。

気持ち良さそうにぐっすり寝ているお前を抱きかかえて、ベッドへ寝かせようと家へ向かった時、突然、お前が目を覚まして、私に抱きかかえられたまま、興奮したように話し始めてな。『妖精を見たんだ！　リムの背中にいたんだよ。僕にも見えたんだ！　モリルが言ってた妖精が……、すぐ消えちゃったけど……本当だったんだね、リムの背中には妖精がいるんだね。凄いや！』ってね。父さんはその時、お前に、『どこに行ってたんだ？』って訊いたんだ。そしたらお前は、『森の大きな苔の岩の奥にある湖の真ん中だよ。あの小さな島に行ったんだ！　そうだ！　そこにある大きな木が喋ったんだよ、ニッコリ笑ってた』そう話すと、また眠ってしまって、いくら呼んでも起きなかった。だから、そのまま部屋に連れて行って、ベッドに寝かせたんだ。

ライル？　その後……。その時のお前の話を信じなかったわけじゃないけど、父さんは、お前の言う湖を森の中で一度も見たことがなかったんだ。正直、不思議に思ったし、本当ならスゴイと思って、お前をベッドに寝かせてから、お前が言った場所を確かめに行ってみたんだ。森の中を歩き回って、いろんな場所も探してみたけど……お前の言うような場所はどこにもなかったんだ。ただ、その時着ていたお前のパジャマのズボンの裾は、確かに濡れていたし、裸足だったお前の足には、泥がついていたし、擦り傷がたくさんあったよ。……だから、本当に森に行ってたんだと思う。父さんは、お前の話を信じたから、お前に訊いたんだ。そう、次の日に……。

お前はあの日、疲れていたのか、いつになっても起きてこなくて、結局、一日中眠っていたんだよ。お前が起きてきたのは、次の日の昼近くだったんだ。あんまり眠っているから、ちょっと心配したぐらいだ。結局、お前は、何も憶えていなかったんだ。『ちゃんと部屋で寝ていたよ』って言うだけだった。その時のお前も、ウソをついてるようには見えなかったよ。父さんも、しばらくの間、ずーっと不思議だった。……でもな、父さんは、森の中、いや世界には、まだまだ自分達の知らないことがたくさんあると思ってる。だから、お前が森の中で体験したことも不思議なことじゃないのかもしれないって、父さんは思うよ。

本当のことは、お前にしか分からないかもしれないが、自分を信じればいい。それに、父さんも母さんもお前を信じてるよ。そうだ、その森での体験が、お前の冒険のヒントになるのかもしれないよ」

話し終わったモリルは、ライルに向かって優しく微笑んでいた。

「そうかあ……。分かった、ありがとう」

モリルにお礼を言うと、ライルは、急いで自分の部屋に戻っていった。

部屋に入ったライルは、真っ先に机に向かうと、その上に置きっ放しにしてあったあの不思議な箱を見つめていた。胸のモヤモヤが少しスッキリしたライルは、その箱を開けてみることに決めた。だけどライルには、その前に、もう一つ、確かめることがあった。

ライルは、期待はしていなかったが、七つの卵の木のあるステンドグラスのロフトに上がっていった。

ライルの瞳には、残念ながら、何も変化していない普通の木に成り下がった七つの卵の木が映っていた。

「あ～、もうこのままなのかなあ～」

期待はしていなかったといっても、ライルはかなりガッカリした。

昨日の夜、ぐっすり眠っていたライルは、残念ながら、真夜中のあの神秘的な七つの卵の木の姿を知らないでいたのだから、ガッカリするのも当たり前かもしれない。

ゆっくり梯子を下りたライルの目には、ベッドの上で、あられもない無防備な姿をして爆睡しているリムの姿が飛び込んできた。リムは、仰向けにひっくり返り、足をガバッと開き、手を投げ出し、お腹を天井に向けて、それはそれは気持ち良さそうに寝ている。ライルは、その愛くるしいリムの姿を見て、ガッカリして少し落ち込んだ気分がたちまち消え去り、ふき出しそうになるのをこらえ、口に手を当てて声を押し殺して笑ってしまった。

そういえば、ずーっと七つの卵の木に夢中になっていて、リムを二日間、散歩に連れていっていなかったことを思い出した。そのことに気づいたライルは、リムに悪いことをしたと思い、少し焦っていた。

ライルは、あの不思議な箱を開ける前に、リムが起きたら一緒に散歩に行くことにした。しかし、ライルは、こんなに気持ち良さそうに寝ているリムを無理やり起こしたくなかったので、リムが起きるまでの間、自分が他にしなければならないこと、忘れていることがあるかもしれないと思い、もう一度、『七つの卵の木の育て方カード』を読み直すことにした。

「え～と、『ж葉っぱの入れ方によってかなりの違いが出ます』え？　こんなこと書いてあったっけぇー。どういうことだろう、重要なことかなあ、でも……今更もう遅いよなっ！　しょうがない。

次は、『その他の注意事項』かあ～。え～と、『☆必ず木箱の中で育ててください。木箱から他の場所・他の物へ植え替えないでください。死んでしまいます』これは、とりあえず、ＯＫだな。次に、『☆求められるまでは、決して水を与えないでください』そういえば、水をまだ一回もやってなかった！　ううん？『求められる』ってどういうことだ？　そんなことどうやって分かるんだよ。……。それから、『☆木箱の蓋は、栄養と薬になりますので捨てないでください。適度に与えると健康に育ちます』う～ん。捨ててないけど、この『適度』ってどのくらいのことかなあ。もお、難しいなあ。まあ、でもこれは、まだ一度も与えてないから、後でやってみようかな。え～と、それから、『☆一つ一つの木の実は、大切に使ってください。☆木の実をつけない場合、しばらく寝かせてください』……も～！　ますます分かんないよっ！『木の実を大切に使う』って？『寝かせる』って？　たぶん、この七つの卵の木は、いつか実を付けるんだろうけど……。意味が分からないよ！　どうすればいいんだよォ～。あ～あ……。

『☆あまり大きく生長させると、本来の姿と異なる場合がありますのでご注意ください』これこれ、『大きく生長させる』？『本来の姿と異なる』？……。だって、本来の姿を知らないんだぞ、どうしろっていうんだよ！　これが一番怖いよ！　何か不気味な感じがする……。とんでもない木に生長することもあるってことだよなっ……。それに、最後に書いてある『コンテスト』『グランプリ』って、何なんだよ。この七つの卵の木を育ててる人が、たくさんいるってことだよな？　だったら、いったいどこにいるんだよ！　いるなら教えてほしいよっ！　う～。……やっぱり、分からないことだらけだ！」

ライルがソファーに座って考え込んでいると、リムは目を覚まし、背中を反り返し、大きくのびをすると、ゆっくりライルの所に歩いて行き、ライルの膝の上に乗ろうとライルの腕を鼻先で持ち上げた。ライルは、自分の傍にいるリムに気づくと、いつの間に起きたのかと驚いたが、リムの頭を撫でながら、「おはよう」と言って、リムを抱き上げて自分の膝の上に乗せた。

考えるのは後にして、リムと散歩に行くことにした。

「リム、散歩に行こう！」

リムは、飛び跳ねるようにして嬉しそうにライルの後について行った。

ライルとリムは、玄関を出て、庭にある畑を抜けて、久しぶりに森の中に入っていった。

そのまま前を向いてどんどん歩いていたライルは、自分の後ろをついて来ていると思っていたリムがいないことに気がついて、後ろの方を見ると、リムは森に入った所で立ち止まっていた。

「リム～、何やってんだ！　早く来いよー！」

何度呼んでもそこを動こうとしないリムが心配になり、ライルは、急いでリムの所まで走って戻った。するとリムは、上目遣いでライルを見つめ、そこにしゃがみ込んだまま、恐ろしいぐらい長い間、おしっこをし続けていたのだ。それは、今まで見たこともないリムの大ションベンだった。そのリムの姿を見て、ライルは、よくここまで我慢していたなあと感心したし、リムのことをエライと思った。そこには、小さな水溜り（リムのおしっこの）ができてしまった。

「リム、ごめんな」

ライルは、自分が散歩に連れていかなかったからだと、改めてリムに悪いことをしたと反省していた。

そして言うまでもないが、リムは、そこからしばらく行った所で、考えられない量のうんちをした。ライルはそれを見て、また「ごめんな」とリムに謝っていた。

ライルとリムは、いつもの定番の森の散歩コースを歩いた。リムは、とても嬉しそうに、走って先に向かったと思えば、また走ってライルのいる所に戻ってきたりと、とてもはしゃいでいるようだった。ライルも、凄く久しぶりに森の空気を嗅いだ気がして、とても気持ちが良かった。

「やっぱり森はいいなあ。なっ？　リム」

おもいっきり空気を吸い込んで、リムの顔を見たライルは、リムも「うん！」と言っているような気がした。

七

森の中から家に戻ってくると、庭の畑では、メリルが額に汗を光らせながら鍬を振りかざし、土をならしていた。そのそばで、リシエが一人で遊んでいた。そこにモリルの姿は見えなかったが、きっとまた、作業部屋にこもっているんだろうとライルは思った。モリルが、何日も続けて作業部屋にこもる時はいつも、ライルにとってとても魅力的な物、凄い作品を作っているのだが、今のライルには、気になることがたくさんあり過ぎて、凄く興味はあったが、それどころではなかった。

ライルは、リムと一緒に真っ直ぐ自分の部屋に戻った。

ライルは、すぐに、リムのご飯と水を用意した。リムは、ペロリと器に入ったご飯を平らげ、水をガブガブ飲むと、とても満足そうで、機嫌が良かった。そして、リムの喜びの表現なのか、ライルの部屋を狂ったように何周か駆け回るとハアハアと息を切らせて、冷たい木の床の上に、短い手足を投げ出し、モップのようにベターンと伏せた。そして疲れたのか、リムは息が整うとすぐに眠りについてしまった。

ライルはというと、あの不思議な箱が置かれている机の椅子に腰掛けると、天井を見上げ、また考え込んでしまったようだった。ライルの脳裏に、この箱に一瞬触れた、あの時の何ともいえない不気味さがよみがえってきた。ブルッとしたその時、モリルの朝の言葉が頭の中をかすめた。

「確か、モリルは……、まだまだ自分達の知らないことがたくさんある……『自分を信じろ』って、言ってた！　やっぱりあれは、本当の出来事だったんだよ！　僕の冒険のヒントになるかもって言ってたな～。そうだ！　もしかしたら、素敵なことがあるかもしれない。何も怖がることなんてないんだ」

何だか、勇気づけられた気がしたライルは、今度こそ、この箱を開けてみる決心がついた。

「よし！」

ライルは、ゆっくりと深呼吸すると、勇気をふりしぼり、改めて、自分の目の前にあるあの不思議な箱の、蓋の部分に手をかけた。

次の瞬間、ライルは座っていた椅子を跳ね飛ばすほどの勢いで立ち上がり、そのあまりの冷たさに、体がまた一瞬で凍えてしまい、あまりの寒さでまたブルブルと震えだしていた。リムは、椅子の倒れる音にビックリして目を覚まし、すぐにライルのそばに駆け寄ってきた。

「ホントに、この箱はいったい何なんだ！　どうなってるんだ！　ああ～、もう！　でも……。そうだよ、開けてみなくちゃ分からない、始まらない。でも、どうすればいいんだろう？……」

リムは、震えるライルを心配そうに見つめていた。

その時ロフトでは、不思議な箱の蓋をライルが持ち上げようとすると同時に、ステンドグラスの前に置かれた七つの卵の木が、風も吹いていない部屋の中で揺れ動き、パチンパチンと小さな音をたてると、一瞬だったが小さな光まで放っていた。もちろん、目の前の不思議な箱に夢中のライルは、そのことに気がついていなかった。

ライルは、漠然とした恐怖と、恐ろしいほどの寒さを必死で我慢し、震える手で、精一杯力を込めたが、その不思議な箱は開かなかった。蓋は、ピタッとくっついたまま持ち上げることができない。

「何でだよお～。うう～ん、うう～ん。クッソオー！　何だよ！」

せっかくこの不思議な箱を開ける決心をしたのに……。ライルは、開かないとなると意地になり、何度も必死にこじ開けようとしたが、蓋はビクともしなかった。それどころか、その不思議な箱自体が、机に張りついたように、ライルがどんなに力を込めてもビクとも動かなかった。

ライルの両手は、血の気を失い、紫がかっていた。もう冷え過ぎてしまって感覚がない。かじかんでしまった両手は、しばらくの間、使いものにならなくなってしまった。沈んだ気持ちのライルは、息を吹きかけ、かじかんで動かない両手を擦り合わせながら、トボトボと薪ストーブの前に向かうと、歯をガチガチいわせながらその前に座り込んだ。

「どうやっても開かない。何で開けられないんだろう……。何か秘密があるのか？　でも……。いったい、あの中に何が入っているんだろう。僕の冒険への第一歩……。素敵な物が入ってる……。僕自身が見つける？……。助けに？……。冒険の始まり？　って……」

薪ストーブの前に座り込んだライルの頭の中には、この箱を貰った時のモリルの言葉がこだましていた。

「あの不思議な箱の中には、本当に、何が入ってるんだろう……」

だが、今のライルには、想像すらできなかった。それどころか、どうやって箱を開ければいいのか、アイデアも浮かばなかった。ただ、暖炉の前で、どうしようもなく、震えていた。

「あ〜あ、分かんないや。……待てよ、もしかして……、そうだ、モリルは、あの箱の開け方を知ってるのかも……。そうだよ、訊いてみよう。でも、温まってからだな。だって、動けない……」

ライルは、もう何も考えず、とにかく、冷えきった自分の体を温めようと、もっと薪ストーブに近づいて、体を一生懸命摩《さす》っていた。

ようやくライルの顔に赤みがさし、やっと体がポカポカしてきた頃、部屋の柱に掛かるからくり時計が鳴いた。

「ホーホーホー、ホーホーホー、ホーホーホー」

からくり時計から、パタパタと羽根を動かして飛び出してきた可愛らしい小さなフクロウは、きっちり三回鳴くと、その時計の飾りの小さな木の窓の中にパタンと戻っていった。

「え？　いつの間にか、もう六時だよ」

ライルは、部屋から飛び出して、螺旋階段を駆け下り、リビングに向かった。

リビングの扉を開けると、とてもいい匂いがしてきた。リビングのテーブルには、もう、四人分の食事の仕度が整っていた。

「あら、ライル。今呼ぼうと思ってたところだったのよ。ちょうどよかったわ。さあ、座って」

メリルはキッチンから出てくると、テーブルの隅に、手に持っていた大きな鍋を下ろし、一皿ずつ、順番にビーフシチューを盛り始めた。すると、リビング中に、ビーフシチューのいい匂いが漂い、ライルのお腹は、その匂いにそそられ「グルグルグル」と鳴り始めた。なんてったってビーフシチューは、ライルの大好物だった。

「うまそお～！」

ライルは、とても嬉しそうに自分の席に着いた。

大好物のビーフシチューを腹いっぱい食べ終わったライルは、とても満足そうな顔をし、リビングにある大きなソファーに座って、あの開かない不思議な箱のことなど忘れてしまったかのように、すっかりくつろいでいた。

「さてと、今日はもう少しがんばるか！」

モリルは、食後のコーヒーを飲み干すと、テーブルの席から立ち上がり、ライルの横を通り過ぎ、作業部屋へ向かおうとしていた。

「あっ！　モリル待って。相談したいことがあるんだ」

「ライル、今度は何だい？」

「うん。モリルがくれたあの箱のことなんだけど……。さっき、開けようと思ったんだけど、全然、開かないんだ。それにあの箱……、不思議なんだけど、すっごく冷たいんだ。……どうにかして開けようと思ったんだけど、あの箱に触ってると、体中が冷えちゃって、どうしようもないんだ。凍えそうになるんだ。ホントだよ。

もしかして、モリルは、あの箱の開け方を知ってるの？　何かコツがある？　カギが必要ってわけじゃないよね？　どうすれば開けることができるのか、全然分からないんだ……」

モリルは、今度も真剣な顔でライルの話を聞いていた。

「ごめんな、ライル。父さんにも分からない。でもそれは、ライルが自分で考えることだよ。いろんなことを考えてごらん。きっと、お前なら開けられるはずだよ。きっと……、あの箱の開け方を見つけることからお前の冒険が始まってるんだよ。諦めないで、考えてごらん」

「うん……」

ライルは、その期待はずれのモリルの答えに、自分でも気づかないうちにあからさまにガッカリした態度をとっていた。

しかし、モリルにも本当に分からなかったのだ。分からないどころか、モリルも不思議だった。

「あの箱が冷たい？　凍えそうになるほど……。私達が手にした時、そんなことはなかったはずだ。どういうことなんだ。あの不思議な箱の開け方があるなんてことは、あの時、デルブリックは何にも言ってはいなかったし、教えてくれなかった。何もおっしゃらなかったけど……、教えなくても、いや、教えられなくてもライルには、それができるということか？」

モリルは、決して声には出さなかったが、頭の中で考えていた。

ライルは、モリルが黙って考えている間に、座っていたソファーから立ち上がると、自分の部屋へ戻ろうと、肩をガックリ落とし、トボトボと元気なく歩きだし、リビングの扉を開けようとしていた。

「ライル、諦めるなよ！」

モリルは、元気のないライルの背中に向かって、慌てて、しかもやたら大きな声で叫んだ。

「うん」

ライルは、振り向いて一言答えるだけで、精一杯の気分だった。今まで、自分の知らないことでも、聞けばモリルは何でも知っていて、何でも答えてくれた。ライルは、この世の中にモリルが分からないことなんてないとさえ思っていたのだ。だから、ライルは余計ショックだった。

「モリルにも分からないことが、僕に分かるはずないよ！」

ライルは、本当はそう叫びたい気分だった。

ライルは、ロイブやボブにも相談しようと思ったが、もう誰に訊いても無駄だと思った。

「あ〜あ」自分の部屋の扉の前で大きな溜息を吐くと、ライルは頭をガクンと落とし、部屋の中へ入っていった。

そして、そのまま真っ直ぐベッドに向かい、その上に寝転ぶと、天井の窓から見える星を眺めながら、ただボーッとしていた。その時、ライルが見つめる夜空に、一筋の流れ星が消えていった。

「そうだ！　もっと、ちゃんとあの箱を観察しないと……。流れ星のように……、そうなんだ、観察しないと見られないものがあるのかもしれない！

そういえば、今まで箱の中身のことや、モリルの言う、僕の冒険との関係ばかり気にして、あの箱のことをちゃんと見てなかった。バカだな……俺。……もしかしたら、何か分かるかもしれないぞ」

ライルはベッドから飛び下り、またあの不思議な箱が置いてある机に駆け寄った。そして、真剣な顔つきで、やたら顔を近づけて目の前にある箱をジロジロと眺め始めた。そのかわり、もう凍えるのはごめんだと思ったのか、絶対にその箱には触れなかった。

ライルの机の上に置かれたその不思議な箱は、全部、石で作られた物だった。だが、今までにライルが見たことのない、とても不思議な石だった。

それは、所々に白っぽい色が混じる灰色の石で、その箱全体に及んで渦巻き模様があった。その渦巻き模様は、ガラス玉のように透き通る青をベースに、光が当たるとピカピカと輝く少し淡い青がマーブル状に混じりあっていて、その部分はとても石とは思えなかった。その異質な渦巻き模様をした部分は、本当に何か別の物でできているように見えて、初めは誰かが石の箱を作ってから、後でそこに埋め込み、細工を施したんだと思ったが、よく見るとどこにもそんな形跡はなく、やはり元々、初めからこの石が持っている模様のようだった。

「凄いぞ！　自然がこんな不思議な石を創り出したんだ！」

ライルは、感動していた。そして、その不思議な石の箱にかじりつくように、ますます近づいて目を輝かせていた。

そんな不思議な石でできた箱の蓋の部分には、幾つもの丸い窪みがあった。明らかに、誰かの手によって削られたその窪みは、よく見ると微妙にだが、それぞれが少しずつ異なった形をしていた。そして、その窪みを囲むように、こまかい細工が施されていた。その細工は、花のような形をしていた。その花びらの一枚一枚は、葉っぱの形をしていた。しかも、その葉っぱの花は、立体的で、本当にこんな花があるんじゃないかと思わせた。そしてよく見ると、この石の箱自体がひとつの大きな石を彫り込んで作られているように思えた。

「凄いや！　いったい誰が作ったんだろう」

ちなみに、その不思議な石の箱の大きさは、横二十五センチ、縦二十センチぐらいで、底の方はそれぞれ五センチほど小さく、深さは、十センチちょっとで、箱の底の四隅には、同じ石でできた脚がそれぞれについていた。

ライルは何となく、葉っぱの花の細工に囲まれた窪みの数を数えていた。

「一、二、三、四、……九、……十六、……二十。二十個か～。この窪みは、何なんだろう。何か意味があるのかなあ」

ライルは思わず、無意識のうちにその窪みの一つを人差し指で触っていた。すると、ライルの人差し指は、今度は、そのすぐ隣の窪みに触れた。

「わあ！　冷たい！　あ～……。くっそお～！　忘れてた～」

ライルは、目を大きく見開いて、慌てて石の箱から指を離し、箱から離れた。

「？」

ライルは「ハー、ハー、ハー……」と、その手に息を吹きかけながら、冷たくなってしまった手を必死に摩りながらも、不思議な違和感を感じていた。

「あっ！」

突然、ライルは何かひらめいたように声をあげると、また不思議な石の箱に近づき、蓋の部分を覗き込んでいた。

「もしかして？」

ライルはそう呟くと、懲りずに、最初に触れた窪みをまた人差し指で触った。そして、「ふぅー」と小さく息を吐くと、今度は、二回目に触れた窪みを慎重にチョンと軽く触った。

「やっぱりだ！　うん、間違いない。分かった、分かったぞ！　ハハハ」

ライルは、偶然なぞを解き明かしたのだった。

「そういうことだったんだあ。この箱に触れると凍えるんじゃなくて、この、ガラスみたいに透き通った青い渦巻き模様の所だけがそうなんだ。ここが冷たいんだ。ここに触れると、凍えちゃうんだ。だから、他の場所なら全然平気だ。何ともない」

石の箱を見つめるその顔はとても満足そうだった。

「でも何で、あの青い部分だけが、凍えさせるほど冷たくなるんだ？　そんなこと考えても分かるはずないか……。それより、青い渦巻きのとこに触らなければ、どれだけこの箱に触っていても大丈夫ってことだ。もしかして、開けられるかも……。だって、時間かけられるじゃんか。望みが出てきたぞ。へへへ」

ライルは良い気分になっていた。そして、ワクワクしてきた。

ライルは、慎重に石の箱の青い渦巻き模様を避け、今度こそ、この不思議な石の箱の蓋を開けようとした。だが、何度も何度も、いろんな方向から力を込めても全くその蓋は開かなかった。それどころか、相変わらずビクとも動かなかった。

「もう！　全然開かない！　蓋が開かないのは仕方ないとしても、何でこの箱は、机から持ち上がらないんだよぉー。うぅ～ん。ダメだ！　机に張りついちゃったみたいにビクともしないよ……。ちくしょう！　ダメだぁー。

？　もしかして、七つの卵の木の木箱の時みたいに、急に、この石の箱も軽くなるってことはないよな？……。まさかね……。だって、全く別の物だもんな」

その後も、また何か分かることがあるかもしれないと、また、どうにかして小さなことでも何かヒントになることを探し当てたいと、不思議な石の箱を見つめ続けていたが、薪ストーブの火が燃え尽きそうになった頃、やっと諦め、落ち込みながらベッドに潜り込んだ。とても疲れたのか、ライルはすぐに穏やかな寝息をたて始めたかと思うと、あっという間に眠りについていた。

結局この夜、ライルはこの不思議な石の箱を開けるためのヒントを見つけられなかった。

八

翌朝も朝早く目覚めたライルは、顔を洗いに行こうと、軽やかに螺旋階段を下り、機嫌良く「おはよう！」と言ってリビングの扉を開けた。だが、今日もまだ誰も起きていなかった。

「ハハハハ！」ライルは、照れくさそうに笑ってごまかした。

「よし！　着替えて、リムと散歩に出かけようっと！」

部屋に戻って素早く着替え、まだ眠たそうなリムと一緒に外に出た。

玄関の扉を開けると、家の外はとても美しい銀世界だった。木々にはうっすらと雪が積もり、地面は一面真っ白になっていた。晴れ渡った雲一つない青空が、ゆうべのうちに降り積もった雪景色をいっそうきれいに見せていた。

キーンとした外の空気は、頬を刺すように冷たく、ライルの吐く息は一段と白く見えた。おまけにリムの息も真っ白だった。

「リム、雪だぞ！　今年初めての雪だ。そうだ！　今日は、久しぶりに、光苔の岩の所に行ってみるか！　なっ、リム」

ついさっきまで眠たそうに何度もあくびをしていたリムは、雪を見た途端に、ライルの周りを飛び跳ねるように駆け回っていた。

ライルもリムも雪が大好きだった。この日の雪は、例年より早く、今二人は、外の寒さを感じないぐらいとても楽しい気分になっていた。幼い頃からライルは、雪が降ると、わけもなくドキドキワクワクした。それは今も変わっていないようだ。

ライルは、誰の足跡もついていない一面に真っ白な雪の大地に、とっても嬉しそうに、ゆっくり一歩、足を踏み入れた。

「サクッ」

その自分の一歩で雪が踏みしめられた音を聞くと、ライルはまた一段と嬉しそうな顔になり、リムと一緒に真っ白な雪に覆われた地面を駆け回り始めた。

ライルは、今日一日何も考えず、リムと一緒に森の中で、昔みたいにおもいっきり遊ぶことにした。

「リム、ちょっと待っててくれよ」

ライルは、リムを外に残して家の中に入って行ったが、あっという間にまた戻ってきた。

「ほら。お腹空くだろ、だからおやつ持ってきたんだ」

リムの頭上にかかげたライルの手には、ロールパンが二つとクッキーが入った袋が握られていた。

「さあ、行こうか」

ライルとリムは、誰の足跡もつけられていない真っ白な森への道を、楽しそうに雪を踏みしめながら、あの光苔の岩に向かって進んでいった。その途中には、普段はなかなか分からないのだが、今日は雪のおかげで、くっきりと野うさぎの足跡が残されていた。その足跡は森のずっと奥の方にまで続いていた。

「ヒッ！　ビックリしたあー」

ライルの頭の上に、雪の塊がドサッと落ちてきた。ライルが見上げると、ちょうど自分の立っている真上にある枝先が揺れていた。

「ハハハ。何か楽しい！」

ライルは見上げたまま両手を広げ、おもいっきり森の空気を吸い込んでいた。

「あっ！」

ライルに雪を落とした枝の根元に、雪と同じぐらい真っ白なイタチがひょっこり顔を出して、ライル達の方を窺っていた。

「今日は、ついてるかも」

そのイタチは、枝の上で、じいっと動かず、珍しいものでも見るようにライル達の方を見つめていたが、しばらくするとどこかに隠れてしまった。

周りの景色を楽しみながら、さらに奥へと進んで行くと、ライルの横にピッタリ寄り添って歩いていたリムが突然駆け出していった。

「何だよ、リム。どうしたんだよ～！　待てったら！」

叫びながらライルも走ってリムの後を追いかけた。でも、早くてとても追いつけず、リムはライルをおいてどんどん先に走っていってしまった。ライルは、リムの姿が見えなくなった辺りで立ち止まると、ハアハアと息を切らしながらキョロキョロとリムの姿を探した。すると、リムは、小道から外れた林の中にいた。

「リム！　戻ってこい」

いつもなら呼ぶとすぐに戻ってくるのに、リムは、その場所から動こうとしなかった。

「お～い。リム、何やってるんだ。おいでぇ～！　戻ってこいって！」

リムは、全然動こうとしないどころか、そこに座り込んだ。

「もう！　何だよ……」

ライルは仕方なく、リムの方へ向かい、林の中に分け入った。

リムは、一本の木の前に座り込み、上の方を見つめて「クゥ～ン。クゥ～ン……」と鳴いていた。

「どうしたんだ？　リム？」

ライルはリムの横にしゃがむと頭を撫でながら、リムの見つめる先を見上げた。だが、別に何があるわけでもなく、ライルには、リムが何を訴えているのか分からなかった。それでもまだリムは、「クゥ～ン。クゥ～ン……」と、時々ライルに訴える目を向けながら、相変わらず上の方を見つめて鳴き続けていた。

「何だ？　リム、ホントにどうしたんだ？　……まあいいか。今日はまだ始まったばかりだし、日暮れまでにはまだまだたっぷり時間があるもんなっ」

ライルはリムの横にしゃがみ込み、リムの見つめる先を一緒に気長に見つめ続けた。

どれくらい経ったのだろう。その木の上の方にある小さな穴から、突然リスが顔を覗かせた。そのリスは、キョロキョロと外の様子を窺っている。

ライルは、「あっ！」と、大きな声で叫びそうになるのを押し殺し、じっとして、驚かさないように静かに、木の穴から顔を出した可愛いリスの姿を見つめた。リムもおとなしくして見つめていたが、そのリスが木の穴から出てくると、一緒に遊びたいのか、その木の周りを飛び跳ねながらぐるぐる走り回って、あげくの果てにピョンピョンと木に飛びつきだした。

案の定、リスは驚き、慌てて木の巣穴に入ってしまった。

「あ～あ。バカだなあ、お前は。驚かせちゃっただろう。まあ、気持ちは分かるけどなっ。……リム、もう行こうか」

ライルは小道の方に歩きだしたが、リムはまだ、木に足をかけたままクンクンと匂いを嗅ぎ、リスが入っていった巣穴を見つめていた。

小道に戻る途中、さっき通った雪に覆われた地面には、自分とリムの足跡以外にもう一つ、とても小さな可愛らしい足跡が残っていた。

「そっかあ～。リムはさっき、あのリスを見つけたから、一緒に遊ぼうと思って走りだしたんだ。でもあのリスにとってはたまらないよな。きっとリムに食べられると思っただろうな。可哀想に……。ハハハハ。リスにも出会えたし、リムのおかげで得しちゃった！」

「おーい、リム、行くぞ！」

リムは、やっと諦めたのか、ライルの元に駆け寄ってきた。

しばらく歩くと、今度は小道の脇に流れる小さな小川の上に張り出した木の枝にとまっている、何ともきれいな珍しい鳥を見つけた。

「わあ～、すっごいぞ！　初めて見る奴だ。こんな鳥が、この森にいたなんて……。何ていう名前なんだろう？　帰ったら、モリルに訊いてみよう……。ホントにきれいだなあ」

ライルはしばらく見とれていた。だが、ライルが見とれるのも無理はない。木の枝にとまっているその鳥は、それはそれは見事な青色の羽根に覆われていて、目の周りと胸の辺りに真っ白なフワフワの羽根を持ち、もう一箇所、頭にも長い白い羽根が鶏冠のように立っていた。そしてとても長い、その鳥の体の倍以上の長さの白色と青色の尾っぽが、体から垂れ下がっていた。その鳥は本当にきれいで、青色と白色の羽根はとても鮮やかだった。翼を広げたその姿は、気品に満ち溢れ、うっとりするほどきれいだった。その姿を見つめるだけで幸せな気分にさせられた。

「ホントにきれいな鳥だなあ～」

ライル自身も幸せな気分だった。その青い鳥を見つめるライルの瞳は、またしてもキラキラと輝き、心臓はドキドキし、かなり興奮していた。

今、ライルの頭の中からは、不思議な石の箱のことなどすっかり消えてしまっていた。

青い鳥は、翼を広げるとバタバタと舞い上がり、ライルの頭上を越え、この村で一番高い山の頂に向かって飛んでいった。

すると、その姿を見送るライルの手元に、一本の青い羽根がフワフワと舞い落ちてきた。ライルはその青い羽根をしっかり摑み取り、いっそう幸福な気分になった。

ライルがその青い羽根に見とれていると、ライルから少し離れた林の中で、リムは夢中で何度かジャンプを繰り返していた。やっとジャンプをするのをやめたリムが、ライルの元に戻って来ると、今度はしきりにライルに飛びついた。見ると、リムの口には、一本のフワフワの白い羽根がくわえられていた。

「おぉ～、白い羽根じゃん！　リム、偉いぞ！」

ライルは、リムから白い羽根を受け取ると、おもいっきりリムを撫でてやった。

とても嬉しそうなライルの手には、さっきの青い鳥の素敵な贈り物の青い羽根と白い羽根、二本の羽根が握られていた。

「凄いやぁー、大切にしよう！　そうだ、これを見せれば……、モリルに訊けば絶対、あの鳥の名前が分かるよ。リム、ありがとな！」

ライルの頭の中では、この羽根を部屋のどこに飾るのか、もう決まっていた。

今日は、本当に、ついている。ライルは、本当に、今日一日、凄く良いことがあるような気がしていた。ライルのその直感は確信に近いものになっていた。

「楽しみだな」

そう呟いたライルは、次は、どんな動物に出会えるんだろうとワクワクしながら、光苔の岩に向けてまたリムと一緒に歩きだした。

その途中にある小さな湖には、うっすらと氷が張り、その岸辺ではカモシカの親子が凍っていない場所を選んで湖の水を飲んで喉を潤していた。すると、反対岸からはイノシシも姿を現し、同じように湖に口を近づけていた。するとその後ろの林の中から、子供らしい二頭のイノシシが顔を出し、ビクビクしながら湖に近づいてくると、氷の割れ目から湖の水を飲みだした。ライルは少し離れた場所から、静かに、こっそりとその様子を覗いていた。動物達を驚かせないように、今度は、リムを抱きかかえて……。

その後も、林の奥に走り去っていく鹿の姿や、珍しい真っ白いタヌキの親子や、啄木鳥の姿、気持ち良さそうに気流に乗って空高く悠然と飛行する鷹の姿……、本当にたくさんの森の動物を目にすることができた。

ライルとリムは、思いがけずたくさんの動物達に出会えたので、何度も足を止めてしまい、やっと光苔に覆われた岩のある場所に到達した時にはすでに太陽が沈みかけていた。

ライルがポケットの中から取り出したバロック爺さんの懐中時計は、五時七分を指していた。

「もう帰らないと……。すぐに暗くなってしまう」

ライルは、足早に家路に向かった。

ライルがその場を去り、辺りが暗くなると、まだ雪に覆われたその光苔の岩が淡く光りだした。岩に張り付いた光苔は、雪に埋もれながらも光を放っていたのだ。その光は、雪の間からこぼれ射し、光苔の岩は何ともいえない美しさを醸し出していた。

残念ながらライルは、こんな素晴らしい、幻想的な姿を見逃してしまった。

ライルが家に戻ると、モリルとメリルが玄関に飛び出してきた。

「ライル、どこに行ってたの？　暗くなっても戻ってこないから心配してたのよ」

ライルが家に着いた時、もう時刻は七時を過ぎていたのだ。

「ごめん。気がついたら五時過ぎてて……。急いで帰ってきたんだけど……」

ライルはシュンとして、ばつが悪そうな顔をしていた。何かを察したのか、ライルの隣でリムまでがシュンとしていた。

「どこに行ってたの？」

メリルは、怖い顔で、もう一度ライルに訊いた。

「森に行ってたんだ。光苔の岩のとこまで……」

「そう……。あまり心配させないでね。夜の森は危険なんだから、これからは、もっと早く帰ってきなさい。分かった？　暗くなる前にね。もう！」

「うん。気をつけるよ。ごめん」

ライルは、素直に謝った。メリルは小さな溜息をつくと、途中になっていた夕食の仕度に取りかかろうとリビングの扉に手をかけていた。

「ライル、冷えただろう？　先にお風呂に入って体を温めておいで」

モリルはニッコリ笑って、メリルに分からないようにこっそりライルにウインクしてみせた。

「うん。そうするよ！」

その途端に嬉しそうな顔になったライルは、モリルにニコッと微笑んでバスルームに走っていった。

「さあ、リム。お前は、暖炉で温まりな！」

リムは、モリルと一緒に、リビングへ入っていった。

この日のラロック家の夕食は、ライルのせいで遅くなってしまった。

温かいスープをすすると、モリルが優しくライルに話しかけてくれた。

「ライル、森の中は、楽しかったか？」

ライルは、顔色を窺うようにチラッとメリルの顔を覗き込むと、メリルは穏やかな顔でニッコリとしていた。するとライルは安心したように、今日の森での出来事を話し始めた。

「すっごく楽しかったよ。今日はね、凄くたくさんの動物達に会えたんだ！　白イタチに、リス、それからカモシカに、イノシシの親子、それから鹿に、啄木鳥に、大鷹、真っ白なタヌキの親子もいたよ。珍しいよね、白いタヌキなんて……。それに、青い鳥。そう、青い鳥だよ！　僕、初めて見たんだ！　すっごくきれいな鳥でさあ、胸の所と長い尾っぽに真っ白い羽根を持っていて、あとはみんな青い羽根に覆われてるんだ。ホントに凄いきれいなんだよ！　モリル、何て名前の鳥なの？　教えてよ、知ってるでしょ？」

ライルは話しているうちに、森の中で見たあの青い鳥の姿が蘇ってきて、興奮していた。

「う〜ん……。ライル、その鳥をどこで見たんだ？」

モリルは、考え込んでいた。

「光苔の岩に向かう途中の小川の流れている所。小川の上にある木の枝にとまってたんだ！」

ライルは、得意げに答えた。

「そうかぁー。そんな所で……」

そう言ったきり、モリルはまた考え込んでしまった。モリルに話せば、すぐに青い鳥の本当の名前どころか、あの鳥のことをもっと詳しく教えてくれると思っていたライルは、自分の目の前で考え込んでしまっているモリルの姿を見て不思議だった。

「あっ！　ちょっと待ってて！」

ライルは、何か思い出したように叫ぶと、席を立ち、ソファーに置いた今日着ていたコートのポケットを探って、二本の羽根を掴むと、またテーブルの席に慌てて戻ってきた。

「モリル、これ！　今話した青い鳥の羽根だよ！　凄いでしょう。飛び立った時に落としていったんだ。どう？　分かる？　見たことある？」

ライルは、その二本の羽根を手にとって真剣な顔をして黙って見つめているモリルを、心配そうな顔で見つめていた。すると、モリルの真剣な顔色が変わった。

「昔、爺さんに聞いたことがある。う〜ん……、『とてもきれいな青い羽根を持ち、白い羽根が混じった長い尾を持つ鳥』……」

思い出したかのように突然語り始めたモリルの話を、ライルは目を輝かせ黙って聞いていた。

「確か、バーモン爺さんは、『だが、この村のあの白い山の頂に住むその鳥を見た者は、誰もおらん』それから、『その青い鳥を見た者は幸せになると言われておるんじゃ。その青い鳥の羽根を得た者は、願いが叶うと伝えられておるんじゃ』……。確かに……、確かに聞いたことがある。う～ん、それに……まだ続きがあったはず……」

モリルは、そこまで話すとまた考え込んでしまった。

「本当に？　幸せの青い鳥なんだ！　青い鳥って、お話の中だけの鳥じゃないんだね。本当にいるんだ！　凄いや！　ホントに凄いねぇ～。僕が見たあの青い鳥が……。僕、僕はその青い鳥を見たんだ！　ヤッホー、凄いや！　やったぞぉ～！」

ライルは、ピョンピョン飛び跳ねると、バック転までして、凄く興奮していた。はしゃぎまくるライルをよそに、バーモン爺さんの言葉を必死で思い出そうと、モリルはまだ考え込んでいた。

「ライル、バーモン爺さんの話には、まだ続きがあったはずなんだ。確か、願いを叶える方法があったはずだ。そう、それに、青い鳥じゃなくて、ちゃんとした名前があったはず……。みんなが青い鳥と呼ぶだけで……。う～ん……。

それにしても、ライル、凄いな。俺もまだ一度も見たことないよ。きっと良いことがあるぞ！　……う～ん。ごめん、ライル。どうしても思い出せない。思い出したら必ず話してやるから、この羽根、大事にとっておけよ。……何で、肝心のところが思い出せないんだ？　ごめんな～」

そう言ったモリルは、本当にすまなそうな顔をしていた。

「うん。大切にするよ。……思い出したら教えてね。約束だよ！」

ライルも、その話の続きが気になったが、今聞かされた話だけでも充分満足だった。

「あっ、モリル。バーモン爺さんって、確か、モリルのお爺ちゃんだよね？」

ライルが、久しぶりに聞く名前だった。

「ああ。お前の曾爺さんだよ。素敵な人だったさ」

モリルは、バーモン爺さんのことを懐かしく思い出しているのか、凄く嬉しそうな顔をしていた。

それからモリルは、バーモン爺さんのことをいろいろ教えてくれた。

「そうだ、ライル。明日、ルキンさんの家造りの日だぞ」

「そうだった！　明日だったね」

「朝、八時までには家を出るからな、今日は早く寝て、明日は寝坊するなよ！」

モリルはそう言うと、ライルのおでこを指でチョンと小突いた。

「うん、分かってる。じゃあ、もう部屋に戻るよ。おやすみなさい」

「ああ、おやすみ」

ライルは、リムを連れて自分の部屋に戻っていった。

モリルは、ライルがリビングからいなくなると、もう一度、あの時、バーモン爺さんが自分に語ってくれた青い鳥の話を思い出そうとしていた。モリルはさっき、ライルの話、いや、ライルが見せてくれたあの二本の鳥の羽根を目にするまで、なぜ、あんなに自分をワクワクさせた青い鳥の話を忘れてしまっていたのか、自分のことを情けなく思っていた。

「俺って、何て奴なんだ！　いつの日から忘れてしまったんだろう……。こういうことが、バーモン爺さんが言っていた、駄目な大人になるってことなのかな。爺さん、いつも言ってたもんな~、『いつまでもワクワクする気持ちを忘れるな。つまらん大人になんかなるなよ』って……。いつの間にか俺は、自分の気づかないうちにつまらん大人になってしまっていたのかもしれない」

モリルはそう呟くと、悔しそうな顔をして頭を抱え込み、髪の毛をクシャクシャかきむしっていた。

「あなたは、つまらない大人なんかじゃないわ！　絶対に！　その証拠に、ライルはあなたを尊敬しているし、いつもあなたの話を目を輝かせてワクワクしながら聞いてるわ。そうでしょう？　……きっと、思い出すわよ」

メリルは、モリルの肩に手を置いて優しく声をかけていた。

「ああ。ありがとう……」

モリルは、メリルのその言葉に、いや、優しさに本当に感謝していた。

モリルはソファーに腰を下ろすと、気持ちを新たにまた思い出そうとしていた。

「あの時、俺は、確か……、八歳だった。あの話をしてくれたのは……、確か、バーモン爺さんが亡くなる三日前だった……。まさか……。でも今思えば、バーモン爺さんは、自分の命がもう残り少ないことを知っていたのかもしれない。だから、話してくれた、いや、教えてくれたんだ」

モリルは、もの心がつく前からこの村で育ったが、以前は今のように森の中ではなく、湖畔に住んでいた。バーモン爺さんは、一人でこの森の中に住んでおり、モリルは毎日のようにバーモン爺さんの所に来て、一緒に一日を過ごしていた。そして、バーモン爺さんからいろんなことを楽しみながら教わったのだ。バーモン爺さんと過ごす毎日は、ワクワクすることばかりで、その当時モリルは、楽しくて楽しくて仕方なかった。

「バーモン爺さんは、あの山を本当に大切に思っていたな〜。『あそこに見える、白い、高く聳えるあの山には、素晴らしい自然が今も残っておる。守られておるのじゃよ。だから私達《わしら》も守っていかなきゃいかん。モリル、お前もじゃぞ』って何度も聞かされた。そうそう、俺が、『誰が守ってるの？』って聞いたら、爺さんは、『お前にも、そのうち分かる時がくる』って微笑んでたな～。ハハハ……。そうだ！あの時……、確かにコバルリン森って言ってた……。『コバルリン森でしか、願いは叶わない』……。それから、何て言ってたんだ？　クッソー、思い出せない、何でだ……。そうか！　もしかしたら、バーモン爺さんも……、コバルリン森に行ったことがあったのかもしれない……。バーモン爺さんは、あの時、俺に何かを伝えたかったのかもしれない……」

「モリル。もう、モリルったら！　まだ思い出してるの？　モリルも今日は早く寝なきゃ、明日、大変よ」

今まさに、思い出の中に気持ちが入り込んでいたモリルは、突然、メリルの自分を呼ぶ声にビックリした。

「ああ。すまん。……そうだな。そうするよ」

自分の部屋に戻ってきたライルは、ベッドの上に寝転がると、モリルの話を思い出しながら青い鳥の二本の羽根を眺めていた。

「バーモン爺さんかぁー。僕も会ってみたかったなぁ。早く、あの続きをモリルが思い出してくれるといいなあ。楽しみだなあ。まっ、先のお楽しみだな」

「それより、明日は家造りの日だ。今日はホントに早く寝ないとな」

そう言ってベッドから起き上がると、青い鳥の羽根をからくりダンスの隠された引き出しの中にしまった。ライルは、本当はモリルの作ってくれた十一羽目のフクロウの後ろに飾ろうと思っていたのだが、さっきモリルに大切にしまっておくように言われたので、場所を替えることにしたのだ。

ライルは、思い出したかのように、ベッドに入る前に、七つの卵の木があるロフトに向かっていった。そして梯子を上りながら呟いていた。

「そういえば、最近、不思議なことばかり経験するよなあ」

ロフトに上がったライルは、まだ開けることができずに机の上にある不思議な石の箱に目を向けると、溜息をついていた。それから、別段変化のない七つの卵の木の根元に、栄養と薬になるという、木の実が入っていた木箱の蓋のかけらを一つ置くと、七つの卵の木の前に座り込み、木に向かって語りかけていた。

「お前は、もう、元の姿には戻らないのか？　それにさっ、どうすれば、あの石の箱を開けることができるんだろうな？　どうして開けられないのか分からないんだ……。僕には、無理なのかな？　きっと、何か開ける方法があるんだ。あ～、もう！　教えてくれよ。お願いだよぉ～。……ハハハ、ごめん。お前に話してもしょうがないよな。バカだな、僕……。もう寝るよ。おやすみ。元気に育てよ」

ライルは今、開けられない不思議な石の箱のことでちょっとしょげ込んだが、気持ちを明日の家造りに切り替え、ベッドに潜り込んだ。

真夜中。

七つの卵の木は、突然、七色に輝きだした。とても美しく。

七つの卵の木は、数分間輝き続けるとまた突然元に戻り、特別その姿を変えることなく、元の姿（普通の木）に戻っていた。

第三章　ムースビック　――箱を開ける者――

一

翌朝。

今日は、家造りの日。

朝起きるのが苦手なライルは、やっぱりメリルに起こされて目を覚ました。そして、慌ただしく仕度を整えると、予定どおりモリルと一緒に八時前に家を出た。

リンク湖のほとり、ルキンさんの家造りの現場には、十時前に着くことができた。もうすでに数人が作業を始めていた。その中にあの少年の姿もあった。モリルとライルも、みんなに挨拶すると、さっそく作業に取りかかった。

ライルは、モリルに言われたとおり、そこらじゅうに散らばる木の破片や道具の片づけを始めた。言われたことを夢中でこなしていた。

　すると、あの少年が作業をしながら突然ライルに話しかけてきた。

「なあ。今日は、お前の母ちゃん来ないのか？」

「うん」

「そうかー。あのスープ、また飲めると思ったのになあ。お前、いいな、料理が上手い母ちゃんで。それに、きれいだしなっ」

「えっ？　そっ、そうかなあ～？」

　ライルは、自分が褒められたわけでもないのに、照れくさそうに顔を赤らめていた。

「それに、お前の父ちゃん、優しいいし、かっこいいよな。腕はバツグンだし。お前の父ちゃんに敵う奴なんていないぜ。羨ましいよ。俺も、お前の家に生まれてきたかったよ。あ～あ」

　ライルの顔は、一段と赤くなっていた。

「あっ、俺、グルーってんだ。よろしく！」

　少年は、作業の手を止め、ライルに手を差し出していた。

「あっ、僕、ライル。よろしくお願いします」

　ライルは、何だか緊張しながら少年と握手を交わした。そこへ、あのいかついおじさん、サンガーさんが現れ、ライルに声をかけてきた。

「おい、ライル。これと同じ物作ってみろ。道具は、あそこに置いてあるやつどれを使ってもいい」

　それだけ言うと、サンガーさんは、一本の真新しい木と、細工の施されたお手本の木をライルの前に置いて、すぐに自分の持ち場へ戻っていった。

そばにいた少年、グルーは、サンガーさんが去っていくとすかさずライルに言った。

「これ、テストだぜ！　どれだけお前に素質があるかってやつさ。まあ、がんばりな！　ホントに家造りに興味があるならな」

そう言うと、グルーは去り、もう次の作業に取りかかっていた。

ライルは、グルーのその言葉を聞くと、やけに力がこもり、やる気満々になっていた。まず、ジーッとサンガーさんが置いていったお手本を見つめると、いつもモリルが家で作業している様子を思い出していた。そして、与えられた課題に取りかかった。

ノミと金づちを持ったライルは、凄い集中力で、少しずつだが木を彫り続けていた。

やがて、ライルが気づかぬうちに、辺りは暗くなっていた。今日の家造りの作業は、ランプを灯して夜遅くまで続いていた。それと同時に、ライルに与えられた、サンガーさんからの課題もまだ続いていた。

一つ一つ丁寧に作りたい。時間がかかっても……。それがライルのいつものスタイルだった（だから学校の先生にはいつも、褒められても、もう少し早くできるようにと言われた）。

結局ライルは、この日、サンガーさんに言われた課題を完成することができなかった。

二

モリルとライルが家に着いたのは、十時を過ぎていた。

今日は、やけに疲れていたし、明日も家造りだったので、ライルはすぐに寝ようと思っていたが、その前に、やっぱり七つの卵の木があるロフトに上がった。

「何か、凄く疲れちゃった。もう寝るよ。おやすみ」

「ん？　何だ、これ。えっ？　何、何……？　何なんだ～！」

七つの卵の木には、不思議な実が一つぶら下がっていた。

透き通ったガラス玉のようなその実は、とてもきれいだった。

ライルが緊張しながらその実に触れると、その実は、七つの卵の木からポトンとライルの手のひらに落っこちてきた。すると、ライルの手の中で七色に光り輝き、今度は、淡い黄緑色の光に包まれた。その光が消えると、実も淡い黄緑色になった。そして、依然ガラス玉のようなその実に、「パリンパリン、パリッ」とひびが入り、その中からピョコンと小人が現れた。

ライルは、現実に今、目の前で起きたこの考えられない出来事を理解することができず、あまりの驚きに体は妙な緊張感でカチカチになり、目は見開かれ、瞳はキョロキョロし、声が出せなくなっていた。

だが、ライルの手のひらに乗っかっている七つの卵の木の実から生まれてきたその小人は、グゥ～ンと背伸びをすると大きなあくびをして、ライルとは対照的にかなりリラックスしていた。

ライルが固まっていると、そのライルの腕をトコトコと登り、肩の上に乗っかった。ライルは、顔を恐る恐る自分の肩に向けると、その小人はニッコリ笑って、ライルの肩の上で嬉しそうにピョンピョン飛び跳ねていた。すると、今度はピョコンとライルの頭の上に飛び乗り、またピョンピョンと跳ねた。そして、今度はロフトの手摺の上に飛び降り、珍しそうにライルの部屋を一通り眺めてから、手摺の上を

「ペタンペタンペタンペタン」と小さな足音をたてながら歩きだした。間もなく梯子を滑り降り、部屋中を駆け巡りだした。リムは、自分の目の前を通り過ぎた小人の姿を見て驚くと、怯えた様子で後ずさりし始め、逃げるようにベッドの下に隠れてしまった。

今、ライルは、その小人の姿を目で追うだけで精一杯だった。

小人は、さんざんライルの部屋を観察すると、机の上に上がり、その上に置かれたあの不思議な石の箱の上に上がろうとしていた。ライルは思わず、「凍えちゃう！　そこは、ダメだよ、危ないよ！」と叫んで教えようとしたが、その気持ちは声にならず、間に合わなかった。その小人は、すでにあの不思議な石の箱の上に上がると、その上に座り込んでいた。

そして、胡座をかいて不思議な石の箱の上に座っているその小人は、突然ライルに話しかけてきた。

「おい！　ライル。何やってんだあ、いつまでマヌケ面《ずら》してるんだあ。こっち来いよ。早く来いってぇ！」

小人は、不思議な石の箱の上に立ち上がり、ピョンピョン飛び跳ねながら叫んでいた。

「早く、ライル！　聞こえてるのかー。それとも無視か？」

まだ驚きが消えずに動けずにいたライルだったが、その小人の声のあまりの大きさに、我に返ると、今度は、みんなに聞こえてしまったら、コイツを見られてしまったらヤバイと思い、ライルは慌ててロフトから駆け下り、小人のいる机に向かった。

「シーッ。お願いだから、もっと小さい声で話してよ。ちゃんと聞こえてるからさっ」

「何でぇ～、いいじゃん！」

小人は、わざとまた大きい声を出していた。可愛い姿をしているくせに、性格が悪そうだった。

「だって、見つかっちゃうよ。……ホントに、お願いだから、静かにしてよ！」

「ところで、君は誰？　どうして僕の名前を知ってるの？　どうして、その箱の上に乗っても凍えないの？　君は、七つの卵の木の子供なの？……七つの卵の木の実から生まれたんだよね？　じゃあ、七つの卵の木ってどんな木か知ってるよね？　教えてよ」

ライルは、真剣な顔をして、いつの間にかどんどん普通に質問していた。

「ハハハハハ、アハハハ、ハハハー。何も知らないんだな、お前。ハハハハハ……。おっもしれー。ハハハ」

その小人は、自分の役目が終わると自分がどうなってしまうのか知っていた。だから、ライルが何も知らないことが分かるとニヤッと不敵な笑みを浮かべ、笑い続けていた。おまけに小人は、体いっぱい使って、ライルを小バカにしたように笑っている。

「何だよ！　失礼な奴だな！」

ライルは、いつまでも笑い続けるその小人の態度にムッとしていた。

「いいかげんにしろよな！　名前ぐらい言えよ」

ライルとその小人は、今にもケンカしそうな雰囲気だった。

「ヒィッヒィヒッ、わるいわるい、そんなカリカリするなよ。オレは、ムースビック。ムースって呼んでくれ」

するると突然礼儀正しく、ライルに向かってペコリとお辞儀した。ペコリとお辞儀したムースビックの頭には、小さな木の芽が伸びていた。よく見ると、木の葉でできたような服をきたその姿は、とても人間とは思えない不思議な姿だった。もちろん、こんな小さな人間などいるはずはないのだが、何て説明したらいいか分からなかった。体は、初めて七つの卵の木を見た時のように、透き通るように淡い黄緑色をしていた。だが、手も足も、もちろん顔もちゃんとある。クリクリとよく動く潤んだ瞳は、その態度に似つかわしくなく、とても可愛らしかった。ライルは、その姿に、何だか調子を崩された気がした。

「よろしく、ライル」

「よろしく……」

「ホーホーホー……ホーホーホー……ホーホーホー」突然、からくり時計が鳴りだした。

「まただ。何でこんな時間に……」

ライルが、からくり時計に目を向けると、今さっきまでライルの目の前にいた小人、いやムースビックが、からくり時計の掛かった垂直の柱をペタンペタンペタンと、普通に平らな床を歩くように登っていた。その姿にライルが驚いていると、ムースビックはからくり時計から飛び出してきたフクロウに飛び乗っていた。

「なんで、あんなとこ歩けるんだよ。凄い！　凄いけど……。おーい、そんなことしたら壊れちゃうだろ。降りてくれよ」

「いいじゃんか！　ケチだなあ」

「そういう問題じゃないだろ！　降りろって！　壊れたらどうしてくれるんだよ。大事な時計なんだぞ！」

「も～、分かったよ。そんなにカリカリするなよ。今降りるからさっ」

ムースビックは、バランスを崩し、からくり時計から落ちてしまった。

「わっ！　危ない」

「わー、わー！　ああ〜！」

ライルは、反射的に走りだしていた。からくり時計の真下めがけてスライディングしたライルの伸ばした手のひらには、しっかりとムースビックの姿があった。

「あ〜、よかった〜。もう……、勘弁してよ」

「へへへ……、ありがと、ライル」

ムースビックは笑ってごまかしていた。

ライルは起き上がって、からくり時計を改めて見ると、時計の針は十二時を指していた。

「もうこんな時間かあ。ううん？　そういえば、こないだも……、こないだの夜に鳴りだした、そう、壊れたと思った時も十二時だった。どうしちゃったんだろうな？　ホントに調子悪くなっちゃったのかなあ？」

「ライル、何ブツブツ言ってんだ？　オレをいつまで捕まえてるつもりだよ。おい、放せって」

ムースビックは、ライルの手のひらの中で、腕をバタつかせて必死で暴れていた。

「あっ、ごめん。今降ろすよ」

ライルは机の前に戻ると、その上にムースビックをそっと降ろしてやった。

「あ〜、まったくもう！　またマヌケな顔しちゃってさっ！」

ライルは、そんなムースビックの態度にカチンときて、いいかげんむかついてきた。

「何なんだよ、助けてやったのにそのいいぐさは！　その態度は！」

そう言うと、ライルは心の中で、「こんな奴の相手をいつまでもしてられない。明日も早いんだ。そうだよ！　明日こそ、サンガーさんの課題を完成させなきゃならないんだ。だいたい、今日は早く寝るつもりだったんだよ」と呟いていた。

小人は、ライルの机の上を物色し始めた。

「これ、何だ？　こっちは？　これは？……」

ちょこちょこ歩き回り、フクロウのランプにぶら下がったり、勝手に小物入れを開けたり……。しまいには、インク瓶を倒して、こぼれ出したインクを踏みつけた足のまま、開いていた本の上を歩き回っていた。すると、自分の足跡がつくのが面白いのか、楽しそうにペタンペタン、ペタンペタンとわざと動き回って、本の文字が読み取れないぐらい足跡だらけにしてしまっていた。

「わー、ストップ！　そこから降りないで！　もう、何してるんだよ。いいかげんにしてくれよ」

「何でだよ！　いいじゃんか」

「いいから、そこにいて！　絶対動くなよ、いいな！」

ライルはそう言うと、ティッシュを箱ごと持ってきて、拾い上げたインク瓶に蓋をすると、まず机にこぼれたインクを拭き取った。それからムースビックを掴むと、インクでベトベトになっている足の裏を拭き始めた。

「何するんだよ！　降ろせよ、降ろせったら」

ライルに捕まったムースビックは、手足をバタバタ動かし、必死に抵抗しようとしていたかと思うと、今度は笑い始めた。

「ワッハハハ、ハハハハ……。もう、やめてくれよ……、へへへへへ、ハッハッハッ……。くすぐったいだろ。ハハハハ……」

「自業自得だろ。もう！　動くなよ。ジッとしてろって！」

ライルは、また心の中で呟いていた。「僕だって好きでこんなことしてるんじゃない。コイツ、何て性格悪いんだ！　明日も家造りに出かけなければならないのに、どうすればいいんだよ。コイツを連れていくわけにはいかないし、ここにおいていったらきっと部屋の中はめちゃめちゃにされちゃうだろうし……。ホントにどうしよう……」

ライルは、腹立たしさを通り越し、本当に困っていた。

ムースビックの足の裏についたインクをきれいに拭き取ると、仕方なく机の上に降ろしてやった。

ライルが椅子に座ってガックリしていると、少し反省したのか、ムースビックが顔を覗き込んできた。

「どうかしたのか？　ライル、お前、疲れてるのか？　俺も、今日は疲れたから、もう寝るよ。俺のことは、気にしないで！　じゃ、おやすみ」

そう言うと、また不思議な石の箱に上り、その上にコトンと倒れ込むとすぐにいびきをかいて眠ってしまった。

「えっ？　何だ、コイツ。もう寝たのか？　まったく、何なんだよ。どうなっちゃうんだ、これから……。あ～あ」

ライルは、「その石の箱に乗らないで！」と言いたかったが、言うタイミングを失い、「もういいや！」

という気分だった。そして、今は何も、そう、この不思議な出来事、小人のムースビックが何者なのか、いったいどんな奴なのか、そんなことも深く考えたくなかった。

「リム？　もう大丈夫だから出ておいで。さあ、僕達も、今日はもう寝よう」

ビクビクしながらベッドの下から出てきたリムを抱え、布団の中に潜り込んだ。だが、考えないようにと思ってもいろいろ考えてしまい、ライルはなかなか寝つけなかった。しかし、精神的に疲れてしまったようで、一時を回るとライルも自然に眠りについていた。リムは、いつもよりライルに寄り添って眠っていた。

三

翌朝。

目を覚ましたライルは、昨日のことはもしかしたら夢だったのかもしれないと思い、飛び起きると真っ直ぐ机の方に向かった。

ライルは何度も目を擦り、頬っぺたを抓ってもみたが、やっぱり、本当に不思議な石の箱の上に、昨日の小人、ムースビックがいびきをかいてグッスリ眠っていた。ムースビックのその姿は、昨日の憎たらしい態度とは裏腹に、可愛らしかった。その寝顔を見たライルは、思わず微笑んでしまった。

ライルは、ムースビックを起こさないようにそっと着替えを済ますと、またそっと部屋を出ていった。そして、急いで顔を洗い、急いで朝食を食べ終わると、家造りに向かう前に、慌てて部屋に戻ってきた。

そして、見つからないように、こっそり持ってきた朝食のサンドイッチと、この家にある一番小さなカップに入れたスープをムースビックの眠る不思議な石の箱の横にそっと置くと、慌てて書いたメモを残し、リムに声をかけて出かけていった。

「リム、今日は、この部屋で待っててくれよな。それから、アイツのこと頼んだよ」

リムは、不安そうにライルをみつめ「クゥーン、クゥーン」と鳴いていた。


今日は、リシエの二回目の体験幼稚園の日だったらしく、家族みんなでのお出かけということになった。今日は、メリルも一日、リシエに付き合うらしい。

みんなで歩いている時も、ライルは部屋に残してきた小人のムースビックとリムのことが気になっていたが、家造りは、途中でやめないというモリルとの約束があったので、今日も行かないわけにはいかなかった。それに、サンガーさんに言われた課題もまだ完成させていなかったし……。

現場に着き、作業を始めると、頭のモヤモヤが消えて、考えていたことも全て忘れて集中できた。ライルは、楽しくて仕方なかった。サンガーさんからの課題も順調に進んでいた。

だが、家造りの現場では、昼を過ぎると風が強まり、次第に厚い雲が立ちこめてきた。

「こりゃ～、じきに雪になるぞ！　しばらく吹雪が続くかもしれんな」

サンガーさんのその声とともに、今日の作業は終了することになり、皆で片づけを済ますと、雪から木材と組み上がった柱を守るためのシートをかぶせ、解散となった。

ライルのサンガーさんからの課題は、あともう一歩というところで今日も完成しなかった。「天気さえ悪くならなければ、今日中には必ず完成できたのに……」ライルは、悔しかった。

一方、ライルの部屋では、ラロック家のみんなが出かけた数時間後、ムースビックがやっと目を覚まして、ベッド代わりの不思議な石の箱から飛び降りると、ライルの残したメモを見つけたところだった。

そのメモの上に立ち、その紙の上を移動しながら、大きな文字を一つずつ読み上げていった。

「何々……。『お・は・よ・う・点・ム・棒・ス』ああ、『おはよう、ムース』だな。それから、『ど・う・し・て・も・で・か・け・な・く・つ・ち・や・い・け・な・い・か・ら・点・お・と・な・し・く・し・て・て・ね・まる』……。もう、長いなあ。えっと……」

ライルの残したメモには、こう書いてあった。


「おはよう、ムース。

どうしてもでかけなくっちゃいけないから、おとなしくしててね。

ぜったい、いろんなものにてをださないでくれよ。たのむよ。

それから、サンドイッチとスープをおいておくからたべてね。

ライル」


読み終えたムースビックは、「アイツ、いないんだ……」とボソッと呟くと、前方に目を向けた。そこには、目の前にそそり立つカップと、大きなお皿の上に載った自分と同じぐらいの大きさのサンドイッチがあった。

「おいおい、こんなデカイのどうやって食べろっていうんだよ！　……それにこれ、ホントに食べ物なのか？」

　ムースビックは、その前に立ち、いったいどうしたものか、腕を組んで考え込んでいた。

　すると、ムースビックはいきなり走りだし、サンドイッチに体当たりした。そして、大きな皿の上に上がると、倒れたサンドイッチを両手に掴み、一生懸命引っ張って引きちぎろうとしていた。やっと、ちぎれたかと思うと、ちぎれたパンのかけらを掴んだムースビックは、お皿の上からコロコロと転げ落ち、不思議な石の箱にぶつかって止まった。

「いってぇ～！　何だよ、もう！」

　ムースビックは、ブツブツ言いながら、ちぎり取ったパンを口に運んだ。

「うぅん、うまい！」

　思った以上に美味しい食べ物に、また慌ててお皿の上に上っていった。そして、今度はパンとパンの間に挟まれた卵にかぶりついていた。

「うっまーい！」

　ムースビックは、夢中で、小さな口でパクパクとサンドイッチにかぶりついていた。すると今度は、カップの中に入っているだろうスープが気になりだした。だが、このでっかいカップでは自分には届かない。考えたムースビックは、机にあった木製の定規を抱えると、力を振り絞って持ち上げ、「よいしょ！よいしょ！」と運びだした。そして、カップに立て掛けると、斜めに渡された定規の坂を登り始めた。カップの縁までたどり着くと、カップの中に頭を突っ込み、スープを飲もうとしたが届かない。

「何ていい匂いなんだ。もう少し……、あと少しで届くぞ！」

　自分の体を支えながら、カップの中に更に頭を突っ込んだその時、この体勢に堪えられなくなったムースビックの体は、「バシャン！」と、スープの中に落っこちてしまった。

「わあ～、足がつかない！　溺れちゃうよぉ～。アップアップ、プハアー……。ボコボコボコ……、助けてぇー、ゴホッ……」

　ムースは、溺れそうになりながらも必死でカップの縁に摑まって、自力で這い上がった。すると、フラフラになったムースビックは、カップに掛けられた定規の上を転がり落ちてきた。

「ハア～、危なかったあ～」

　机の上に倒れ込んだムースビックは苦しそうに呟いたが、その顔は少しニンマリしていた。

「この水、凄く美味しかったぞ！　でも、諦めよう。残念だけど……。これを飲むのは無理だ」

　ムースは、昨日の夜、ライルが使っていた、机の隅に置かれたままの柔らかい紙の入った箱を見つけると、何枚か引き抜き、くるまると、スープでベタベタになった自分の体を拭き始めた。

　それから、ムースビックは、部屋の中を散歩し始めた。そしてそれに飽きてくると、おとなしくまるまって寝ているリムの周りをペタンペタン、ペタンペタンと歩き回り、リムの背中によじ登ると、その上でピョンピョン跳ねて、リムを挑発するように遊びだした。それでもリムはおとなしくしていたが、ムースビックは調子に乗って、リムの髭にぶら下がり、ゆらゆら体を揺すって床の上にピョンと飛び降りた。すると、さすがのリムも頭にきたのか、起き上がって頭をブルブル振ると、ムースビックを追いかけだした。ムースビックを追いかけるリムの鼻は、クンクンとしきりに動いていた。リムは、ムースビックの体から漂ってくる良い香りに引きつけられているようだった。だが、ムースビックは、ちょこまかと楽しそうに逃げ回る。意外と逃げ足が早く、ずる賢かった。リムは、ムースビックをなかなか捕まえることができなかったが、次第にリムも楽しそうに追いかけているように見えた。面白い遊び相手のように思ってきたのだろう……。そう、そんな二人の様子は、まるで仲良く遊んでいるように見えたのだ。さんざん追いかけっこをして、疲れきったムースビックは、ソファーの上に倒れ込んでしまった。するとハアハアと息の荒いリムもソファーに近づいて行き、ムースビックの体をくまなくペロペロと舐め回した。ムースビックは、くすぐったいようで、リムに舐められている間中ずっと大笑いしながら転げ回っていた。

四

一方、家造りの現場では、急遽、作業が中止された。モリルとライルも家に帰ろうと荷物を持って歩きだしたが、ますます天気が悪くなり、さっきよりも空が一段と暗くなってきた。

「さあ、急ごう!　本当に吹雪になりそうだ」

家に着くと、ライルは慌てて自分の部屋に向かった。時刻は、まだ四時前だった。

「アイツ、変なことしてないだろうな?　それに、リムは大丈夫かな?　今日は、早く帰ってこれてよかったかもしれない……。それに、サンガーおじさんが、『もうすぐ吹雪になるぞ。こりゃあ、しばらく悪天候が続くかもしれんな』と言ったら、『様子を見て天候が回復するまで、作業は休みにする』と、ルキンさんが決めたし……。でも、この辺りは、吹雪どころか良い天気だし……、ホントに雪なんて降るのかな？　まあ、今の僕にとっては、よかったかもしれない……」

ライルは、螺旋階段を上りながら、あれこれ呟いていた。

扉を開けると、いつもなら飛びついて来るリムが、今日は何の反応もなく、ライルの部屋の中は静まり返っていた。

「リム、ただいま！」

「どうしたんだ？　リム、また怒ってるのかな？　まさか……。アイツと何かあったのか？」

そんなライルの心配をよそに、リムは薪ストーブのそばにあるソファーの上で眠っていた。リムを覗き込むと、リムに寄りかかって、小人のムースビックも一緒にスヤスヤと眠っていた。まるで、凄く仲良さそうに……。

ライルは、その前に腰を下ろすと、そんな二人の様子をニッコリしながら見つめていた。すると、小人のムースビックが目を覚ました。

ムースビックは、寝ぼけ眼で、目を擦りながらライルを見上げていた。

「やっと、帰ってきたのか？」

そう言って立ち上がると、小さな体をいっぱいに伸ばしていた。

ライルは、その言葉を聞いて、僕の帰ってくるのを待って、そして待ちくたびれて眠ってしまったのかと思うと、何だかこの小人、ムースビックのことが可愛く思えた。

「うん。ただいま、ムース」

リムは、よほど疲れているのか、いまだにグッスリ眠り込んでいた。リムがこんな時間帯に、こんなにグッスリ眠ってしまうことはなかなかないのだが……。

ムースビックも、目を覚まして起き上がったはいいが、フラフラして、まだとても眠そうに何度もあくびをしていた。

「もう少し寝てたら……？」

ライルが見かねてそう言うと、ムースビックは返事もせずに、バタンとリムの体に倒れ込み、またすぐに眠ってしまった。

「ハハハ……。今日は、やたら素直だな。それにしてもリムの奴、いつの間にコイツと仲良くなったんだ？　僕のいない間に、いったい何してたんだろう……」

ライルは、部屋の薪ストーブに火を起こすと、ステンドグラスのあるロフトへの梯子を上り、七つの卵の木を覗き込み、何も起こっていないことを確認すると、ライルを悩ませているあの不思議な石の箱が置かれた机に向かった。

すると、机の上には、ネズミにかじられたようなサンドイッチと、定規の掛かったスープ入りのカップ、それから、グシャグシャにまるめられた湿ったティッシュが何枚も転がっていた。その残骸を見て、ライルは、ムースビックがどうやってこれを食べたのか何となく想像ができて、笑ってしまった。

「よし！　もう一度、どうしたら開けられるのか考えてみるか！」

しかしライルは、やっぱり不思議な石の箱の前で、頭を抱えて唸ってばかりいるだけだった。

しばらくすると、ラロック家の周辺でも風が強まってきて、そのビュービューと唸るような風音が部屋の中まで聞こえるようになってきた。

さすがに、不思議な石の箱の前で真剣に考え込んでいるライルにも、その音が聞こえてきた。ライルは振り返り、滑り台のある丸窓の所へ向かうと、そこから外を覗き込んだ。

「サンガーさんの言ったとおりだ……。雪も降ってきた」

よく見ると、強い風にかき消されるように細かい雪が混じっていた。しかし雪は、地上に降り積もるどころか、もの凄い風に飛ばされて地上から舞い上がっているように見えた。

「うわあ、凄い空になってきた。何か、凄いことになりそうだなあ……」

いつの間にか空には、真っ黒な雲が立ちこめていた。

「アレ何だ？　いっぱい飛んでる白いフワフワしたやつ」

「へっ？　えっ……。なんだ、ムースビックかあー。ビックリするじゃないか、もう！」

心配して外の様子を覗いていたライルの顔のすぐ横の丸窓に、いつの間にか、ムースビックがいた。

「雪だよ。雪が降ってきたんだ」

「ふ～ん。雪？」

「あっ！」

ライルは突然叫ぶと、部屋の扉に向かって駆け出していった。

「どこ行くんだよ！」

「ちょっと外に行ってくる！　苗木が大変なんだ」

「オレも行くよ！」

「ダメだよ！　ムースは、風に飛ばされちゃうよ。だから、ここで待ってて。大事な苗木なんだ。すぐ戻ってくるから、いいね！」

そうムースに言い残すと、ライルは慌てて外に飛び出して行った。

ライルが慌てて外に飛び出して行ったのは、雪の混じる強風の中、モリルが苗木をこの強風から守るために、必死でその苗木を支えるための添え木を打ち付けている姿が、丸窓から見えたからだった。

外に出ると、風に飛ばされそうになるきゃしゃな体をふんばり、メリルも一緒に手伝っていた。

「僕も手伝うよ」

「ライルは、危ないから家に入ってなさい」

モリルがそう言うほど、外では強い風が吹き荒れていた。

「大丈夫だよ！　僕も手伝う。みんなで種から大切に育ててきたんだ！　やっともうすぐ森に移せるところまできたのに……。今ダメになっちゃうなんて、そんなの絶対ダメだ！　だから、僕も手伝う」

モリルは、息子の今の言葉を聞いてとても嬉しかった。

「僕は、何すればいい？」

「じゃあ、あそこから添え木になりそうな木を運んでくれるか？」

「分かった、任せといて！」

ライルは自分も手伝わせてもらえることが嬉しかった。

「ライルゥー、どんどん運んでくれよぉ～」

「ＯＫ！　分かったあー」

天候は、ますます悪くなり、雪が激しく、本格的な吹雪になってきた。

「これで何とかなるだろう。さあ、家の中に戻ろう！」

モリルの一言で、みんな走って玄関まで戻った。玄関前で、体に積もった雪を払い落とすと、急いで家の中に入った。

「お疲れさま。ライル、ありがとう。体、冷えたでしょう。今、温かいココア作るから、二人とも暖炉で温まってて」

「ありがとう、メリル。でも大丈夫。僕、やりかけのことがあるから……。へへへ……。部屋に行くよ」

そう言って、ライルは震えながら自分の部屋に戻っていった。冷えきった体に温かいココアは魅力的だったけど……、部屋に残してきたムースビックのことが気になっていた。

部屋の扉を開けると、いつものようにリムが飛びついてきた。

「よっ！　大丈夫だったかあ？」

ライルは、一瞬、リムが喋ったのかとビックリしたが、そんなはずはなく、その声はムースビックだった。リムの背中に乗っかっていたのだ。

「ああ。分からないけど……、きっと無事だよ……。大丈夫に決まってるさ」

そう言ったものの、ライルの心の中は心配でたまらなかった。

「ああ。きっと、大丈夫さっ！　森のために大切に育ててきたんだろ？　もうすぐ森に植樹するんだろ？きっと、森が守ってくれるよ。……心配するなよ、ライル！」

「うん、そうだね。ありがとう、ムース。えっ？　何で、そのこと知ってるの？　僕、ムースにそんなこと話してないよね？」

「そんなこと簡単さっ！　聞いてたんだよ」

ライルは不審そうな顔をしてムースビックを見つめていた。

「へへへ……。そのぉ～、あのね、え～とぉ……だからぁ……」

「はっきり言えよ！　ムース」

「お前の考えてること、うぅーん、だから、思ってることが全部聞こえてくるんだ。だから……、オレには、分かっちゃうんだって！」

「それ、どういうことだよ」

ライルは、ムースビックの言っていることがすぐに理解できなかった。

「昨日、からくり時計がホントに調子悪くなったんじゃないかって、心配してたろ？　それに、オレのこと性格悪いって思ってただろう？　こんな奴にいつまでも付き合っていられないって。それに……」

ムースビックの言うことは全て当たっていた。

「分かったよ、もうやめてくれ」

ライルはそう言って、昨日の自分の心の中の思いを次から次へと暴くムースビックの言葉を、気まずそうな顔をしながら遮った。

「本当に、全部分かるのかい？」

「ああ。じゃあ、もっと言おうか？　昨日、聞こえてきたこと！」

「分かった、分かったからもう勘弁してよ……。ごめん」

「何で、お前が謝るんだ？」

「だって、僕、酷いこと思ってただろ……。ごめん……」

「何謝ってるんだよ、そんなことたいしたことじゃないさっ！　お前が、気にすることないよ」

「ありがとう。ムース」

ライルは、これからどうやってムースビックと接すればいいのか複雑な気持ちになっていた。「僕の思っていることが全部分かっちゃうなんて、これからどうすればいいんだろう……。何か、やりにくいなあ。変なこと考えられないし、どうしよう……。良いことも悪いことも、全部バレバレってことだよなっ。知らないうちに僕は、ムースビックの心を傷つけてしまっていたのかもしれない……。どうしたらいいんだろう……、困ったなあ」

「ライル？　いいかい？　オレは、傷ついたりしないんだよ。だから、普通でいいんだって。お願いだから、このままで……。でも、ライルがどうしてもダメっていうんなら、イヤなら、この頭の上に生えてる芽を切ってくれよ……。そしたら、オレは何も感じ取れなくなるから……」

ムースビックは、どこか悲しく、真剣な顔をしていた。

ライルは、少し考えていた。そして、ライルは決めた。そんなことはできないと……。

「ムース？　リムが今、何考えてるのか教えてくれないか？」

「えっ？」

ムースビックは、てっきりライルが自分の頭の上に生えた小さな芽を切り取ってしまうのかと覚悟していたので、ライルの意外な気持ちに驚くと同時に、嬉しくて仕方なかった。

「今、ライルが無事に帰ってきてよかったって言ってる。ホッとしたみたいだけど、散歩に行こうよ、早く行こうって言ってる」

ムースビックは、リムの気持ちを伝えながら、「もし、ライルが芽を摘んでしまっていたら、自分は消え去ってしまった。そうなれば、もう二度と、生まれてくることはなくなってしまったんだ」そのことを考えながら、ライルの優しさに、ライルの気持ちに感謝の気持ちでいっぱいだった。ムースビックの瞳は、うっすらと潤んで見えた。

「そっかあ、散歩かあ。だけど、この天気じゃなあ」

「コイツ、大丈夫だって言ってるよ。用だけ足したら、すぐ戻るからってさっ！」

ライルがリムの顔を見ると、確かに訴えるような目を向けていた。

「分かったよ、リム。そんな目で見るなよ。行くか？　外に……。でも、凄い風だから、気をつけてくれよなっ。ホントに凄いぞ。外は……」

そう言うと、ライルはリムを連れて部屋を出ていこうとしていた。その前に、リムの背中に乗っていたムースビックを優しく掴み、机の上に降ろそうとした。

「おーい、おいって！　待ってよ、オレも行く！　雪ってやつを見てみたいんだ！　頼むよ、連れてってくれよ」

ライルは心の中で、「だって、こんなに小さなムースは、絶対に飛ばされちゃうし、もしかしたら凍っちゃうよ。無理だよ……。危ないもん」と心配していた。

「大丈夫！　お願いだって～……」

ライルは、自分の心の中が聞こえたんだと思った。それでも外に行きたいのならと思い、黙ってムースビックの足元に自分の手のひらを差し出した。

「ありがとう！」

ライルは、手のひらにチョコンと乗ったムースビックを、そっと、コートのポケットの中に入れた。

「この中に入っているんだよ。ホントに吹き飛ばされちゃうからね。出ちゃダメだよ」

「ＯＫ！　約束するよ」

ムースビックは、凄く嬉しそうに返事した。

ライルは、モリル達に見つかってしまわないように、慎重に螺旋階段を下り、静かに、そっと、そして素早く玄関から外に出た。

外に出ると、さすがのリムも寒いようで、体をブルブル震わせていた。そして、とても耐えられないと思ったのか、玄関外の階段を下りるとすぐにオシッコを済ませ、ライルの立っている玄関前に戻って来た。コートのポケットから顔を出したムースビックは、あまりの寒さに驚き、目をパチクリさせると、すぐにポケットの中に潜り込み、震えていた。

ライル達は、すぐに家の中に入ると、大急ぎで部屋に戻った。

三人とも、凍えた体を温めるため、横一列になって薪ストーブの前に並んで座り込んでいた。

ライルは、震えながら、左手をムースビックの前に差し出した。

「ほら、ムース。これが雪だよ」

ライルの差し出した手のひらには、丸い雪のかたまりがあった。ムースビックは、震えながらも、嬉しそうに小さな手を伸ばし、その雪のかたまりにそっと触れた。

「冷たっ！　何て冷たいんだ！　ハハハハ。わあ、どんどん小さくなっていくぞ！」

「ああ、雪はね、暖かいところじゃ生きられないんだ。溶けちゃうんだよ」

「へぇ〜、……。わあ！　なくなっちゃった！　ハハハ。スゴイや！」

するとムースビックは、ライルに、小さな声で照れくさそうに「ありがとう」と言った。その時ライルは、震えるムースビックの頭の上に生える小さな芽に元気がなく、枯れそうになっているのに気がついた。それに、ムースビックの顔色というか、透き通るような黄緑色をしていた体全体が、どんどんくすんだ色に変化していっていることにも気がついた。

「ムース、大丈夫？」

ガタガタ震えるムースビックをやさしく包んだ手のひらを、自分の目の高さまで持ち上げて心配そうに声をかけるライルの顔は、とても心細そうだった。

「平気だよ……。ちょっと、寒いだけ……だよ」

必死で答えるムースビックの声は、力なく、とても小さかった。

「平気って言ったって……。ムース、君の体の色が変わってきてるんだ……。それに、頭の上の小さな芽が、どんどん弱ってきてるみたいだ……。さっきまで、あんなに元気よくピンと立っていたのに……。絶対、変だよ……」

「……そうかあ……」

ムースビックの声は、さっきよりも確実に、か細くなっていた。それどころか、ムースビックは、ライルの手のひらの中でぐったりと倒れ込んでしまった。

「ムース？　ムース、大丈夫？　おい、ムース……、どうしたんだよ……。どうしたらいい？　教えてくれよ、僕は、どうすればいい？」

「ハ、ハ、ハ……。大丈夫だって。心配するな……ライル。あっ、あた、温まれば……元に、も、ど、る、さ……。大げさだなあ……ハハ……」

ムースビックは、ますます弱ってきているようだった。

「バカ……。笑ってる場合じゃないだろ……。まったく、無理しちゃって……。よし、分かった！　とにかく、温まればいいんだなっ！」

ライルは、必死に考えていた。「どうしよう……。早く温めてやらなきゃ。ムースビックが……。どうしたらいいんだ？……。そうだ！　メリルのココア……。それに、リムだ！　リムがいる。よ～し！

ムースビック、死なないでくれよ……」

「リム、ムースを温めてやってくれ。頼むよ」

リムは、ライルを見上げキョトンとしていたが、ライルが、倒れ込んだムースビックを抱えた手のひらをリムの目の前に差し出すと、リムは不思議そうに覗き込み、「クゥ～ン、クゥ～ン」としきりに何か訴えていた。

「リム、頼むよ。ムースを温めてやってくれ」

そう言ってライルは、フカフカのクッションの上にムースビックをそっと降ろすと、薪ストーブの前にそのクッションを置いた。するとリムは、ムースビックを包み込むようにそのクッションの上に横になった。

「リム、ありがとう」

ライルは、リムの頭を撫でると、慌てて部屋を飛び出し、バタバタとリビングに下りていった。

「メリルゥー！　ココア残ってない？」

「えっ？　さっき、いらないって言ってたじゃない。今頃どうしたの？」

「あ～、ごめん。やっぱり飲みたくなっちゃって……、へへへ」

ライルは、メリルに向かって、手を合わせてお願いのポーズをしていた。

「もう、仕方ないわね。今、作ってあげるから。待ってなさい」

「ありがとう！　アツアツでお願いします。それと、あの、かき回す棒、先が小さなスプーン型になってるやつ、どこにある？」

「そこに差してあるでしょ？　何に使うの？」

「うん、ちょっとね……。あっ、あったあった、コレコレ……」

ライルは、その棒を手に握り締めて、まだかまだかとイラつきながら、メリルを急かすようにキッチンの中を覗き込んでいた。

「はい。できました。どうぞ」

ライルは、アツアツのココア入りのマグカップを抱えると、急いでリビングを出て行こうとしていた。

「ライル？　ここで飲んでいかないの？」

「あっ、ありがとう、メリル。部屋で飲むよ。あっ、僕、急ぐから……」

「どうしたのかしら……、変な子ね」

「また、何かに夢中になってるんだろ」

メリルが、ライルの不自然な態度を不思議に感じていても、モリルは相変わらず気にしていなかった。

部屋に戻って来たライルは、不安そうに、じっとまるまっているリムのお腹の辺りを覗き込んだ。すると、ムースビックの足先が、元のきれいな透き通るような黄緑色に戻ってきていた。だが、他の部分はまだくすんでいた。

「あ〜、よかったあ〜。でも、頭の芽はまだ全然ダメだな。体も、まだグッタリしてるし。まだ、分からないな……。がんばってくれよ……」ライルは、心の中で、ブツブツと呟いていた。

「ムース、聞こえる？　温かいココア持ってきたから飲んでくれよ。いいかい？」

ライルは、さっき持ってきた棒、ちょうどムースビックの口のサイズにピッタリの長いスプーンを使って、ムースビックの口元にココアを運んでやった。ムースビックも少しずつココアを口にしてくれた。するると、みるみるムースビックの頭に生えている小さな芽が生き生きとしてきた。それと同時に、ムースビックの体もじわじわと、元の透き通るようなきれいな黄緑色に戻っていった。ライルは、やっと、心の底からホッとした。

「ムース、体が元に戻ったよ。もう大丈夫だ！　ねっ？」

ムースビックは、黙ったままコクリと頷くと、穏やかな顔をして眠り始めた。しかも、いびきをかいて……。まるで、エネルギーを体に充電するように……。

ライルは内心、「こんなに心配かけといて、こんな時にいびきをかいて、こんな幸せそうな顔をしてよく眠れるよな、人の気持ちも知らないでさっ」と思っていた。だが、そう思っても、ムースビックを見つめるライルの顔はニコニコと幸せそうに微笑んでいた。
後はリムに任せて、目を覚ますまで、そのままそっと寝かせてやることにした。そして、ライルは机の前に座り、残りのココアを飲みながら、また不思議な石の箱を見つめていた。

五

この日、ライルはメリルを必死でごまかし、自分の分の夕食を部屋に持ち込んで、元気になって目を覚ましたムースビックと一緒に、二人で楽しい夕食をとった。

ムースビックは、メリルの自慢の料理を、どれもとても美味しいと喜んでいた。そして、夕食を済ますと、ライルはムースビックといろんな話をした。だけど、本当にライルの知りたいことは、上手くはぐらかして決して答えてはくれなかった。

夜、十一時をまわると、今まで楽しそうに話していたムースビックは、突然、「もう、寝よう！」と言い出し、またあの不思議な石の箱の上で眠ってしまった。

ライルも、ムースビックが呆気なく眠ってしまった姿を見て、自分も今日は早く寝ることにした。ライルは、ステンドグラスのあるロフトへ上がり、いつしか恒例になってしまった、七つの卵の木への「おやすみ」の挨拶を済ますと、ベッドに入り、すぐに眠りについてしまった。

ライルが眠りにつくと、ライルがぐっすりと眠ったのを確認したかのように、すでに眠っていたはずのムースビックが起き上がり、不思議な石の箱の上に座り込んで、何か悩んでいるような顔をして考え込んでいた。何時間も……。

夜が明けると、ムースビックは丸窓の所へ行き、そこから家の外の様子を覗き込んでいた。天候は、朝になっても良くなるどころか昨日よりも荒れていた。だが、ライルの心配していた苗木は、どれも無事のようだった。それどころか、その周りだけ、見えない何かに守られているように静かだった。そう、不思議なことに、そこだけ、強風が当たっていないように穏やかなのだ。ハラハラとスローモーションのように、雪が舞い落ちているだけだった。

ムースビックは、苗木が無事なのを確認すると、なぜか七つの卵の木に向かって深々とお辞儀をしていた。その後も、ムースビックは黙って丸窓から外をじっと眺め続けていた。

結局、あれからムースビックは、一睡もすることなく、朝まで眠らずに起きていたのだ。

この日、ライルも早く目を覚ました。

ライルはすぐに、不思議な石の箱の上で、まだ眠っているだろうムースビックの所へ向かった。すると、そこにいるはずのムースビックの姿がなかった。

「えっ？　どこ行っちゃったんだ？　どうしよう……。また、何かあったのかな？　それとも……まさか、消えちゃったなんてことないよなっ。そんなはず……、ないよ……」

ライルは、昨日の今日ということもあって、とても不安になり、ブツブツと聞こえないような小さな声で呟きながら、机の前をウロウロしていた。

「ライル！　バカだな、ここだよ」

ムースビックの声が聞こえてきた。ライルは、その声を聞いても不安で仕方なかった。

「どこだよ？　どこに行っちゃたんだよ、ムース。ムースったら、ムース！」

ライルは取り乱し、何度もムースビックの名前を呼んでいた。

「ライル、うるさいよ。ここだって、昨日の丸い窓のと・こ・ろ！」

「えっ？」

ライルはハッとして、そこから丸窓の方に目を向けると、確かに、小さな動く物の姿があるのが分かった。ライルは、嬉しそうにムースビックの所へ駆け寄っていった。

「もう、脅かすなよ。何かあったのかと思ったじゃないか。ムース、気分はどう？　大丈夫かい？」

「ああ」

ムースビックは、静かに答えた。

「も～、いつの間に起きてたんだよ」

「だいたい、心配し過ぎなんだよ、ライルは。まったく！　ハハハ……」

「へへへ……。それじゃあ、朝食にしようか」

ライルはそう言って、ムースビックの足元に自分の手のひらを差し出し、ムースビックは、チョコンとその上に乗った。そして、薪ストーブの前で、ライルと一緒にふざけながら楽しく朝食をとった。

その後、とうとう決心をしたムースビックは、ペタンペタンと歩き出し、あの不思議な石の箱がある机の上に上がった。そしてすぐに石の箱の上に上がると、そこに座り、真剣な顔をしていた。

「ライル……。話したいことがあるんだ」

ライルは、今まで見たことのないムースビックの真剣なその顔つきに驚いていた。

「いったい、どうしたんだい？　そんな顔して……」

ライルのその言葉を無視するように、ムースビックは話し始めた。

「ライル、この箱の開け方を知りたいか？」

「えっ？　もしかしてムース、知ってるの？　この箱のことも、この中に何が入っているかも知ってるの？　……でも、どうして？　何で知ってるの？」

ライルは、かなり興奮していた。

「オレには、役目があるんだ。それは、ライルにこの石の箱を開けるためのヒントを与えることなんだ。そのために七つの卵の木から生まれてきたんだ。……話すのが遅くなってごめん。今からきちんと話すから、許してほしい」

「うん。だけど何で……、ああ、何でもない、分かった」

ライルは「何で、すぐに教えてくれなかったの？」と言いたかったが、ムースビックを必要以上に責めるような気がして、口にするのをやめた。

「ありがとう、ライル。じゃあ、話すね。ここ、ほら、この蓋の部分に、幾つも窪みがあるだろう？ここに、はめ込むんだ。ライル、両親から貰った首飾りあるだろう？　……そう、あれだよ。そこに掛けてある二つの首飾り、その丸い部分のどれかがピッタリと、この窪みにはまるんだ。全部正しくはめ込めば、コバルリンストーンで出来たこの箱を開けることができるんだ。

　それから……、オレは、役目が終われば動かなくなってしまう。喋ることもできない。そう、あそこに並んでいる十一羽のフクロウ達のようにね……。でも、いつも必ず、ライルを見守っているから……」

「ムース？　どういうこと？　ムースが動かなくなっちゃうって……。ねえ？　どういうことなの？」

「ごめん、ライル。時間がないんだ。黙って聞いてくれ。オレが置物のように動かなくなっても、オレの頭の上にあるこの芽は、生き続けるんだ。そしてやがて、小さな一輪の花を咲かせ、一粒の実をつける。そして、その一粒の実は、オレの力を持っているんだ。ライル、よく聞いてね。その実を食べると、二十四時間、その力が持続するんだ。いいね、二十四時間だよ。

　オレの力っていうのは、ライルももう知ってると思うけど、他の人や動物の心の中が分かるんだ。そう、気持ちや考えていることを感じとれる、いや、自然に聞こえてくるんだ。実は、一粒しかつけない。だから、大切に使ってほしい。いいね。……ライル、ごめんね。ライルの暮らすこの世界をもっと知りたかったんだ。だから、話すのが……。うっ」

「どうしたの？　ムース？」

　ムースビックの小さな手は、動かなくなってきているようだった。

「もう、時間がないみたいだ。ライル、短かったけど、いろいろありがとう。生まれたのが、ライルの七つの卵の木でよかったよ。……楽しかった。それから……」

「ムース？　どうしたんだよ？　それから何だよ？　ねえ……」

　ムースビックの体は、次第に自由を失っていった。わずかにまだ動く顔でライルに向かって笑顔を見せると、ムースビックの体は、突然七色の光に包まれた。そして、ピカーッと眩しいほどの、ムースビックの体の色そっくりのきれいな透き通るような黄緑色の光を放ち、その光が消え去ると、本当にムースビックは全く動かなくなってしまった。

「ムース？　ムースったら……、何か言ってよ……。ムース……。ねえ、ムース……」

ライルが何度呼びかけても、ムースビックが答えることは二度となかった。小さな人形の置物のように動かなくなってしまったムースビックを見つめるライルの目には、うっすらと涙が滲んでいた。

ライルは、動かないムースビックの姿を見つめたまま、しばらく声も出さず、呆然とし、その場に座り込んでいた。

やっと立ち上がったライルは、ムースビックを握り締め、無意識のうちに七つの卵の木が置いてあるステンドグラスのロフトに上ってきていた。そして、ムースビックを七つの卵の木の隣に大切にそっと置いた。その後も、ライルはいつまで経ってもそこを動こうとしなかった。

せっかくムースビックが不思議な石の箱を開けるヒントを教えてくれたのに、今ライルはとてもそのことを考える気分になれなかった。それどころか、放心状態のライルは、ムースビックの話、その全てを忘れてしまったかのようだった。

ただ一つ、ムースビックの最後の言葉、「それから……」と言ったその先に、いったい何を言いたかったのか、そのことだけが気になっていた。もうムースビックとは、話をすることもできない。ライルは、いくら考えても、何を言いたかったのか分からなかった。動かなくなってしまったムースビックを見つめるライルは、次第に、「もっといろんな所へ連れて行ってあげたかった。もっといろんなことを一緒にしたかった。もっといろんな話をしたかった。それに、もっともっと一緒にいたかった……」と、心の中で後悔が膨れ上がってきた。ムースビックとは、たった三日間の出会いだったけど、ライルはとても悲しくて仕方なかった。

「僕のせいだ……」

落ち込み、元気のないライルは、メリルが用意してくれたお昼ご飯を「いらない」と一口も食べず、心配するメリルをよそに、夕食にも手をつけなかった。そしてライルはこの日、早々とベッドに潜り込んでしまった。ライルはもう何も考えずに眠ってしまいたかったのだ。だけど眠れるはずはなく、布団の中で体をまるめて小さく縮こまっていた。そんなライルの頭の中には、最後に必死で見せてくれたムースビックのあの笑顔がいつまでも浮かんで、消えなかった。

それでも夜が更けてくると、ライルもやっとウトウトと眠りに吸い込まれそうになってきた。だがその時、薄い意識の中、夢を見ているのか、ライルにはムースビックの声が聞こえた気がした。いや、確かに聞こえた。

「ライル、それから……。それから、いつまでもオレのことを気にしてないで、早くコバルリンストーンの箱を開けてくれよ。オレの役目を無駄にするなよ。しっかりなっ！　ちゃんと見ているっていっただろ、いつまでもウジウジしてるなよ。まったく、情けない奴だなっ。ハハハハハ……」

ライルは、バッと布団を跳ね上げてベッドから飛び起きた。そして、辺りをキョロキョロと目を凝らして見渡した。ムースビックがすぐそばにいる気がした。

だが、ムースビックは、どこにもいなかった。それでもライルは納得できず、ムースビックを置いたロフト、そう、七つの卵の木があるステンドグラスのロフトに、暗闇の部屋で躓きながら慌てて駆け上がった。

残念ながら、ライルのかすかな期待は、すぐに打ち消された。七つの卵の木の隣に、全く動かないムースビックがチョコンと立っていた。

「なんだ……。やっぱり夢だったのかぁ……」

ライルががっかりしていると、動かないムースビックがピカッと一瞬光った。それは、ムースビックが動かなくなってしまった時と同じ、きれいな透き通るような黄緑色の光だった。

「えっ！　何？　ムースビック？」

ライルは、もしかしたら、ホントにまたムースビックが元通りになるんじゃないかと期待した。だが、結局その後、ライルが見つめるムースビックには何の変化も起こらなかった。ライルの期待は、完全に打ち砕かれてしまった。

ライルは、へたっと座り込み、そのまま、喋ることも動くこともないムースビックを見つめ、今のはいったい何だったのか考えていた。

「ムース、もしかして……。しっかりしろってこと？　ホントにちゃんと見ててくれてるんだよね？」

ライルは、今は何も答えてはくれないムースビックに語りかけていた。

「分かってるさっ、分かってるよ。不思議な石の箱、違う、えーと、コバル……、コバルリンストーンの箱だったよね。すぐ開けてみせるよ。ちゃんと見てろよ！　約束だからなっ……」

「じゃ、今日は、ホントにもう寝るよ。おやすみ、ムース。おやすみ、七つの卵の木。それから、ムースビックに会わせてくれてありがとう」

ライルは気持ちをふっきり、ムースビックのためにも、明日は必ずコバルリンストーンの箱を開けるんだと誓い、そのためにも今はぐっすり眠ろうとベッドに戻った。

その時、ムースビックと七つの卵の木は、淡い光を放っていた。

六

翌朝、目を覚ましたライルは、早々と着替えを済ませ、リビングに下りていく前にステンドグラスのロフトに上り、七つの卵の木とムースビックに、「おはよう！」と、元気いっぱいに挨拶した。

ライルは、いつもどおりリビングの大きなテーブルにつき、みんなと一緒に朝食をとった。

昨日とは打って変わって、元気にバクバクと朝食をとるライルの姿を見て、メリルは内心、ホッとしていた。何せ、二食続けて自分の部屋に食事を持ち込むと思えば、昨日は、昼食も夕食も「いらない」と言って一口も食べなかったのだから、メリルが心配するのも無理はない。

朝食を食べ終え、自分の部屋に戻ってきたライルは、すぐに机に向かい、もう一度ゆっくり、ムースビックの残した言葉を思い起こしていた。

「はめ込む……。首飾りの丸い部分を窪みに……。正しくはめ込めば、箱を開けることができる……。確かムースは、コバルリンストーンって言ったんだ、コバルリンストーンでできている箱……コバルリン？コバルリンストーンの箱かあ……」

そしてライルはおもむろに、机の正面の壁のフックに掛けてあったモリルとメリルに貰った首飾りを手に取ると、机の椅子に腰掛け、首飾りの革紐を引きちぎり、動物の牙のような物でできた飾りと、茶色にこげ茶色の筋の入った丸い石ころのような飾りとをバラバラにした。

机の上には、微妙に形の異なる二十八個の茶色の丸い石と、二つの先の尖った白い動物の牙のような物が転がっていた。

ライルは、コバルリンストーンの箱の蓋にある二十個の窪みと、机の上に転がっている茶色の丸い石を真剣な顔で何度も見比べていた。だが、見れば見るほど、どの窪みにどの石がピッタリとはまるのか分からない。ライルには、バラバラになった首飾りの茶色い丸い石の飾りは、全部同じ形にしか見えなかった。

ライルは、やけくそに、机の上に転がっている茶色い丸い石を一つ手に掴んでは、コバルリンストーンの蓋の窪みにあてて、「違う」と言っては、次の石へと、何も考えずに何度も試していた。そしてそんなことを一時間も続けていたが、ライルは、まだ一つも蓋の窪みに丸い石をはめ込むことができずにいた。

「うーん。イライラしてきた！　何だよ、これ！　ホントにはまるのかよ……。ちくしょう！」

ライルがいらついていると、足元にリムが近づいてきた。そして、椅子から立ち上がったライルが、自分の頭をグシャグシャとかきむしっている間に、リムが、ライルの座っていた机の椅子に飛び乗り、机の上に短い前足をのせ、机に転がる首飾りの一部、茶色い丸い石の飾りを一つ口にくわえた。

「わあー！　リム、ダメだよ！　食べるなよ、食べちゃダメ！　頼むよ……、おいっ！」

ライルが大騒ぎしているのに、リムは平然としていた。そして、リムはくわえていた丸い石をコバルリンストーンの箱の上にポトンと吐き出した。すると、その丸い石は、蓋の上をコロコロと転がり、ポコンと一つの窪みにきれいにはまり込んだ。

「えっ！」

それまで大騒ぎしていたライルは、その様子を見てビックリし、信じられないという顔をしていた。ライルが驚いている隙に、リムはまたしてもパクリと机に転がる丸い石を一つくわえていた。

「おっ、おい！　リム、ダメだって言っただろ。出せって！」

するとまたリムは、コバルリンストーンの箱の上にくわえた丸い石を吐き出した。リムが吐き出した石は、またコロコロと蓋の上を転がり、ポコンと別の窪みにはまった。ライルが確認しても、その石はきれいにはまり込み、もうその窪みから取れなくなっていた。

「えっ、え～！　何で？　そんなバカな。何でだぁ～。でも、はまってる……。ホントにまた一つ、はまったんだ！　アハ、アハハハハ……。リム、お前……凄い！」

リムは、ライルの驚きを無視するように、机の上に転がる丸い石をまた一つくわえていた。そして、コバルリンストーンの箱へ……。するとその石は、コロコロと右へ左へと不自然にウロウロと転がり、それはまるで、丸い石が自ら自分のはまる窪みを捜しているようだった。そして、その石もポコンと、また別の窪みにきれいにピッタリはまり込んだ。

ライルは目をまるくして、口をポカーンと開け、今度は声さえ出なかった。

リムは、その後も楽しそうに丸い石を一つ口にくわえては、コバルリンストーンの箱の上に落とすことを繰り返していた。

ライルは、窪みにどんどん首飾りの茶色い丸い石の飾りがはまっていく様子を見つめ、ボソッと「凄い！」と呟いていた。そして、自分も机の上から丸い石を掴むと、試しにコバルリンストーンの真上からリムのように落としてみた。すると、ライルの落としたその石は、コロコロと箱の上を転がり、一通りくまなく窪みの周りを転がると、跳ね上がり、どの窪みにもはまることなく机の上に落ちてしまった。

「え～！　何でぇ～……」

がっかりしているライルをよそに、またリムは一つ石をくわえ、箱の上にポトンと落としていた。リムの落とす石は、なぜかどれもきれいに窪みにはまり込んだ。

ライルは何か悔しくて、もう一つ、別の石を摑み、箱の上に落としてみた。でもやっぱり、コバルリンストーンの窪みにはまることなく、その石はまた跳ね上がって机の上に戻ってきてしまった。

ライルは、その後もむきになったように何度もチャレンジしたが、結局、一つも窪みにはまることはなかった。リムが選んで、落とした石だけが、コバルリンストーンの窪みにきれいにはまった。

そして、コバルリンストーンの箱の蓋に空いている窪みは、あと一つとなった。

最後の窪みに首飾りの茶色い丸い石の飾りがはまると、コバルリンストーンの蓋の窪みにはまったその全ての丸い石は、一斉にクルクルと回りだし、そうかと思うと、また一斉にピタッと止まった。すると、今までこげ茶色の筋のある茶色の丸い石だったのが、きれいな琥珀色に変わった。そして、一つ一つ順番にピカッ、ピカッ、ピカッ……と、小さな淡い光を放ち、そして、最後の二十個目の石が光ったその直後、何か分からないとてつもない力によって、コバルリンストーンの箱を覗き込むように見とれていたライルとリムは、いきなりその場から吹き飛ばされた。ライルは、とっさにリムを抱きとめたが、そのおかげでドスンと叩きつけられるように床に落ちてしまった。

「痛ってぇ～！　ヒィーッ、ツゥー……。何だあ～、今の……。ムースは、こんなこと言ってなかったじゃないかぁ〜……」

ライルは、お尻を摩りながら起き上がったが、いったい今何が起こったのか分からなかった。リムは、ビクビク震えながら隠れるようにライルの後ろにいた。

ライルは慎重に、コバルリンストーンの箱がある机の方に向かい、また恐る恐る覗き込んだ。すると、コバルリンストーンの窪みにはまった丸い石は、琥珀色から、今度は、コバルリンストーンにある渦巻き模様の部分に似た、透き通るような淡いブルーに変わり、数日ぶりに部屋に射し込んできた眩しい太陽の光を反射し、宝石のように輝いていた。そう、ライルが夢中になっている間に、いつの間にか吹雪が治まり、不思議なくらい穏やかで、暖かい太陽の日射しが、ライルの部屋にも射し込んでいたのだ。

「なっ、何てきれいなんだ……。これがさっきまでのあの茶色い石なの？……、信じられない」

溜息をつきながらコバルリンストーンの箱を見つめていたライルは、その蓋の周りにある葉っぱの花の細工さえもが、一段と生き生きとしてきたような気がしていた。そして、ハッと思い出したように我に返ると、途端に緊張してきて、ゴクリッと、口の中に溜まった唾を飲み込んでいた。

「これで、開くんだ……、本当にこの箱が開くんだ」

ライルは、コバルリンストーンの箱の、蓋の部分にゆっくり両手を伸ばしていた。ライルのその手は、緊張からなのか、小刻みに震えていた。

「リム、いくよ。開けるぞ。いいなっ、いいよな？　……よし、開けよう」

ライルは、なぜかリムにしきりに声をかけていた。だがリムは、ライルの足元で首を傾げ、不思議そうな目をライルに向けているだけだった。

そして、再びコバルリンストーンの箱に向き直ったライルは、もう一度、ゴクリッと唾を飲み込んでから、蓋に触れた。なぜか今は、コバルリンストーンの、あの、あんなに一瞬で体を凍えさせた渦巻き模様の部分に触れても全く何ともなかった。ライルは、ゆっくりと慎重に、コバルリンストーンの箱の蓋を持ち上げた。

「ううん？　へっ？……」

ライルは、日にちが経てば経つほど、この中にはきっと凄い物が入っているんだと勝手に思い込んであれこれ想像していただけに、コバルリンストーンの箱の中を覗き込んで拍子抜けしてしまった。

コバルリンストーンの箱の中には、一番上に、箱いっぱいの大きさの手紙らしき封筒があり、その封筒を取り出すと、その下には、いかにも謎めいた古ぼけた巻物が一つと、フワフワした真っ白い、形も大きさも全く同じ、そっくりの丸い玉が二つ、そしてその隙間には、ポロポロと見たことのない小さな木の実らしきものがいっぱい詰まっていた。その実の中には、果肉がない種だけになってしまっている物がが幾つも交じっていた。

「何だろう？」

ライルは、箱の中には手を触れず、まず成り行きで最初に手にした封筒を見つめていた。

「何か、メッセージかな？」

だが、封筒は真っ白で、表にも裏にも何も書かれてはいなかった。

「とりあえず、開けてみるかっ」

封筒を開けると、中からは、青々とした葉っぱが出てきた。それは、葉っぱを何枚もくっつけてできたような封筒と同じサイズの紙？　いや、葉っぱでできたカードのような物だった。そこには、きれいな模様のような、よく見ると文字にも見えるような図形がびっしりと並んでいた。

「ううん？　これっていったい何だろう……、この模様には、何か意味があるのかな……。考え過ぎかな、でも、意味がなきゃ、この箱の中に入れないよな？　う〜ん、こんなの見たことないし。それに、封筒は普通なのに、なんで、これ、葉っぱなんだろう……。それにしても、この葉っぱ、凄く生き生きしてる。どうして……。もう……分からないよ」

ライルは、その葉っぱのカードを持つ反対の手で、また頭をかきむしっていた。これは、どうしようもなく混乱している時のいつものライルの癖だった。

「ワン！　ワン！　ワンワン……」

葉っぱのカードに目を落とし、ライルが悩んでいると、リムが突然狂ったように吠えだした。しかも、今開けたばかりのコバルリンストーンの箱に向かって……。

「おい、リム、ビックリするだろ。どうしたんだ？　いきなり吠えて。何だよ。何でもないだろ？」

ライルがそう言っている間も、リムはライルを無視するように箱を睨みつけ、耳をピンと立てて、しきりに吠え続けていた。

「リム？　ホントにどうしたんだ？」

こんなに激しく吠えるリムを、ライルはこれまで一度も見たことがない。

不思議に思ったライルは、手にした葉っぱのカードを机の上に置き、リムが見つめるコバルリンストーンの箱の中をもう一度覗き込んだ。でも、別に変わった様子はない。

なぜリムが吠え続けているのか、ライルには全く分からなかった。

「リム、別に何にもないじゃんかっ？　いったい何だよ。リム！　いい加減にしろよっ！　静かにしろったら、もう！」

だがリムは、ライルの制止を無視するように、まだ吠えまくっている。

「何だよぉ〜。どうしたんだよ、リム。別に何もないじゃないか、ホントにいい加減にしろよ！　もう、うるさい！」

それでもリムは、吠えるのをやめるどころか、よりいっそう大きな声で、ピョンピョン飛び跳ねながら狂ったように吠えていた。

あきれたようにリムから目を背けたライルが、机の方に振り向くと、さっきまで確かにコバルリンストーンの箱の中にあったフワフワの白い玉が一つ、外に飛び出して机の上にあった。

「あれ？　変だなあ……」

すると、もう一つの白い玉が、ピョコンと、コバルリンストーンの箱から飛び出してきた。

「えっ？」

リムは更に激しく吠えだした。

「ライルー、どうしたのぉー」

下から、メリルの大きな声が聞こえてきた。あまりのリムの吠え方に、とうとうメリルが不審に思ったようだ。

「何でもないよぉー。ごめん、ごめん」

「ライルったら、いつも何でもないって言うんだから。はあ〜。でも、あんなにリムが吠えるなんて、絶対、変じゃないの。こんなこと今までになかったもの……。大丈夫かしら……」

メリルは、螺旋階段の下でブツブツと呟きながら、ライルの部屋の方を見つめていた。でも、もうしばらく様子を見ようと思ったのか、メリルはリビングの扉を開けてキッチンに入っていった。そして、キッチンで食事の仕度に取りかかると、ピタッとリムの吠える声が止まった。

リムが吠えていたのは、自分にこのことを教えるためだったのだとやっと気づいたライルは、リムの頭をおもいっきり撫でてやった。そしてライルの目は、机の上の二つの白い玉に釘付けになっていた。

机の上の二つの白い玉は、ピョンピョン飛び跳ね、その一つが、今やライルの傍らに舌をダラリと垂れ下げて、ハアハアと荒い息遣いをしながら座っているリムの頭の上に乗っかった。するとリムのハアハアという荒い息遣いが途端に静かになり、口を閉じ、ピクリとも動かず、リムの体は途端に固まってしまっていた。自分の頭の上の方を不安そうに見つめるリムの瞳は、明らかに戸惑っているように見えた。その時、もう一つの白い玉が、リムの鼻に乗っかって止まった。その途端、リムの体がビクリッとしたかと思うと、更に硬直したように固まり、まるで犬の置物のように動かなくなってしまった。

その白い玉の様子を見つめているライルも、リムと同じように動けずに固まっていた。小さな妖精のようだったムースビックが目の前に現れた時も驚いたが、今のライルは、それ以上に驚き戸惑っていた。こんな生き物?は、見たことがない。手も足もなければ、目や口や耳があるのかさえ分からない。

ライルが、目をパチクリさせていると、その二つの謎の白い玉はリムの体から離れ、今度はライルの肩に乗ってきた。今、ライルの左右の肩に一つずつ乗っかっている。すると、ライルの両肩に乗った二つの謎の白い玉は、ペチャクチャと、もの凄い勢いで、わけの分からない言葉らしき物を発し、会話を交わしているようだった。

「＊○♥、□▲※◎、☆◆回」

「×†◇、■♬●」

うるさいぐらいにライルの両肩で喋り続ける二つの白い玉は、時々ライルの肩の上でピョンピョンと飛び跳ねていた。

ライルには、このフワフワの二つの白い玉が、生き物だということだけは分かったが、初めて見るこの風変わりな謎の生き物がどんな物なのか、どう接すればいいのか、まるで分からずに戸惑っていた。ライルは、目玉だけを動かし、恐る恐る右、左とチラッチラッと自分の肩にいる謎の生き物、不思議な白い玉を見るだけで、どうしていいの分からず、相変わらずただじっとしているのがやっとだった。くどいようだが、ムースビックが突然自分の目の前に現れた時もビックリし、どうしていいのか分からなかったが、それでも言葉は通じ、話すことができた。だが、こいつらは、何を喋っているのかさえ分からない。

ライルは、自分は、今、夢の中にいるんじゃないかと思うほど混乱していた。

ライルがあれこれ考えている間も、ライルの両肩で、白い玉はポコンポコンと飛び跳ねながら、ペチャクチャ喋り続けていた。そして、戸惑うライルをよそに、二つの白い玉は、スローモーションのようにライルの肩から離れ、床まで下りていった。

その姿、ゆっくりと空中を移動するように動く不思議なその姿を、目で追うライルの顔は、また口をポカーンと開けた、マヌケ面をしていた。

床に下りた二つの白い玉は、ポコンポコンポコンと弾むように移動し、時折、飛び上がったまま空中にとどまり、その場でクルクルと回って何かを確かめているような様子を見せ、またポコンポコンと移動した。しかも、その二つの白い玉は全く同じ動きをしていた。弾むタイミングも同じ、クルクルと回るタイミングも同じで、見た目も動きも本当にうり二つだった。

ライルの部屋を確かめるように一回りすると、二つの白い玉はやがてステンドグラスのロフトへの梯子を器用に一段ずつ、横に並んでポコンポコンと上っていった。その白い玉の姿が見えなくなった時、ポカーンと、マヌケ面で突っ立っていたライルは、白い玉を追うように慌ててロフトに上っていった。

リムは、ライルの後について行くことなく、まだ動けずに固まっていた。まるで、ムースビックと同じ置物のようになってしまったかのように……。

ライルがロフトに上がると、二つの白い玉はステンドグラスの前をフワフワと浮遊し、また何やら喋っていた。しかし今度は、囁くような声だった。しばらくすると、二つの白い玉はライルの目の前に来て、何を言っているのかまるで分からないが、ライルに話しかけているようだった。さっきまでと違って、ライルに向かって興奮したようにいつまでもギャアギャア言っていたが、とうとう諦めたのか、突然静かになった。白い玉は、ライルの目の前でクルクルと回ると、戸惑った表情をしたライルの顔に代わる代わる何度もぶつかってきた。二つの白い玉は、凄い勢いで何度もぶつかってきたというのに、痛いどころか、くすぐったい感じだった。顔に触れた白い玉の感触は、その見た目以上にフワフワとしていて、とても気持ち良かった。

そして、二つの白い玉は、ライルの目の前から離れ、七つの卵の木の枝にとまると、途端におとなしくなってしまった。

「何だよ……。だって、何言ってるのか分からないよ。ううん？　コイツら、どうしたんだ？」

ライルが、心配していると、七つの卵の木に乗っかった二つの白い玉から、何か聞こえてきた。

「クゥー、プルプルプル……、クゥー、プルプルプル……」

どうやら二つの白い玉は、寝息をたてて、静かに眠り始めたようだった。

「寝たのか？……。何なんだあ？　コイツら……。ふう〜、とりあえず……」

ライルは、二つの謎の白い玉をそのままにして、ロフトから下り、またコバルリンストーンの箱のある机に向かった。机の上には、余った首飾りの茶色い丸い石が八つと、先の尖った幾つかの穴の開いた動物の牙のような飾りが二つ転がっていた。ライルは、机の椅子に座ると、また、あの葉っぱのカードを手に取った。そして、ずっとそのカードを見つめていた。

ライルにとって、今はまず、この葉っぱでできたカードが何であるのか、何を意味しているのか、何を伝えるためのメッセージなのかを読み取ることが難解な課題だった。

ライルには、一つのことに集中すると、他のことが目に入らない、考えられなくなるようなところがあったが、カードを見つめるライルには、もう一つ、あの二つの白い玉がどんな生き物なのか、何を話し合っていたのか、そして自分に何を言っていたのか、気になって仕方がなかった。ムースビックのように、白い玉の言葉を理解して、二匹？と、会話がしたかった。そして、直接いろいろ聞きたかった。いずれにしても、もう一つ、コバルリンストーンの箱の中に入ったままになっている古い巻物の存在は、今のライルの頭の中にはなくなっていた。

いくら考えても分かりそうになく、ライルは気分転換に外に出ることにした。吹雪が治まった、太陽を覗かせた空の下、一面真っ白な銀世界の中を、ライルはリムと散歩に出かけていった。

外に出たリムは、降り積もった雪の上を駆け回り、ご機嫌だった。だが、気分転換をするつもりで外に出たライルは、せっかく美しい景色の中にいるのに、リムとは対照的に、やっぱりいろんなことを考えてしまい、複雑な気分だった。それでも、すぐ部屋に戻って悶々と考える気分にはなれず、リムと一緒に森の中へ入っていった。

ぼんやりとした頭で、森の中をぐるっと散歩すると、更にご機嫌になったリムと一緒に家に戻ってきた。

その夜、「おやすみ」の挨拶をするためにロフトに上がったライルは、まだグッスリ眠っている二つのフワフワの白い玉を起こさないように、囁くような小さな声で、七つの卵の木の前で、ムースビックに語りかけていた。

「あのね、ムース。見てたんだろ？　コバルリンストーンの箱、開いたんだ。だけど……。僕には、全然分からないんだ……。この白い玉……、何なんだ？　あの葉っぱのカードも何を意味してるのか、全然分からないよ。どうしたらいいんだ、教えてくれよ。ムースビックなら分かるんだろう？　白い玉が、何を喋っているのかも、あのカードの意味も……。お願いだよ、教えてくれよ……。ハハハ……、そんなこと言っても、ムースは、もう話すことも、動くこともできないんだよな。ごめん……。もう寝るよ。……おやすみ。七つの卵の木もおやすみ。白い玉もね」

ライルは、七つの卵の木の根元に栄養と薬になる木箱の蓋のかけらを一つ置くと、眠りについた。

真夜中。

ライルが深い眠りの中にいる頃、七つの卵の木は、また何の前ぶれもなく突然七色に輝きだした。そう、とても美しく。

そして、また数分間輝き続けると、何事もなかったかのように元の姿に戻ってしまった。

第四章　ドットビック　――言葉を伝える者――

一

ライルは、朝、目を覚ますと、いつものようにステンドグラスのロフトへ上がっていった。

「あっ、あ～あ～！」

七つの卵の木を目の前にして、ライルは、自分のその目を疑うように、まだ眠い瞼をこすり、目をパチパチさせていた。

「ホントに？　……また実がついてる。しかも、二つもだ」

七つの卵の木に、また不思議な実が二つぶら下がっていた。その実も、ムースビックが現れた実と同じ、透き通ったガラス玉のようで、とてもきれいだった。

ライルには、七つの卵の木がつけるその実を最初に見た時ほどの驚きはなかったが、それでも今、目の前にぶら下がっている実に触れようと手を伸ばした時には、最初に感じた時と同じような、いや、それ以上の緊張がライルの体を駆け巡った。それは、ライルが「七つの卵の木の実から、もしかするとまたムースビックと同じような小人が生まれてくるかもしれない。それはどんな小人なのだろう。ムースビックとそっくりかもしれない。今度はもっと仲良くできるだろうか」と考えたからだった。そうしたら急に緊張し始めてしまった。

ライルは、今まさに目の前にぶら下がっている実に触れようとしていた自分の手を引っ込め、ムースビックと七つの卵の木に「おはよう」と言うのも忘れ、急いでロフトを下りると、パジャマを脱ぎ捨てて慌てて洋服に着替え、ドタバタと螺旋階段を駆け下り、バシャバシャと冷たい水で顔を洗い、また自分の部屋まで駆け上がってきた。そして、部屋に戻ったライルは、すかさずロフトに上り、七つの卵の木の前にあっという間に戻ってきた。

ライルは、ハアハアと荒い息遣いをしていた。そして、その呼吸が整うと、目を瞑り、今度は気持ちを落ち着かせた。そして、目を開けたと同時にライルは、七つの卵の木にぶら下がる二つの実に両手を差し伸べていた。

ライルの右の手のひらに一つ、左の手のひらに一つ、二つの実がポトンと七つの卵の木から落ちた。すると、あの時と同じように、ライルの手の中で七色に光り輝き、ライルの右の手のひらに落ちた実は、琥珀色の光に、そして、左の手のひらに落ちた実は、パール色の光に包まれた。その後、右の手のひらにある実を包む光が、琥珀色から青色の光に流れるように変わっていった。左の手にある実は、そのままパール色の光に包まれている。

そして、その光が消えると、二つの実はそれぞれ、青色と、真珠色《パール》のガラス玉のような実になっていた。

緊張したライルが見つめる中、その二つの実が割れ始めた。

「パリンパリン、バリッ」

ひびが入った実の隙間から、何かが顔を覗かせていた。そして、ピョコンと現れた。姿形は全然違うが、やっぱりムースビックと同じ小人だった。

ライルの右手に乗る、青色の実から現れた小人は、グイッと背伸びをすると、「コホン」と咳払いをし、自分の身だしなみをチェックしていた。最後にネクタイに手をあて、全てをキッチリさせ終えると、自分を見つめているライルに気がついたようだった。

「これは失礼いたしました。はじめまして、ライル様」

そう言って、その小人は、自分の胸に片手をあてると、ライルに向かって丁寧にお辞儀をした。ライルが左の手のひらを見ると、真珠色《パール》から現れた小人が慌てたように、ペコリと黙ったまま頭を下げた。

先に、丁寧な挨拶をした小人は、その様子を見て、ライルの左の手のひらに乗っている小人を睨みつけていた。そして、ライルの方に目線を戻し、

「あっ、申し訳ございません。私《わたくし》、ドットビックと申します」

「ゴホン、ゴホン。ウッ、ウン」

ドットビックは、咳払いをし、左手の小人をまた睨みつけていた。そして、小さな声で、左手の小人に、ばつが悪そうに声をかけた。

「きちんと挨拶をしないか！　何してるんだ！　――申し訳ございません、ライル様。コイツは、パッ

クボーンと申します。失礼をお許しください」

そう言うと、ドットビックは、ライルに向かってまた深々と頭を下げた。一方、ライルの左手に乗っているパックボーンは、モジモジしているだけだった。そんなパックボーンの姿は、何だか可愛らしく見え、ライルはクスッと笑ってしまった。その時、ドットビックは、あからさまに変な顔をしていた。

「あっ、ごめんよ。君のことを笑ったんじゃないんだ。ちょっと、思い出しちゃっただけなんだ、あ〜、全然関係ないことをだよ。え〜っと、僕、ライル。ライル・ラロック。よろしく！」

ライルは、しっかりした厳しそうなドットビックが、パックボーンを叱るような気がして、本当はパックボーンを見て笑ったことをごまかした。

「ライル様のお名前は、すでに存じておりますとも」

ドットビックは、おずおずと答えた。

「ドットビック、一つ、聞いてもいいかい？」

「ライル様、私《わたくし》のことは、ドットとお呼びくださいませ。何でもお聞きください。私《わたくし》の分かることでしたら何でもお答えいたします」

「ありがとう。じゃあ、ドット。ドットビックって、名前に、『ビック』ってついてるだろ。もしかしてそれって、ムースビックと関係があるの？　兄弟とか、家族とかさぁ」

ドットビックは、ライルがムースビックのことを口に出した途端、何だか気を悪くしたようだった。

「ライル様。申し訳ありませんが、そのお考えは、全くもって違います。ムースビックなどとは、私《わたくし》、全く関係ございません。あのような出来損ないと、家族でなどあるはずがございません。よりによって、

『ビック』と、同じ名を持ったなんて……。全く情けない想いです。私《わたくし》は、あのような者とは違いますのでご安心ください。ライル様、信じてください。本当に、関係はありません。あのような者が、『ビック』と名乗る資格などないはずなのです……」

ドットビックは、かなり興奮していた。

「ムースビックと、何かあったの？　ムースビックは、そんなに悪い奴じゃないよ。アイツは、いい奴だよ」

「ライル様は、何てお優しいお方なんでしょう。あんな奴のことまで、おかばいになるなんて……。何と素晴らしいお方。お会いできて感激です」

ライルは何だか、調子が狂ってしまった。ムースビックのことを悪く言わないでほしいと思ったが、これ以上、ムースビックのことを話題にすると、ドットビックがどうなるか分からないと思い、諦めることにした。

「僕は、そんなんじゃないよ。それに、『ライル様』なんて呼ばれるような人間じゃないよ。だから、『様』ってのは、やめてくれないかなあ。ライルでいいよ」

「そんな、めっそうもございません、ライル様。ライル様は、ライル様です」

ドットビックは、またも興奮していた。

パックボーンは、ドットビックとは対照的に、相変わらずモジモジしていた。

そのハキハキと丁寧な言葉と仕草、とても厳格そうなドットビックは、服装もきちんとしていて、パリッとした燕尾服のような背広をビシッと着ていた。きっちりネクタイも締めていた。そして、レンズが一つだけのメガネを左目に掛けていた。興奮すると、そのレンズを触る癖があるようだった。その姿は、ムースビックとは、えらく違っていた。だが、そんなドットビックにも一つ、ムースビックと同じところがあった。ドットビックの頭の上にも、やはり、芽が生えていたのだ。

その一方、実《み》は別々だが、ドットビックと一緒に生まれてきたパックボーンは、いまだに一言も話さず、ライルとも目を合わせようとせず、いまだにモジモジしているようで、全く性格が違うようだった。だが、その容姿はどことなくムースビックとよく似ていた。よく見ると、パックボーンの肩の上に、コバルリンストーンの箱に入っていたあの二つの白い玉がそのまま小さくなったような、本当に、全く同じような白い玉が一つ、ポコンポコン飛び跳ねていた。もちろん、パックボーンの頭の上にも、やっぱり芽が生えていた。

ドットビックが何と答えるか想像できたが、それでもライルは、ダメもとで、もう一つどうしても気になることをドットビックにお願いしてみることにした。

「ドット、お願いがあるんだけど……」

ドットビックは、お願いと聞くと、途端に嬉しそうな顔をした。

「ライル様、何でございましょう。何なりと、どうぞ」

ライルは、ニコニコ嬉しそうにしているドットビックを見ると、言いにくくなってきた。

「あ〜、うん。あのね、その丁寧な話し方、やめてくれないかなあ……。何か、変な気分だよ。もっと普通に、気楽に話してくれよ。ねっ！」

「とっ、とんでもございません。何をおっしゃるんですか、ライル様。これが普通なのでございます。そんな……、そんなこと絶対にできません。どうか、どうか勘弁してくださいませ、ライル様」

そう言って、ドットビックは何度も何度も頭を下げた。

「あっ、ごめん、ごめん。……分かったから、もうやめてくれよ。頭を上げてよ」

ライルは、ドットビックに気づかれないように溜息をつくと、「やっぱり言うんじゃなかったな」と、後悔していた。ライルは、こんなんじゃ、調子が狂うし、こそばゆいような、何ともいえない居心地の悪さを感じるが、ドットビックのことを思うと仕方なく、我慢することにした。

「ライル様、ありがとうございます。お願いですから、謝らないでください。本当に、ありがとうございます」

ドットビックは、目頭をおさえていた。

「どうしたんだよ、ドット？　ごめんよ、本当にごめん。もう言わないから……」

「そうではありません、ライル様。私《わたくし》は、ライル様の、寛大な、そのお気持ちに感激してしまったのです……、申し訳ございません」

自分の予想を上回るドットビックのその言葉を聞いて、ライルはトンカチで頭を殴られたような衝撃を受けた。「いったい、何なんだ……」何だかライルは、ドットビックと話をするのが疲れてきた。「この感覚に慣れなきゃいけないな。でも、慣れるかなあ、いや、諦めて、慣れるしかないよな……。はあ〜……」ライルは、心の中で呟いていた。ドットビックは、まだ感激しているようだった。

何だかホッとしたくなったライルは、自分の左手に目を移した。すると、左の手のひらに乗っているはずのパックボーンの姿が消えていた。

「あれ？　えっ？　どこに行っちゃったんだ？」

ライルがキョロキョロと辺りを見渡すと、パックボーンは七つの卵の木の枝に座り、自分の体とさほど変わりない、コバルリンストーンの箱から出てきたあの二つの白い玉と楽しそうに会話をしていた。その姿は、さっきまでライルの左の手のひらでモジモジしていたパックボーンとは違い、まるで別人のように生き生きとしていた。

ライルは、何を話しているのか気になり、右の手のひらに乗っている、いまだ変な感激をしているドットビックをそっと床の上に降ろし、自分は七つの卵の木にそっと近寄った。

「×♬♡、△†◬、◯◆※」

「●回□。◎♪」

「☆☆、◈▲。■♥、＊＊」

パックボーンの話す言葉も、二つの白い玉が昨日話していた言葉と同じだった。

二つの白い玉も、パックボーンもとても楽しそうだった。よく見ると、その周りを、さっきまでパックボーンの肩の上をポコンポコンと飛び跳ねていた、二つの白い玉のミニチュアのような白い小さな玉が飛び回っていた。

パックボーンは、自分を見つめているライルに気づくことなく、七つの卵の木からピョンと跳び下りると、ロフトの梯子を楽しそうに、そして軽やかに下りていった。そのパックボーンの後を追うように白い玉達も七つの卵の木から離れ、ロフトから下りていった。

パックボーンはベッドの上に上り、そこにまだ寝ているリムを見つけると、リムの目の前に立った。

「あんなに真ん前に立って、リムに、何かするつもりなのか?……」

ロフトの上からパックボーンの姿を目で追っていたライルは、その行動が不思議だった。

パックボーンは、スヤスヤと眠るリムに何か語りかけているようだった。その両隣には、二つの白い玉がそれぞれ左右に一つずつ並んで、じっとしていた。パックボーンと一緒に、パール色の実から現れたミニチュアの小さな小さな白い玉は、おとなしくパックボーンの肩にとまっていた。

リムに語りかける声はライルの所までかすかに聞こえてきたが、その言葉も、残念ながら二つの白い玉と会話していた時と同じだった。

リムは、パチリと目を開け、少しビックリしたように、その場に伏せた。その間もパックボーンは、リムに語りかけていた。すると、体を強張らせ耳をピクピクさせていたリムも、次第に、とても穏やかな表情になり、自分のすぐ目の前にいる小さなパックボーンを大きな舌でペロンと舐めた。リムのよだれでベトベトになってしまったのに、パックボーンはケラケラ笑っていた。その時、二つの白い玉は、リムの背中の上でポコンポコンと跳ねていた。

ロフトの上からその様子をずっと眺めていたライルには、みんながとても楽しそうで、分かり合えているように見え、自然にニッコリと笑みが浮かんでいた。

その時、いつの間にかロフトの手摺の上に上っていたドットビックが、とんでもないものを目にしたというように、オドオドとうろたえながらライルに語りかけてきた。

「もっ、申し訳ございません。パックボーン、あやつの、まことに失礼な態度、お許しください。わっ、私《わたくし》が、今、言って聞かせますので……」

「僕は、何とも思ってないよ。凄く楽しそうじゃないか。ちょっ、ちょっと待ってよ、ドット〜」

ライルの静止が耳に入らないほど怒り狂ったドットビックは、慌ててロフトを下りていった。もの凄い勢いで、パックボーンの元に向かったドットビックは、すぐさまパックボーンにお説教を始めた。

「パックボーン！　きさま、ライル様の前で何をしているんだ！　ライル様にきちんとご挨拶もせず、何を！　何をふざけている。私は恥ずかしい。本当に恥ずかしい。お前は、どうして、そんなのだ……。もっとしっかりしてくれ。まったく、いい加減にしてくれ！　これ以上、私に恥をかかさないでくれ。分かっているのか？　分かったのか？、パックボーン。おい！　返事をしないか！」

パックボーンは、突然の近くからのドットビックの怒鳴り声に驚き、途端にシュンと萎縮して動かなくなってしまっていた。リムまでも、シュンといじけた顔をして、その場に伏せてしまっていた。

「いい加減にしろ！　返事をしなさい！　コバルリン森全体の恥になるじゃないか！　ああ、何と、嘆かわしいことか……。あ〜、情けない。どうして、なぜ、デルブリック様が、お前のような奴を……。私には、まったくもって、信じられない。もっとしっかりした者を遣わすべきなんだ。デルブリック様のお考えは、まるで分からない。私には、理解できない」

今、ドットビックから発せられた言葉に、ライルにとって聞きなれない言葉（コバルリン森？　デルブリック様？）や、意味の分からない、理解できないところがあったが、今はそんな幾つかの疑問をドットビックに訊くような雰囲気ではなかった。

「ドット、やめてくれよ！　いいじゃないか、僕は、何とも思っていないよ。だから……、頼むからそんなに怒鳴らないでくれよ。ドット、落ち着いてよ」

ライルは、慌ててロフトから駆け下り、パックボーンを責め続けているドットビックを止めた。ライルに反抗できないドットビックは、仕方ないというふりをして黙ったが、それでも顔を真っ赤にしたドットビックは、まだかなりカリカリとしていて、怒りが治まらない様子だった。

ライルは、気持ちを落ち着かせるためにも、この雰囲気を変えるためにも、みんなで、外に散歩に行くことを提案した。外の空気に触れれば、そうすれば、ドットビックの怒りも治まり、気持ちも落ち着くと思ったし、パックボーンも喜ぶと思ったのだ。とにかく、わけの分からないこと、自分の理解できない次元で、これ以上もめてほしくなかったのだ。リムもオドオドしていたし……。

パックボーンは、ライルの言葉を理解してくれたのか、ライルを見つめ、ニッコリと微笑んでいた。パックボーンはこの時初めてライルと目を合わせてくれた。

そしてパックボーンは、白い玉達に、小さな声で何やら囁いていた。すると、さっきまでパックボーンの後ろに隠れて動かなくなっていた二つの白い玉は、途端にポコンポコンと飛び跳ね、ライルの頭の上に乗っかって来た。ライルの頭の上でも白い玉は、二つ連なってポコンポコンと飛び跳ねていた。その二つの白い玉とパックボーンの姿は、ライルにはとても喜んでいるように見えた。ライルも嬉しくなってきた。

だが、ドットビックだけは、ライルの提案に乗ろうとしなかった。

「私《わたくし》には、大切な役目がございます。ですから、無駄な時間はありません。せっかくですが、私《わたくし》は行けません。……ライル様は気にせず、お出かけください」

「そんなこと言わないで、ドットも一緒に行こうよ」

ドットビックはもう、ライルの誘いの言葉に耳を傾けようとしなかった。

「早速、私《わたくし》の役目を果たしたいのですが……、ライル様がお受け取りになった、お手紙と大切な巻物を拝見させていただけないでしょうか……。少し、準備が必要なのです。お願いいたします」

ドットビックは真剣な顔をして、また胸に片手を当ててお辞儀をしていた。

「ドット。……そんなに焦らなくてもいいよ。ねぇ……、それよりさぁ、ドットも一緒に散歩に行かないか？」

「ライル様、お誘いくださるのはありがたいのですが、それはできません。私《わたくし》には、大切な役目がございます」

「う～ん。どうしてもかい？」

「はい。そのような時間はございません。ところでライル様、お手紙と巻物はどこにあるのでしょうか。私《わたくし》に教えていただけませんか」

「ドットの言う、手紙と巻物って何？……。何のこと？」

ドットビックはライルを見つめたまま、戸惑ったような、不思議そうな顔をしていた。

「えっ？　ライル様、受け取られていらっしゃらないのですか？　そんなはずはありません。あの～、え～っと、でしたら、多分、リーフ・グリーンの、そう、リーフ・グリーン色をした葉っぱの上に、立派な図柄の書かれた物と、古めかしい巻物なんですが……、見たことありませんか？」

「ああ、うん、それなら机の上だよ。そこ、そこの机……だよ」

ライルは、机の上にあるコバルリンストーンの箱を指差した。ライルがそう答えると、ドットビックの不安そうな顔は、途端にホッと安心したような顔に変わった。

「あ～、あれでございますね。何と、何と美しいコバルリンストーン……。あれが、トゥインクルなのですね」

ドットビックは、コバルリンストーンの箱を見つめたまま、言葉を失ってしまったように黙り込んでいた。そしてしばらくすると、ライルの方に向き直り、また話し始めた。

「私《わたくし》は、何と幸せな役目をおおせつかったのでしょう。心から幸せに思います。ライル様にも感謝いたします。……できるだけ早くことを成し遂げますので、しばらくお待ちくださいませ」

そう言うと、ドットビックは、足早にライルの机に向かって行った。

「うわぁ～、これは何と素晴らしいコバルリンストーンなのでしょう。近くで見れば見るほど素晴らしい。こんな素晴らしいコバルリンストーンは、見たことがない……。何と美しいことだろう……。それに、この細工……、最高の腕の者によるものだ。完璧だ。……凄い。素晴らしい、本当に素晴らしい……」

机の上に上がると、ドットビックは、目の前で、改めてコバルリンストーンでできた箱を見て、何度も溜息をつき、感動し、見とれていた。

ドットビックの様子を後ろから見つめていたライルは、異常に感動しているその姿に驚いていた。

しばらくして、我に返ったドットビックは、ライルの方に振り返った。

「あっ、あっ……あの～、申し訳ございません……。失礼いたしました。つい、自分の立場を忘れてしまいました。あっ、ライル様はどうぞお出かけになってください。戻られるまでには、準備を終えておきますので、ご安心ください」

「でも……。ドットが一緒に行かないなら、僕もいいよ」

ライルは、もし、自分のいない間に、ドットビックが、ムースビックみたいに、役目を終えて、もう二度と動かず、話ができなくなってしまうかもしれないと思うと、そうなってしまうのが怖かった。

「いいえ、ライル様。ご遠慮なさらないでください。パックボーンに周りをウロウロされるより、私《わたくし》も一人の方が集中できると思います。ライル様には、ご迷惑をおかけすることになりますが、私《わたくし》は、その方が助かります。お願いいたします。私《わたくし》も、準備のために少し時間をいただきたいので、ゆっくりしてきてください。どうぞ、お気をつけて、お出かけくださいませ」

ドットビックは、頑《かたくな》だった。

もう、これ以上何も言えなくなったライルは、仕方なくドットビックを部屋に残し、みんなで外に散歩に出かけることにした。

「あっ！」

部屋を出て行こうとしたライルは、ムースビックが寒さに極度に弱かったことを思い出した。もしかして、パックボーンも、あの時のムースビックみたいになるかもしれない。そう思うと、ライルは不安になってきた。

「パックボーン、君は、寒いの大丈夫かい？」

パックボーンは、コクリと頷いていたが、本当に自分の訊いていることを分かっているのか少し心配で、念のためライルは、ドットビックにも確かめてみることにした。

「ドット、君やパックボーンは、やっぱり寒さには弱いの？」

ドットビックは、不思議そうな顔をした。

「いいえ、私《わたくし》達は、どんな環境や気候・気温にも対応できます。……なぜ、そんなことをお訊きになるのですか?」

「あ、うん。あのね、ムースビックと吹雪の中を外に出たら、アイツ、凄く具合が悪くなっちゃって、心配したことがあったんだ。だから、もしかして、君達は、寒さに弱いのかと思って……、確認したかったんだ」

説明し終えて、ドットビックの顔を見た時、ライルは、「しまった……」と、すぐに後悔した。

「まったくもう、何てことだ!　ムース、アイツはやはり、出来損ないだ。嘆かわしい、何て恥ずかしいことだ。あ、イヤだイヤだ。我々の恥知らずだ。もう、考えたくない……」

ドットビックは、またかなり激しく怒っていた。

ライルには、なぜドットビックがこんなにムースビックのことを嫌うのか分からなかったし、ムースビックのことを悪く言われるのが悲しかった。「何で話しちゃったんだろう……。ムース、ごめんね」ライルはとても後悔した。ライルは、もう二度と、ドットビックの前でムースビックのことを話すのはやめようと誓った。

そして、今度こそライル達は、散歩に出かけた。

二

誰もいなくなった静かな部屋では、ドットビックが、自分の出てきた青色の実のかけらに入ったままになっていた小さいけれどしっかりとした造りのごっついカバンを抱え、またトゥインクル（コバルリンストーンの箱）のある机の上に戻ってきたところだった。そして、トゥインクルの隣に置いてある葉っぱのカード、ではなく、ライルへの手紙の横に、重たそうに抱えているその小さなカバンをドンッと降ろした。それから、ドットビックは、着ていた燕尾服のような上着を脱ぎ、丁寧にきっちりたたむと、机の隅に置いてある本の上に置いた。そして、動きやすいように、パリッとしたワイシャツの袖口をまくり上げると、カバンの前にしゃがみ込んだ。

カバンを開けたドットビックは、何やらゴソゴソと、中からたくさんの道具を取り出しているようだった。ドットビックの周りには、たくさんのおかしな物が溢れていた。

それは全て、ミニサイズで、試験管やビーカー、いろんな形をしたたくさんのガラス棒やピンセット、すり鉢のようなセット、その中でも比較的大きい丸いガラス玉、グルグルと螺旋を巻いた長いガラスの管、たくさんの細かい器具、ランプ、そして、いろんな色の液体が入った幾つかの小さな瓶、小さな道具がたくさん詰まった工具箱……。いったい、ドットビックは、何を始めるつもりなのだろうか。

ドットビックは、カバンから取り出したそれらたくさんのおかしな物を、工具箱に入っている小さな道具を使って組み立て始めた。ドットビックの顔つきは、どんどん真剣な表情になってきていた。そのドットビックの作業姿は、とても手馴れているように見えた。それでも作業をし始めて、すでに一時間ほどが経っていた。その時、手を止めたドットビックが、グイッと背伸びをした。やっと、全ての組み立てが完成したらしい。

ドットビックの組み立てた複雑な物体がある机の上の小さな一角は、まるで、実験室のような風景だった。

ドットビックは、休むことなく、もう次の作業に取りかかっていた。

ドットビックは、ピンセットと、ビーカー、スポイトのようなガラス管、そして、先っちょに小さな小さな箒のような物がついた棒とヘラのような物を、ライルへの手紙のすぐ脇に置いた。ドットビックはそこに膝を立ててしゃがみ込み、まず、葉っぱでできた不思議な手紙全体を改めて眺め、確認していた。

「うーん。素晴らしい。さすが、デルブリック様だ！」

ドットビックは、自分でも気づかないうちに、自然に独り言を呟いていた。そして、

「ここだなっ、ここなら邪魔にならなくていいな」

ドットビックは、今いる場所の反対側の葉っぱの手紙の角に回った。そこに、またしゃがみ込むと、手に持ったピンセットを使って、重要な大切なライルへの手紙である葉っぱの角の部分をほんの少しだけ、慎重に破りとった。そして、その葉っぱのかけらを、ビーカーの中にそっと入れた。

ドットビックは、立ち上がると、また手紙全体を見渡し、腕組みをして何やら悩んでいるようだ。

「あそこか？　いや、違うなっ。……う～ん。ここなら大丈夫かなぁ～。ダメだダメだ！　大丈夫とか、

そういう問題じゃない。確かでなければならない……。焦っちゃいけない、失敗は許されない。私の失敗で台なしになってしまう……。う～ん……」

ドットビックは、ブツブツ言いながら、手紙の周りをゆっくり回り、時々立ち止まっては、葉っぱに描かれた、気になった図柄を覗き込むように確認していた。

同じ動作を何度も繰り返し、すでに葉っぱでできた手紙の周りを何周もしていたドットビックが、とうとう一つの図柄に目を留めた。その図柄は、手紙のほぼ中央に描かれたものだった。

「あれだ！　間違いない！」

ドットビックは、そう叫ぶと、おもむろに、履いていた靴を脱ぎ始めた。そして、脱いだ靴を、机の隅にある本の上に置いた燕尾服の上着の隣にきちんと揃えて置いた。すると今度は、靴下まで脱ぎだした。ドットビックは、その、今脱いだ靴下も、もちろんきちんとたたみ、その横にきっちり揃えて置いていた。

問題の手紙の所に戻ったドットビックは、今度は、先に小さな箒のような物がついた長い棒と、ヘラのような物、スポイトのようなガラス管、そして、さっきとは別の物だが、同じ形をしたビーカーを手に持ち、葉っぱの手紙の上に足を踏み入れていた。

なぜか、ドットビックは体のバランスを崩しフラフラとしている。しかも、次の足を踏み込む場所を選んでいるように、不自然な動きをしていた。

「わあー！　危ない危ない、やばかったぁ～。フゥ～……。あの図柄の所までだ、慎重に行かなきゃ。慎重に……慎重に」

ドットビックは、明らかに、中央にある、さっき目を留めた図柄を目指していた。ドットビックの様子をよく見ると、葉っぱの手紙に一面に描かれている図柄を自分の足で踏みつけてしまわないように、何も描かれていないその隙間を選んで足をついて、慎重に先に進もうとしているようだった。だから、時間もかかり、何度もバランスを崩しそうになっていたのだ。

「わあー！　あ〜もう、冷や汗が出るよ。この図柄は素晴らしいけど……。デルブリック様、難し過ぎます。……今は、そんなこと言ってる場合じゃないな。集中しなきゃ！」

ドットビックは冷や汗を流しながら、真剣な表情をして、何度もフラフラし、絶対に踏んではいけない図柄を避けて葉っぱの手紙の上を進むことに、悪戦苦闘していた。

その時、ドットビックの体が大きく揺れ、大きくバランスを損ね、崩れ落ちそうになり、絶対に触れてはいけない図柄の上に、宙に浮いていた片方の足が、今にも触れようとしていた。

「あっ！　しっ、しまった！　もしかして、もしかして……、私は今、触れてしまったのか？……」

かろうじて触れなかった、セーフだったようにも見えたが、ドットビックの顔色は悪く、真っ青になっていた。ドットビックは、自分の震える足先に、大切な図柄に触れたような感覚がかすかに残っているような気がした。冷静さをなくし、動揺を隠しきれないドットビックには、それも定かではなかった。もしかしたら、図柄ギリギリの所で、体勢を立て直すことができ、触れずに済んでいたのかもしれない。ドットビックにも、どちらとも言えなかったが、もし、もし、本当に触れてしまっていたら……、それがとても大切な部分だったとしたら……、そう思うと、ドットビックのすでに真っ青になっている顔から、また一段と血の気が引いて、更に青白くなっていた。

ドットビックは、宙に浮かしたままで震えている自分の片方の足先を恐る恐る見つめていた。さっきまであんなにバランスをとるのに苦労していたドットビックの体は、今、不思議なことに、凍りついてしまったように少しもふらついていなかった。

「ウゥ〜。ここで、いつまでも止まっているわけにはいかない。信じよう……、触れていないって。先に進まなきゃ、どうしようもない。……デルブリック様が待っておられるのだ。……私は、自分の役目を果たさなくては……」

また目標に向かって進み始めたドットビックは、吹っ切ったおかげなのか、その後、不思議なことに見事なバランス感覚を見せ、目指す図柄の元にたどり着いた。そのドットビックの動きは、まるで不思議な力を得たかのようだった。

「ふう。やっと来れた。さあ、ここからだ！　周りの図柄に気をつけて……、さあ、やらなきゃな」

ドットビックは、ベルトに差していた長い箒を抜き取ると、その棒の上の部分を持ち、箒の部分を下にして、ドットビックの目に留まった、今自分の立っているすぐ下、足元にあるその図柄を掃きとるように何度も箒を細かく動かしていた。すると、だんだんその図柄が薄くなり、表面に図柄と同じ色のシー・グリーンの粉が出てきた。だが、まだその図柄が消えたわけではない。ドットビックは、ひたすら箒を動かしていた。

何度も覗き込み、その図柄が葉っぱの手紙からきれいに消えたのを確認すると、ドットビックは、やっと手を止めて、今度は長い箒を邪魔にならないように背中に差した。そして、ヘラのような物と、スポイトのようなガラス管、ビーカーをポケットから取り出し、ゆっくりと体を屈めた。

ドットビックは、周りの図柄を傷つけないように細心の注意を払い、ポケットから取り出したヘラで、シー・グリーンの粉を一箇所に集めた。そして今度は、ガラスのスポイトを手に、その先を集められたシー・グリーンの粉の上に当てた。すると、その粉は、一粒残らずスポイトの中にあっという間に吸い込まれた。そして、スポイトに入った全ての粉をビーカーに移し替えた。

「ふう～。よしっと」

ドットビックは、あの図柄が形を変え、細かい粉末になったそのシー・グリーンの粉の入ったビーカーを手にして立ち上がった。

「さあ、あとはこの上から去るだけだ。集中して、気を引き締めて机の上に戻らなくっちゃ。ふう～」

ドットビックは凄い集中力を見せ、一ミリたりとも図柄に触れることなく、あっという間に葉っぱの手紙の中央から机の上に戻ってきた。

「は～、よかった～」

ドットビックは、ビーカーを机の上にそっと置くと、しばし、緊張をほぐすように、頭をグルッと回し腕をダラリと垂らし、解放感を味わっていた。しかし、やらなければならない作業が残っていた。まだまだのんびりしているわけにはいかない。

ドットビックは、二つのビーカーを手に、開かれたままだったカバンの蓋を閉じ、そのカバンを机代わりにして、その上に大切な葉っぱのかけらと、図柄が消えた後に現れたシー・グリーン色の粉がそれぞれ入った二つのビーカーをのせた。

ドットビックは、その他にも、自分の傍らにある机の上に散らばったたくさんの道具の中から、真っ白いすり鉢のような物、数本のガラス棒、数枚のお皿のようなガラスのトレーを取り、カバンの上に載せた。

そしてカバンの前に座り、すり鉢に、ビーカーに入れたライルへの手紙の角をちぎり取った葉っぱのかけらを移し替えた。次に、すり棒を手にすると、その葉っぱのかけらをたたき、すり潰し始めた。力を込めて、一生懸命すり込んでいると、葉っぱのかけらは、ねっとりとした液状に形を変えていった。すると、葉っぱの状態の時はリーフ・グリーンだった色が、ピーコック・グリーンに変化していた。

「よし、そろそろよさそうだ！」

ドットビックがすり棒を持ち上げると、すり鉢の中のどろっと、ねっとりとしたピーコック・グリーンの液体が、すり棒にくっついてきた。しかも、その液体は粘りが強く、何本もの細い糸を引き、なかなかすり棒から離れなかった。きれいな色をした葉っぱは、今や、気持ち悪い物体になっていた。

「この葉っぱの成分を少しも無駄にできない」

ドットビックは、すり棒から葉っぱの成分を切り離すのにとてもてこずっていたが、本当に、やっとの思いで切り離した。すると今度は、ガラス棒を手に取り、すり鉢の中にある、ドロドロでポチャンポチャンと不気味な音をたてている葉っぱの成分にその先をチョンとつけた。そのガラス棒を持ち上げると、案の定、またガラス棒に葉っぱの成分が糸を引いてついてきて、それは、どこまでも伸び、生き物であるかのようにしつこく、なかなか切り離せなかった。ドットビックは、ガラス棒をクルクル回し、何とか切り離すのに成功した。先っぽに少しの葉っぱの成分がついたそのガラス棒をガラスのトレーの上に置いた。

そして、机の上にある道具の中から液体の入った七つの瓶を取り、全てカバンの上に並べた。

その瓶の中に入っている液体は、全て透き通るような透明感を持ち、全て違う色をしていた。左から、ミント色、ビータ色、紅梅色、ローズダスト色、金茶色《きんちゃ》、モーブ色、セルリアンブルー色だ。

ドットビックは、一番左の瓶を手に取った。その瓶の蓋を取り、トレーに置いたガラス棒の先っぽについた葉っぱの成分の上に、ミント色の液体を一滴だけ垂らした。睨みつけるような鋭い目つきをしたドットビックは、そのガラス棒の先を、真剣に、じっと見つめていた。

そのまま数分待ったが、何の変化も起こらなかった。

すると、ドットビックは、使用していない別のガラス棒を手にし、その先に、同じように葉っぱの成分をくっつけ、また別の、これも使用されていないトレーの上に置いた。今度は、今試してみたミント色の隣にある瓶を手に取り、その瓶に入っている液体を一滴垂らした。今度の液体は、ビータ色をしていた。そしてドットビックは、また目を凝らし、数分待った。しかし、また何の変化も起こらなかった。

ドットビックは、同様の手順で、今度はビータ色の隣の瓶に入っている紅梅色の液体を試した。

「おおっ！」

今度は、葉っぱの成分のついたガラス棒の先が、ジュッと音をたて、白い煙をあげた。

「違う！　こうじゃない。この反応じゃないんだ」

ドットビックは、初めての変化に期待したが、結局求めていた反応とは違っていた。しかし、ドットビックはがっかりすることなく、同じ作業を繰り返した。

次は、ローズダスト色の液体を垂らした。だが、反応なし。これも違っていた。

次に、金茶色《きんちゃ》の液体を垂らした。すると、ボォンと小さな火花をあげた。だが、それだけだった。ドットビックが待っている反応とは、また違うようだった。

ドットビックが持ってきたこの液体の入った瓶は、残り二つとなっていた。

次に試したのは、モーブ色の液体だった。残念ながら、これも違うようだった。さすがのドットビックもここまでくると、がっかりきているようだ。

とうとう、試していない液体は、残り一つとなった。そのことにやっと気がついたドットビックは、途端に不安になってきた。

「もし、残るこのセルリアンブルー色の液でも、ダメだったら……。そんなことがあったら、どうすればいいんだ……」そう思うと、ドットビックの気持ちの中に、不安とともに焦りが出てきた。

「最後のチャンス。頼む！」

ドットビックは、拝むように、残るセルリアンブルー色の液体を、トレーに置いたガラス棒の先っぽについている葉っぱの成分の上に、今までと同じように一滴垂らした。

「よしっ！　やったー！　これだ、これだよ！」

ドットビックの願いが叶ったのか、ガラス棒の先から小さな炎があがった。しかも、七色に変化する炎が……。

「よし、一つは、この液だ。オルターストーンで作られたセルリアンブルー色の液だ！」

ドットビックの顔は、安堵の表情になっていた。

「次は、図柄の、シー・グリーン色の粉だな」

ドットビックは、まだ使っていない真新しいトレーとガラス棒を幾つか取ると、カバンの上に並べた。そして、もう一つ、道具の中から、先ほど使ったのよりも小さなスポイトのようなガラス管を手にして、またカバンの前に座り込んだ。そして、もう片方の手にシー・グリーンの粉の入ったもう一つのビーカーを掴み、手に持っている小さなスポイトをそのビーカーに近づけた。すると、近づけた小さなスポイトの中に、シー・グリーンの粉が少量、ほんとに少量、吸い込まれた。ドットビックは、小さなスポイトに入ったそのシー・グリーンの粉をトレーの上に移した。そして、カバンの上に並んだ液体の入った瓶を、さっきと同じ順番で手に取ると、先ほどと同じ要領で、トレーの上にあるシー・グリーンの粉の上に一滴ずつ垂らしていく作業を繰り返した。

最初のミント色は、やっぱりダメだった。ドットビックも最初から求めている反応があるとは思っていなかったし、さっき自分の目で確認したように、必ず反応を与える液があるということも確信できていたので、ダメでも機嫌が良かった。

次のビータ色の液体も違っていた。次に、紅梅色の液体を試したが、これもダメだった。その次にローズダスト色、更に金茶《きんちゃ》色、今度はモーブ色。全て、期待する反応は得られなかった。最後にまたセルリアンブルー色の液体が残った。ドットビックもまさか、また同じ液体が反応するとは思っていなかったので、驚いていた。

ドットビックは、もう、セルリアンブルーの液で決まりだと思ったが、念のため、このセルリアンブルーの液体もシー・グリーンの粉に一滴垂らしてみることにした。

「えっ、何で？　何で、七色の炎があがらないんだ〜」

今、七つの瓶に入った全ての液体を垂らし終わったが、シー・グリーンの粉はその全てに何の反応も示さなかった。

「どうしてだ！　まさか、私《わたくし》の選んだあの図柄が間違っていたということか……。だ、だとすると……、ライル様への手紙は、大変なことになってしまうかもしれない……。どうしたらいいんだ。……私《わたくし》は、何てことをしてしまったんだ、もう取り返しがつかない」

「いや、待てよ、そんなはずはない。確かにあの図柄で間違いはなかった。でも……、じゃあ、どうして……」

「まさか……、もしかして……。この七種類の液を調合しろということなのか……。そんなあ。でも、考えられることは、もう、それしかない。デルブリック様。何と、そこまで慎重になされたなんて……。これは大変な作業になる。そういうことだとしたら、いったいいつになったら確認できるか分からないじゃないか。……幾種類の液を混ぜるかさえ分からないんだから」

「どうしよう……。でも、やってみるしかない……。やるしかないんだ。とても時間がかかるだろうが、仕方がない。あ〜、まいったなあ」

ドットビックは、カバンの前に座り込んだまま、ガクリとうな垂れ、頭を抱え込んでいた。

三

そこへ、外に散歩に行っていたライル達が帰ってきた。

「ドット、ただいま！　一人だけにして、おまけに遅くなっちゃってごめんね」

「……」

「外の空気は、凄く気持ち良かったよ。ドットも一緒に行けばよかったのに……。ずっと、ポカポカして暖かくて気持ち良かったんだけど、さすがにこの時間になると冷え込んできたよ。急に風も強くなってきちゃって……。だから急いで帰ってきたんだ。風邪ひいちゃ、たまらないからさっ！　それに、お腹も空いてきたし……」

「……」

「ごめんね……。ホントにごめん。ついつい遅くなっちゃって……。あの～、あのね……」

ライルは、返事もしなければ自分の方を向こうともしないドットビックは、長い時間この部屋に一人にされていたことを怒っているのかと思って、ずっと語りかけていた。だが、当のドットビックはうわの空のようで、何か様子がおかしいということにライルはやっと気づいた。

「ドット？　どうしたの……。帰りが遅かったから怒ってるんじゃないの？」

ドットビックの返事はなかった。

「ドット？　ねえ、ドット！　どうしたの？　ねえったら……」

ライルは、机の上に座り込んでいるドットビックに近づいて、もう一度語りかけてみた。

「うるさい！　ちょっと黙っててくれないか！　私《わたくし》は今、考えているんだ！　大切なことを……」

ドットビックは、机代わりのカバンの上を見つめたまま、怒鳴りつけるように吐き捨てた。

ライルは、突然、怒鳴られたことにビックリしていた。今まで自分に対してあんなに丁寧な言葉遣いをしていたドットビックが……。

ライルは萎縮し、言葉を失って口をポカーンと開けたまま、突っ立っていた。もはや語りかける言葉すら見つからず、ドットビックの後ろ姿をボー然と見つめていたが、そのドットビックの後ろ姿からも、いらついているのがはっきりと伝わってきた。

ライルと一緒に、パックボーンも、二つの白い玉も、固まってしまったように静かに、物音もたてずにおとなしくしていた。もちろん、リムもその場に縮こまっていた。

しばらくすると、ドットビックは、おもむろに立ち上がってグイッと背伸びをした。

「よおーしっ！　やるかあ〜！」

ドットビックは、自分の作業に集中し、周りの様子など目に入らないようだった。ライルは、そんなドットビックに、声をかけられずにいた。

ドットビックは、新たなトレーの上に、同じようにシー・グリーンの粉を置くと、まずは、二種類の液を垂らすことにした。最初は、ミント色の液体をベースにすることに決めた。

トレーに置かれたシー・グリーンの粉の上に、まずは、ミント色の液体を一滴、続けざまにビータ色の液体を一滴落とした。しかし、何の変化もない。

次は、ミント色プラス、紅梅色を試した。やっぱり、反応どころか、何の変化もなかった。

「この中の、幾つかの組み合わせの一つが、きっと、きっと七色の炎を生み出すんだ。液を混ぜ合わせるのは、二種類だけじゃないかもしれない……。気が遠くなるような確率で、気が遠くなるような作業になるかもしれないけど、必ず、必ず七色の炎があがる組み合わせがあるはずだ」

今のドットビックには、この作業を繰り返すしかなかったのだ。

ライルには、ドットビックが何をしているのか全く分からなかった。試しに、相変わらず集中し、真剣に作業に取り組んでいるドットビックに声をかけてみたが、無視され、仕方なく夕食をとりに下に下りていった。そして、こっそり夕食の残りを持って部屋に戻ってきたライルは、パックボーンにその半分を与えると、机に歩み寄った。

ドットビックの作業は次第に進み、二種類の液体の組み合わせから三種類へと移っていた。

「ドット、少し休んでご飯食べたら？」

ドットビックの返事はなく、ライルは仕方なく、机の上にドットビックの分の食事をそっと置いた。

「ここに置いておくから、一段落したら食べてね」

やっぱり、ドットビックの返事はなかった。

その後も、ライルが何を言っても返事はなく、ドットビックは手を休めることなく作業に没頭し続けていた。そのせいか、パックボーンも二つの白い玉もおとなしく、とても静かだった。小さなミニチュアの白い玉も、おとなしくパックボーンの肩にとまったまま動かなかった。

時刻も十二時をまわり、二つの白い玉は、とっくに七つの卵の木の枝にとまり、また「クゥー、プルプルプル……、クゥー、プルプルプル……」と寝息をたてていた。パックボーンも、一時間ほど前にライルの元から離れ、ステンドグラスのロフトの梯子を上って行った。もちろん、リムもベッドの上ですでに夢の中だった。

ライルは、ドットビックが相変わらず作業を続けているので、眠い目を擦り、眠気を何とかこらえていたが、さすがに眠くてたまらなくなってきた。柱に掛かるからくり時計に目をやると、すでに、十二時三十分を過ぎていた。さすがのライルも、「もう、いい加減、寝なきゃ」と、机の上でまだ作業を続けているドットビックの元に近寄って行くと、また怒鳴られるのを覚悟して、ドットビックに話しかけた。

「ドット、もう寝ようよ。もう、こんな時間だよ」

やっぱり、ドットビックは、返事をしてくれなかった。だが、ライルは、もうこのままほうっておくわけにはいかないと思った。

「ドット？　聞こえてる？　もう、夜中だよ。二十日になっちゃったよ。今日は、もう寝ようよ……」

「……」

「ドットったら！　いい加減にしろったら！　聞こえてるの！　ねえ、ドット！」

ライルは、自分でも気づかぬうちに大声を出していた。

すると、驚いたドットは、手にしていた金茶色《きんちゃ》の瓶を落としそうになった。かろうじて受け止めたその瓶を抱え、やっとライルの方を振り返った。

「あっ、ライル様……。今、何かおっしゃいましたか？」

ドットビックは、今までライルが何度も話しかけていたことに気づいていなかったようだった。

「うん……。ドット、もうこんな時間だから、今日はそこまでにしてもう寝ようよ」

ライルを見つめるドットビックは、とぼけたような顔をしていた。そして、何かを確かめるように窓の方に目を向けた。窓の外は、真っ暗だった。

「あっ、いつの間に、こんな時間に……」

ドットビックは、窓の外を見つめたままそう呟くと、ライルの方に向き直り、またキビキビと答えた。

「ライル様、ライル様は先にお休みください。私《わたくし》は、もう少し続けたいと思っておりますので。お休みの邪魔にはならないようにいたしますので、ご安心ください」

「ダメだよ、ドット。今日、一日中、その作業してたんだよ。ご飯も食べてないじゃないか。もう、今日は眠って、続きはさあ、明日にしなよ、ねっ」

ライルの机の片隅には、一口も手をつけられていない食事が置かれたままになっていた。

「もっ、申し訳ございません。お食事の仕度までさせてしまって……。ありがとうございます。感激です。あのぉ～、本当に私《わたくし》のことは気にせず、お休みくださいませ。私《わたくし》の心配はいりません。私《わたくし》も、もう少し続けたら、休ませていただきますので。ライル様は、本当に、もうお休みください」

そう言ったドットビックは、また片手を胸に当てて、丁寧にお辞儀をしていた。

「ホントだね？　あとちょっとだけだよ。そしたらちゃんと寝なくっちゃダメだよ。約束だからね。……じゃあ、僕は、先に寝るよ」

「はい。おやすみなさいませ、ライル様」

「おやすみ、ドット」

ライルは、ベッドに入る前に、ステンドグラスのロフトに上って行った。

すると、七つの卵の木の枝の上には、二つの白い玉だけじゃなく、パックボーンまでもが気持ち良さそうに横になって眠っていた。ライルはその姿を見て、ニッコリと微笑んでしまった。

ライルは、二つの白い玉とパックボーンを起こしてしまわないように小さな声で、七つの卵の木と、その隣のムースビックに「おやすみ」を言うと、ロフトを後にして、ベッドに潜り込んだ。

ドットビックは、自分が寝る前にわざわざロフトに上がって、七つの卵の木に「おやすみ」と声をかけるライルの姿を見て感激していた。しかも、あんな出来損ないの、すでに動かなくなってしまったムースビックにまで……。

「ライル様は、何て素敵なお方なんだ。本当に私は幸せだ」

ドットビックは、瞳を潤ませながら小さな声で呟いていた。そして改めて、ベッドの中にいるライルの方に向かって、丁寧にお辞儀をしていた。

顔を上げたドットビックは、道具の中から小さなランプを取り出すと、そこに明かりを灯した。そして、気持ちを新たにし、またさっきまでの作業の続きに取りかかった。

真夜中だというのに、真っ暗なライルの部屋の机の上には、ポワンとした小さな優しい明かりがいつまでも灯っていた。その明かりは、朝になっても消えることはなかった。

四

朝、目を覚ましたライルの瞳に、机の上をゴソゴソ動いているドットビックの姿がぼんやりと映った。

「ううん。ドットはもう起きているのか～」

天気が悪いせいか、まだ薄暗い部屋の中、気だるそうに起き上がったライルは、何か違和感を感じた。

眠い目を擦りながら、机の上にいるドットビックを見つめると、その傍らに、昨日、眠る前に目にしたよりもたくさんのトレーが山積みになっていたのだ。それに、もう朝を迎えたというのに、ドットビックのカバンの上に置かれた小さなランプも灯ったままになっていた。

「……？　まさか、寝なかったのか……。あれからずーっと続けていたのか……」

驚いたライルは、ベッドから飛び起きると真っ直ぐドットビックの元に向かった。

「ドット、おはよう……」

「あっ、ライル様。おはようございます」

「ドット？　もしかして、ずっと続けてたの？　寝なかったの？」

「ええ。……もう朝になってしまったのですね。手間取ってしまって申し訳ございません、ライル様。私《わたくし》にもう少しお時間をください」

「そんなこと、どうでもいいよ。それよりムリしないでよ。少しは休まないと……。着替えたら、今、何か食べ物持ってくるから、それ食べたら少し寝なよ」

「ライル様、気を遣わないでください」

ライルは、慌てて着替えを済ますと、下に下りて行き、まだ誰もいないキッチンから昨日の残りのスープと、ロールパンにチーズとハムを挟んで、急いで部屋に戻ってきた。

「ドット、これ食べろよ！」

「ありがとうございます。ライル様、今、手が離せませんので……。いえ、あのー、必ずあとでいただきますので、申し訳ございませんがそちらに置いておいてください」

ドットビックは、手を止めることなく答えた。

「うん……、分かった。じゃあ、ここに置くね」

机の隅に、今持ってきたスープとパンをそっと置くと、ライルはドットビックの後ろ姿を心配そうに見つめていた。

いつまで経っても、ドットビックは食事をとらない。せっかく温めたスープも冷めてしまった。

「ドット、スープだけでも飲んでよ。ねえ、ドット、聞いてる？　少し口にしろって……。頼むからさぁ……」

ドットビックは、あまりライルがしつこく言ってくるので、いったん作業の手を休め、渋々スープを一口、口にした。

「ライル様、心配してくださってありがとうございます。ですが、私《わたくし》は少しぐらい食事をとらなくても、眠らなくても大丈夫なのです。ですから、どうか、今はこの作業に集中させていただけませんか！　私《わたくし》のことは、気になさらずに！　ほうっておいてください！　失礼を承知で、お願いいたします！」

丁寧な口調とは裏腹に、話す語尾は明らかに強い調子で、それはドットビックのいらつきを現していた。

「分かった……」

ライルは、そう答えるしかなかった。ライルは、ドットビックのそばから離れ、ベッドの上に腰を下ろすと、しばし呆然としていた。

その時、ライルの部屋にあるからくり時計が六時を告げ、「ホーホーホー、ホーホーホー、ホーホーホー」と鳴った。

その音を聞いた途端、ドットビックの体がビクンとした。そしてドットビックは手を休めて振り返り、ライルの部屋を見渡し、柱に掛かったからくり時計に目を止め、不思議そうに見つめていた。

「な～んだあ、驚いたあ。ポポックのはずがないよなっ。ハハハハハ……」

ドットビックはそう呟くと、何事もなかったようにまた作業を続けていた。

「ポポック?……」

ライルは不思議に思ったが、何も訊くことができなかった。

パックボーンも二つの白い玉も、まだ起きてこなかった。リムもベッドの上でまだスヤスヤと眠っていた。

ライルは静かに部屋を出ると、また下に下りて行った。そして、リビングの中へ入っていくと、ドカンとソファーに腰掛けた。パックボーン達もリムもまだ寝てるし、ライルは、何だか部屋にいるのが苦痛だった。

ライルは、家族揃って、久しぶりにゆっくりと朝食をとった。そしてまた、こっそりと朝食の残りを小さなお皿に載せ、メリルに見つからないようにキッチンから持ち出し、部屋に戻って行った。

部屋に入ると、パックボーンも二つの白い玉も、リムも起きていた。みんな、ライルのベッドの上に集まっていた。

ライルはベッドに駆け寄ると、小さな声で、それでも元気良く、しかも嬉しそうに、「おはよう!」と挨拶をした。そして、パックボーンには今持ってきたばかりの朝食の残りを、リムにはドッグフードを与えた。どちらも美味しそうにパクついていた。

ベッドの上に座ってニコニコしてその様子を見つめていたライルの顔に向かって、あの時と同じように二つの白い玉が、また代わる代わるぶつかってきた。また分からない言葉でライルに向かって叫んでいた。

「何？　何、何、何だよ！」

相変わらず痛くはなかったが、二つの白い玉は、怒っているようだった。

「何を言ってるのか分からないよー。何だよ！」

その時、ライルの耳に誰かの小さな声が聞こえた。

「えっ？　誰？　何？」

「ご飯を欲しがってるんだ」

今度は、はっきり聞こえた。だが、それはライルが聞いたことのない声だった。

「誰？　誰なの？……」

立ち上がったライルが辺りを見回すと、足元に、ライルのズボンの裾を引っ張ってライルを見上げているパックボーンがいた。

「パックボーン？……、今の、パックボーンなの？　何て言ったの？　話ができるんだね？　僕の言葉も分かるんだね、話せるんだね？」

パックボーンは、顔を赤らめて照れくさそうにコクリと頷いた。

「やったー！　よかった！」

ライルは、パックボーンと話せるなんて予想していなかったし、諦めていたので、嬉しくて仕方なく、ベッドの上で飛び上がって喜んだ。

「アーベルもメーベルも、お腹、ペコペコだってさっ」

「えっ？　アーベルとメーベルって、誰？」

パックボーンは、何も言わず、二つの白い玉を指差していた。

「そっかあー、コイツら、フワフワ君達の名前なんだね。へぇ〜、そうなんだぁ〜。ところで、コイツらは、何を食べるの？」

「コイツらなんて言ったら怒るよ！　ほらねっ。おいおい、やめろって！」

二つの白い玉は、またライルの顔に向かって突進しようと構えていた。

「分かったよ！　ごめんごめん、アーベルにメーベル……」

パックボーンの忠告のおかげで、二つの白い玉の顔面への攻撃を免れることができた。

「キャムソンの実だよ」

「キャムソンの実って？」

ライルには聞いたことのない名前だった。

「トゥインクルの中にあるでしょ。それが、キャムソンの実だよ」

「トゥインクルって……？」

「机の上にある、あのコバルリンストーンでできている箱のことだよ。その中に入っている赤い実が、キャムソンの実だよ。それがこの子達の、唯一、口にできる食べ物さっ！」

「そうなんだあ〜。キャムソンの実かあ……。今、トゥインクルって言ったよね？　ねぇ、あのコバルリンストーンの箱が、トゥインクルっていうの？　もしかして、それが、あの箱の本当の名前なの？」

「ああ、そうだよ。それから、……う～ん、言いにくいんだけど……、ドットビックのそばには、近寄りたくないって言ってるんだけど……」

パックボーンは、上目遣いでライルを見つめ、本当に言いにくそうな顔をしていた。

「……分かった。僕が持ってきてあげるよ。待ってて……」

ライルは、パックボーンと会話ができて本当に嬉しかった。それに、パックボーンは、白い玉の話す言葉が分かるので、白い玉の言ってることを通訳してくれる。そのことが、ライルの嬉しさを倍増させていた。

ライルは、ドットビックの作業の邪魔をしないように、コバルリンストーンの箱、いや、トゥインクルの中にたくさん入っている赤い実を両手いっぱい抱えると、みんなのいるベッドまで戻ってきた。そして、ベッドの上に両手いっぱいのその赤い実を、ドサッと置くと、二つの白い玉は、その赤い実に飛びついた。

二つの白い玉は、その赤い実、キャムソンの実を一粒口に入れると、カリカリと音をたて、口からポコーンとその種を吐き出した。しかし、そうはいっても、全体フワフワとした白い玉のどこが口なのか、ライルには、全く分からなかった。キャムソンの赤い実は、吸い込まれるように白い玉の中へ入っていくと、またどこからともなく、赤い果肉を取られたマーブル模様のキャラメル色の種がポコーンと飛び出してくる感じだった。その様子は、とても面白かった。

誰も何も言わなかったが、ライル達は暗黙の了解のようにドットビックに気を遣って、何だか、コソコソと話をしているようだった。

パックボーンの食事もリムの食事も、そして、白い玉のアーベルとメーベルの食事も終わったが、ドットビックを怒らせないように気を遣うあまり、何だかみんなが元気がない気がしたライルは、またみんなで外に散歩に行くことにした。

ライルは、黙って出かけるわけにもいかず、作業に没頭しているドットビックに声をかけた。

「ドット、僕達、また今日も散歩に行こうと思ってるんだけど……、ドットも一緒に行くかい？」

ドットの返事はなかった。

「じゃあ、僕達だけで行ってくるね……」

ライルとリム、そしてパックボーンと二つの白い玉のアーベルとメーベルは、静かに部屋を出ていった。

ライルは、羽織ったお気に入りのコートについている二つのポケットのうち、一つにキャムソンの赤い実を、もう片方にジャムパンをこっそり入れていた。

今日の空は曇っていたが、それでも外は気持ち良かった。

昼を回ると雪がちらついてきたが、アーベルとメーベルは、空から落ちてくる雪を見ると、追いかけ回し、はしゃいでいた。ライルもその姿を見て、余計嬉しくなった。

飲み物は、雪の間をかすかに流れる小川の水で充分だったし、ライルがこっそり持っていった食べ物のおかげで、お腹も充分満たされていた。

今日は、光苔の岩がある所まで足を伸ばし、そのそばに、今日までに降り積もった雪で、小さなかまくらを造ったりして、外の寒さなんか忘れたように一日中楽しんだ。

五

ライル、リム、パックボーン、そして、アーベル、メーベルは、次の日も朝食を済ますと、外に出かけていった。

一方、今日も部屋に一人で残っているドットビックは、実験のような作業を続けて、今日で三日目になっていた。

ライルはその間、何度となく少し休むように言ったが、当のドットビックは、その申し入れを無視し、作業に没頭し続けていたのだ。しかも、その三日間一睡もしていない。

その日、散歩から帰ってきたライルは、ドットビックの姿を見て驚いた。ドットビックの頭の上から生えている芽が日に日に弱ってきていることは分かっていたが、今やシュンと垂れ下がってしまっていた。それに、ドットビック自身もふらついている。

「えっ？　このままじゃ、まずい！」

ドットビックのその姿に見かねたライルは、いくらなんでも、もうほうっておくわけにはいかなかった。

ライルは、パックボーンに通訳してもらい、リムの力を借りることを思いついた。

ライルは、リムがコバルリンストーンの箱、いや、トゥインクルを開ける時、とても活躍してくれたことを思い出したのだ。もしかしたらリムの中にも何か、自分の知らない能力が秘められているのかもしれないと……。

「ドット！　僕にも、手伝わせてくれないか？」

「えっ？　ライル様？　いえ、そんな……。大丈夫です。きっと、いえ、必ず、もうすぐ解明させてみせますから……」

「いいから……。え～と、そうじゃなくて、……僕にも、チャンスをくれないか？」

ドットビックが今やっている作業のある程度のことは、昨日聞いていたので分かっていた。ライルは、ドットビックの許可も貰わず、まずミント色の液体が入った瓶を手に取ると、その蓋を取り、その瓶をリムの鼻先に差し出して臭いを嗅がせた。そして次に、ビータ色の液体の臭いを嗅がせた。その次に紅梅色を……。

ライルは、七つの瓶に入った全ての液体の臭いを、それぞれ一つずつリムに嗅がせた。そして最後に、トレーの上にのったライルへの手紙に書かれた図形が姿を変えた、あのシー・グリーンの粉の臭いを嗅がせた。

そこまで終えると、ライルはパックボーンに声をかけた。

「この瓶の中から、この粉に合う液が入った瓶を選んでくれって僕が頼んでいると、リムに伝えてくれないか、頼むよ、パックボーン」

パックボーンは不思議そうな顔をしたが、黙って頷いた。そして、ライルの横におとなしく座っているリムに歩み寄り、またライルの分からない言葉を使ってリムに語りかけていた。

パックボーンの話を聞き終えると、リムはライルをじっと見つめていた。そんなリムにライルは、優しい笑顔を向けた。

「頼んだぞ、リム。お前ならできるはずだ」

リムには自分の言葉は分からないかもしれないと思いながらも、ライルは直接そう声をかけた。

リムは、今ライルの手によって床に置かれた七つの瓶を見つめていた。

きっと時間がかかるだろうと思っていたライルの予想を簡単に覆すように、リムは、すぐに一つの瓶をくわえ、ライルの前に差し出した。ライルがその瓶を受け取ると、リムはすぐさま、ミント色の液体の入った瓶をくわえ、またライルに差し出していた。そして、またモーブ色の液体が入った瓶を……。

結局リムは、七つの瓶全てをライルに差し出した。

ライルが不安そうにその瓶を受け取ると、リムはライルの顔を嬉しそうに見つめ、ライルに向かって「ワンワン！」と吠えた。

「全部だよって言ってる」

相変わらず不安そうな顔をしているライルに向かって、パックボーンがリムの気持ちを伝えてくれた。

「あっ、ありがとう、リム」

ライルはリムをおもいっきり撫でてやりながら、パックボーンにも「ありがとう」と声をかけていた。

「ドット、全部だ！　全部で試してみてくれないか、騙されたと思ってさっ」

「ライル様、騙されたと思うなんて、とんでもございません。さっそく、試させていただきますとも。あ、ありがとうございます……」

ドットビックは、その言葉とは裏腹に不審げな顔をしていたが、ライルの頼みとあっては断るわけにもいかず、渋々試してみることにした。

これが、ビンゴだった。

トレーに載ったシー・グリーンの粉は、七種類全ての液体を一滴ずつ垂らされると、きれいな七色の炎をあげた。

「ああ〜、ああ〜……。あー……」

ドットビックは思ってもいなかったこの結果に、まともに言葉を喋れないほど驚いているようだった。

しばらくの間、驚いた表情をして、ただただ叫んでいるだけだった。

「やったー！　これだね？　これなんだね。ドットが求めていたのは、この炎なんだろ？　よかったあー。やったね！」

ライルが振り返ると、ドットビックは安心したのか、バターンとその場に倒れ込んでしまった。

「ドット？　どうしたの？　大丈夫？　ドット……」

「ライル様……。申し訳ありません。私《わたくし》、ちょっと気が抜けまして……」

「ドット……？　ドット！……」

ドットビックは、ぐったりとして、もう返事をしなくなっていた。

「ドット……。だから無理するなって言ったじゃないか……、大丈夫なんかじゃないじゃないか！」

ドットビックの顔色は、あの時……、そう、あの時のムースビックみたいに血の気がなくなっていた。

そして、頭の上から生えている芽も、しおれる寸前のようになっていた。それはムースビックの時よりも酷い状態だった。

ライルは、自分の首に巻いているフカフカでお気に入りのマフラーを外し、机の上に倒れているドットビックをそのマフラーで優しく包み、慌てて部屋を飛び出して行った。そして、キッチンで夕食の準備に取りかかっていたメリルに、唐突に、特製のココアを作ってくれるように頼んだ。ライルは、ムースビックの時のように、ドットビックもこのココアを飲めば元気になると思ったのだ。

メリルは、必死に頼むライルをいつまでも不思議がっていたが、それでもすぐに、ライルのために、あの特製ココアを作ってくれた。その温かいココアを持って部屋に戻ってきたライルは、ムースビックを介抱した時のように、ドットビックにもココアを少しずつ、そして優しく飲ませた。

二口、三口、ココアを口にすると、ほんの少しだが、ドットビックの頭に生える小さな芽が元気になった気がした。

「ドット、いいから、何も考えずにゆっくり眠りなっ。いいね」

ドットビックは返事をしなかったが、静かに目を閉じた。そして、しばらくすると、「スーッ、スーッ、スーッ……」と、ドットビックの寝息が聞こえてきた。

ライルは、少しホッとした。

「メリルの特製ココア……、凄いなぁ～」

ライルは、ボソッと呟いた。

六

その頃、ライルがココアを持って慌てて飛び出して行ったリビングでは、メリルとモリルが、ライルを話題に会話していた。

最初はメリルの独り言のような感じだった。

「ライルったら、最近、少し変よね……。今まで、夕食の後なんて、眠たくなるまでここにいたのに……。時々、何だかコソコソしているし……。部屋にこもっているか、一日森の中に行ってるかでしょ。そうよ、それに、あの子の部屋から凄い音や、大きな叫び声がしたりして騒がしかったりするのよね。そうかと思えば、部屋にいないかのように静まり返っていたりして……。

そう！　そうよモリル、ライルの様子が変なのは、私達があの不思議な箱を渡してからよ……。どうかしたのかしら……。あの子、大丈夫かしら……。それとも順調なのかしら……。何だか心配になってきたわ。もう！　モリルったら、聞いてるの？」

「ああ。ちゃんと聞こえてるし、聞いてるよ。ライルは大丈夫！　だって、元気じゃないか。それなら大丈夫さっ！　なっ？」

「もう！　モリル、何言ってるの？」

「心配したって、俺達にはどうすることもできないんだから……。俺達は見守るだけ！　……俺達にできることは、変な詮索をせず、普通にしていることだよ。それに、メリルが言ったんだろ？　ライルを信じてるって……」

「……。そうね、そうよね。大丈夫に決まってるわ。変なこと言ってごめんなさい、モリル」

モリルは、ただニッコリ微笑んでいた。

「ねえ、モリル。そういえば、ルキンさんの家造り、どうなるのかしら……。今年はこんなに早く雪が降って、もう天候が安定するかと思えば、今日もまた降ってきたじゃない。大変よね……。ねえ、作業の予定は？　何か連絡あったの？」

「ああ、そうなんだよな。今日、ソルト湖に行った帰りにボルデに偶然会ったんだけど、やっぱりこの調子じゃ、しばらく作業にならないとルキンさんも嘆いていたらしい。早く、棟上げして、屋根を張らないとなあ〜、柱も雪にやられちゃうからな。一度、現場を覗いてみようと思ってるんだ」

「そうよね。……ルキンさんがお気の毒だわ。何とかならないかしらね。この調子だと、今年は農作物にも影響が出るかもしれないわね。こんな年、なかなかないもの……。数日前、吹雪が続いたじゃない。その後、晴れた日も異常な暖かさだったでしょ。あんなの考えられないものね。何か恐ろしいことが起きなきゃいいんだけど……」

確かに、年々、気候が乱れていた。特に、今年は酷かった。


ライルの部屋では、フカフカのライルのお気に入りのマフラーに包まれてやっとぐっすり眠ったドットビックのそばに、パックボーンも、アーベルもメーベルも集まり、心配そうにドットビックを覗き込んでいた。

「きっと、もう大丈夫さっ。ぐっすり眠って、目が覚めれば元気を取り戻してるさ……。ね、パックボーンも、そう思うだろ？……」

パックボーンは、コクリコクリと何度も頷いていた。

「さぁ、そっとしておこう」

ライルはそう言うと、パックボーンの足元に手を差し伸べた。パックボーンは黙ってそのライルの手のひらにチョコンと乗っかった。続いて白い玉のアーベルとメーベルも乗っかってきた。

ライルの右の手のひらは定員オーバーで、アーベルとメーベルに挟み込まれたパックボーンは、フワフワの二つの白い玉に押し潰され、埋もれてしまって姿が見えなくなってしまっていた。

「アハハハハ……。しまった、静かにしなきゃ」

ライルは大声で笑いそうになったが、休んでいるドットビックを起こしてしまわないように我慢した。

「パックボーンも、アーベルもメーベルも、静かにしててくれよ。もちろんリム、お前もだぞ。じゃあ、ちょっと、下に行ってくるから……、頼むね」

ライルは、みんなをステンドグラスのロフトに上げた。

下に下りて行ったライルは、家族と一緒にリビングの大きなダイニングテーブルを囲んでいた。

「ライル、明日、ルキンさんの家造りの現場に付き合わないか？　こんな天気だから、きっと作業にはならないが、ルキンさんも困っているだろうから、せめて、雪掻きでもと思ってるんだ。木に触れることはないと思うけど、雪掻きも立派な家造りのための手伝いだからな。無理にとはいわない。どうする？ライル」

そう言われて「イヤだ！」とは言えない。

ライルは、あんなに楽しみに、あんなに興奮していたのに、今はすっかり家造りのことを忘れていた。自分の目の前で、次から次へと起こる不思議な出来事だけで精一杯で、それどころではなかったのだ。


ドットビックは、翌朝になってもフカフカのマフラーの中で眠り続けていた。

結局昨日のモリルの誘いを断れなかったライルは、みんなを、まだ回復していないドットビックさえも残し、モリルと一緒にリンク湖の家造りの現場に向かっていた。

その途中、モリルが真剣な顔をして聞いてきた。

「ライル、最近どうだ？　何か困ったことはないか？」

突然のモリルのその言葉に、ライルは一瞬ドキッとした。

「別に……、何も……」

「いや、メリルが少し心配してな。最近、ライルの様子が少しおかしいって」

昨日、メリルにはああ言ったものの、モリルも最近のライルのことが心配でたまらなかったのだ。モリルも、ライルの変化に気がついていたのだ。きっとメリルよりも早く……。

「ごめん……。でも、ホントに、別に何もないよ。……ただ、ちょっと、興味のあることがあって、それに夢中になっちゃって……。あっ、あっ、でも興味のあることってのは、今は内緒だから……。へへへ」

ライルは、何とか笑ってごまかした。

「そうか！　興味を持ったことに夢中になることは良いことだよ。がんばりなさい」

「うん！」

ライルは、何も聞かずにそう言ってくれるモリルのその言葉が何だか嬉しかった。

ライルは、なぜだか分からないが漠然と、自分の目の前で起こる、この一連の不思議な出来事を誰にも言ってはいけないような気がしていたのだ。そう、モリルだけじゃなく、ロイブやボブにさえ……。

リンク湖のほとりに着くと、家造りの現場にルキンさん親子とサンガーさんの姿があった。みんなで雪の降る中、雪掻きをしていた。何と、雪は、ライルの家の辺りよりも積もっていた。

挨拶を済ませたモリルは、みんなと何やら話していた。ライルは一人、雪掻きを始めていた。そこへ、サンガーさんが近づいてきた。

「よお、ライル。久しぶりだな。この前、お前が彫ったやつ、たいしたもんだった！　でも、しばらくルキンさんの家造りは、中止することになった。こんな天気じゃなあ、どうしようもない。しばらく雪の日が続きそうだしな。

だから、一つ提案がある。ルキンさんも了解済みだ。ライル、完成したこの家の玄関に置く、椅子を作ってみないか？　ルキンさんも、気に入ったら使ってくれるって言ってるんだが……。どうだ？　デザインやサイズは、お前に任せる。ただし、釘は一本も使うなよ。全て木だけで造るんだ。いいか？　きっと、いい勉強になると思うぞ！　どうだライル、やる気あるか？」

ライルはとても嬉しかったが、あいつらの相手をしなくちゃならないし、自分にはそんな時間はないと思った。だが、ライルはせっかくの好意を断ることができなかった。

「分かりました。やってみます」

ライルは、ついそう答えてしまっていた。そしてライルはまた一つ、自ら難題を抱え込んでしまった。

七

家に戻ってきたライルは、夕食を食べ終わるとまたすぐに部屋に戻った。

すると、部屋の扉を開けたライルの目に、また机の上で何やら作業をしているドットビックの姿が飛び込んできた。

「ドット、何やってるんだよ！　大丈夫なのか？」

「あっ！　ライル様、お帰りなさいませ」

「ただいま……。いや、そうじゃなくて、ドット、もう大丈夫なの？」

「はい。大丈夫です。私《わたくし》としたことが……。ライル様には、ご心配をおかけしました。でもご覧のとおり、本当に、もうすっかり大丈夫ですから」

ドットビックは、自分と同じぐらいのガラス玉をグルグルと回しながら答えていた。そのガラス玉の両横にはガラス棒がついていて、ガラス玉の両サイドにあるお城の塔のようなおしゃれな三角形の台の壁に開いた穴に差し込んであった。差し込まれたガラス玉の左側についている棒は真っ直ぐだったが、右側についている棒には、その先にぐねっと曲がったガラス棒が継ぎ足してあった。ドットビックはそこを持って、ガラス玉をグルグルと回し続けていた。

ライルの出かけている間に目を覚ましたドットビックは、元気を取り戻し、また今まで取りかかっていた作業の次の工程になる作業を始めていた。

まず、自分が最初に組み立てた器具に引っ掛けられてぶら下がっている丸く大きなガラス玉の中に、ライルへの手紙である葉っぱのかけらと、そこに描かれていた図柄に反応を示した液体を全て流し込まなくてはならなかった。ドットビックは、液体の入った七つの瓶全てをポケットに押し込み、ガラス玉の左側の方の塔のような三角形をした台の壁を、そこに幾つか飛び出している突起を利用して登り始めた。先の尖ったその上には、平らな板がついていた。ドットビックは、その平らな板の上に登りつくと、そこから手を伸ばし、ガラス玉から突き出た栓をグルグル回して抜き取った。そして、その口からガラス玉の中に、ポケットの中に入れて持ってきた瓶の中に入っている液体を流し込む作業を始めた。

ドットビックは、まずは最初に反応を示したセルリアンブルー色をした液体の入った瓶を手に取り、栓を抜き取って現れた口からガラス玉の中に慎重に液体を流し入れた。だが、その瓶の中に残っている液体全部を入れることはしなかった。

ガラス玉の中に入ったセルリアンブルー色の液体は、ガラス玉の底でまとまり、豆粒大の玉になってコロンコロンと転がっていた。その姿は、雨上り、葉っぱの上に乗っかってそよ風によってプルプルと揺れる雨の雫のようだった。

次にガラス玉の中に流し込んだのは、ミント色の液体だった。七種類の液体の中でも一番サラッとしたミント色の液体は、ガラス玉の底一面に広がった。セルリアンブルー色の液体は、今流し込んだミント色の液体と混ざることなく、丸い雫のまま、ミント色の液体の上をプカプカ浮いて漂っていた。しばらくすると、ガラス玉の底でミント色の液体も一箇所に集まってきて、セルリアンブルー色の液体と同じ豆粒大の雫のようなかたまりになった。不思議なことにその二つの雫玉の大きさは、測ったように同じだった。そして、ガラス玉の中で、セルリアンブルー色の雫玉とミント色の雫玉がぶつかり合ってはプルプルと震え、コロコロと転がっていた。もちろんぶつかり合ってもこの二種類の液体が混ざり合うことはなかった。

ドットビックはその様子を確認すると、次にビータ色の液体をガラス玉の中に流し込んだ。ビータ色の液体は、ガラス玉の底にたどり着く前に一つにまとまり、丸い雫の形となって落ちて行った。ガラス玉の中で、今度は三色の雫玉がコロコロと転がってぶつかり合っていた。

ドットビックは順番に、紅梅色、ローズダスト色、金茶《きんちゃ》色、モーブ色の液体を流し込んでいった。そして、最後にもう一度、セルリアンブルー色の液体を流し込んだ。すると、ガラス玉の中には、全く同じ大きさの八つの雫玉が、所狭しと一段と激しくぶつかり合ってはプルプルと震えていた。同じ種類の液体だというのになぜか、セルリアンブルー色の二つの雫玉が一つにまとまることはなかった。

透き通るガラス玉の中には今、これもまた透き通るような七色、それぞれの色をした雫玉と、セルリアンブルー色の雫玉がもう一つ、全部で八つの雫玉が入っていた。そのガラス玉は、とても美しかった。それに、その中の雫玉は、何とも可愛らしかった。

必要な全ての液体を流し込んだドットビックは、そのガラス玉に、さっきクルクル回して抜き取った栓をし、今乗っている平らな板から机の上に下りてきた。

すると、ドットビックは、また机の上に散らばる道具の中から、理科の実験で使うようなアルコールランプを掴み、それに素早く火を点けると、ぶら下がるガラス玉の真下に置いた。その炎、七色に変化する炎は、ガラス玉を包み込み、中に入っている八つの雫玉を熱し始めた。

ドットビックは、その様子を、少し離れた位置から見つめていた。

八つの雫玉は、ガラス玉の中を跳ね上がるように暴れ回りだした。次第に蒸発し始めたのか、その雫玉は小さくなっていった。そして数分後、ガラス玉の中にあった雫玉は、とうとう跡形もなく消えてしまった。

ガラス玉の中に何もなくなってしまったのを確認すると、ドットビックはアルコールランプの炎を消し、ガラス玉の右横についている曲がったガラス棒を持って、ガラス玉をクルクルと回し始めた。この作業にドットビックが取りかかった時、ライルが帰ってきたのだった。

大きなガラス玉をグルグルと一生懸命回しているドットビックの姿は、まるでバーベキューで豚の丸焼きを作っているおじさんのようだった。

「ドット、今度は何をしてるの？」

ライルは、改めて、ドットビックと彼が造り上げた机の上の不思議な器具を見て、もうドットビックの体の具合のことなど忘れてしまったかのように、その作業は何のためなのかということの方に興味をそそられていた。

ドットビックは手を休めることなく、額にうっすらと汗を浮かべ、真剣な面持ちでひたすらガラス玉をグルグルと回し続けていた。

「今、冷やしているところです」

「う〜ん。それだけじゃ、何が何だか分からないよ〜」と思いながらも、今あまりしつこく質問をすると、ドットビックがまた怒りだすんじゃないかと思い、それ以上訊くことができなかった。仕方なくライルは、机の前に屈み込み、ドットビックが作業する様子を黙ったまま、食い入るように見つめていた。

するとそのライルの後頭部にアーベルとメーベルがぶつかってきた。アーベルとメーベルは、あまりにフワフワで、いくらぶつかってきても痛くも痒くもなかったので、ライルは気づかずにいた。その時、いつの間にかライルの左肩に乗っていたパックボーンが、ライルの耳元で囁いた。

「アーベルもメーベルも、『帰ってきたのに自分達には挨拶もない』って、怒ってる」

「えっ！　パックボーン。いつの間にここに？……。あっ、ごめんごめん、ただいま。お留守番、ごくろうさん」

「僕じゃなくて、アーベルとメーベルだよ。ほら、怒って、さっきから、ライル、あ、あのぉ〜、ライル様の頭にぶつかってる」

パックボーンは、また顔を赤らめていた。

「ハハハ。ライルでいいよ！　パックボーン」

そう言ったライルが後ろを振り返ったと同時に、ライルの顔に白い玉がぶつかった。

「わあ〜、ビックリしたあー。ごめんごめん、そんなに怒らないでくれよ。忘れてたわけじゃないんだ。アーベル、メーベル、ただいま。お留守番ありがとう」

ライルが声をかけると、アーベルもメーベルも機嫌を直したのか、今度はライルの頭の上で、ポコンポコンと嬉しそうに弾んでいた。

今ライルの左肩にいるパックボーンも、ドットビックの作業に釘付けになっていた。ライルもまた机の方に向き直り、作業を続けているドットビックを見ると、さっきまで額に滲んでいただけだった汗が、今は溢れだし、ドットビックの額からポトポトと流れ落ちていた。その姿を見て、ライルは黙っていられなくなった。

「ドット、交代しようか？」

「あ〜、結構です。大丈夫ですから……。ハァーハァーハァー……」

大丈夫だと言うわりに、ドットビックの息はかなり上がっていたし、険しい顔をしていた。

「もう！　大丈夫って顔つきじゃないだろ。また倒れちゃうぞ！　ドット、代わるってばぁー。それを回せばいいんだろ？　簡単さっ！」

「ライル様……。じゃあ、少しだけ、交代していただけますか」

「ＯＫ！」

ライルは嬉しそうに椅子に座ると、少し力を加えると途端に壊れてしまいそうな細い小さな、曲がったガラス棒を右手の親指と人差し指でそっと摑み、ドットビックがやっていた要領でクルクル回した。そのライルの姿は、ドットビックが体全部を使うように必死で力いっぱい回していたのとは対照的で、静かにとても細かい仕事をしているように見えた。そのせいか、ライルが回し始めた途端、ガラス玉は何倍ものスピードでクルクルと勢いよく回っていた。

「あぁ～！　ライル様～。ハァハァハァ、そんなに早く回してはいけません、もっとゆっくりです。ハァハァ、私《わたくし》が回していたのと同じぐらいの速さに落としてください！」

「ごめん、ごめん」

ライルは、ガラス棒を摘んでいる二本の指をゆっくりゆっくり動かした。その動きは、ライルにとっては不自然で、意識していなければついついまた早くなってしまうのだ。指がプルプル震えるし、それはライルにとってかえって疲れる速さだった。

「ドット、いいよね？　これくらいのスピードで」

「ハァハァハァ……。ええ、ライル様。その調子です。その速さを保ってください。ハァハァ……」

ガラス玉を回すライルのスピードが安定してきたのを見ると、安心したのか、ドットビックは、今いるガラス玉の目の前から少し離れた所に移動し、そこに腰を下ろした。そして、ハァハァと乱れた息を整えるように、ゆっくりと大きな呼吸を繰り返していた。それでもドットビックの目は、ガラス玉の様子をじっと見つめたままだった。

パックボーンもライルの左肩に乗ったまま、真剣な顔をしてじっとガラス玉を見つめていた。

アーベルとメーベルは、興味がないのか、リムにちょっかいを出していた。一日おとなしくしていたリムと、アーベルとメーベルは、そのうち、部屋の中を追いかけっこをして駆け回りだした。その時、部屋の中を暴れ回っているリム達をドットビックがチラッと見た。アーベルとメーベルは一瞬ドキッとしたが、ドットビックは何も言わなかった。

「あっ！」

ドットビックがまたガラス玉に目を戻した時、突然大きな叫び声をあげた。

「何？　どうしたの？　ドット、僕、何かやった？」

ライルは、自分が何か失敗をしたかと思い、オロオロしていた。

「いえ。上手くいっております。そのまま回し続けてくださぃ」

「そうなの？　も～！　じゃあ脅かさないでよ……。ふぅー。へへへ」

「申し訳ございません。一粒、現れたのが見えましたので……、つい興奮してしまいまして……」

「えっ！　何？　何が？」

「ライル様、ガラス玉の中をご覧くださいませ」

「うん。……？　さっきからずっと見てるけど、別に、何も変わったことはなかったけどな……」

ライルは、ガラス玉を回し続けながら不思議そうにブツブツと呟くと、更に目を凝らしていた。

「うぅん？　何だろう……？」

ライルはさらにガラス玉に顔を近づけ、回転しているガラス玉を睨みつけるように、じっと見つめた。

「あっ！　もしかして、この小さなヤツ？」

何かに気がついたライルも、さっきのドットビックと同じように叫んでいた。

ガラス玉の内側の面に、本当に一粒、セルリアンブルー色をした水滴のような小さな小さな粒がくっついていた。

「ねぇ、ドット、この青色の粒のことでしょ？」

「そうです。それでございます。順調です、ライル様」

ドットビックは、安心したようだった。

すると、その一粒のセルリアンブルー色をした輝くようなとても小さな水滴を皮切りに、ガラス玉の内側の面に次々と小さな小さな同じサイズの水滴が現れ始めた。ミント色、ビータ色、紅梅色……。それは、あの瓶に入っていた液体と同じ色をした水滴だった。

その小さな小さな水滴は、ガラス玉の中で次第に数を増やし、ガラス玉の内面には、今や貼りつくようにビッシリとくっついていた。その小さな小さな水滴は、ゴマ粒ほどの大きさで、不思議なことに全てが同じ大きさをしていた。

透き通っていたガラス玉は、今や輝く七色の水玉模様になっていた。

「ライル様、交代します」

「あっ、うん。……」

ドットビックは、また体全部を使うようにしてガラス玉を回し始めた。

少し離れた所からそのガラス玉を見ると、水玉模様ではなく、七色の輝くマーブル模様のようで、それはそれで、とても美しかった。

「何てきれいな玉なんだ……。不思議だ、目の錯覚なのかなあ、近くで見ると水玉模様なのに、離れると、マーブル模様だ……」

「わあー！　凄くきれいだー！」

ライルの左肩にいるパックボーンもボソッと呟いていた。

その時、ドットビックがガラス玉を回しながらライルの方に振り向き、叫んだ。

「ライル様！　交代してくださいませんか！」

「ああ、うん、ＯＫ！　いいよ」

ドットビックは、また息を切らしていた。

「ラッ、ライル様、ハァハァ……あの～、ハァハァ……今度は、ハァハァ……もっと速く回してください！　ハァハァハァ……」

「えっ？　いいの？　さっきはダメだって……」

「いいんです！　お願いします」

「分かった！　まかせて！」

ライルは、グルグルと勢いよくガラス玉を回し続けた。

「ライル様、その調子です」

すると、ガラス玉の内面にくっついていた七色の水滴が次々と剝がれ落ち、小さな小さな雫玉のようになった粒が、ガラス玉の中をコロコロと転がりだした。そして、ガラス玉の内面の七色の全ての水滴が剝がれると、ポチャンポチャンという音が聞こえてきた。それは、ガラス玉の中を転がっている雫玉の音のようだった。

　雫玉達が奏でる音は、まさに、雨上がり、葉っぱの上に溜まった雨水が雫となって落ちる音だった。

「ライル様。もう手を止めてくださって結構です。お疲れさまでした。この作業は、これで終了しました」

「上手くいったの？」

「もちろんでございます。完璧です！　ライル様が手伝ってくださったおかげです。ありがとうございました」

ライルの頬っぺたが少し赤らんでいた。ドットビックと分かり合いたいとずっと思っていたライルは、ドットビックの作業の役に立つことができたことが嬉しかった。

ドットビックは、ライルにお礼を言うと、すぐにガラス玉を、固定してあるお城の塔のようなおしゃれな三角形の台から外そうとしていた。ドットビックのその様子はとても危なっかしく、ライルはまた黙って見ていられなくなった。なんていったって、自分と同じぐらいのガラス玉を支えながら、ガラス玉の横についているガラス棒が差し込まれた三角形の台から外そうとしているのだから……。

「ドット？　まだ何かするの？　大丈夫？　手伝うよ、僕のできることを言ってよ！」

ドットビックは、ライルのその言葉を聞くと、今度は嬉しそうに振り返った。

「はい。ライル様、じゃあ、お願いします」

「うん！」

「それでは、私《わたくし》がガラス玉を支えているこの部分を外しますので、ガラス玉が落ちて割れてしまわないように持っていてくださいませんか」

「OK！　分かった」

ライルは、ガラス玉を両手で優しく包み込むようにしっかりと支えた。

「ドット、これでいいかい？」

「はい。じゃあ、外しますのでお願いいたします」

「うん。ＯＫ！　いつでもいいよ」

ドットビックは、ガラス玉を支えているガラス棒の根元の留め具をクルクル回し始めた。両横にある一方のその固定されていた留め具が外されると、ガラス玉はガラス棒から離れ、ライルの両手には、軽くガラス玉の重みが伝わった。そして今度は、曲がったガラス棒のついている方の留め具をクルクル回し始めた。そして、それが完全に外れると、ガラス玉はポトンとライルの手のひらに落ちてきた。

慌てて振り返ったドットビックは、ライルの手の中に無事にガラス玉があるのを確認するとホッとしていた。

「ライル様。そのまま、少しの間ガラス玉を持っていてくださいますか？」

「うん。そんなのお安いご用だよ！」

するとドットビックは、その横に組み立ててある、いかにも年代物といった感じの、四本の脚に素敵な細工のしてある高い器具に掛けられた長い梯子を登って行った。そして、その上にあるまた平らな板（しかし、その板の真ん中には、ポッカリ穴が開いていた）の上に立つと、その板に埋め込まれている八つある歯止めを起こし、机の上に降りてきた。板に開いた穴の下には、固定された、螺旋階段のように渦を巻いた長いガラス管が一本、下まで続いていた。クルクルと渦巻き状のガラス管は、先にいくほど細くなっていた。そして、その管の先には小さな小さな空の瓶が置かれていた。

「ライル様、あの上に、このガラス玉を置いていただけますか？　ここ、このガラス玉の栓を下に、真ん中に開いた穴に入れる感じで、今私《わたくし》が起こした歯止めの中に置いてください」

「うん、分かった」

ライルは慎重に、今自分の手の中にある、ポチャ、ポチャンポチャン……と、音をたてているガラス玉を自分の胸の前までそっと持ち上げた。そして、自分の手元から離すのを惜しむように、真上からガラス玉をもう一度覗き込んでいた。

「きれいだ……。それにこの音、何て心地いいんだろう……」

ライルはそのガラス玉にうっとりと見とれていた。

「ライル様？　……この後の工程が時間がかかるのです。申し訳ございませんが、早く、今私《わたくし》が言ったとおりにセットしてくださいませんか」

「あっ、ああ。……ごめん、ドット」

ライルは、ゆっくり、そして、そーっとそーっと、ドットビックに言われたとおりにガラス玉を置いた。

「しまった！　これが、下にって言ってた栓だなっ。じゃあ、こっち向きだ」

ライルは呟きながら、もう一度ガラス玉を持ち上げ、ドットビックの言っていた、花の飾りのついた栓を下に向けるため、ガラス玉を逆さまにして、板の上にもう一度置き直した。

すると、ガラス玉の中では、小さな小さな雫玉が暴れだし、バシャン、パシャン、ボチャン、ボチョン……と、さっきまでの穏やかで心地よい音と違い、耳障りな音をさせ始めた。その音はまるで、雫玉が機嫌を損ねているようだった。

「ドット、これでよかったのかなー。何か、音が……。大丈夫？」

「はい。大丈夫です。少し乱れましたが、じきに治まります。問題はないと思います」

そう言われても、ライルは少し不安だった。

「本当に大丈夫です。……暴れている雫玉も、次第に落ち着きますから」

ライルとドットビックは黙りこくり、ガラス玉の中をじっと見つめていた。

ドットビックが言ったように、しばらくすると、ガラス玉の中で暴れ回っていた七色の雫玉はおとなしくなり、ガラス玉の底に集まり始め、またポチャン……ポチャン……ポチャッ……と、静かに心地よい音を響かせるようになった。心配してガラス玉を見つめていたライルとドットビックは、同時に顔を見合わせていた。その二人の顔には笑みが浮かんでいた。

「ドット、これで大丈夫なんだね？」

「はい！　ライル様」

「よかったぁ～。ドットは、大丈夫って言ってくれたけど、僕、内心ドキドキしてたんだ。もしかして、僕の扱いが荒っぽかったのかもしれない、本当はまずかったんじゃなかったかって」

「ハハハハ……。本当に大丈夫ですよ、ライル様」

ドットビックが初めて声をあげて笑った。ライルは凄く嬉しかった。

「ねえ、ドット。次はどうするの？」

「あっ、はい、ライル様。それでは、もう少し、ライル様のお手を貸していただいても構いませんか？」

「もちろん！」

「はい！　ありがとうございます、ライル様」

「じゃあドット、僕、次はどうすればいい？　何すればいい？」

「はい。ライル様、あの板の下に見えておりますガラス玉の栓に届く所に、私《わたくし》を運んでくださいませんか？」

「うん、分かった！　じゃあ、ドット、ここに乗って」

ライルは、ドットビックの足元に右の手のひらを差し出していた。

「ありがとうございます、ライル様。それでは、失礼します」

ドットビックはそう言って一礼すると、ライルの手のひらにチョコンと乗った。ライルは、手のひらに乗って自分を見上げているドットビックに満面の笑みを向けていた。

「よし！　じゃあ、ドットの言う所まで運ぶよっ。いい？」

「はい。お願いいたします」

ライルは、ドットビックの乗った右手をそっと動かし、ガラス玉の栓の方に近づけていった。

「ライル様、もう少し近づけてください」

「うん。……どう？　これぐらいかな？」

「はい。ここで大丈夫です。しばらくこの位置を保っていただけますか？」

「分かった」

ライルの手のひらに乗ったドットビックは、ライルの指先まで進み、両手でガラス玉の栓を掴むと、クルクル回してガラス玉から抜き取った。ガラス玉の底には小さな口があいたが、ガラス玉の中に入っている雫玉は、なぜかそこからこぼれ落ちることはなかった。

次に、ドットビックは、短い小さなガラス管をポケットから取り出し、ガラス玉の口に差し込み、その反対側をその下に続くクネクネと渦巻き状のガラス管に差し込んで、板の上に載ったガラス玉としっかりと連結させた。

「ライル様、ありがとうございます。作業を終えました、私《わたくし》を机の上に下ろしてくださいませ」

「うん、分かった。……ドット、お疲れさま」

ドットビックは、ライルの顔を見て、嬉しそうに微笑んだ。それから、窓の外をチラッと見た。

外は、すでに真っ暗になっており、そこに時折、ハラハラと舞う真っ白な雪が見えた。

「ライル様、この工程は、少し時間をいただくことになります。あっ、あの～、申し訳ございません。これまでも、思った以上に貴重なお時間をいただいたのですが……、この工程は、言いづらいのですが、まる一日掛かります。本当に申し訳ございません。それから、手伝ってくださってありがとうございました。ライル様は、もうお休みください。もう、真夜中でございます」

その時、ライルの左肩に乗っていたパックボーンは、ライルのその肩に座り込み、いつの間にか、ウトウトとしていた。そして、コクリコクリとし始めたパックボーンは、ライルの肩から落ちそうになっていた。

ドットビックがライルの肩を指差し、「あっ！」と、叫び声をあげた。ライルは、その時やっと自分の肩に乗っていたパックボーンのことを思い出した。作業に夢中になってすっかり忘れていた。ドットビックの叫び声と同時に自分の左肩を見たライルが、「わあ～、危ない！　落っこちちゃうよ、パックボーン……！」そう思った途端、パックボーンの頭がコクンと大きく傾き、ライルの肩から落ちた。

「あっ、あー！」

ライルが叫んだ時、ドットビックは、ライルが自分を包んでくれたフカフカのマフラーを慌てて掴み取り、パックボーンが落ちてくる真下に、素早く投げ込んだ。

パックボーンは、受け止めようととっさに出したライルの手のひらと手のひらの間をすり抜けて落ちていった。その瞬間、パックボーンは、もう……、ドカーンと机に叩きつけられてしまったかと思ったライルは、恐る恐る机の上を見た。しかし、ドットビックの素早い判断のおかげで、フカフカのマフラーの上に落ちていた。

「あ～、よかったぁ～」

ライルが安心したのもつかの間で、マフラーの上のパックボーンは身動き一つしない。

ライルとドットビックの顔は蒼ざめ、パックボーンの顔を覗き込んだ。すると、「スー、スーッ、スー……」、パックボーンは二人の心配をよそに、寝息をたて、気持ち良さそうに眠っていた。

「あれっ?……。もぉ～！　何だよぉ～。アハハハハ……。信じられない奴だなあ、こんな状態でも眠ってるなんて。ハハハ……。ホント、信じられない。まったくもう！　アハハ」

「ライル様のおっしゃるとおりです。まったく、パックボーンときたらどうしようもない奴。ハハハハハ……アハハハ……」

いつもだったら、「何を考えてるんだ！　パックボーン。何と恥ずかしい……」と嘆き、幸せそうに眠っているパックボーンをすぐにでもたたき起こし、再び嘆きながら説教を始めただろうに。でも、ドットビックは、嬉しそうに大笑いしていた。そして、その後に、「まったく、心配させて……。いつだって危なっかしいんだから……。ふう～」と、小さな声で囁いたドットビックのその言葉を、ライルはしっかり聞いた。

ライルは、とても嬉しくなった。ドットビックは、キビキビとしっかりしているし、言葉遣いも丁寧で、その上、冷静沈着で、自分にも厳しい分、相手にも厳しかったが、本当は凄く優しいんだとライルは思った。そう、だからこそ、パックボーンにも厳しくするんだと思った。「ドットビックは、やっぱりいい奴なんだ！　いい奴だ」

「さあ、ライル様。本当に、もうお休みください」

ドットビックは、またいつもの冷静な、そして真面目な顔に戻っていた。

「ドット。君ももう寝なくっちゃ。今日は必ず眠ってくれよ。パックボーンは僕が七つの卵の木へ運ぶから。そこがコイツの寝る時のお気に入りだからね！」

ライルは、眠っているパックボーンを優しく自分の両手に乗せた。

「ライル様……」

「ドット、約束だよ！　……ガラス玉のことが心配だったら、机の上でこのマフラーにくるまって眠ればいい。そうすれば、何か異変があれば、すぐに気づくだろうし、すぐ起きられるだろ？」

「分かりました。お約束いたします！」

「じゃあ、おやすみ、ドット！」

「はい。おやすみなさいませ、ライル様」

ライルは、自分の手のひらで気持ち良さそうに眠っているパックボーンを、七つの卵の木の枝にそっと移した。するとパックボーンは、七つの卵の木の感触が心地よいのか、目を瞑ったままニコッとし、

「クゥ～、クゥ～……」と、もっと気持ち良さそうに寝息をたて始めた。ライルは本当に安心し、七つの卵の木とムースビックに「おやすみ」と挨拶をして、ステンドグラスのロフトから下りてきた。

そして、部屋の明かりを消すと、コソコソと部屋を抜け出し、下に下りていった。爺くさいが、ライルは今、ゆっくりとお風呂につかりたい気分になっていたのだ。

ライルは、温かいお風呂の中で、今までの不思議な出来事、聞きなれない言葉、ドットビックの作業……と、振り返りながらあれこれ考えていた。そしてライルは、「ドットビックの作業が終わってからでもいいから、ドットビックの知っていることを訊いてみよう。思いきって質問してみよう」と、心に誓って部屋に戻った。

静かに部屋の中に入ると、ライルは机の上をそっと覗いた。ドットビックは、ライルのお気に入りのフカフカのマフラーに体をうずめ、約束どおり眠っていた。

ドットビックの様子を確認すると、ライルはそ～っとベッドに潜り込んだ。疲れているはずなのに、ライルは興奮してなかなか寝つけなかった。そのせいか、ライルはムースビックのことを思い出していた。もう一度、ムースビックと話がしたかった。

どうしてなのかは自分でも分からないが、ライルはムースビックのことが大好きだった。ドットビックの丁寧な言葉遣いにも慣れてきたし、本当は優しくていい奴だということも分かった。それと照れ屋のパックボーンも可愛くて心が和むけど……。完全じゃないかもしれないし、少し抜けたところがあるかもしれないが、短い間だったけど、そんなムースビックと過ごしていた時が、なぜか自分が一番自然な気持ちでいられ、居心地が良かった。本当になぜなんだろう……。そんなことを考えているうちに、ライルもウトウトしてきた。だが、ライルはいつまでも、浅い眠りの中を漂っているようだった。

八

翌日、目を覚ましたライルは、柱に掛かるからくり時計を見て驚いた。時刻は九時を回り、部屋の中には太陽の光が射し込んでいた。いつの間にか、グッスリ眠ってしまっていた。

そんなライルの目に、ドットビックの姿が飛び込んできた。その途端、ライルの寝ぼけていた目がパッチリと見開かれ、ライルは本当の意味で目を覚ましたようだった。

ドットビックは机の上に座り込み、ガラス玉を乗せたあの器具をじっと見つめていた。

リム、そしてパックボーンと、アーベルとメーベルは、まだ眠りの中にいるようだった。

ライルは起き上がり、ベッドから出ると、すぐに机の上にいるドットビックの元に駆け寄った。

「ドット、おはよう！」

ライルは、ドットビックがビックリしないように、小さな声で囁いた。

「あっ！　ライル様、おはようございます」

「ドット、どうなの？」

「はい。順調だと思います。しかし、私《わたくし》が思っていたよりも時間がかかりそうなのです。申し訳ございません、ライル様」

「そんなこと、仕方ないじゃないか、ドットが悪いわけじゃないんだから。あんまり謝らないでよ、ドット」

「でも、ですが……、私《わたくし》が、モタモタしていたせいなのです。ライル様」

「そんなことない！　ドットは、いつでも一生懸命だったじゃないか。だから、謝らないで」

ドットビックは、そんな優しい言葉を自分にかけてくれるライルに、また感動していた。そして、ドットビックの瞳には、うっすらと涙が滲んでいた。

「ライル様……。ありがとうございます……」

「僕、着替えて、ちょっと下に行ってくるよ」

「はい。……グスン」ドットビックは、ライルの優しさに、まだ感激していた。


はりきって部屋に戻ってきたライルは、手に大きなバスケットを一つ持っていた。

「ドット！　今からみんなで散歩に行こう！」

「しかしライル様……。私《わたくし》にはこれが……。この工程をチェックしていなければなりませんので」

「だって、時間がかかるって言ってただろ？　だったら行こうよ！　ドットも付き合ってよ」

「ですが……ライル様。私《わたくし》のいない間に、ないとは思いますが、もしものことがあったら……取り返しがつきません。やっぱり、私《わたくし》は行けません。ライル様は、私《わたくし》のことなど気にせず、お出かけください」

「そんなのダメだよ！　あのね、え〜と、あのさぁー、そう、そうなんだ！　ドットビックに訊きたいこともあるし、教えてほしいこともいっぱいあるんだ！　だから、行こうよ。散歩しながらの方が頭が冴えるだろ？　ねっ？　ドットビックの作業は、きっと上手くいくさっ！　ずっと、見つめているだけなら、少しぐらい、ここにいなくたっていいじゃん。心配いらないよ」

「う〜ん、しかし……。私《わたくし》の役目ですから……」

その時ライルは、役目を終え、動かなくなってしまったムースビックのことをまた思い出し、ドットビックも同じようになってしまうのかと悲しくなった。そんな悲しそうな顔をしたライルを見て、ドットビックは、自分が頑に散歩を拒否していることにライルはこんなにショックを受けていると勘違いし、優しい微笑を浮かべ、ライルを見つめていた。

「分かりました、ライル様。そのかわり、夕刻までには戻ってくださいますね？」

「えっ？　それって、一緒に散歩に行ってくれるってこと？　そういうこと？　そうなんだよね？」

ドットビックは、コクリと頷いていた。

「やったー！　よし、じゃあ、みんなで行こう！」

ライルは、飛び上がって喜んでいた。ドットビックは、その姿を見て、自分が一緒に行くと言っただけでこんなに喜んでくれるのだと感激したのと同時に、何だか照れくさくなっていたが、その思いを押し殺し、いつもの冷静な態度でもう一度念を押した。

「ライル様！　必ず夕刻までには戻ってくださいますね？」

「うん。もちろんだよ！」

ライルはそう答えるとすぐ、持っていたバスケットを開けた。その中には、温かいコンソメスープの入ったポット、ホットドッグが三つ、メリルの手作りクッキー、あめ玉、そして、ナプキンにスプーンやお皿が入っていた。ライルは、その片隅に、トゥインクルから一握り摑み取った赤いキャムソンの実を入れた。ライルはちゃんと、アーベルとメーベルの食事も忘れなかった。

ライルはその後すぐ、リム、そして、七つの卵の木で眠るパックボーンと、アーベルとメーベルを起こした。


外は、ドットビックを歓迎してくれているように晴れ渡り、ポカポカと暖かく、一面に降り積もった雪は、太陽の日射しを受けてキラキラと輝き、とても美しく、この森の風景を一段と素敵に見せていた。ドットビックはライルの誘いを断り、自分の役目を忠実に果たそうとずっと作業をしていたが、内心はとても外の様子が気になっていた。特に、森に生きる全ての者達、そして、ここの森の状態を知りたいと思っていた。今も冷静で真面目な顔をしているが、本当は外に出られたことが嬉しくてたまらなかったのだ。

ウキウキしながら森の中を歩くライルの右肩にはドットビックが、左肩にはパックボーンが、そして、ライルの頭の上にはアーベルとメーベルが乗っかっていた。忘れていたが、パックボーンの肩には、ミニチュアの白い玉もおとなしくとまっている。

ライルは、初めてこの森の中に入るドットビックにいろいろと説明しながら進んで行き、みんな森の中の散歩をとても楽しんでいるようだった。森の中は、木々の間からこぼれ射す太陽の光に照らされ、一段と美しさを増し、幻想的だった。

その途中、ずっと黙っていたドットビックが、とうとう我慢できなくなったのか、独り言のように喋り始めた。

「あ～、何てきれいなんだろう。これが雪というものなんだぁ～。それに、図鑑でしか見たことのない植物がたくさんある。立派な木もたくさんあるじゃないか……。それに……、それに、姿を現さないけれど、この森で生きるたくさんの動物達の声が聞こえる。いろんな生き物が元気に過ごしている。これは予想外だ！　素晴らしい森じゃないか……。空気も澄み切っていて、美味しいし……。デルブリック様は、なぜあんなに心配なされていたのだろう……。ここはこんなに美しい森なのに……」

その後もドットビックは、ずーっとキョロキョロ辺りを見渡し、観察を怠らなかった。

その時、ライルがボソッと呟いた。

「今年は、ホントに早く雪が降ったんだよな～、いつも、こんなことないのになあ……。でも今日は、ホント、暖かくてよかった～」

「えっ？　ライル様、今何とおっしゃったのですか？　いつもこんな感じじゃないんですか？」

ドットビックは、驚きとともに、真剣な顔になっていた。

「ああ、うん。雪が降るのは、普通、せいぜい一月に入ってからだよ。まさか、十一月にこんなに雪が積もるなんて。初めてだよ、変な感じ、ハハハ……。今年は特別なんだ。……ドット、もしかして、寒い？」

「いえ、寒くはありません。ポカポカと暖かいぐらいです」

「そっか～、よかった。ドットビックはラッキーだったね、ちょうど暖かい日で。最近、吹雪が続いたり、こうやって突然、春のような暖かさになったり……、ホント、わけ分かんないんだよね」

「ライル様、それはどういうことなのでしょうか？」

ドットビックの顔つきが、一段とキリッと引き締まった。

「えっ？　ああ、うん。年々、天候がおかしくなってきているんじゃないかって……。そういえば、モリルもメリルも心配していたなあ。ホントに気にしてた。どうしてなんだろうね？」

「そう、そうなんですか……」

ドットビックは、また驚き、さっきまでのホッとした気持ちが一瞬で吹き飛んでしまったようだった。

いつしかライル達は、森の中にある小さな湖のほとりに到着していた。

「そういえば、お腹空いたね？　ねっ、ドット。ねっ、パックボーン」

「うん！」

パックボーンは、嬉しそうにすぐに返事をした。しかしドットビックの方は、ライルの問いかけに返事をくれないどころか、何の反応も示さなかった。

「ドット？」

ドットビックは姿勢を正し、難しい顔をして、何やら考え込んでいるようだった。

「ドット、あのガラス玉のことを気にしてるの？　大丈夫だよ、心配いらないって！」

「あっ、はい。そっ、そうですね」

ドットビックが、心配していたのは、そのことではなかったが、ライルに、今自分の考えていることを話してはいけなかったので、ごまかすようにとっさに返事をしていた。

リムと、アーベルとメーベルは、ふざけ合って林の中を走り回っていた。アーベルもメーベルも森の中に来るのはこれで四回目だったので、もう随分この森の中を知っていた。いつの間にかパックボーンは、リムの背中に乗っかり、一緒に楽しんでいた。

ライルは、湖のほとりにマットを敷き、食事の準備を始めていた。ドットビックは、黙ってまだ考え込んでいた。

「さあ！　みんな食事にしよう！　お～い、リム、戻ってこ～い！」

食事を終えると、リムとパックボーン、そしてアーベルとメーベルは、湖の周りを追いかけっこをしたりして、またはしゃぎ回っていた。

相変わらず押し黙り、考え込んでいるドットビックに、ライルは遠慮がちに声をかけた。

「ねえ、ドット。訊いてもいいかい？」

「あっ、はい。ライル様、何でも訊いてください」

「うん。あの～、あのね……」

ライルとドットビックは、暖かい太陽の日射しが当たる大きな木の根元に腰を下ろし、会話を始めた。

「いきなりだけど、ドットビックは……、ムースビックもパックボーンもそうだけど、何者なの？　う～ん、あの～、妖精なの？　小人なの？　それとも精霊？　それに……、どうして七つの卵の木の実から生まれたの？　……もしかして、七つの卵の木の精？　……そもそも、七つの卵の木って、いったい何？　普通の植物じゃないよね？　それに、それにさぁ……」

「ライル様、ちょっとお待ちください。慌てないでください。そんなにいっぺんに質問されましても、私《わたくし》、答えることができません。一つずつ、順番に……」

「ごめんごめん、そりゃあそうだね。へへへ……」

「それでは、最初の質問ですが……、私達《わたくし》は、その全てに相当しません。妖精でも、小人でも、精霊でもありません。ずっとずっと昔から、コバルリン森に生きる守り人に仕えるジェニィウス・エランドといわれています。ですから、それ以上何者なのかと言われましても……私《わたくし》も何とお答えしてよいのか分かりません。

ただ、私達《わたくし》、コバルリン森に生きる全ての者が、そこに生きる全てのものを大切に思っているのです。きれいな水、きれいな空気、きれいな空、生き生きとした緑、その全てが守られているから、私達《わたくし》は生きていられるのです……、申し訳ございません、話が少しずれてしまいました」

「あ～、うん。でも続けてよ」

「はい、分かりました。それでは、ライル様。ライル様は、森の精霊を見たことがございますか?」

「ううん、ない……」

「確かに、精霊や妖精は、この世界にも存在していたのでしょう。ですが……。いえ、きっと、まだ存在していると信じています。ただ、その姿を見ることのできる人間がいなくなったのでしょう。……もちろんその数も、もの凄く減ってしまったのだと思います。そして、それ以上に、姿を現さなくなったのだと思います」

「うん。でも、それはどうしてなの?」

「太古の人々は、自然を崇め、尊び、その下で、自然からの恵みをありがたく思う気持ちを決して忘れずに暮らしていたのです。決して自然を傷つけたりしなかった……。そうして、この世界は守られてきたのです。ですが……、それは崩壊し、今は危険な状態になってしまった。コバルリン森までも……」

ドットビックは、デルブリックの言葉を思い出しながらライルに語っていた。まるで、呟くように……。今、ドットビックの思いは、コバルリン森に注がれていた。そして、ドットビックはしばらく考え込んでしまった。そんなドットビックの頭の中では、ある時、デルブリックが話していたことが蘇っていた。

『数百年前のことじゃったが、森で妖精の姿を見た人間がおった。普通、妖精の姿を見ることのできる者は、そんなことを決してするような者ではないのじゃが……。その者は違っておった。妖精を捕まえると、その妖精を見せ物にしたのじゃ。捕らえられ、さんざん人目にさらされたあげく、森から離されてしまったその妖精は、消えてしまった。……死んでしまったのじゃ。その者は、その後も、妖精を捕まえて金儲けをしようと、森を荒らしまくった。次々に森の木々が切り倒され、その森に生きる妖精は消えてしまった。そして、その森も消え失せてしまった。やがて、その者の住む村は滅んでしまった。水もなく、緑もなく、作物も育たなくなったのじゃ。誰もその者がすることを止めなかった。そのことが余計、妖精達の怒りをかったのじゃろう。当然のことかもしれんの……』

この話には、まだ続きがあったようだが、ドットビックが耳にしたのはそこまでだった。この時、人間というものがとても恐ろしく、憎らしく思ったのをドットビックは覚えている。そして今、目の前にいるライルも、同じ人間だった。

「ドット？　大丈夫？　どうかしたの？」

「いいえ、何でもありません」

ドットビックは、もう一つ、デルブリックの言葉を思い出した。

『ライルは、間違いなく選ばれし者じゃ。優しい子じゃ。役目をしっかり頼むぞ、ドットビック』

ドットビックは改めて、デルブリックのその言葉を信じ、気持ちを切り替えた。

「ライル様。次の質問は、何でしたか？」

ドットビックは、優しい微笑みをライルに向けていた。

「うん！　次はね、えっと……」

その後、延々と二人の会話が続いた。それは会話といっても、主に、ライルが一方的にドットビックに質問をし、それにドットビックが答えているというものだった。そのおかげで、今日、ライルはいろんなことを知ることができた。

例えば……。

ドットビック達が、何者なのか。

ドットビック達が暮らすコバルリン森のこと。

七つの卵の木のこと。

ドットビックが言っていたデルブリック様、ポポックが何者であるかということ。

トゥインクルという名の不思議な箱のこと。

ドットビックが、今、真剣に行っている作業が何のためかということ。

そして、七色の液体が何であるのか。

白い玉のような姿をしたアーベルとメーベルのこと。

モリルとメリルから貰った首飾りのこと……。

それらのことの全てが分かったわけではないが、少しずつ、少しだけ分かった。もちろん、ライルの全ての疑問が解消されたわけではなかった。

ドットビックは、自分の知っていることには、全て答えてくれた。ライルは素直にそう思った。その全てが、ライルの全く知らない世界だった。そしてそれは、ライルにはすぐに理解できない不思議な話だった。

「ライル様？　大丈夫ですか？」

ライルは、ドットビックの話をワクワクしながら、興味津々と聞き入っていたが、その反面、ライルの頭の中は混乱し、困惑していた。

「うん。大丈夫……」

「ライル様、もう戻らないと遅くなります」

ドットビックは、一気にいろんなことを話し過ぎたかと、ライルのことが心配になっていた。

「うん……。そうだね。じゃあ、帰ろう！」

ライルは、ドットビックに変な心配をさせないように、ニッコリ笑っていた。

「リム！　パックボーン、アーベル、メーベル、帰るよ」

九

ライルは久々に、遠く、この森のずっと先に高く聳える白い山に沈んでいく夕日を見つめながら帰路に着いていた。こんなにきれいにあの白い山の姿が拝める日は凄く珍しかった。とても美しく、とてもきれいだ……。

家に近づいてくると、畑の片隅で何やら作業をしているモリルとメリルの姿が見えた。二人の姿が見えた時、ライルは慌てて、小さな声で叫んだ。

「みんな、あー！　アーベル、メーベル待って！　みんなごめん、悪いけど、この中に入って！」

ライルはそう言って、持っていたバスケットを開けた。ドットビックに続いてパックボーン、アーベルとメーベルもバスケットの中に入った。すると、その様子を見て、リムまでもバスケットに前足を掛け、頭を突っ込み、自分もバスケットの中に入ろうとした。

「リム！　おい、お前はいいの。ハハハハハ……。バッカだなあ～、もお」

リムは怒ったのか、笑っているライルに向かって、「ワン！　ワン！」と吠えた。

そのリムの鳴き声に気がついたモリルとメリルが、森の入口に立っているライルの方を見ていた。

「お～！　ライル、おかえり！」

「ただいま～！」

ライルは一瞬ドキッとしたが、いつもどおり、二人に向かって大きく手を振って叫んだ。そして、そのまま家の玄関に向かって歩いて行った。ライルが玄関の扉を開けようとした時、自分を呼び止めるモリルの声がした。

「ライル！　ちょっと待ってくれ。こっちに来てくれないかー」

ライルは、更にドキッとした。バスケットを玄関扉の前に置き、そのバスケットに向かって、小さな声で、「ごめん。ちょっと待ってて！　ここから出ちゃダメだよ。すぐ戻ってくるから」そう言い残し、ライルは、モリルの元に走って行った。

「ハア、ハア、ハア……。モリル、何？」

「ここ、見てごらん」

「えっ？　何？」

「分からないか？　この苗木の所だけ、雪が積もっていないだろ？」

「あっ、うん。ホントだ……」

「なぜなのか分からないけど、こんな不思議なことがあるんだなあ。でも、そのおかげで、苗木が助かったよ。まさかこんな時期に、こんなに雪が積もるとは思っていなかったからね。普通だったら、枝も折れちゃってたろうし、きっと、この苗木全部が駄目になってただろうな。悪いな、ライル、引き止めて。お前が心配してたから、教えといてやろうかと思ってな！」

「うん、ありがとう、モリル。でも、何でここだけ……、ここだけ雪が降らなかったなんて変だよ。ね？」

「ああ。そうだな。理由は分からないが、もしかしたら、この森の精霊が守ってくれたのかもしれない。ハハハハハ……とにかく無事だったんだ。よかったな。これできっと、予定どおりの時期に植林できる

くれたのかもしれない。いや、きっとそうだ。どうやったのかは分からないけど、あの時、僕達が、あの苗木を大切に育てているってことを知ってたのは、ムースビックだけだったもん。……ムースビックにお礼言わなきゃ……」

ライルが再び玄関の所まで戻ってきた時、アーベルとメーベルがバスケットの蓋を持ち上げようと、その中で暴れていた。バスケットがゴトゴトと動いていた。

「あ～！　まずいよ、もう！」

ライルは、バスケットの蓋を押さえて家の中へ入ると、自分の部屋へと駆け込んで行った。部屋の扉をしっかり閉めてから、バスケットの蓋を開けると、アーベルとメーベルが飛び出してきた。

アーベルとメーベルは、この狭い空間に閉じ込められたことがよほど不満だったらしく、これまでに見せたことのない素早い動きで、部屋の中をあっちにぶつかりこっちにぶつかりと、まるで狂ってしまったかのように飛び回っていた。

その時、机の上にある、ドットビックの大切な作業途中の器具に向かって、そのアーベルとメーベルが、ビューンと飛んでいった。

「ああー！　危ない！」

ライルは、その前に立ちはだかり、何とかその器具にアーベルとメーベルがぶつかるのを止めたが、もう少しでドットビックの今までの苦労が無駄になるところだった。その時、ドットビックの体は硬直し、顔は蒼ざめていた。

器具が無事だったのを確認すると、蒼ざめていたドットビックの顔が、あっという間に、今度は真っ赤に変わり、激しく怒っていた。

「アーベル！　メーベル！　何をするんだ！　これに少しでも触れてみろ、ただじゃすまないぞ！　パックボーン、何をやっているんだ！　早く何とかしないか！」

パックボーンはビクンとして、慌ててアーベルとメーベルに向かって叫んでいた。また、ライルの分からない言葉で……。

「☆□♥♬、◎▲!※、×○＊◈」

パックボーンが叫んだ途端、アーベルとメーベルは急におとなしくなり、七つの卵の木の枝にとまり、静かにじっと動かなくなった。パックボーンは見事だった。

「パックボーン、いったい何て言ったの？」

ライルは、見事にアーベルとメーベルを操ったことに感心していた。

「また、閉じ込めるぞ！　このまま悪さをするとアペレスに言いつけるぞ！　と……」

「ハハハハ……　？　アペレスって？」

ライルがパックボーンに聞いた時、ドットビックが大きな声で叫んだ。

「あっ！」

「何？　どうしたの？　ドット」

「あっ、いえ、ライル様。申し訳ございません、何でもありません。失礼いたしました。おかげさまで、順調に流れております。ホッといたしまして……」

「そう。よかった、何ともなくて。ところで……、流れてるって、どういうこと？」

「ライル様、こちらへおいでください。そして、渦巻きの、あの管の中を見てください」

ライルは机の前に屈み込み、ガラス玉の下に取り付けられてある長いクルクルと螺旋状に下まで続く管に顔を近づけ、覗き込むようにじっと見つめた。

「何もないよ！　何？　何なの、ドット」

「もうしばらく見ていてください。目を逸らさずに」

「うん？」

今、ライルの部屋では、とても静かな時が過ぎていた。

「あっ！　何か光る物が……今、ここ！　ここ！　ここを通っていった気がする」

ライルは、クネクネと渦巻き状の管の根元（ガラス玉に近いところ）を指差しながら、宝物でも見つけ出したように興奮して叫んだ。

「はい。そうです。今ライル様がご覧になった現象を、私《わたくし》は待っていたのです」

「うん……。凄い……、凄くきれいだった……」

「素晴らしいことです。ライル様にもこの輝く雫が分かる、いや、見えるなんて……」

「でも、一瞬だった。今は何も見えない……」

「これから次々に、今ガラス玉の底にある雫玉が、輝く本物の雫となって、この管の中を通っていきます。その光景は、素晴らしく美しいものです。ライル様もご一緒にご覧ください」

「うん」

「全ての雫玉がこの管を通り過ぎ、その下にある、この小さな瓶の中に流れ込んだ時、この全ての作業工程が終了となります」

「うん。分かった」

渦巻き状の管の下にある、ドットビックが指差した瓶は、とても小さく、今ガラス玉の中にある雫玉が全部入りきるとはとても思えないほどの大きさだった。ライルは、そのことをとても不思議に感じたが、何も訊かなかった。ただ真剣な顔つきで、その管を見つめ続けていた。

パックボーンも、その後の作業工程の様子が気になっていたが、さっき怒鳴られたせいもあって、やっぱり苦手なドットビックのそばに行けず、トボトボと、七つの卵の木があるステンドグラスのロフトへ上がって行った。

そして、パックボーンが七つの卵の木の枝に座ったちょうどその時、ガラス玉の中にある雫玉がキラキラと輝きだした。そしてそれは、ガラス玉の中でフワフワと舞い上がっている。その途端、その下に続く渦巻き状のガラス管には、次々と、輝く雫が現れ、その下に置かれている小さな瓶に向かって流れ落ちて行った。クルクルクルクル……と螺旋を描き、次々と……。それは本当に美しかった。ライルは、夢中で見つめていたため、部屋の明かりを点けるのを忘れてしまっていた。だが、それが、この器具に起こっているその様子を更に美しく見せていた。

「わあ、すっごい！」

ライルはそう叫んだきり、口をポッカリ開けて、その渦巻き状の管に釘付けになっていた。

その幻想的な美しい光景は、一時間近くも続いた。

そして、ガラス玉の中は、次第に空っぽになりつつあった。そして、最後の雫玉が渦巻き状の管に吸い込まれるように流れ出していくと、その管の下に置いてある小さな瓶に、最後の一滴、小さな雫がポチャンと落ちた。そして、とうとう全ての雫が瓶に収まった。

小さな瓶の中に溜まった雫は、無色透明で、今までライルが目にしていた七色の雫玉とはまるで違っていた。そう、全く違うものになっていたのだ。

「えっ？　何で……」

ライルは、自然に言葉が口に出ていた。何となくふに落ちない。

しかし、ずっとライルと一緒に見つめていたドットビックは、ライルとは正反対に、瓶の中に溜まったその透明の雫を見ると、とても満足そうに微笑んでいた。

「ふぅ～。これで全て上手くいきました。完成です」

ドットビックは、本当に満足そうだった。

そしてドットビックは、たった今完成した、今は透明になった雫の入った小さな瓶を手に取ると、その瓶の口にすぐさま栓をした。その栓には、ガラス玉の栓と同じ花の飾りがついていた。

「ドット、どうしてこれ、透明になっちゃったの？」

ライルは思わず不満そうに、ドットビックに聞いていた。

「『全てが正しく融合された時、それは一つのものとなる。そして、そこに素晴らしき者が加わる時、それは、無の色を持つ』――これは、デルブリック様が私《わたくし》におっしゃられた言葉です。ライル様、私《わたくし》にも、どうしてかは分かりません。ただ、ライル様が、デルブリック様が言われる素晴らしき者だということだけは、この私《わたくし》にも分かります」

ライルは、何も言葉が出なかった。

「ライル様。全ての工程が無事に終りましたので、今日は、もうお休みくださいませ。私《わたくし》も、この散らかしてしまった机の上の物を片づけたら、休ませていただきますので」

ドットビックは、上機嫌だった。

「うん……、そうだね」

ライルは、いまいち、さっきのドットビックの言葉が飲み込めないでいた。でも、黙って寝る準備を始めた。そんなライルの頭の中には、今日、森の中での自分とドットビックの会話が蘇り、そのことを、そしていろんなことを整理するために、その頭の中は混乱していた。

ライルは何ともいえない気持ちのまま、ベッドに潜り込んだ。七つの卵の木とムースビック、そして、みんなにも「おやすみ」の挨拶をしないまま……。それにライルは、ムースビックに大切な苗木を守ってくれたお礼を言うのも忘れていた。

ドットビックは、机の上にランプを灯し、机の上に散らばる器具や幾つもの道具をまだ片づけていた。静かな部屋に、時々、カシャン、ガチャガチャ……というドットビックの後片づけの音が、妙に大きく響いていた。

ライルは、ベッドの中に入っても、やっぱり全然寝つくことができなかった。もう一度、森の中でのドットビックとの会話を思い返していた。過ぎ去った時に引き込まれるように、それはまるで、あの時のあの木の根元にドットビックと一緒に座っているような感覚だった。

「七つの卵の木って、いったい何？　普通の木じゃないでしょ。何なの？」

「はい。ライル様にとっては、確かに、普通の木ではないのかもしれません。七つの卵の木は、コバルリン森固有の植物です。みんなからは『願い玉の木』とも呼ばれています。そして、コバルリン森では大人気の植物です。ですが……、今はとても貴重な植物となってしまいました。それに、たとえこの木に巡り会えたとしても、誰にでも育てられるわけでもなく、その上、七つの卵の木に実をつけさせるのは非常に難しいのです。望む人々全てに与えられるものではなくなってしまったのです」

その一つが、今ライルの元に……。そのことすら凄いことだった。

「えっ？　じゃあ、誰が僕に七つの卵の木の栽培セットを送ってくれたの？　だって僕、この木のことも全然知らなかったし、だから、望んでもいなかったのに……。どうして、それなのにどうして、そんな貴重なものが僕の所に……」

「ライル様……。それは……、申し訳ございませんが、私《わたくし》にも分かりません」

ドットビックは、本当は知っていたのだが、そのことを話せばいろんなことがややこしくなると思い、言えなかった。

「じゃあ、ドットは、この七つの卵の木を育てたことがある？」

「いいえ、とんでもございません。私《わたくし》など、実物を見るのもこれが初めてでございますから」

「でも……、ドットは、七つの卵の木に実った実から出てきたじゃないか。う～ん。だから知らないってこと？　でも……何か変だ。ねえ、どうして？」

「はい、確かにそうです。でも……、私《わたくし》にも分かりません。本当なのです、ライル様」

「う〜ん。じゃあドット、ほかに七つの卵の木について知ってることってある？」

「ふぅ〜む。う〜ん。そう言われましても……。う〜ん。ライル様、例えば何でしょうか？」

もちろんドットビックには、ほかに幾つも知っていることがあったが、どうやって説明すればいいのか、それに、今話してはならないこともあり、少し困ってしまい、とても複雑な気持ちになっていた。

「う〜ん。じゃあ『デルブリック様』って、ドットが何度も言ったろ？　それは誰なの？」

「あっ、はい。デルブリック様は、コバルリン森の長老であり、素晴らしい、そして偉大なお方です」

「へえ、そうなんだ〜。きっと、凄い人なんだね。——そう、そうだ！　いつかドット、『ポポックかと思った』って呟いていただろ？　そのポポックは、誰なの？」

「はい。ポポックは、デルブリック様の相棒であるフクロウの名前です」

「へえ、フクロウか〜。あっ、だから、からくり時計の音と勘違いしたんだ！」

ドットビックは、何か言いたそうだったが、口をつぐんだ。

「……はい、まあ」

「え〜と、それからね。まだ訊きたいことあるんだ！　そうそう、あのコバルリンストーンでできてる箱、トゥインクルって言われてるんでしょ？　いったい何なの？」

「はい、トゥインクルは、選ばれし者に託される、コバルリン森にとってとても大切で重要な物だと聞いております」

「そんな物がどうして僕の所に？　いったいどういうことなの？　それに……、そうだよ！　トゥインクルは、モリルとメリルがくれたんだよ」

「はい……。それは……。きっと、トゥインクルの中に入っている、ライル様への手紙に記されているはずです。私《わたくし》にも……。え～と……、ですから、そのお手紙をご覧になれば分かるはずです」

「でも、あの手紙……。ドットは、僕への手紙だって言うけど、僕には、何が書いてあるのかさっぱり分からないよ。読めないもん」

「はい。ライル様、ご安心ください。私《わたくし》が今行っている作業が終了すれば、ライル様が、あのお手紙を読めるようになります」

「えっ？　どういうこと？」

「はい。まだ、途中ですので言えません。……後のお楽しみです」

「えっ、そうなの、う～ん……。じゃあ、分かった……、あの、あの七色の液体は、いったい何なの？」

「はい。主にコバルリン森の植物から抽出し、それを配合した物です。どれも貴重な物です」

「へえ、例えばどんなもの？」

「それは……、今はお教えできません。たとえライル様でも……」

「そう……。そっかあ、仕方ないね」

ベッドの中であれこれ回想していたライルだったが、ふと幼い頃のあの体験を思い出した。モリルに話して以来、また忘れてしまっていた。

「そういえば……、ドット、僕に妖精を見たことがあるかって、あの時、訊いてたなあ……。僕、ないって答えたけど……。でも……。あの時のあれは……、本当に妖精だったのかも……。う〜ん、ドットに訊いてみなくっちゃ……」

ライルの頭の中は、いろんなことを考え、思い出し、働き過ぎて疲れきっていた。ライルは、まだまだ今までのこと、ドットビックに聞いたこと、もっといろんなことを整理したかったが、その気持ちとは裏腹にどうしてもウトウトしてしまい、とうとうそのまま眠ってしまった。

その頃、ドットビックは、やっと机の上に散らばった道具の片づけを終え、シー・グリーンの粉の残りと、ネバネバの液状になった葉っぱの残りとを混ぜ合わせて団子状にした物を手に、ステンドグラスのロフトに上がっていった。そしてそれを、ライルの七つの卵の木の根元に置いた。

「これで、七つの卵の木に実る最後の実が強力なものになる！」

ドットビックはそう呟いてロフトから下りると、机の上のフカフカのマフラーにくるまって、満足そうな顔をして眠りについた。

十

「……ライル様……ライル様……。ライル様、ライル様！」

「う〜ん……、う〜ん……。ムニャムニャ……」

翌朝、ぐっすり眠っているライルの耳元でドットビックが叫んでいた。

「ライル様、起きてください！　ライル様、ライル様！　起きてください！」

さすがのライルも目を開けた。そして、目を覚ましたライルに、ドットビックの大きな声がはっきり聞こえた。今まで、寝ている自分を無理やり起こしたことなどないドットビックなのに……。

「ライル様、起きてください！」

ライルは、ビックリして飛び起きた。

「どうしたの？　ドット！　何かあったの？」

「いえ、もうこんな時間ですし……。私《わたくし》、森へ行きたくて……。その～、申し訳ございません」

「森？　ドット、今、森に行きたいって言った？」

「はい」

「うん、分かった！　ハハハ。すぐ仕度するよ。また、森の中でご飯食べよう！　じゃあ、ちょっと待ってて」

ライルは、ドットビックが自分から森に行きたいと言ってくれたことが、とても嬉しかったのだ。

ライルは慌てて着替えをしながら、「ドットも、この森を気に入ってくれたんだ」と胸が弾んでいた。

着替えを済ますと、ライルはバタバタと慌ただしく下に行ったり、また部屋に戻ってきたりと準備に忙しく駆け回っていた。そして最後に、バスケットにキャムソンの実を入れた。

「さあ！　準備できたよ。お待たせ！」

ライルは、ニコニコしていた。

「ライル様、あの～、パックボーン達は、いいのですか？」

「へっ？　あっ、そうか～。まだ寝てるんだ！　起こさなくっちゃ」

ライルは、まだ七つの卵の木の枝の上で眠っているパックボーン、アーベルとメーベルを無理やり起こし、自分の羽織っているお気に入りのコートのポケットの中にそっと入れた。

そのポケットの中では、パックボーンも、アーベルとメーベルも、何が何だか分からないようで、明らかにまだ寝ぼけていた。

「さあ、ドットも入って！」

ライルは、ドットビックのいる机に近づき、もう片方のコートのポケットを広げていた。ドットビックは、ピョンとポケットの中に飛び込んだ。

すると、すぐにポケットの中からドットビックの叫ぶ声が聞こえてきた。

「えっ？　何？　何か言った？　ドット」

「はい。ライル様、トゥインクルの中にあるライル様へのお手紙をお持ちください」

「えっ？　どうして？」

「それは、森の中でお話ししますから……、お願いします」

「分かった」

ライルは、トゥインクルの中からその手紙の入った封筒を手に取り、バスケットの中に入れた。

「リム！　森に行くよ！　おいで！」

庭を抜けて、そして、森への入口を抜け、しばらく歩いてから、ライルは、誰もいないか周りを確認した。もちろん、この辺りには、今まで誰かがいたことなんて一度もないが、ドットビックから昔の悲惨な妖精の話を聞いた後だったので、念には念を入れた。ドット達の姿を誰にも見られてはいけない……。

「もう大丈夫だよ！　みんな出てきてもいいよ！」

ドットビックはポケットから姿を現すと、ライルの右肩に乗り、またキョロキョロと辺りを観察していた。「何かおかしな現象が起こっていないか……、昨日、見逃したことはないか……、しっかり確認する必要がある。何かあればデルブリック様に報告しなければ……」ドットビックの目が鋭くなっていた。

「あれ？」

パックボーン、それにアーベルとメーベルまで外に出てこないなんておかしいと思ったライルは、もう片方のポケットを覗き込んだ。すると、パックボーンもアーベルとメーベルもスヤスヤと眠っていた。

「ハハハ、よっぽど眠たかったんだな～」

その時リムが、ライルの足に跳びついてきた。そして、ポケットの中に鼻先を突っ込んで、「クゥ～ン……クゥ～ン」と鳴いていた。

「ハハハ……、リム、寂しいのか？」

「ワンワン！」

「お前は、アーベルとメーベルがお気に入りだな。一緒に遊びたいのか？　でも、もう少し、寝かせてやれよ」

ドットビックは相変わらず辺りを見渡し、真剣な面持ちだった。ライルはそんなドットビックに声をかけるのを遠慮し、しばらく黙ったまま歩き、森の奥へと進んで行ったが、ドットビックに早く訊きたいという衝動にとうとう勝てなくなった。

「ライル様」

「えっ？　あっ、はい。何でしょうか、ライル様」

「うん。妖精って、どんな姿をしてるの？」

「ライル様？　突然、どうしたのです？」

ドットビックは一瞬、今ライルに妖精の姿が見えたのかと思った。「でも、私《わたし》には、それらしい姿は見えなかったんだが……」

「うん、何か、昨日から気になってて……」

ライルは、あえて、幼い頃の体験をドットビックに話さなかった。

「そうですか……。ちなみに、ライル様はどんな姿をしているとお思いですか？」

「う～ん……。そうだなあ～。小さくて……、そう、ドットみたいな……あ～、違う違う。どっちかというと、ドットっていうよりもムースやパックボーンの方が近いかなあ。……それでね、背中に羽根がはえてて、自由に飛ぶことができるんだ！　優しくて……、それに、なんといっても、可愛くてさっ！　そんな感じかな。ねえ、本当はどんな姿なの？　ドットは知ってるんでしょ？」

「ええ。ライル様、一概に妖精といっても、いろんな姿の者がおります。ライル様が言われたものに近い姿をした者もいれば、この森の中にある木とそっくりな姿をした者もいます。葉っぱそっくりの者、花の姿をした者も、それに、姿さえもたない者もおります。……ですから、大きさもまちまちですし、可愛い者もいれば、手に負えない暴れ者やいたずら者もいるのです。……ライル様、これで答えになっておりますか？」

「うん。……」

ライルは、あの時の妖精？の姿を思い出していた。「あれは……。本当に妖精だったのだろうか？……、でも、違うとなれば……。ドット達と同じ、確かジェニィウス・エランドって言ってたっけ……それなのか？　でも、あの時、あそこには七つの卵の木なんてなかったし、どうやって現れたんだ？……。あっ！　そういえばあの大木、喋ったんだ。あの時僕に話しかけた……。あれは、木の姿をした妖精？　う〜ん、分からない……」

ドットビックは、黙り込んでしまったライルをしばらく心配そうに見つめていたが、ドットビックも、自分にはこの森を観察しなければならない役目があると、またキョロキョロと辺りを見回し始めた。

いろいろと考え続けながら歩いていたライルは、いつの間にか、小さな湖へ行く道と光苔の岩へ行く道との分かれ道まで来ていた。

「あっ！　ツゥー！　痛ってぇ〜！　へへへ……痛いなあ……」

ライルはあれこれ考えて、うわの空だったので、二股になった分かれ道に出たことに気づかず、そのまま前進してしまい、思わず正面の、大きな木におでこをぶつけてしまった。ドットビックも、キョロキョロと周りを観察していたので、全然気がついていなかった。

「ラッ、ライル様……大丈夫ですか？　あの〜……」

「痛ってぇ〜……でも、大丈夫、大丈夫」

ライルはおでこを摩りながら、照れくさそうに笑っていた。

「あっ、ドット。こっちに行くと、昨日行った湖のほとりで、こっちに行くと、光苔の岩の所に行くんだけど、どうする？」

「光苔？　ライル様、それはもしかして、夜になると光を放つという植物ですか？」

「うん、そうだよ。でも、何で知ってるの？　コバルリン森にもあるの？　凄いや！　ドットはホントに、何でも知ってるんだね」

「いえ、そんなことありません。あの～、そうなんです。実物を見たことなどありませんし……。ただ、図鑑で見たことがあったので……。コバルリン森にはありませんし、一度、本物を見てみたいと思っておりました」

「へえ、そうなんだあ。じゃあ、光苔の岩に行く？」

「はい、お願いいたします」

ドットビックにとっては好都合だった。それに、同じ場所を観察するよりまだ見ていないところを見て、もっと、この森を知りたかった。

「でもドット、昨日行った湖のほとりより遠いよ。だから、帰りも昨日より遅くなると思うけど、それでもいい？」

「はい。もう作業も終わりましたので、何の問題もありません。お願いいたします」

「ＯＫ！　じゃあ、行こう！」

ライル達は、左の道に進んで行った。その途中、右側に大きく開けた場所があり、そこには湿地帯が広がっていた。ドットビックは、相変わらずキョロキョロしていた。

そしてライル達は、お昼を過ぎた頃、やっと光苔の岩にたどり着いた。

「ドット、これが光苔の岩だよ」

光苔の岩にはもう雪が積もっていなかった。それどころか、その周りだけ雪が融けていた。雪の下にあった落ち葉が顔を出している。周囲は、まだまだたくさんの雪で覆われているのに……。

「ドット、お腹空いたろ？　食事にしよう！　ドット？　ドットったら……」

「本物の光苔……。何て素晴らしい……。この岩一面に群生している。一年に数センチしか殖えないと書いてあった。こんなに、たくさん……。これが光を放ったら、どんなに美しいんだろうか……。見てみたいなあ……」

ドットビックは、また感激していた。そのせいか、ライルの声が聞こえていないようだった。

「ドット？　ドット？」

「あっ、はい。何でしょうか？」

「うん。食事にしようかと思って……。今、準備するからね」

「はい」

ライルが、バスケットを地面に置き、しゃがみ込んだ時、ドットビックはライルの肩からピョコンと跳び下りた。そして、光苔の岩の近くまで歩いていくと、じっくりと観察していた。ドットビックにとっては、とても高いその光苔の岩を、溜息をもらしながら見上げていた。

ライルは食事の準備をしながら、そんなドットビックの姿を見つめていた。「ドットは、光苔が気に入ったみたいだなあ。よかった、ここに来て」ライルは幸せな気分だった。

「さあ、食事の準備できたよ！」

ライルは、パックボーン達を起こそうと、ポケットをそっと開き、その中を覗き込んだ。

「えっ！　いない。……あ～、いない、いない、いない。どこ行っちゃったんだ！　もしかして、どっかで落っこちちゃったのかな～。あっ、あの時、あの木にぶつかった時かも。どうしよう……」

ライルは地面に這いつくばって、とりあえず、今自分のいる辺りを捜した。

「あっ！　そういえばリムもいない……。おかしいなあ～。リム～！　リム～！　おいで、戻ってこい！」

その途端、リムがもの凄い速さで光苔の奥から走ってきた。その背中には、必死にしがみついているパックボーンの姿があった。そして、そのリムの後ろから、アーベルとメーベルが顔を出した。

「もう！　心配しただろ。いつの間にポケットから抜け出したんだ？　まあいいや、無事でいたんだから。さあ！　みんなで、食事にしよう！」

「ドット！　食事にするよ！」

「はい。今行きます」

リム、そしてパックボーンと、アーベルとメーベルは、急いで食事を終えると、また光苔の奥に駆け出して行った。

「気をつけろよ！　リム、みんなのこと頼むぞ！」

「ワンワン！」

「ハハハハ。あいつホントに分かってるのかなあ～」

「リム様は、賢いお方のようですから、大丈夫ですよ」

ドットビックは、優しくそう言った。

「ドット、リム様はやめろよ。リムでいいよ」ライルは、もう一度「僕にも、様はやめてくれ」と言いたかったが、それはやめておいた。

「リム様は、ライル様の大切な相棒なのですから、そういうわけにはいきません」

ドットビックは、真面目な顔でピシャリと言いきった。ライルは何も言えなかった。と同時に、「やっぱり、言わなくてよかった」と思った。

ライルとドットビックは、一緒にゆっくり食事をとった。今日も、ポカポカと暖かく、森の中は気持ち良く、メリルの作ってくれたお弁当もいつもより一段と美味しく感じた。

「あ～、美味しかった！　お腹いっぱいだ」

「ご馳走さまでした。ライル様。ところで、お手紙を持ってきてくださいましたよね？」

「うん、あるよ。バスケットの中に」

ライルは、バスケットの中から、手紙の入っている封筒を取り出した。

「ライル様、その中から手紙を出してください」

「うん、分かった」

ライルは、ドットビックに言われたとおり、封筒の中から生き生きとした葉っぱでできたカードを取り出した。不思議な図柄がビッシリと描かれている。「これが僕への手紙だなんて思えない……」封筒から取り出したその不思議なカードを改めて見つめたライルは、やっぱり納得できなかった。

「ライル様。本当にお待たせいたしました。改めて、時間がかかってしまったことをお詫びいたします。

本当に申し訳ございませんでした。ライル様、私《わたくし》をこの岩の上に上げてくださいますか」

「うん、いいよ」

ライルは、ドットビックの前に自分の手のひらをそっと差し出した。

「ライル様は、お手紙を持ってください」

ドットビックは、光苔の上に立つと、ポケットからゴソゴソと何やら取り出していた。

「ライル様は、そのお手紙をしっかりと持って、私《わたくし》の近くに来てくださいますか」

「うん。……ここでいい？」

ライルは、言われるままにドットビックの目の前に葉っぱのカードを差し出した。

「ライル様、そんなに近づけないでください。もう少し下で……。あ～、今度は離れ過ぎです。ライル様にもお手紙が見えるように……、それから両手で持っていただけますか。え～、そうです。あっ、その高さで、私《わたくし》の真下にくるようにしていただけると助かります」

「どう？　これでいいかな？」

「はい。それではそのまま持っていてください」

すると、ドットビックは、数日間に及んだ作業の末に作り上げた透明の雫が流れ込んだあの小さな瓶をポケットから取り出し、蓋を開けた。そして、葉っぱのカードの上で、瓶を逆さまにした。

「ドット！　何するんだよ！」

ライルは、瓶の中の雫が葉っぱのカードにかかって濡れてしまわないように、とっさに持っていた手紙をサッと動かし、その場からよけた。

「ダメです！　そのままに！　ライル様、動かさないでください。さっきの位置に戻してください！」

ドットビックは、慌てるライルをピシャリと制し、大切な雫が無駄にこぼれてしまわないように瓶を素早く元に戻した。

「だって、濡れちゃうじゃないか！　僕への手紙だって、ドットが言ったんじゃないか！　もし、ホントに大切な手紙だったらどうするんだよ！」

「大丈夫です！　いいから、言うとおりにしてください！」

強い口調でガツンと言われたライルは、そのドットビックの迫力に、もう何も言えなくなった。

「分かった……」

ドットビックは、持っていた瓶をまた逆さまにして、ライルの持つ手紙に、透明の雫がまんべんなく降りかかるように、光苔の岩の上を移動しながら瓶を振っていた。

ドットビックが逆さまにしている瓶には確かにポチャンポチャンと雫が入っていたのに、逆さまの瓶の口からは、その雫がこぼれ出てくるのが見えない。だが、不思議なことに葉っぱのカードは、湿り気を帯び、次第にビッショリと濡れていった。

瓶の中の雫は、外の空気と触れ、とても、とても細かい雫玉となり、ライルへの手紙に吸い込まれるように降り注いでいたのだ。

「ライル様、しっかりお手紙を見ていてください」

「うん……」

ライルは、何が何だかさっぱり分からなかった。

「あっ！」

今ぐっしょりと濡れてしまったばかりの葉っぱのカードが、どんどん、どんどん水分を発散していた。

そして、あっという間にすっかり渇ききってしまった。

「ドット、今の見た？　凄いよ、どういうこと？」

「ライル様、お手紙から目を離さないでください！」

ドットビックは、真剣な怖い顔をしていた。

「えっ？　うん……分かった」

ライルは、わけが分からず、少し不満だった。「ビックリしたから、ちょっと聞いただけなのに……、それに、ちょっと目を離しただけじゃないか……、あんな怖い顔しなくたっていいのになっ」ライルは、ちょっとふてくされた顔になっていた。だが、それでもドットビックに言われるままに葉っぱのカードを見つめていた。ライル自身も今、まさに惹きつけられていたのだ。

真剣な顔をしてライルの持つ手紙を見つめているドットビックも、また緊張していた。

「あっ！」

またライルが叫んだ時、葉っぱのカードにビッシリ描かれていた図柄が滲みだしたかと思うと、今度は溶けだしたかのように変化し始めた。そして、グルグルと渦を巻き、葉っぱのカードの中心へと吸い込まれるように消えて行った。それはあっという間だった。まるで底なし沼に吸い込まれるようだった。

ライルは、目の当たりにしたその現象に声もなく、ただ驚いて、口をあんぐり開けたまま葉っぱのカードを見つめているだけだった。

その時、コバルリン森では、デルブリックが、自分の机に向かい、一枚の大きな大きな葉っぱに、今まさに、ライルへの手紙を書き始めたところだった。

一方、ライルが手に持って見つめている葉っぱのカードには、文字が一文字ふわっと浮き出してきた。そう、ライルにも読むことのできる文字が……。すると、その文字は一行ずつ現れ、時々、その現れる速度を変えながら次々と浮き出てきた。

それは、今、コバルリン森で、大きな葉っぱに書いている、そう、デルブリックのしたためる速度と全く同じだった。

今、コバルリン森にいるデルブリックには、ライルの様子は全く分からなかった。だが、デルブリックは、まるでライルが自分の目の前にいるかのように書き進めていた。まるで、この手紙を読むライルの様子を確認しながら書き進めているかのように……。

『—親愛なるライルへ—

やっと今、わしの手紙を読んでくれているんじゃな。嬉しいことじゃ。アハハハ。

ライル、驚いているようじゃね。大丈夫かね?

それにしても、とても大きくなったなあ、それにとても元気そうじゃな。

ところで、願い玉の木は、気に入ってくれたかね? 少しは、ライルの手助けになったかの? 願い玉は、大切に使うのじゃぞ。

それから、トゥインクルを無事に受け取り、開けてくれたことを感謝しておるよ。ありがとう、ライル。わしの目に狂いはなかったようじゃ……。

さて、ライル、ここからが本題じゃ。いいかな？

ライル、お前はまだ見ていないようじゃが、トゥインクルの中にある巻物は、わしら、いや、そうじゃ、私達《わたしたち》にとってとても大切な救いの地図なんじゃよ。

その地図には、本物の、いや、純粋なコバルリンストーンを探す手がかりが記されておると伝えられ、昔からこのコバルリン森に残され、守られてきた、大切な物なのじゃ。いいか、ライルよ、これは、大切な秘密じゃからな。誰にも漏らしてはならないぞ。いいかな？　約束じゃ。

ふう〜む。ライル、お前は、生まれたその日から、その石を見つけ出さなければならないという宿命を持っておる。

ライル、コバルリン森に来ておくれ。待っておるよ。

ライル、お前が強く願えば、きっとコバルリン森への入口が分かるはずじゃ。……お前を導いてくれる。

詳しいことは、会った時に話をしよう。

わしは、コバルリン森で、早くライルに会えることを願っていよう。

それでは、その時に……。

……言い忘れたが、オルターストーンの首飾りを身につけておくのじゃぞ。お前を守ってくれる。

それから、必要な物を忘れるでないぞ。ハハハ。

コバルリン森のデルブリックより』

ライルが手にしていた葉っぱでできたカードのようなその手紙は、全ての文面を浮き上がらせると、その数秒後には文字が薄くなっていき、次第に葉っぱに吸い込まれていくようにそこに現れた全ての文字が消えてしまった。すると、その手紙は、さっきまで生き生きとした緑色の葉っぱでできているようだったのに、文字が消えると一瞬にして、朽ち果てた落ち葉のように茶色く変色し始めた。そして、ライルの手からは、その朽ち果てた落ち葉のような葉っぱがハラリハラリと一枚ずつ地面へと舞い落ちていった。

「あっ！　あ～、どうしよう……。何でー！」

ライルは慌てて地面に這いつくばると、必死になってその葉っぱを拾おうとした。だが、いったいどれが……、どの葉っぱが自分への手紙の葉っぱだったのか分からない……。ちょうどその場所は、光苔の岩の辺りで雪が溶けており、同じような落ち葉でいっぱいだった。

それでもライルは、地面に落ちている葉っぱを一枚一枚拾い上げては確認し、どうにか自分への手紙であった葉っぱを拾いたいとがんばっていた。

「あ～、分からない。これも違うし、これも……これも……これも……。どうして分からないんだ。どうして見つからないんだ……」

すぐに分かると思ったが、ライルにはどの葉っぱも同じように見え、全く分からない。

「ライル様、いくら探しても無駄です。あの手紙は姿を変え、この地面に落ちているのと同じ、そう、ただの落ち葉になってしまいました」

「えっ」

ライルは、探し続けていた手をやっと止め、不安そうな顔をしてドットビックの方に振り返った。

「どうして？　どういうことなの？　ドット……」

「それは……、あの～、きっと、デルブリック様が、あの手紙を他の者に見られてはならないとお考えだったからでしょう。ライル様が読み終えるとこうなるように、葉っぱをお使いになったのでしょう。私《わたくし》も、そうすべきだと思います」

「……。でも、どうして？」

「それは……。もちろん、とても大切なことが書かれてあったからです！」

「でも……。僕……、何が何だか頭が混乱して……。もう一度、きちんと読み返せばいいと思って……。だって、目の前で、あんな不思議なことが起こったんだよ！　そんな時に冷静に読めないよ。それに、あんなに早く消えちゃって、しかも落ち葉になって消えちゃうなんて思わないもん……」

「えっ？　ライル様、それでは……、もしかして手紙を読まれていないのですか？　何が書かれていたのか全く確認できてないと……？」

「う～ん。一応読んだつもりだけど、よく覚えてない……。だって、ドットにとっては今起こったことも、ごく当たり前のことかもしれないけど、僕にとっては、本当にビックリする……、そうだよ、自分の目を疑うような信じられないことで、だって、だってさっ、目の前であんなことが起こるなんてホントに思えないもん。すぐに受け入れられないよ。……僕、ホントに驚いたんだ！」

「ライル様……。申し訳ございません。本当に申し訳ございません。私《わたくし》が、説明不足でした。しかし……、もう、手紙は元には戻りません。いったいどうすれば……。あ〜、私《わたくし》は、なんということを……。まったく浅はかでした。取り返しがつかないことをしてしまった……」

ドットビックは動揺し、顔が蒼ざめていた。そして、何か方法はないものか必死で考えていた。光苔の岩の上をあっちに行ったり、こっちに行ったりと、オロオロと歩き回っていた。

「そうだよ……。ドットがちゃんと説明してくれればよかったんだ！　ドットも、ずっと一緒に見ていたんだろ？　手紙を読まなかったの？」

「あ、あ……。あの〜、私《わたくし》は、ライル様とお話はできますが、ライル様の話す言葉を読んだり書いたりすることはできないのです。ですから、私《わたくし》には、ライル様への手紙に何が書かれていたのか分かりません……。申し訳ございません。ライル様……」

今ライルは、ドットビックのことを思いやれずにいた。それどころか、ドットビックを責めるような言葉を吐き捨てていた。ドットビックはそのライルの言葉を聞き、余計に顔から血の気がひき、オドオドし始めた。

「あ〜、私《わたくし》のせいだ。私《わたくし》のせいだ……私《わたくし》は何ということを……。ライル様、お許しください……」

ドットビックは、シュンと萎縮し、自分を責め続けていた。ライルもこんな姿のドットビックを今までに見たことがない。それほど打ちのめされたかのようで、今までのシャキッとしたドットビックとはまるで別人のようだった。

二人の間に、沈黙と重苦しい空気が漂っていた。

しばらくすると、ライルはやっとドットの様子がおかしいことに気づき、それと同時に自分自身も冷静さを取り戻しつつあった。

「ドット？　ごめん。言い過ぎたよ。僕……、何だか動揺しちゃって……。ホントごめん」

「いえ、ライル様。ライル様の言われたとおりです。私《わたくし》がいけなかったのです。本当に、もっときちんとライル様に説明するべきでした。……本当に申し訳ございません。……ライル様が怒るのも当然です」

「違うよ、違うんだよ、ドット。ごめんね、僕、どうかしてたんだ。ごめん……。それに、ドットのことを怒ってなんかないよ。それにね、だいたいは読んだつもりだから……」

「えっ、本当ですか？　手紙の内容は確認できたんですか？　ライル様」

「ああ……。大丈夫さっ……。ねえ、ドット。それより、今の、今起こったことを説明してくれない？」

ライルはとりあえず、この嫌な空気を変えたかった。ドットビックに心配をかけたくなかった。それに、いつものキリッとしたドットビックに戻ってほしかった。

「ねえ、ドット。どうしてあの時、瓶を逆さまにしても瓶の中のあの雫は流れ落ちなかったの？　どうして、あの手紙に文字が現れたの？　教えてよ、いいでしょ、ドット！」

ライルは今、ニコニコしながらドットビックに優しく語りかけていた。

「はい……。ライル様……。私《わたくし》の……分かる……範囲ですが……説明します」

ドットビックは、その瞳に今にもこぼれそうな涙を溜め、所々で口ごもりながら答えていた。

「ドット？　大丈夫かい？」

「はい。グスン……。大丈夫です。それでは、説明させていただきます」

「うん。じゃあ、その説明は、歩きながら聞かせて！　そろそろ帰らなきゃ。——おーい！　リム！　帰るから戻っておいで！」

リム達は、また光苔の岩の奥から駆け出してきた。

「さあ、家に帰ろう！」

ライル達は、光苔の岩を後に家に向かって歩き出した。そして、ドットビックはライルの肩に乗り、静かに説明を始めた。

「ライル様、なるべく分かりやすく順を追って説明いたします。疑問があれば、いつでもおっしゃってください」

「うん、分かった」

「まず、あの封筒に入った物が、デルブリック様からライル様へのお手紙であるということは、私《わたくし》には分かっていました。デルブリック様は、内密のお手紙をしたためる時、よくあのような技法をお使いになるのです。もちろん、受け取った方は、そのお手紙を読むことのできる状態にしなければなりません。言い換えれば、それができない者にはその内容を確認することができないということになります。ライル様が受け取られたお手紙も、分からない者が見れば、ただの素敵な模様の描かれたカードにすぎませんね。カモフラージュです……。

私《わたくし》が数日間かかってしまった作業は、その技法を解くためだったのです。分かりやすく言えば、通訳薬とでもいうのでしょうか……。このような場合、主に、あの七つの液体を調合することによってそれを作り出すことができます。もちろん、その調合もその時々によって違いますので、全く同じであるということはまずありえません。え～と、まず、どの液が有効であるかを確かめなければなりません。私《わたくし》もまずは、それを確認することから始めました。しかし、デルブリック様が念入りになされていたようで、随分時間がかかりました。え～と、その後、ライル様もご覧になったと思いますが……、器具を使い、純度を高めるためにろ過作業を行います。すると、融合された液は一色の液へと変化します。そうです、……今回のようなあんな無色の透明になったのは、初めてでした。素晴らしいものです。――ライル様。このまま続けてもよろしいですか？」

「うん。いいよ」

ライルは、ドットビックの説明に聞き入っていた。

「はい。それでは続けます。――さっきの出来事ですね。え～と、できあがった雫の入った瓶を逆さまにしても、その雫の姿が見えなかったことですが……、それは、瓶の中の雫が空気と触れ合って姿を変えたのだと思います。私《わたくし》も初めての経験だったのですが、この世界は、あの雫に自然にそういう現象を起こさせるんだと思います。多分……、防衛本能とでもいうのでしょうか。他の者の目に触れてはならないという力が働くのだと思います。それもきっと、ライル様の力だと思います」

「ドット、ちょっといい？」

「はい。ライル様」

「僕の力って、どういうことなの？　僕……、僕にそんな力なんてあるはずないよ」

「それは、私《わたくし》にも分かりませんが……、でも、ライル様には何か不思議な力があると、私《わたくし》も感じます。上手く説明できませんが……」

「う〜ん……」

ライルはとても納得できなかったが、そのまま黙っていた。

「ライル様？　続けますか？」

「あっ、うん」

「分かりました。――その後ですが、あの雫をライル様のあのお手紙が吸い込み、あの葉っぱの上に描かれた図柄と融合され、溶かし出したのです。そして、その後に、本当の手紙の内容が浮かび上がったということなのですが……、う〜ん……、分かっていただけますか？　言葉で説明するのが難しいのですが……」

「う〜ん。ドット、こういうことは、コバルリン森では普通のことなの？」

「ええ、まあ。でも、この技法を使える方は限られたお方だけです。普通に過ごしている者が目にすることではありません」

「ふぅ〜ん。そうなんだあ」

ライルは、分かったような分からないような複雑な気分だった。きっと、ドットが言ったとおり、簡単に言葉で説明できるものではないんだろうなと思うしかなかった。

「ライル様？　今の説明で大丈夫でしたか？」

「うん。何だか難しいね。正直言って、僕にはよく分からない。あっ、もちろん、ドットの説明が悪いってわけじゃないんだよ。僕達の世界では、考えられないことだから……。うん」

そしてライルは、黙り込んでしまった。ドットビックは、ライルが慌ただしく身の周りで起こるコバルリン森に関係する出来事に混乱しているのではないかと、少し心配になった。でも、ドットビックにも、どうしてもライルに聞きたいことがあった。

「ライル様。私《わたくし》からも質問させていただいてもよろしいですか？」

「うん。もちろん、いいよ」

「あの～、リム様はあの時、どうして七つの液全てが必要だということが分かったのでしょうか？」

「え？　ああ……。うん。僕にも分からない。でも……、リム、コイツ、コバルリンストーンの箱、ああ、トゥインクルを開ける時も助けてくれたんだ。コイツがくわえて落とした石は、全部、あの蓋の窪みにはまったんだ。僕がやってもダメだったのに……。僕は、一つもはめられなかったんだ。だから、コイツのおかげでトゥインクルを開けることができたんだ。もちろん、僕も不思議だと思ったけど……、あの時は、僕も深く考えなかったから……。そのことを思い出したから、あの時、もしかしたらって思って、一か八か試してみたんだ。う～ん……。そう、そうだよね……。リム、コイツには、本当に何か、不思議な力があるのかもしれない……」

「ええ。……リム様は、さすが、ライル様の相棒ですね」

十一

家に戻ったライルは、メリルの用意した夕食を部屋に運び込み、ドットビック、パックボーンと一緒に食べた。その傍らでは、アーベルとメーベルがキャムソンの実をポリポリかじり、リムはドッグフードをカリカリ食べていた。そして食事を終えると、アーベルとメーベルは七つの卵の木の枝にとまり、リムはベッドに飛び乗りスヤスヤと眠ってしまった。

ライルの体が突然、コクリコクリと揺れ始め、ライルは、もうろうとした顔をしていた。

「ライル様？　どうかいたしましたか？」

「ううん。でも、今日はもう寝るよ……。何だか急に……凄く眠たくて……」

ライルは、洋服のまま、ベッドに潜り込んでしまった。

残されたドットビックとパックボーンは、一言も会話を交わさなかった。しかし、気まずい空気に耐えきれなくなったパックボーンが、ステンドグラスのロフトへ向かおうと席を立った時、ドットビックがパックボーンを呼び止めた。

「パックボーン、待ちたまえ」

パックボーンは足を止め、ビクンと体を強張らせた。

「パックボーン。お前もデルブリック様から役目を仰せつかっているはずだ。忘れているのか？　もう、数日も経っている。仮に準備が必要なことだとしても、もう充分な時間があったはずだが……、どうなっているのだ。遅くなればなるほど、ライル様に負担がかかるのです。急ぎなさい」

パックボーンは黙ったままコクリと頷くと、その場から逃げるようにステンドグラスのロフトへと上がって行った。

この日、ドットビックも早々と机の上のフカフカのマフラーにくるまり眠ることにした。しかし、ドットビックは、やっぱりライルのことが心配でなかなか寝つけなかった。

本当ならドットビックは今日、デルブリックからの手紙をしっかり読み終えたライルに、あの雫を入れた丸い水晶のような玉を渡し、自分の役目を無事に済ませ、ムースビックのようにライルの目の前から姿を消すつもりでいたのだ。しかし、雫の入った丸い玉を渡すどころか、あんなことになってしまい、もう少し様子を見るほかなかったし、それが自分の責任だった。


朝方、ライルは不思議な夢を見ていた。

ライルは、誰もいない、一面緑一色の草原の中に、一人ポツンと立っていた。そこは物音一つしない、とても静かな場所だった。でもライルは、不思議と何の不安もなく、寂しくもなかった。それどころか、とても高く感じられる青空は澄みきっていて、ライルはとても心地よかった。

ライルの目に、今自分の立っている場所から少し奥に、一本だけ木が立っているのが飛び込んできた。

ライルはその木に引き寄せられるように近づいていった。

赤い実をつけたその一本の木は、とても小さかったが、どっしりとして、とても存在感のある素敵な木だった。ライルは一目でその木が気に入った。

すると、何一つ邪魔するもののない、どこまでも続いている真っ青な空のずーっと遠くに、どこからともなく一粒の点が現れた。そして、どんどんライルの方へ近づいてきた。

それは一羽のフクロウだった。

そのフクロウは、ライルの目の前に立っている小さいけれど素敵な、その一本の木を目がけて舞い降りてきた。とても静かなその場所に、「バタバタ、バタバタ」と、そのフクロウの羽音だけが妙に大きく響き渡っていた。その音が止んだと思ったら、そのフクロウはその木の枝に静かにとまっていた。

そのフクロウは、くちばしに大きな大きな葉っぱを一枚くわえていた。ライルがその葉っぱを見つめると、突然葉っぱの上に文字が浮き出てきた。そこに現れた文面は、あの時見たデルブリックからの手紙と全く同じものだった。その文面は、今度はいつまでも消えることなく葉っぱの上にとどまっていた。そのおかげで、ライルはデルブリックからの手紙を何度も繰り返し、じっくり読むことができた。そして、デルブリックからの手紙を満足いくまで読み返したライルは、ニッコリ笑ってそのフクロウに「ありがとう!」とお礼を言った。

すると、フクロウのくわえているその葉っぱからフウーッと文字が消えていき、その葉っぱは粉々になって地面にパラパラと落ちていった。そして、土の中に消えていった。

その時、眠りの中にいたライルはパッと目が覚めた。そして思わず大声で叫んでいた。

「ドット!　ドット!　ドット～!」

ドットビックは、ライルの尋常じゃないその叫び声を聞いて飛び起きた。そして、いったい何が起こったのかと辺りをキョロキョロと見渡していた。

「ラッ、ライル様!　どうかいたしましたか!」

ドットビックは慌てて机の上から飛び下りると、ベッドの上で放心状態でいるライルの元にもの凄い速さで駆け寄っていった。

「ライル様?」

ドットビックの呼びかけに、ライルの返事はなかった。

「ライル様……ライル様……。いったいどうなされたんですか……。ライル様……」

ドットビックは、とても心配になっていた。

「ライル様！」

「あっ！　ドット……。今……僕……。夢を……。あの、あの手紙を読んだんだよ。今、しっかり読んだ！」

「えっ？　ライル様、何をおっしゃっておられるのですか、ライル様……。どうなされたんです？　大丈夫ですか？」

ドットビックは、ライルの言っていることを信じていなかった。それどころか、頭がゴチャゴチャになって錯乱しているとさえ思っていた。

「違う……、僕、大丈夫だよ。今、今ね、本当にあの手紙を読んだんだ！　ちゃんと手紙の最後に、ドットが言ってた、『コバルリン森のデルブリックより』って書いてあったんだ！　本当だよ……。僕は、コバルリン森に行かなきゃ……。それで、コバルリンストーンを見つけ出すんだ！　デルブリックが待ってるって……。トゥインクルの中のあの巻物は……、ち、あっ！　秘密だ！　誰にも言っちゃダメだって書いてあった……。よかった、ロイブとボブに相談しなくて……。あっ、えっ？　でも、でも……どうすれば、コバルリン森へ行くことができるんだろう……。僕、コバルリン森がどこにあるのか知らないもん。あ～！」

ライルは興奮しているようで、もの凄い勢いで次々と喋り続けていた。そばで心配しているドットビックの存在を忘れてしまったかのように……。

「本物のコバルリンストーンを見つけ出す……、それは、僕の宿命?……。僕をコバルリン森へ導いてくれる……、強く願えば……。オルターストーンの首飾り?　必要な物?　……願い玉の木?　七つの卵の木は、デルブリックが僕に送ってくれたの?　でもあれは、モリルとメリルの大切な友人からのプレゼントだって……。あれ?　それじゃあ、モリルとメリルはデルブリックのことを知っているってこと?……。会ったことがあるってこと?　……えっ?　じゃあ……、モリルとメリルはコバルリン森のことも知ってるってこと?　コバルリン森に行ったことがあるの?　ええ~!　どういうことなんだあ~!……。

う~ん……。でも、そんなはずないよ。だって僕、二人からそんな話、今まで一度も聞いたことがないもん。あ~!　でも、トゥインクルもモリルとメリルに貰った物だ。トゥインクルは、コバルリン森の物のはず……。じゃあ、やっぱり、モリルとメリルはコバルリン森に行ったことがあるってことになるじゃないか!　……どういうこと?　でも……、コバルリン森のこと知ってたら、モリルとメリルは必ず僕に話してくれるはずだ!　わあ~!　どういうことなのか全然分からない……」

「ライル様……、ライル様……」

ドットビックは、さっきからずっとライルに呼びかけていた。

「ライル様、落ち着いてください。ライル様……」

「あっ、ドット……」

「はい。ライル様。とにかく落ち着いてください!」

「あっ、うん……」

「ライル様、ゆっくり深呼吸しましょう。さあ、私《わたくし》に合わせて……。息を大きく吐いてください。『ふぅ～』、今度は、おもいっきり空気を吸い込んで、『すぅ～』。はい、もう一度……」

「ふぅ～」「すぅ～」……。ライルは、ドットビックに言われるまま、大きく深呼吸を繰り返していた。

「ライル様、顔を洗って、温かいお飲み物でも飲まれると気持ちも落ち着くと思います。それからゆっくりと、何があったのか、私《わたくし》に話してください。いいですか？」

ライルは、コクリと頷き、下に下りて行った。

再び部屋に戻ってきたライルは、薪ストーブの前のソファーに腰を下ろした。そして、「ふぅふぅ」しながら、キッチンから持ってきた湯気の立ち上る砂糖入りのホットミルクをすすった。その傍らに腰を下ろしたドットビックは、ライルのことをまだ心配そうに見つめていた。

「ドット、そんな心配そうな顔しなくたって、僕は大丈夫だよ。ありがとう、ドット。温かいミルク飲んだら、本当に落ち着いたよ。ドットも飲むかい？」

「いいえ、私《わたくし》は結構です」

ドットビックは、さっきライルが発した言葉が気になっていた。「今、読んだ？　……あの手紙は、あの時、消え去ってしまったはずだ……。でも、なぜ……、どうやって……。ライル様はどうやってデルブリック様の手紙をお読みになられたのだ……」

「ドット？　どうかした？　僕なら大丈夫って言ったろ、そんなに心配するなよ……。へへへへ」

「ライル様……。何があったのですか？」

「うん……。僕、夢を見たんだ……」

「えっ？　夢……ですか……」

「でもあれは、本当に夢だったのかなあ。僕、本当にあの場所にいたような感触が、まだ体に残ってるんだ。上手く説明できないけど……」

「ライル様、話してみてください。その夢を……」

「うん。あのね、誰もいない、広い、広〜いきれいな草原に、僕、いたんだ。そこにね、一本だけ木が立ってたんだ。その木は、どっしりとした素敵な木だったんだ。それでね、その木に一羽のフクロウが飛んできて、とまったんだ。とても可愛いフクロウだった。フワフワで、変わった色の羽根をしてたなあ。でも、ホントに可愛かったぁ〜。……あっ、ごめんごめん。それでね、そのフクロウがね、大きな大きな葉っぱを一枚くわえてたんだ。そしたらその葉っぱに、フワァ〜ッて、文字が浮き出てきたんだ。あの時みたいに……。


そこにはあの手紙と同じことが書いてあった。だって、覚えてたところが全く同じように書いてあったんだ。それに最後に、『コバルリン森のデルブリックより』って書いてあった。だから間違いないよ！　トゥインクルの中にあったあの手紙と同じだ！」

「それで……、それでライル様……、ライル様は、お手紙の内容を全て確認できたのですか？」

「うん、全部読んだよ。だって、あの時みたいにすぐに消えたりしなかったんだ。僕が、そのフクロウにありがとうって言うまで消えなかったから……。でも……、でもね、結局、その後、その葉っぱは、粉々になって、土に吸い込まれるようにして消えちゃったけどね。……そしたら、僕、ベッドの上にいたんだ。でも……、あれはただの夢なんかじゃないよ！　僕には分かるんだ！　僕、ホントにあの場所に行ったんだ！　説明はできないけど……。本当だよ！」

ドットビックはとても驚き、そして考え込んでいた。「まさか……。ああ、デルブリック様……、何と凄いことでしょう……。本当にライル様は凄いお方なのかもしれません。ライル様は眠っている間に、デルブリック様、あなたの力に導かれ、そしてあの場所にたどり着かれたんですね……。コバルリン森の中にもそんなことのできるお方は、数少ないというのに……。信じられません……。でも、本当なんですね、デルブリック様」

「ドット、ドット？　どうしたの？」

「あっ、いえ、何でもありません。ライル様」

「ねえ、ドット。オルターストーンって、何なの？　どんなのか分かる？」

「ええ、はい。あの、あそこにぶら下がっている首飾りの丸い石が、オルターストーンです」

「ええ～！　そうなんだ。そうだったんだ……。なぁ～んだ、あれのことかあ」

「？」

ドットビックは、それが今、何の関係があるのか分からず、不思議そうな顔をしていた。

「ううん。ドット、いいんだ！　おかげで、もう分かったから……」

「そうですか……。ライル様、ほかに何か私《わたくし》に訊きたいことはございませんか？」

「う～ん、そうだなあ……。もう大丈夫！　今のところ、きっと……」

「そうですか……」

ドットビックは少し寂しそうだった。そして、ドットビックは今、一抹の寂しさを胸に抱え込んだまま決心をした。

「ライル様」

ドットビックは、あの雫の入った丸い小さな小さな玉をポケットからそっと取り出した。この丸い玉の容器はドットビックのお手製で、そしてそれは、いくつかある容器の中で一番のお気に入りだった。ドットビックは、ライルのためにあえてそのお気に入りの大切な容器を選んだのだ。自分の大切な物をライルに残していきたかったのだ。

「何？　ドット」

ドットビックは、ポケットから取り出した丸い玉をライルに差し出していた。

「何？　凄くきれいだね」

「ライル様、受け取ってください」

「えっ？　いいの？　僕にくれるの？」

「はい」

ライルは、その小さな小さな丸い玉をドットビックの小さな手から受け取った。そして、それについている紐を持って自分の目の前にぶら下げ、嬉しそうにじっと眺めていた。

「ホントにきれいだね。ドット、ありがとう。大切にするね」

「ライル様、その丸い玉を、そこに一緒についている矢で突き刺すと、あの雫が噴き出します。ライル様が、トゥインクルの中にある巻物が必要になった時、お使いください。きっと、ライル様のお役に立つはずです」

「うん、分かった。ありがとう！　……でもドット、突然どうしたの？」

「ライル様。これで、私《わたくし》の役目は終了いたしました」

「えっ？　どういうこと？　それって……」

ライルはとても悲しい顔をした。

「じきに、私《わたくし》は消えます。そして、ライル様の元には、私《わたくし》の抜け殻が残ります。でも、そこには大切な実が実るはずです」

「ドット！　待って、待ってよ！　僕、ヤダよ、そんなの……。ドットが、いなくなるなんて……」

「ライル様、聞いてください。私《わたくし》の力は、水を司ることができるということです。ライル様にその力が必要になった時、その実を食べてください。きっと、ライル様をその力が守ってくれるはずです。ライル様……、それから……、今のうちにお礼を言わせてください。……ありがとうございました。私《わたくし》は、ライル様にお会いでき、そしてこの役目を与えてくださったデルブリック様にも感謝いたします。ライル様、本当にありがとうございました。私《わたくし》の至らなかったところをどうかお許しくださいませ」

そう言うと、ドットビックは自分の身だしなみを整え始めた。

「ドット……。イヤだよ！　消えないでくれよ。ずっと、一緒にいられないの？　何か方法はないの？」

「ライル様……。それはできません。私《わたくし》の役目は終了したのですから……」

ドットビックの体は今、足元から徐々に硬直が始まっていた。

「ライル様……。健闘を……お祈り……いたして……おりま……す……」

「ドット？　何？　どうしたの？　ねえ！　ねえったら……ドット。何か言ってよ……、ねえったら～！

……」

ドットビックの体は青色の光に包まれ、その光が消えると、その小さな体はカチカチに固まり、全く動かなくなってしまった。もちろん返事もしない……。

「やっぱりドットもムースビックみたいになっちゃった……。う～……」

ライルは、置物のようになってしまったドットビックを握り締め、何とも言い表すことのできない、胸が締めつけられるような悲しい気持ちになっていた。

ライルは静かに立ち上がり、ステンドグラスのロフトに上がると、七つの卵の木の横に立っているムースビックの隣にドットビックを置いた。

「ごめんね、ドット。うぅ～……。……ありがとう、ドット」

ライルはいつまでも、置物のようになってしまったドットビックを見つめていた。そしてライルは、今日はもう何もする気になれないと思った。いや、何も考えられなかった。

第五章　パックボーンとキャムソンの実　——命をつなぐ者——

一

ライルが数時間、ステンドグラスのロフトに座り込んだまま呆然としていると、七つの卵の木の枝の上で眠っていたパックボーンが目を覚まして、大きく体を伸ばし、そこから下りてきた。そして、そこにライルが座り込んでいることに驚きながらも、すぐライルの様子がおかしいことに気づき、声をかけた。

「ライル？……」

ライルは何にも答えなかった。それどころか、ライルには今のパックボーンの声が全く聞こえていないようだった。

「ライル？　どうかしたの？」

パックボーンはライルのそばに来ると、不思議に思いながらもライルの見つめる視線の先に、自分も目を向けた。

「あっ！　ドットビック様？……」

パックボーンは、ムースビックの横に並んでいるドットビックの姿を見て、すぐにライルの様子がおかしい理由が分かった。「そういうことか……。ドットビック様の役目は終了したんだ。次は、僕の番ってことだ……。でも、ライル、あんな様子で大丈夫かな？　しばらくそっとしておこう。きっと、今はその方がいい」

パックボーンは、ライルの邪魔にならないようにロフトから下りていった。そして、ベッドの上で眠っているリムのそばに行き、リムにもたれかかって何やら考え込んでいた。パックボーンは真剣な顔をしていた。

リムは眠たそうにチラッとパックボーンを見たが、そのままた眠ってしまった。リムが眠たいのは無理もない。まだ外は薄暗く、太陽は、山すそにやっと顔を出したところでまだ昇っていなかった。

「よし！　ライルの気持ちの整理がつくまでキャムソンの種を集めるか……、どうせ、目が覚めちゃったし……。うん、そうしよう！」

パックボーンは、元気良くピョコンと跳び上がり部屋を見渡していた。

「うん。あれにしよう！」

パックボーンは、いつもライルが着ているお気に入りのコートが掛かっている壁の真下にやって来て、目の前の垂直の壁を上ろうとしたが、上手くいかなかった。

ムースビックは、からくり時計の掛かる垂直の柱を、まるで足の裏がその柱の面に吸いついているかのように、平気で上へ上へとあっという間に上っていったが、そのムースビックと容姿が似ていても、パックボーンには、ムースビックのように壁を歩くことはできないようだった。パックボーンは、壁を一歩、二歩、三歩と上ってみるが、三歩目の足を出したところで、バタンと床に落ちてくる。パックボーンは、そんなことをいつまでも繰り返していた。

「痛～い！　もうイヤだ……。ムリだ、ムリだ、ムリだ！　パックには、ムリだ！」

パックボーンは、ふてくされるようにして床に座り込んでしまった。

その時、ベッドの上で眠っているリムの耳がピクピクとしきりに動いていた。するとリムは、眠たそうにゆっくりと起き上がり、背中をグイ～ンと反らせると、ブルブルと体を振り、ピョンとベッドから飛び下りた。そしてゆっくりパックボーンのそばに行き、鼻先でパックボーンを軽く突くと、何か訴えるように、「クゥ～ン、クゥ～ン」と鳴いた。

すると、ふてくされ、もう諦めていたパックボーンは、嬉しそうに立ち上がり、リムに何事か話しかけた。

「ワン！」

リムは、小さな声で一声吠えると、ピョンと勢い良くジャンプし、ライルのコートのポケットから出ていたハンカチの端っこをしっかりとくわえて引きずり出した。

リムからハンカチを受け取ったパックボーンは、自分の体全身を使うようにして、ハンカチの端を持って「パン！　パン！」と気持ち良い音をたてながら床の上に広げだした。小さなパックボーンにとっては、このハンカチも巨大な布に見えた。

次に、パックボーンは、そのハンカチの対角線の角と角を掴み、真ん中に引き寄せるとその二つの角を固く縛った。そして、残りの二つの角同士も固く縛って袋のようにすると、その二つの結び目を掴み、大きなハンカチの袋を引きずりながら部屋中を歩き回っては、アーベルとメーベルが食べ終えた残りの、そう、そこら中に吐き飛ばされたキャムソンの種を、一つずつ拾ってハンカチの袋に投げ込んでいった。

一つ、二つ、三つ……。どんどん拾い集めていくうちに、床を引きずっているハンカチの袋はズッシリと重たくなっていった。

「よいしょ、よいしょ……。けっこうあるなあ～。もう！　あいつら、食い過ぎなんじゃないか～。ふう～、よいしょ、よいしょっと……」

パックボーンの額には、汗が滲んでいた。この作業は、小さなパックボーンにとってはかなりの重労働のようだった。

しばらくすると、ハアハア言いながら、とうとう床に座り込んでしまった。パックボーンの後をずっとついて回っていたリムも、パックボーンの隣にチョコンと座り「クゥ～ン、クゥ～ン」と鳴いて、心配そうにパックボーンを見つめていた。

「あっ！　トゥインクルの中にも、きっと、たくさん転がっているはずだ～。あ～あ……」

立ち上がったパックボーンは、机の上に上がってトゥインクルの中に入り込むと、その中に残されたキャムソンの種を掴み、「ポーン！、ポーン！」と次々に床に投げ落としていった。すると、リムが、床に転がっているキャムソンの種を一粒ずつ口にくわえ、ハンカチの袋の中に入れていった。

「わあ～！　おっとっとっと、あ～あ～っ、ダメだ！　もう、落ちる～！」

パックボーンは、ギリギリのところで粘っていたが、とうとう、机の上から転落してしまった。

それを見ていたリムは、慌てて床に寝転んでひっくり返ると、天井にお腹を見せ、まるで服従のポーズのような、おかしな格好をした。

パックボーンはそのリムのお腹の上に落ちてポーン！、ポーン！、ポン！　と弾んだ。リムのおかげでパックボーンには怪我もなく、無事だった。

「ありがとう、リム！　僕、疲れちゃって……。でも助かっちゃった！　へへへへへ……」

パックボーンは、リムのお腹の上に転がったままリムの顔を覗き込むと、ホッとしながらも照れくさそうにお礼を言った。

「クゥ～ン……」

リムも、嬉しそうだった。

パックボーンは、ピョコンとリムのお腹から飛び下りた。するとリムは、クルンと体を起こし、パックボーンをペロンと舐めた。

「わあ～、リム、やめてくれよ……。ベタベタになっちゃうよ……」

パックボーンの言うのも無理もない。小さなパックボーンにとって、リムのその舌は巨大だった。

「よし！　もうひとがんばりだ！」

そう言って、パックボーンは床の上を見回した。

「うん？　あれ～？　さっき投げた種が一つも落ちてない……。あんなにたくさんあったのに、どこに行ったんだ？　消えちゃった……」

するとリムが、ハンカチの袋をくわえてパックボーンの前にやってきた。

「うん？」

パックボーンはその袋の中に顔を突っ込み、その中を覗き込んだ。

「あっ！　えっ？　さっきより増えてる……。リム？　もしかして、パックの投げたやつ、全部拾ってくれたのか？」

「ワン！」

「アハハハ……。ありがとう！　リム。お前、ホントにいい奴だな！」

そう言って、パックボーンはリムの胸に飛び込んでギュッとしがみついた。リムは、何だか照れくさそうに見えた。

その時、七つの卵の木にとまってまだ眠っていたアーベルとメーベルがやっと目を覚ました。そしてすぐそこに座り込んでいるライルを見つけると、その頭の上にとまり、嬉しそうにポコンポコンと弾んでいた。しかしライルは、何の反応も示さない。そんなライルのことをつまらないと思ったのか、アーベルとメーベルは、すぐにステンドグラスのロフトを下りて来た。そして、机の上にあるトゥインクルの中に入り、ポリポリとキャムソンの実をかじっては、ポイッと外に向かって吐き捨てた。

すると、次々と床に向かってポーン、ポーンと飛んでくる種の一つが、パックボーンの頭の上にコツンと命中した。

「痛ってぇ！」

パックボーンは、自分の頭に当たって床に落ちたそのキャムソンの種を拾うと、顰《しか》め面をしながらキョロキョロと上の方を眺めた。そこへまたポーンと一粒、トゥインクルからキャムソンの種が落ちてきた。

「あっ！　アーベルとメーベルがまた食べ散らかしているなっ！　あいつら、いつの間に起きてきたんだあ」

「◎▲♪※、＊□！◈、△☆！♥」

パックボーンは、机の上にあるトゥインクルに向けて激しく怒鳴りつけていた。また不思議な言葉を使って……。

するとそれからは、キャムソンの実をかじるポリポリという音だけは聞こえても、キャムソンの種は飛んでこなくなった。やがてアーベルとメーベルがトゥインクルの中から出てきた。アーベルとメーベルは、ハンカチの袋の所へ下りてきて、プイップイップイッと、その袋の中に向かって、実を食べ尽くした後のキャムソンの種を幾つも吐き出した。

「ふう～。最初からこうするべきだったな……。もう、こいつらときたら、やりたい放題のやんちゃ坊主達なんだから……。だからドットビック様に怒鳴られるんだ！　しかも、こいつらのせいでパックまで怒鳴られるんだ！　ふう～、でもやっと終わった……。これで全部拾い終わったぞ」

「グル～、キュル～、グルグルグル～……」

パックボーンのお腹が鳴った。その時、時刻はちょうど十二時を指していた。もうお昼だった。

「あ～、お腹空いたな～。ライル……、まだ下りてこないなあ～」

パックボーンは、ボソッと呟いた。

その言葉を聞いたリムは、ステンドグラスのロフトに掛けられた梯子を器用に上って行った。そしてロフトの上に上がったリムは、ライルの横に座り、じっとライルを見つめていた。

「クゥ～ン、クゥ～ン……」

リムは心配そうな声をあげ、ライルに擦り寄った。

ライルは、その時初めてリムが自分のそばにいることに気がついたようだった。

リムの方を見たライルは、寂しそうな顔をしたまま、自分に擦り寄るリムを優しく撫でた。リムは、ライルに跳びつき、ライルの顔をペロペロと舐めまくった。

「わあ～！　リム！　分かったよ、分かったって……。やめろよ！　もう、くすぐったいだろ！　ハハハハハ……アハハ……。へへへへ……」

やっと、ライルに明るい笑顔が戻った。

するとリムは、ライルの袖をくわえ、ロフトに掛けられた梯子にライルを導くように引っ張った。

「リム！　分かったよ。下に下りような」

ライルはリムを抱きかかえ、ステンドグラスのロフトを下りた。その時ライルは、もう一度チラッとドットビックを見た。そして心の中で「ありがとう！」と呟いていた。

ライルがロフトから下りてきたちょうどその時、パックボーンのお腹が「グゥ～！」と、もの凄く大きい音をたてた。

「アハ！　アハハハハハ……」

ライルはその音を聞き、おもわず大笑いしてしまった。

「アハハハ、パックボーン、お腹空いたんだ！　アハハハ……。ごめんごめん……、今用意してくるから……。いつの間にかもうお昼なんだもんね、ごめんごめん。すぐ用意する、もう少し待ってて！」

ライルは抱きかかえていたリムを床に下ろすと、部屋を出て、慌てて下に下りて行った。

そして気持ちを切り替えたライルは、昼食を持って部屋に戻ってきた。その匂いを嗅いだパックボーンのお腹が、また「キュルキュル……」と鳴った。

もう今は、ここにドットビックはいないけれど、ライルはパックボーンと楽しそうに食事をとった。その傍らで、リムもカリカリとドッグフードを美味しそうに頬張っていた。

ライルは今、パックボーンとできるだけ楽しく過ごそうと心に決めていた。もう後悔したくなかった。ライルは「きっとパックボーンも、いずれ僕の目の前から消えてしまうんだろう……。そして、ムースやドットと同じく置物のようになってしまう……。イヤだけど……、きっと、きっとそうなってしまうんだ」と感じていた。だからこそ、パックボーンとの毎日を大切にしようと決めたのだ。

「パックボーン、今日、何かしたいことない？　行きたい所ある？」

パックボーンは、「また、森に……」と言いかけたが、ドットビックからの、今となっては最後の言葉を思い出した。

「ライル！　アーベルとメーベルと、話がしたいと思わない？」

「えっ！　パックボーン、どうしたの？……突然……」

「きっとライルが前からそう思っているんじゃないかと思ってたんだけど……。でも……、ずっとドットビック様と忙しくしていたから言い出せなくて……。突然なんかじゃないよ！」

パックボーンはいじけた顔をしていた。これは、パックボーンの本音だったのだ。

「うん……。そっか～、そうだよね……。ごめんね、パックボーン。そりゃあ、僕だってアーベルとメーベルが話していることを知りたいし、会話できるもんならしたいと思うよ。でも……、全然分からないんだから仕方ないよ～」

「ライル！　違うんだ！」

そう言うとパックボーンは、さっき集めたキャムソンの種が入った、ハンカチで作った袋を引きずりながら持ってきた。

「あっ！　僕のハンカチ。何それ？　それがどうかしたの？　パックボーン？」

「ハンカチは、お借りしました。この中に入っているのは、アーベルとメーベルが食べた後に残したキャムソン、ああ、あのトゥインクルの中に入っている赤い実の種です」

「ふう～ん。そうなんだぁ～。美味しそうな種だね。お菓子みたいだね」

キャムソンの実の種は、マーブル模様で、本当に美味しそうなキャラメル色をしていた。

「へへへ。この種、ううん、アーベルとメーベルが食べた後の種を植えると、同じ真っ赤な実のなるキャムソンの木が育つんだ。そして、その木に実った実をアーベルとメーベルが食べると、ライルにも言葉が分かるんだ！　つまりアーベルとメーベルは、ライルと同じ言葉を喋れるようになるんだよ！

でも、でもね、その実を食べ続けている間だけだよ。分かりやすく言うと、トゥインクルの中に入っていた実の種から育ったキャムソンの木に実る実、それだけがその力を持っているんだ。一粒の種から育ったキャムソンの木は、五十五粒の実をつけるんだ。一房十一粒、それが五房で五十五粒。キャムソンの実は、一本の木にそれだけしか実らない。多くてだよ。それに、ちゃんと育ってくれたらだからね。

アーベルとメーベルで、一日に一本分のキャムソンの実を食べちゃうんだ。だから今、アーベルとメーベルが吐き捨てているキャムソンの種は大切なんだ。前にも言ったと思うけど、アーベルとメーベルは、キャムソンの実しか食べられないんだ。つまり、どっちにしたって、今あるキャムソンの実はいずれなくなってしまう。だから、キャムソンの木を育ててやらないと、アーベルとメーベルが死んじゃう……。

キャムソンの木は、人に見られてはなりません。もちろん、ライル以外の人間のことです。もし、見られてしまうと途端に枯れて、キャムソンの木は死んでしまいます。それから、キャムソンの木は標高が高く、空気と水がきれいな所でなければ育ちません。もう一つ、早く育てたければ、汚れなき美しい水に一晩浸すことが良いとされています。ですから、早く育てる必要があると思います。パックは、このキャムソンの種を育てる準備をすることが、今日、ライルのすべきことだと思います」

ライルは、いきなりパックボーンが真面目に、そしてキビキビと話すのを見て驚いていた。今までのオドオドとしたパックボーンとはまるで違う……。今、ライルの目の前にいるパックボーンは、ドットビックとまではいかないが、自信に満ち溢れ、とてもしっかりとしていた。ライルは圧倒され、言葉が出なかった。

「ライル？　理解できましたか？　今の話を……。聞いていますか？」

「あっ、ああ……。うん……、聞いてたよ……。もちろん聞いてたよ、パックボーン」

今は、ライルの方がオドオドしているように見えた。

「じゃあ、ライルの今すべきことは何ですか？」

「あっ、うん。え～と、え～と……。そう！　このキャムソンの種を水に浸すんだよね？」

「はい。正解です。でも、汚れなき、美しい水ですよ」

「あっ、うん。そうだったね……。う～ん……。じゃあ、じゃあね、この森の中に水が湧き出ている所があるんだ。とてもきれいな水なんだよ。今日は、そこに行ってみるっていうのはどうかなあ？」

「すぐ、今からすぐそこに行きましょう」

「うん、分かった！」

ライルは、慌ててコートを羽織った。すると、ライルが何も言わないのに、パックボーン、そしてアーベルとメーベルはそのコートのポケットの中に入った。そして、もちろんリムも一緒に、みんなで森の中へ出かけていった。

二

空は真っ青に晴れ渡っていたが、時折吹いてくる風はとても冷たく、外は思ったより気温が低く、寒かった。

ライル達は小さな湖の所まで来ると、またその奥へ奥へと入って行った。そして、どんどん奥へと進んで行くと、突然岩肌が見えてきて、やがてポッカリと穴の開いた大きな岩が現れた。

「この岩の中にあるんだ！」

ライルは、自分の肩の上にチョコンと座っているパックボーンに自慢げに声をかけると、ポッカリと口を開けた穴からその岩の中に入っていった。

「えっ？　暖かい……。この中……。どうしてだろう、外よりも全然暖かい……」

岩穴の中は、外の冷たさとは全く違い、ウソのように暖かく感じられた。

この岩の中は、季節を問わずいつも同じ気温を保っていた。だから、夏はひんやりと涼しく、冬は暖かく感じられるのだ。

岩の中は、ひっそりと薄暗く、鍾乳洞のようで、天井から落ちる雫のポチャンポチャンという水音が美しく響いていた。もっと奥に進んでいくと、さっきより明るくて少し広い場所に出た。そこには水の溜まった小さな窪みがあり、そこから水が溢れ出ていた。その上には小さな穴が幾つか開いており、そこから太陽の光が射し込んで水面に当たり、キラキラと輝いていた。そのせいでこの場所は少し明るくなっていたのだ。

ライルが水の溜まった窪みを覗き込むと、その底から「ポコ……、ポコポコポコ、ポコ……」と音がし、細かい泡が立ち上っている場所が一カ所あるのが見えた。そして、その場所だけ水がユラユラと踊っていた。今まさに、その場所から水が湧き上がっていた。

小さな窪みの水溜りから溢れ出したその水は、周りの岩にできた小さな隙間からチョロチョロと流れ出しており、ここから流れ出た水が集まって、この森の中を流れる小川を造り出しているのだ。

「パックボーン、どう？　この水でいいかな？　僕の知ってる中で一番美味しい水だと思うんだけど……」

「ライル、その水、汲み上げてパックに見せて」

「うん、分かった」

ライルは、自分の手のひらでその水をすくい、その手を自分の肩の上に乗っているパックボーンに差し出した。

「クンクンクン……」

パックボーンは身を乗り出して、その水の香りをしきりに嗅いでいた。「リムみたいだ……」パックボーンの仕草を見つめていたライルは密かにそう思っていた。

「ライル、パックをその水の近くまで下ろしてくれない？」

「うん」

パックボーンはライルの手のひらに乗り、ライルはその手のひらを水面すれすれにもっていった。パックボーンは身を乗り出し、また「クンクンクン……」と、その水の香りを確かめていた。そして、じっくり香りを確かめると、パックボーンは、自分の小さな指先をその水溜りにつけ、そのままじっとしていた。

「う〜ん。大丈夫だ……」

小さい声でそう呟いたパックボーンは、今度はその水につけた指をペロリと舐めた。

「う〜ん……」

首を傾げながら唸ると、少し考え込み、もう一度、指を水につけ、そしてまたその指をペロリと舐めた。パックボーンは今、慎重に、この水の成分と味を確認していた。

ライルはもう片方の手で水を汲み上げると、パックボーンと同じように水の匂いを嗅いでみた。そして一口、久しぶりにその水を飲んでみた。

「ゴクン……。うん。やっぱり美味しい！　匂いはしないなあ。何か、匂うのかなあ。僕には分からないけど……」

パックボーンがこの作業にかなり時間をかけているので、ライルは不安になってきた。

「どう？　どうなの？　パックボーン」

「ああ、うん。この水……、合格だよ」

「えっ？　ホント？　ホントにこの水で大丈夫なんだね？」

ライルは、パックボーンがとても難しそうな顔をしていたので、「きっとこの水に何か問題があるんだ……。どうしよう、これよりほかに良い水なんて思いつかない……」と思っていた。だから、パックボーンのその答えがとても意外で、ホッとするより驚きの方が先だった。

「じゃあ、ライル。この水を持って帰ろう」

「うん。分かった！」

ライルは、家から持ってきた特大のポットに、この湧き水を満タンに入れた。その時、今まで射し込んでいた太陽の光が消えていき、岩の中の今いる場所までもが薄暗くなってきた。

「あれ？　どうしたんだろう……。まだ暗くなる時間じゃないはずなのに……」

ライルは立ち上がると、ポットを抱きかかえ、岩穴の入口に向かって歩きだした。外に出ると、空は分厚い雲に覆われ、辺りは薄暗くなっていた。ライルが空を見上げていると、雪がちらほら降りだしてきた。

「まずい！　早く家に戻らないと吹雪になるかもしれない……。パックボーン、とにかく早く戻ろう」

ライル達は、家に向かって、来た道を引き返し始めた。すると、すぐに雪が激しくなってきた。ライルは家路を急いだが、そのうちに風も強まり、途中、何度もアーベルとメーベルは風に飛ばされそうになって、自分達の方からライルのコートのポケットに潜り込んで避難した。

今、森の中は、ビュービューと、もの凄い風音に、木々のざわめく音が混じり、凄い音が響いていた。

「パックボーン！　大丈夫？　パックボーンも僕のポケットの中に入れよ。飛ばされちゃうよ！」

パックボーンは何も言えず、ガチガチ震えながらライルのコートの襟に必死にしがみついていた。その姿を見かねたライルは、手を差し伸べ、震えるパックボーンを優しく掴むと胸のポケットの中に押し込んだ。「きっと、こっちの方が暖かい」そしてライルは、もっと足を速めた。時折走りながら……。リムもピョンピョン走りながら、ライルの後について行った。

雪はますます激しさを増し、ライルの体にもリムの体にもすでに雪が積もってきていた。まるで、森に来た時のあの晴れ渡った青空が夢であったかのように、今は、冷たい雪風が体に突き刺さり、目の前が真っ白で、前方が見えにくくなってきていた。

「リム！　急ごう！　早くしないと帰り道が分からなくなる……」

「ワン！」

リムは一声吠えると、ライルの前に出て、先に走りだした。そしてライルを誘導するように、何度も振り返りながら確実に家に向かって進んでいった。

「ありがとう！　リム。頼むよ！　僕にはもう、家がどっちの方向なのかさえ分からない」

もう目の前は真っ白で、すぐ先すら全然見えなくなっていた。

ライルは、夢中で、ただリムの後を追って走り続けていた。すると、今までよりもほんの少しだが、周りが明るくなってきたような気がした。それに、さっきよりも、木々のうるさいほどのざわめきが小さくなった。一瞬風が弱まった時、前方にうっすらと家らしき形が見えた。ライル達はやっと森を抜け出し、今、自分の家の庭に出ていた。

「よかったぁ～。無事に戻れたんだ～」

ライルは玄関にたどり着くと、本当に安心して溜息をついた。

リムは、ブルブルと体を震わせて、自分の体に積もった雪を一気に払い飛ばしていた。ライルも、体に積もった雪を素早く払い、玄関の扉を開けた。

すると、玄関に、分厚いコートを着込んだモリルが立っていた。

「おお！　ライル。帰ってきたかぁ～、よかった。お前が昼過ぎに森に入って行く姿が見えたんだが、まだ戻ってこないってメリルが心配してな。今探しに行こうと思ってたところだったんだ。急に吹雪いてきたからな。でもよかった無事に帰ってきて……。まったく、どうなっているんだか……最近の天候は……」

「ごめん、モリル……。気づいた時には雪になっちゃってて……、慌てて帰ってきたんだけど……」

「いや、ちゃんと帰ってきたんだ……それでいい。でも、くれぐれも森にいる時は気をつけるんだよ。特に天候にはな。……吹雪の中で迷い込んだら、自分の思ってもみない、とんでもない所に入り込んでしまう。いいね、ライル」

「うん……。気をつけるよ」

「ああ。さあ、早く中に入って温まりなさい。リムも寒そうだぞ」

厳しい顔つきがほぐれ、今モリルは、ニッコリと優しい笑顔をライルに向けていた。

「うん！」

ライルは、モリルと一緒にリビングに入ろうとしたが、そういえばポケットの中にパックボーン、そしてアーベルとメーベルもいたんだということを思い出した。

「あっ！　モリル、ごめん。僕、部屋に行くよ！」

ライルは、ポットを抱え、慌てて部屋に戻っていった。リムもその後を追いかけて行った。

「あっ！　メリルにもごめんって言っといてぇー」

「何だ？　ライルの奴……。また何かに夢中になってやがるな。アハハハハ」

内心、自分も心配でたまらなかったモリルは、元気に戻ってきたライルの姿を見て本当にホッとし、分厚いコートを脱ぐと、リビングの中に入って行った。

「あ～、寒い！　パックボーン、アーベル、メーベル、大丈夫？　もう出てきてもいいよ！」

部屋に戻ってきたライル達は、薪ストーブの前に横一列になって座り込むと、冷えきった体を温めていた。パックボーンは、急激な天候の変化と、あまりの寒さのせいか、呆然としていた。

天候はますます荒れ、外は凄まじい吹雪となっていた。

ライル達は、本当にいい時に戻ってきた。もう少し帰りが遅ければ、どうなっていたか分からない。モリルが言っていたように、本当にとんでもない所に迷い込み、森の中で凍え死んでいたかもしれない……。

窓の外を見つめるライルも、もし今も森の中にいたらと考えると恐ろしくなっていた。

「あっ、そういえば、キャムソンの実を浸さなきゃ。あまりの寒さで忘れてたよ。パックボーン、ちょっと待ってて！　何か入れる物持ってくるよ」

「あ～、ライル！　そのポットの中に、キャムソンの種を入れればいいよ」

「僕、このポットいっぱいに水を入れたんだ。だから、溢れちゃうよ……。今、代わりに何か……、大きい入れ物持ってくるからさっ！」

確かに、ライルの持ち帰ったポットにキャムソンの種を全部入れるのは無理だった。

慌てて部屋を飛び出して行ったライルは、大きなブリキのバケツを一つ持って戻ってきた。そして、その中に、パックボーンの集めてくれたキャムソンの種を全部入れ、ポットに入れて持ち帰ってきた岩穴の奥の湧き水を注ぎ入れた。

「これでよしっと！　このまま一晩待つんだったよね？」

「そうだよ。それよりライル、この種を育てる場所だけど、条件に合う所はあるの？」

「う～ん。そうだなぁ～。え～と、標高が高くて、空気と水がきれいな所だったよね？」

「それと、人目につかない所だよ！」

「うん、そうだったね……。え～と、ちょっと待って、今考えてるから……」

ライルは、真剣に悩み、考えていた。

「あっ！　あそこだ、あそこがいい。あ～、でもダメだ。あそこは、時々誰か来るんだあ……」

「あっ！　そうだ、あそこだ。あの野いちご畑の上なら誰も近寄らない。……やっぱりダメだ。標高が

しだった。

ライルは、叫び声をあげると、ちょっと呟いてはすぐに黙って、また考え込んでしまう。その繰り返し低いもんなあ～」

パックボーンは、ライルが「あっ！」と叫ぶ度に、身を乗り出してライルの答えを期待していたが、その度にその期待を裏切られ、今はもう机の上にドッシリと座り込み、今や、ライルの「あっ！」だけでは動かなくなっていた。

「あっ！　……ダメだ。水が近くにないもんなあ～。う～ん、結構、難しいなあ」

「あっ！　……違う、ダメだ」

「……」

「あっ！　そういえば……、前に一度、モリルが内緒で連れて行ってくれた場所、あそこなら大丈夫だ。あれは……、そう、あの岩の上を登っていった所だった……。誰も知らない、お気に入りの秘密の場所って言ってた。あの時、モリルが僕だけにこっそり教えてくれたんだ。

凄くきれいな場所だった。あんな所にあんな場所があるなんて、ホントに驚いたんだ……。登って登って、その上に着くと、平らな場所に出た。狭く小さいけれど、ホントにきれいな場所だった……。コバルトブルーの小さな湖が真ん中にあって、その湖を囲むように、もっと小さな湖が幾つかあった。その周りに花がいっぱい咲いてて……、そう、天気の良かったあの日は、高く聳えるあの白い山が湖面に小さく映ってたんだ……。そうそう、あの時、『こんな風景は滅多に見られないんだよ。ライルは、ラッキーだ』ってモリルが言ってたっけ。

でも……、今、あそこまで行けるかなあ。こんなに雪が積もっちゃって……。あの時は、確か夏だったし……。でもなぁ～、そこが一番いいと思うしなあ。う～ん……。考えてもしょうがない、行ってみるしかないか……。そうだよ！　ダメならまたほかの場所を考えればいいや……。うん、そうしよう！　よし！　決～めた」

ライルはキョロキョロし、小さなパックボーンを探していた。

「あれぇ～、パックボーン？　どこに行っちゃったの？」

「ライル、場所、決まったのか？」

待ちくたびれた様子のパックボーンは、ソファーの上に座り込んでいた。

「パックボーン、そんな所にいたのか……。うん、決めたよ！」

「そうか、じゃあ……、キャムソンの種は、明日の昼まで水に浸しておかなくちゃいけないから、明日の昼過ぎに出かけよう！」

「えっ？　明日の昼まで浸さなきゃならないの？　じゃあ、明日はムリだよ。昼からじゃ、夕方までに戻ってこられないから……。暗くなると、森の中は危険なんだっ。明後日《あさって》しかムリだよ……。それに今、こんなに吹雪いてるし……」

「そうか……。それなら仕方ないな。じゃあ、明後日にしよう」

「うん……。きっと、パックボーンも、その場所を気に入ってくれると思うよ！　でも……、でも。エへへ……何でもない、ごめん、何でもないんだ……」

ライルは、その先の言葉、「その場所までたどり着けるか分からないんだ……。雪のせいで、道が危険かもしれないから、行ってみないと分からないんだ……」と、付け加えることができず、飲み込んでしまった。

三

夜になっても吹雪は一向に治まる気配を見せなかった。

あれからパックボーンは、とても静かでおとなしかった。ライルは、そんなパックボーンが少し心配になったが、アーベルやメーベル、そしてリムの相手をして、一緒に部屋の中を駆け回っていた。ライルがしばらく一緒に遊んでやると、アーベルもメーベルも疲れたのか、七つの卵の木の枝にとまると、あっという間に眠ってしまった。すると、リムもベッドの上に上がり、体をまるめ、すぐにウトウトし始めていた。

パックボーンは相変わらず、薪ストーブの前のソファーの上に座り、いつも肩におとなしく乗っかっているあのミニチュアの白い玉を手のひらに乗せ、優しく撫でながら、何やら考え込んでいるようだった。

パックボーンは今、コバルリン森でのデルブリックとの会話を思い出していた。

「どうして、パックなのですか?」

「パックボーン、その質問に答える前に、一つ言ってもいいかい?」

「パックボーン？」

「はい。デルブリック様」

「自分のことを『パック』って言うのは何とかならないのかのぉ、うん？　パックボーン？」

「あの〜、はい。すみません……」

「アハハハハ！　冗談じゃよ、パックボーン。すまんすまん。そんなこと、わしが気にするわけがあるまい」

「えっ？　……デルブリック様までからかわないでください！……」

「すまんすまん。悪かった、パックボーン。このとおりだ、許しておくれ」

「……もういいです。デルブリック様、頭を上げてください。パック、いえ、私になんか頭を下げないでください」

「パックボーン、そんな言い方をするな！……、『私になんか』などと、自分のことをそんなふうに言ってはいかん。それに、悪いと思えば、誰であろうが謝るのがスジじゃ。いいか、パックボーン、よく聞いておくれ。お前は、他の者に負けない力を持っておるのじゃぞ。もっと自信を持ちなさい。お前には、未来、う〜ん……、そうさなぁ〜、先のことを見透す力があるのじゃ。それは凄いことなんだぞ。それに、お前には、森の動物達を惹きつける何かがある。そしてすぐに仲良くなるじゃろ。それも、お前の持つ凄い力じゃよ。いいね、パックボーン。何より、わしがお前を信じておる。だからこそわしは、お前にこの役目を頼むことにしたんじゃぞ」

「デルブリック様……。でも……、パック、いえ、私には……」

「パックボーン、パックでいいのじゃぞ。落ち着いて、お前の素直な気持ちを聞かせておくれ」

「はい。……パックには、そんな……、デルブリック様がおっしゃられるような力はありません。……動物達と仲良くなれるとおっしゃられたのも、パックはただ、動物が好きなだけです。そんな力があるわけありません……。それに、先のことを見透す、ましてや未来を見透す力なんてあるわけがありません。全て、デルブリック様のかいかぶりでございます」

「いや、パックボーン。お前にはその力があるんじゃ。お前はまだ、そのことに気がついていないだけなのじゃよ。パックボーンは、わしの言うことが信じられないか？」

「いえ、デルブリック様。そうではありません。でも……」

「パックボーン、自信を持ちなさい。自分の力を信じるのじゃ。いいか、お前の役目は、トゥインクルの中に入っている卵、アーベルとメーベルが生まれ、ライルと会った時、ライルがアーベルとメーベルと会話ができるようになるためのヒントを授けること。そして、そのカギとなるキャムソンの実が無事に実ることを確認してほしいのじゃ。頼んだぞ、パックボーン。これは、お前にしかできないことじゃからなっ」

「はい……、分かりました。デルブリック様」


そしてパックボーンは、今、一つの疑問と闘っていた。

「あの時、ライルには吹雪になるって分かったのに……。どうして、先のことを見透す力のあるパックには、そのことが分からなかったんだろう……。やっぱりパックには、そんな力がないんじゃないか……。でも、確かにあの時、デルブリック様は言い切ったんだ。それに、自信を持ち、自分の力を信じろとおっしゃってくださった……。もしかして、ライルにもその力があるのか？　どういうことなんだ……」

ライルは、やっぱり様子のおかしいパックボーンのことが気になって、たまらず声をかけた。

「パックボーン？　どうかしたの？　ねえ、パックボーン？」

「えっ？　あっ、えっ？」

パックボーンは驚いたようで、オドオドとしたその姿は、また今までのパックボーンに戻ってしまったかのようだった。

「ごめん、驚かして……。何か、森から帰ってきてから、パックボーン元気ないと思って……。どうかした？　具合でも悪い？」

「いいえ。何でもありません！」

パックボーンは、怪訝《けげん》な顔をして、ピシャリと言い切った。

「そう……。それならいいんだけど……。ごめん、変なこと聞いて」

ライルは、そんなパックボーンの態度に、何となく、今、邪魔をしてはいけないんだと感じ、すぐにその場を離れようとした。

「ライル、待って！　一つ聞いていい？」

「うん！　もちろんだよ。何？」

ライルは、なぜかそれだけで嬉しかった。

「あの時、どうして吹雪になるって分かったの？」

パックボーンの顔は真剣だった。

「えっ？　パックボーン、どういうこと？」

「ライルは、岩の中から出た時、すぐ、吹雪になるから早く家に戻ろうって言ったでしょ。何で、分かったの？」

「ああ、そのことかぁ～。何となく……、そんな気がしたんだ」

「えっ？　何となくなの……」

パックボーンは驚き、「やっぱりライルには、先を見透す力があるんだ……」と思った。

「ライル……。もしかして……、先に起ることが分かるの？」

「えっ？　それってどういう意味？」

「だって、吹雪になるって、あの時点で分かったじゃないか！　とぼけないでよ！　ライルには、先のことを見透す力があるんだ。そうなんでしょ！」

「え～！　何それ？……」

「まだとぼけるのか？　パックには分かるんだ！」

「何怒ってるの？　パックボーン。……あの時、吹雪になるって思ったのは、ただの勘だよ。あのね、僕にはまだ分からないんだけど、森の仕事や、自然と関わる仕事、それに、天候に左右される仕事をしている人達は、天候の変化を読むことを学ぶんだ。例えば、空に、この雲が出てきたらもうじき雨になるとか、この雲が出てきたら雪が降るとかね。そうやって学んで、そこに、自分のいろいろな経験を足して、天候の変化を読む力を養ってるんだ。

今日はたまたま、前にサンガーさんが、もうじき吹雪になるって言ってた時と同じ空をしていたから、そうじゃないかって思っただけなんだ。だから、僕に先を見る力があるわけじゃないよ。そんな力があったらいいけどねっ」

「そう、そうだったんですか……。すみません……」

「パックボーン、だけどどうして、突然そんなこと言い出したの？」

「あ～、いえ……、何でもありません」

「そう？　う～ん」

ライルは、パックボーンが何かを隠していると思ったが、深く追及しないことにした。

「ライル！　パックはもう寝るよ。おやすみ」

すっきりした顔をしたパックボーンは、そう言ってステンドグラスのロフトへ上がって行った。

「もうみんな寝ちゃうのかぁ～。じゃあ、僕も寝るか……」

そう呟くと、すぐにベッドに潜り込んだライルだったが、静かな部屋には、外のビュービュー、ゴォーゴォーと唸りを上げる風音とともに、その強風が窓ガラスを激しくうちつけるガタガタという激しい音とが響き渡り、その音が気になってなかなか寝つくことができなかった。

「あ～、凄い音だな。気になって眠れないよ。よくみんな眠れるよな～。でも、この吹雪、いつまで続くんだろう……。僕、今夜、眠れるかなぁ～。あ～あ……」

布団の中で、ライルはたまらず呟いていた。

しかし、しばらくすると、うるささよりも体の疲れの方が勝っていたようで、心配するまでもなく、ライルは早々と眠りについていた。

四

翌日、ライルは、やたらと早く目が覚めた。まだ部屋は薄暗かったが、目がパッチリと冴えてしまって、もう寝ている気分ではなく、ライルは起きることにした。

窓の外を覗くと、外は、風も雪も止み、とても静かで、空には雲一つ見当たらなかった。

「あっ！　そうだ」

ライルは着替えを済ませ、少しの間、パックボーン達が起きてくるのを待ったが、待ちきれなくなり、部屋を出て、一人で森の中に入って行った。

外は、昨日の雪で、また一面真っ白に染まっていた。森の中には誰の足跡もない。それどころか、今日は動物達の足跡すら見つからなかった。昨日の荒れ狂う吹雪のせいで、避難した巣穴からまだ出てきていないのだろう……。森の中には、折れた枝や、葉っぱが散乱しており、降り積もった雪には荒れ狂う波のような模様が残っていて、昨日の強風の凄まじさを感じさせた。

ライルは、やっと小さな湖の所までやってきた。

「うわぁ～、寒いはずだよ……」

湖面には、うっすらと氷が張っており、ライルは少し不安になりながらも先を急いだ。

「あ～！　やっぱり岩にもこんなに雪が積もってる。こんな状態じゃ、上の方は危なそうだな～。明日、秘密の場所に行くのは無理だ。パックボーンと相談して一日延ばそう。仕方ないもん。とりあえず、もう家に帰ろっ」

ライルは、秘密の場所にたどり着けるか心配になり、岩穴の裏手まで確かめに来たのだ。やはり、道はかなり険しそうだ。昨日の吹雪が余計そうさせていた。

この日の夜、リビングの大きなダイニングテーブルを囲んだ夕食の席で、ライルは、自分がとんでもないことを忘れていたことに気づかされた。

「ライル、そういえば、進んでるのか？」

「えっ？　モリル、何が？」

「何がって、ルキンさん家の椅子のことに決まってるだろ？」

「えっ？　……あ～！　いっけねぇー、僕……、すっかり忘れてた……」

「まったく、仕方ないなあ。ライル、まだ時間はあるけど……。引き受けた以上は、きちんとやれよ！」

「うん、分かってる……。ねえ、モリル。ところで、ルキンさんの家造りは、どうなっちゃうの？」

「ああ、そうなんだよなあ……。ここ数日間、晴れた日が続いていたから、このままいけば……、このまま天候が回復してくれれば、せめて棟上げができるかもしれないって思ってたんだがなあ。昨日、またあんな吹雪だろ、外も、また真っ白だ……。この天候じゃ、難しいだろうな～。いったい、この異常な天候は、どういうことなんだろうなぁ～」

「モリルにも分からないの？」

「ああ。俺にも全く分からない……。恐ろしいよ、とんでもないことが起こりそうで……。怖いな」

モリルは、難しそうな顔をして、大きな溜息をついていた。

「そうねぇ……。最近……、特に今年は異常だわ。ふぅ～……。このままじゃ、作物も育つのか心配よ。今まで、ここまでの異常気象はなかったもの！　本当にどうしたのかしら……。何だか恐ろしくなるわ……」

メリルも大きな溜息をついた。ライルでさえ、最近のおかしな天候は気になっていた。

「ねぇ、モリル……。僕……、正直に言うと、ホントは自信ないんだ……。椅子なんて、どうやって作ればいいか、分からない……」

「なあ、ライル。やる気はあるのか？」

「うん。サンガーさんと約束したもん」

「じゃあ、どんな椅子を作りたいのか、絵にしてごらん。そして、書けたら見せてごらん。問題は、それからだなっ」

「う、うん。分かった。ちゃんと考えてみるよ」

部屋に戻ったライルは、パックボーンとリムに食事を与えると、机の上を片づけ始めた。

トゥインクルの中では、アーベルとメーベルがキャムソンの実をかじっており、ちょうど食事の真っ最中だったので、トゥインクルを動かすことはできなかった。

ライルは、椅子に腰掛けると、机の引き出しの中からスケッチブックを取り出し、鉛筆を握ったものの、そのまま考え込んでしまった。机に向かったのはいいが、鉛筆を握ったライルの手は全然動いていなかった。

「あ～あ……。すっかり忘れてたよ……。モリルに言われなきゃ、きっとずっと忘れたままだっただろうな～。早く思い出してよかったぁ～。でも、椅子っていってもな～、難しいよなあ。どんなのがいいんだろう……。玄関に置くって言ってたっけ……。確か、玄関は結構広いって言ってたよな～。それより、何のために使う椅子を考えればいいんだろう……。う～ん……」

ブツブツと、ライルの独り言が長い間続いていた。

時折、トゥインクルの中からアーベルとメーベルがポコンと飛び上がり、そんなライルを不思議そうに見つめていた。

「あ～、もう！　考えても分からないから、僕の欲しいと思う椅子を作ろう……。そうだ！　そうだよ、僕だったら、どんな椅子を玄関に置きたいか、それを考えればいいんだ！　うん。それで、後はモリルに相談しよう。そうだ、モリルがいつも言ってた。『難しいって思ったら、面白くないだろっ。もっと楽しんでやらなくっちゃ』って……。そうだよ！　そうなんだよな～。エヘへ」

そう思うと、ライルの気持ちは軽くなった。するとその途端、ライルの頭の中に次々といろんな形の椅子が自然に浮かび上がってきた。そしてライルは、ただ握っていただけだった鉛筆を動かし始めた。鉛筆は、もの凄い勢いでせわしなく動いていた。

ライルは、いつの間にか、椅子の絵を描くことに夢中になっていた。しばらくすると、ざっと書きなぐったような幾つもの椅子の絵を見つめ、その中から幾つか気に入ったものを選び、もう一度きれいに書き直すことにした。

　そしてライルは、その夜のうちに十パターンの椅子の絵を書き上げた。

「よし！　できた。ふぅ～」

　ライルは、おもいっきり背伸びをし、心地よい充実感を感じていた。

「さっそく、モリルに見せに行こう！」

　勢いよく椅子から立ち上がった時、机の隅っこで、マフラーにくるまってすでに眠っているパックボーンの姿が目に入った。

「あれ～。パックボーン、いつの間に寝ちゃったんだ？　こんな所に寝てるのに、全然気がつかなかったよ……」

　そしてライルは、柱に掛かるからくり時計に目をやった。

「えっ？　ええ～！　もう十二時を過ぎてるぅ～。いつの間にこんなに時間が経っちゃってたんだ！　そりゃあパックボーンも寝るはずだ……。あ～あ、もう遅いからモリルも寝ちゃったよなあ。仕方ない、明日にするか！　僕も、もう寝なくっちゃ……」


　翌朝、目を覚ましたライルは、着替えを済ませると、早々と下に下りて行った。

「メリルゥー、モリルは？」

「おはよう！　ライル」

「あっ、うん。おはよう、メリル。……で、モリルは？　まだ、起きてないの？」

「何言ってるの、ライル。もうこんな時間なのよ！　モリルはとっくに仕事してるわよ！」

「ええ〜っ？　今、何時なの？」

「もうすぐ十時よ！」

「え〜！　もう、そんな時間なの？　あ〜、しまったぁ〜、もっと早く起きるつもりだったのに……。ショックゥ〜」

「ライル。起きてこないから、残り物でサンドイッチを作っておいたわ。そこに置いてあるから食べなさい。オムレツもあるでしょ。スープもお鍋にあるわよ」

「あっ、うん。ありがとう、メリル」

　メリルの作ってくれたサンドイッチを持って、いったん部屋に戻ったライルは、すぐにパックボーンに声をかけた。

「パックボーン。僕、やらなきゃならないことがあるんだ。う〜ん、だから、……だからね、今日一日、そばにいられないけど……、いいかな？」

「別に……、かまわないよ。キャムソンの種は、明日にしたんだから」

「ありがとう！　パックボーン。アーベルとメーベルのことお願いね。それから、これ……、サンドイッチ食べて」

「リム！　お前の食事、ここに置いておくからなっ！」

　ライルはそう言うと、スケッチブックを手に慌てて下に下りて、モリルの作業部屋に向かった。

　昨日、夢中で考えている間に、「自分でこんな物が作れたら……」と夢をふくらませたライルは、今、椅子作りに胸をときめかせていたのだ。

「モリル？　今、いい？」

「ああ、いいよ。中に入りなさい」

「これ……、昨日考えて……、書いてみたんだけど……」

「ああ、どれ、見せてごらん」

ライルは、スケッチブックをモリルに手渡した。

「へ～。なかなか上手く書けてるじゃないか、ライル」

「エヘヘへ……」

ライルは、嬉しかったが、何だか照れくさくて顔を赤らめていた。

「で、ライルはどれが一番いいと思ってるんだ？」

「うん……。僕、作り方もよく分からないし、とりあえず、僕だったら、玄関にどんな椅子が置いてあると嬉しいかなって思いながら考えてみたんだ。だから、これが本当に自分に作れるかどうか気にしながら考えてたわけじゃないんだ……。だから……」

「うん。そうだな～、この中には、実際に作るとなると、かなり難しい物が幾つかあるな……。でもね、ライル。自分の気に入った物を作るのが一番なんだ。そうすれば、楽しく作業できるし、そのおかげで作業もはかどるし、一生懸命にもなれるんだよ。だから、何も考えず、自分で作りたいと思う、この中で、自分が一番気に入ってる物を選んでごらん」

「う～ん。少し考えさせて」

「ああ、ゆっくり考えてごらん。そこの机を使いなさい。ライル、後悔しないように、じっくり考えるんだ。いいね」

モリルはそう言って、ニッコリ微笑むと、自分の作業を続けた。

「うん。分かった」

それからしばらくの間、部屋の中にはモリルの作業の音だけが聞こえていた。

「これ！　これにするよ」

ライルはじっくり考え、一つに決めた。それは、どっしりとした存在感と、心和む細工が施された椅子だった。

「うん？　どれ、決めたのか、ライル」

「うん、決めた。これにするよ」

「分かった。じゃあ、この椅子を作る準備をしようか」

「うん！」

「いいか、ライル。そこに、一脚、椅子があるだろ？　そう、それに、今、お前の座ってる椅子もある。その椅子を参考に、実際に作る椅子の寸法を決めるんだ。メジャーと、ものさし類はそこにあるから、決めた寸法を、その絵に書き込んでいってごらん。いいね」

「分かった」

ライルは、できあがりを思い浮かべながら、ああでもない、こうでもないと真剣に悩みながら、細かな所まで寸法を決めていった。

「できた！　できたよ、モリル」

「じゃあ、ライル。次は、この椅子を作るのに必要なパーツを考えてごらん。そして、それを一つずつ絵にしてみるんだ」

「うん。分かった！」

ライルは一生懸命考え、何とか一つずつ、必要なパーツの絵を描いていった。

「モリル、できたよ！」

「どれ、できたか？　随分、苦戦したようだな、ライル。よし、見せてごらん。……うーん。だいたい大丈夫だけど……。少し手直しさせてもらうよ。いいかい？　ライル」

「うん」

「ほら、ここの背もたれのところは、こうしないと、ライルのデザインした絵のようにはならないだろ？」

「あっ、そうか～。そうだね」

「それから、ここは、もう少し丸みをもたせて……、うん、こうした方がいいなっ」

「うん」

「よし！　じゃあ、そこにある材木を使って、寸法をとってごらん」

「うん。……ふぅ～」

「ライル、そんなに緊張するな！」

「うん」

その後、ライルとモリルは、夜遅くまで作業部屋にこもっていた。もちろん、今日一日で、椅子が完成するわけがなく、今日は、パーツを切り分けるだけで精一杯だった。もちろん、組み合わせる部分の溝は、まだ全く細工を施されていない状態だった。それでも充分はかどっている方だ。

「お～、もうこんな時間か。……ライル、今日はそろそろ終わりにしよう」

「あ～、うん。これだけやったら、片づけるよ」

「ああ」

この日、部屋に戻ったライルは、すぐに眠りについた。

五

次の日、ライルは、パックボーンに起こされて目を覚ました。

「ライル、今日はキャムソンの種を植えに行くはずだったよね！　急いで！　早く出かけないと、帰ってこれないって言ってただろ？」

「えっ！　あっ、もう朝なの？　うん、ごめん。そうだったね、ごめん……。あ～、すぐ仕度するから、待ってて……」

ライルの頭の中は、椅子作りのことでいっぱいで、すっかり、キャムソンの種のことを忘れていた。家の中をあちこち走り回って慌ただしく出かける仕度を整えたライルは、ザックを背負って部屋に戻ってきた。

「さあ！　パックボーン、出かけよう！」

そう言うと、今日、一番大切なキャムソンの種を袋に入れ、ザックの中に詰めた。

ライルが「出かけよう！」と言うと、アーベルとメーベル、そしてパックボーンも、ライルのコートのポケットの中に身を潜めた。みんなももう、そうすることが当たり前のようになっていた。

「さあ！　リム、行こうか！」

ライルが立ち上がり、重たいザックを背負うと、リムは、プルプルと体を震わせて、ライルの後についていった。

ライルは、小さな湖を過ぎ、あの湧き水のある穴の開いた大きな岩の裏に回り、その上へ登りだした。リムは一生懸命ライルの後をついて行った。

今日は天候に恵まれ、外はポカポカ陽気だったが、吹雪の間に降り積もった雪が、まだかなり残っており、ライル達の進むスピードを遅らせていた。

足を踏み外さないように、慎重に慎重に登り、やっと、穴の開いた巨大な岩の上に登った。するとライルは、その上をウロウロと歩き回りながら、何やら探し始めた。

「あっ！　ここだ！」

枯れた蔦の絡みついたその奥には、ポッカリと開いた岩のトンネルが現れた。雪が積もっているせいか、目印を探すのにも時間がかかってしまう。

ライルは、蔦を掻き分け、這うようにしてその岩のトンネルをくぐって行った。

トンネルをくぐり抜けると、目の前の景色は一変し、そこには、とても大きな木ばかりがずら～っと並んでいた。圧倒されるような景色だが、爽快なとてもいい気分になった。その中から、次の目印となる巨木が一本立っているのをライルは見つけた。その巨木は、周りにある大木を小さく見せるくらい太く、ズッシリと威厳のある風貌で、静かにそこに立っていた。この木を、モリルは、この森の主だと言っていた。

「この先を登って行くんだ！」

ライルは、地面からせり出したこの巨木の太くゴツゴツとした根を避けるように、足元に注意しながら、険しい山道を上へ上へと登って行った。足の短いリムは、障害物を避けて登るのに苦戦しながらも必死でライルについて行った。

ここからはもっと厳しい道のりが続き、途中、息を整えるために何度も休憩が必要だった。

「きっと、もう少し……、もう少しだから……、ハアハアハア……」

「ライル、大丈夫か？　ムリするなよ！」

パックボーンは、ライルの肩から何度も落ちそうになりながらも、コートの襟を握り締め、心配そうな顔をしていた。

「うん。大丈夫だよ……。ハアハア。心配しないでいいよ！　それより、パックボーンこそ……、ハアハア、危ないからさぁ、ふぅ～、ポケットの中に入ってろよ……。ハアハア」

「パックだって、大丈夫だよ！」

「落っこちちゃっても知らないぞ！　こんな所じゃ、助けてやれないからな」

「分かってるよ！」

ライル達は、この後も、とても険しい道を登り続けた。随分高い所まで登ってきたと思った時、目の前に岩壁がそそり立ち、ライル達の行く手を塞いでいた。岩の壁は、高さ五メートルほどあった。

「ここだ……。これが、最後の難関なんだ！　そう、それに、これが最後の目印でもあるんだ」

ライルは、極力、緩やかな場所を探した。すると、一メートルごとに岩棚のあるルートを見つけた。

「これならリムも登れるかもしれない……。リム、ここで待ってるか？　それとも一緒に行くか？」

「クゥ～ンクゥ～ン……。ワン！　ワン！」

「パックボーン、コイツ、何て言ってるんだ？」

「ちょっと、びびってるみたいだけど、おいてかれるよりましだってよっ！」

「分かった。よし！　リムおいで」

ライルはリムを抱きかかえ、最初の岩棚に向けて押し上げてやった。リムは、足を震わせながらもそこにじっとし、ライルから目を離すことなくじっと見つめていた。リムの表情は、不安に満ちていた。

「リム、いいか、動くなよ！　すぐ行くから、おとなしくしてるんだ！」

ライルは岩登りの技術を使い、巧みに岩壁を登っていった。これも、モリルについて、いろんな場所に行ったおかげだった。それに、この岩壁が急なせいか、雪が積もっていないことが幸いした。

パックボーンは、黙り込み、内心、恐怖と不安でいっぱいになっていた。何度も、「やめよう。他の場所を考えよう」と言おうと思ったかしれない。

ライルはリムのいる場所まで登ると、またリムを抱き上げ、その上の岩棚にリムを押し上げ、自分も登る。それを何度か繰り返し、順調に登っていった。

やがて、やっと、岩壁の頂上に登り着いた。そして、そここそがライルの目指していた場所だった。ライル達は、ついに目的の場所にたどり着いたのだ。

ライルの目の前が、急に広々と開けた。

「ハアハアハア……、やっと着いた……。着いたよ、パックボーン。ここだよ」

「わぁお～！　なんてきれいな場所なんだ～。凄い、凄いよ、ライル……。うわぁ～……」

ライルが感動する前に、パックボーンが感激していた。

「ここ……、ここだあ～」

ライルは改めてこの場所を見渡し、確信した。

「間違いない……。コバルトブルーの湖に、その周りをエメラルド色の小さな湖が取り囲んでいる……。今は、花は咲いてないけど……、ここだ！　ここに間違いない」

ライルは、その場にヘナヘナと崩れ落ちるように座り込み、背負っていた重たいザックを降ろした。

「ライル……。凄いね！　まさか、こんな所に、こんな場所があるなんて思ってもみなかったよ……。こんな素敵な場所だったなんて……」

「うん！　きっと、パックボーンは気に入ってくれると思ったんだ。モリルは、『誰も知らない秘密の場所』って言ってたんだ！　僕だけに教えてくれたんだ。だから今は、モリルと僕、それにパックボーンの秘密の場所だよ！　三人だけの秘密だよ」

「うん！　パックも誰にも言わないよ。へへへ」

ライルに「三人だけの秘密だよ」と言われて、パックボーンはとても嬉しそうだった。

「ライル！　キャムソンの種を！　急がないと……、暗くなると危ないんだろ？」

「あっ、うん。そうだね」

「じゃあ、湖の周りにしよう！」

パックボーンはそう言うと、湖のほとりに、掴んだキャムソンの種をばら撒いていった。

「えっ？　そんなんでいいの？　土の中に埋めてやらなくていいの？」

「埋める？　埋めちゃダメなんだ。早く、ライルも手伝ってくれよ！」

「うん……」

ライルは、パックボーンと同じようにキャムソンの種をばら撒いていたが、この方法を納得することができなかった。

「ねぇ、パックボーン。本当にこれでいいの？」

「キャムソンの種は、必要なら自分で土の中に潜っていくから……。自分に適した条件を自分で選ぶんだ」

「えっ？　ええ～！　そうなの……。そうなんだあ。凄いね……」

「そんなの当たり前だよ。コバルリン森の植物達は、皆そうさっ！　……ここの植物は違うの？」

「えっ？　あっ、うん……、ほとんど土の中に埋めてやるよ。それか、水につけてやるんだ。自分で、土の中に潜るなんて聞いたことないよ」

「そうか……。変なのっ」

「水は？　水はやらなくていいの？」

「今日は大丈夫。みんな、水分を充分吸収してるからね」

「うん。そうか……」

ライル達は、キャムソンの種まきを無事に終えると、持ってきたお弁当を広げ、少しのんびりと休憩することにした。

「あっ、あそこ！　凄い霧だ！　大変だ、早く帰らないと、道が分からなくなる……。パックボーン、もう帰ろう！　急いで、戻らなきゃ……」

ライルは慌てて荷物をまとめだした。リム、そしてアーベルとメーベルは、まだのんびりとのどかにお昼寝をしていた。

「そうだ、そういえばモリルが、『ここは、ほとんど霧に覆われていて、滅多に美しい姿を見せてくれない』って言ってたんだ。今日は、たまたま運が良かったんだ……」

「そうなのかぁ……。ライル、ここは、最高の場所だよ！　これなら水の心配はない。霧が水の代わりとなり、キャムソンの種をはぐくみ、育ててくれる。あと数日もすれば、きっと実をつけてくれる……。さあ、ライル、帰ろう！」

パックボーンは、ご機嫌だった。

「うん。ここが霧に覆われてしまう前に下りなきゃ。急ごう！　せめて岩穴の所まで下らなきゃ……」

「リム！　アーベル、メーベル、帰るよ！」

「クゥ～ン……。ワン！」

登ってきた道のりを引き返しているライル達だったが、登るよりも、下る方が大変だった。

ようやく、水が湧き出る岩穴の所まで下ってくると、ホッと安心したせいか、突然ライルの頭の中を不思議な思いが駆け巡り始めていた。

「そういえば……。さっきの秘密の場所……、あの時の……、僕がまだ小さかった時の……、あの場所……、あの場所に似てる気がする。今行った秘密の場所に、あの時に出会った不思議な大木はなかったし、それに、湖もとても小さくて、一つじゃなかった……。でも……。全然違うんだけど、でも、何か……どこか似てる気がするんだよなぁ～。何でだろう……。僕、どうしてそう思うんだろう……。

そう、そうだ！　雰囲気が似てるんだ……。それに、モリルがこの森の主って言ってた、目印のあの巨木……。あの巨木もあの時の不思議な大木と似てる……。木の種類も、形も、全然違うんだけど……、でも……。僕、本当に、どうしてそう思うんだろう……。なんで？……。何なんだろう、この感覚は……」

ライルは、もう一度、自分が小さかった頃に体験したあの不思議な出来事を思い出していた。

「あの時見つけたあの場所は……。透き通るようにきれいな湖だった。その湖の真ん中に、浮かんでいるように小さな島があったんだ……。そこに、大きな木、あの不思議な大木が、一本だけあった。その周りには、見たこともないきれいな花がいっぱい咲いてた……。本当に、きれいな場所だったなあ……。そうだよ、あの時……。大木が……、話しかけてきたんだ。それに……、それに僕のことを知ってた……。

そうだ、それに……」

「ライル！　ライル！　……ライル、どうかしたのか？　また何か、問題があるのか？　それとも、また急に天気が変わるのか？　なあ、ライル？」

「えっ？　パックボーン、今、何か言った？」

「何だよ、ライル。聞いてなかったのか！」

「ごめん……。ちょっと、考えごとしてた……。で、パックボーン、何？」

「そういうことなら、もういいよ」

ライルは、「パックボーン、機嫌を損ねちゃったかな」と思いつつも、また、不思議な思いの中に戻り、考え込んでしまった。

「やっぱり、さっき行った秘密の場所とは全然違うもんなあ。それに、僕が小さかった時、確かに行ったはずのあの場所は、どこを探しても、この森の中にはなかったって、この前モリルが言ってたし……。でも……、どうしても、気になる……」

ライルは、全く違う二つの場所を思い浮かべ、違うと分かっていながら、同じ空気を感じ、何か引き寄せられる、そう、小さい頃にあの場所を訪れた時と同じ不思議な感覚に襲われていた。それは、ライル自身にも説明のできないものだった。

ライルが、歩きながら、そんな不思議な思いにとらわれている間に、辺りは薄暗くなり始めていた。

そして、複雑な思いの中、無事に家に到着した。

「よかった！　暗くなる前に戻ってこれて……。パックボーン、お疲れさま！」

「ワン！」

「そうだ、そうだね、リム。お前もお疲れさま！　アーベルもメーベルもなっ！」

「さあ、家の中に入ろう！」

ライルはそう言うと、コートの左右、二つのポケットを広げた。すると、パックボーン、アーベルとメーベル、それぞれがポーンとライルの肩から跳び下り、ポケットの中に飛び込み、潜り込んだ。

ライル達が家の中に入って間もなく、外は真っ暗になっていた。


ライル達は部屋に入ると、夕食の代わりに、今日持っていったお弁当の残りをたいらげた。

すると、パックボーンは、キャムソンの種を育てるのに相応しい場所に無事に導けたという安心感から か、どっと疲れが出たらしく、すぐに眠ってしまった。

リムも、アーベル、メーベルも同じだった。食事を終えると、それぞれお気に入りの場所へ行き、すぐに眠りについてしまった。

ライルはいまだに、頭の中がモヤモヤとして、何だかスッキリしない気分だったが、さすがにこの日はライルも疲れており、ベッドに潜り込むとすぐに眠ってしまった。


今夜の月は、格別にきれいだった。

森の中、全てのものが寝静まり、月が空の真上に昇ると、辺りはほのかな優しい月明かりに包まれていた。

キャムソンの種がばら撒かれたあの秘密の場所も、先ほどまでの厚い霧が晴れ、優しく守ってくれるような月の明かりに照らされていた。コバルトブルーの湖面は、その光を映して幻想的な美しさをかもし出していた。そして、そのほとりにばら撒かれたキャムソンの種からは、不思議なことに、すでに小さな芽が出ていて、小さな可愛い葉が二枚開いていた。

その秘密の場所には、しばらくすると、また厚い霧がたち込めてきて、やがて真っ白になり、全てがその霧に覆い隠されてしまった。

しかし、キャムソンの種は、その霧の中で、その霧に優しく育まれ、グングンと生長し始めていた。誰の目にも留まらないこの場所で、静かに、そして、力強く……。

やがて穏やかな夜が明けようとする頃、厚い霧に覆われていた秘密の場所は、一瞬、その霧が薄れ、その時チラッとだが、今までその場所になかった木の姿を覗かせた。

それは生長したキャムソンの木だった。一晩のうちに、最大に生長していたのだ。これは、パックボーンの予想をはるかに超えるスピードだった。

キャムソンの木は、今にも花を咲かせそうな蕾までつけている。この調子だと明日にもあの赤い実をつけそうだ。

六

今朝、ライルはまた、パックボーンに起こされて目を覚ました。

眠っている間に何かを感じとったパックボーンは、今日も、三人だけの秘密の場所、そう、キャムソンの木を育ててくれるあの場所へ行きたいと思っていたのだ。

「あっ！　おはよう！　パックボーン、起こしてくれてありがとう。僕、今日もやらなきゃならないことがあるんだ！　だから一緒にいられないけど、お願いねっ」

「うん……」

パックボーンは、もう何も言えなくなってしまった。

ライルは素早く着替えを済ませると、バタバタと部屋を出て行ってしまった。

「何か、キャムソンの木が呼んでる気がしたんだけどなあ。明け方、花の香りがしたんだ……。でも……」

ライルは、昨日、秘密の場所にばら撒いてきたキャムソンの種のことを忘れてしまい、椅子作りを優先させたわけではなかった。ライルは、キャムソンの実が実るのには時間がかかると思っていた。それは当たり前のことで、ライルには、植物は、一粒の種が芽を出し、木と呼べるほどに生長し、そして、その木が実をつけるまでには、何カ月もかかる、いや、もっと長い時を必要とすることが分かっていたので、すっかり安心していただけだった。だからその間、そう、キャムソンの木が生長し実をつけてくれるまでの間、椅子作りに専念しようと思っていただけだった。

ライルが作業部屋へ行くと、そこにモリルの姿はなかった。

しかし、いつの間に書いてくれたのか、モリルの字で、ライルの椅子作りの作業工程が細かく記された数枚にも及ぶ紙と、メッセージが記された小さなメモ用紙が机の上に残されていた。さらに、まずライルが取りかからなければならないほぞ開けの印が、それぞれのパーツに書き込まれていた。

モリルからのメッセージには、短く、こう記されていた。

「おはよう、ライル。

俺は、今日、出かけてくる。

これを参考に、椅子作り、がんばれ！」

ライルは、短いメッセージだが、とても嬉しかった。その反面、分からないところを何でも質問できるモリルがいないことの心細さも少し感じながらも、ライルは椅子作りの作業に取りかかった。

夢中で作業している間に、あっという間に一日が過ぎてしまった。


次の朝、またしてもライルは、パックボーンに起こされて目を覚ました。

「あ〜、もう朝か〜。おはよう！　パックボーン。僕、今日も一緒にいられないけど、よろしくねっ！」

ライルは、起き上がると、急いで着替えだした。

「ライル！　どうして……」

「えっ？　何？　パックボーン」

「うん……。どうして、一緒にいられないのかなあと思って……」

パックボーンは、今日こそあの秘密の場所へ、キャムソンの種の様子を見に行きたいと思っていた。

「ああ……、あのね、椅子を作らなくちゃいけないんだよ。僕、約束しちゃったから……」

「ライル……。それって、今日じゃなきゃダメなの？」

「えっ？　そういうわけじゃないけど……。ほら、僕、コバルリン森へ行かなきゃならないだろ。デルブリックが、僕を待ってるんだ。……。僕には、コバルリン森がどこにあるのか分からないけど、そこが、遠い場所なら日にちがかかると思うんだ。それに、コバルリン森で、やらなければならないことがあるし……。だから、その前に、約束した椅子を完成させておかなきゃならないんだっ。それが、凄く難しくって、時間がかかりそうなんだ……。なるべく早く完成させて、コバルリン森へ行くための準備に入らないとねっ！　そういうことだからさっ。じゃあ、がんばってくるね！」

「あ〜、ライル……」

パックボーンが、キャムソンの木について説明しようと思ったら、ライルはもう、部屋を飛び出して行ってしまった。

「あ〜。もう！」

パックボーンは、少し焦っていた。

「ライルが戻ってきたら、きちんと話さなきゃ……。そうしないと、ライルは毎日、椅子作りにばかり行ってしまう」

いつしか時間が過ぎ、窓越しに、外が薄暗くなってくるのを確認すると、パックボーンは、「もう、ライルが戻ってくるかな？　もう、戻ってくるだろう」と、ソワソワし始めていた。

だが、パックボーンの思いとは裏腹に、ライルは一向に部屋に戻ってこなかった。

その頃ライルは、作業部屋にこもり、モリルに教えを請いながら、時間も忘れるほど椅子作りに夢中になっていた。

やがてライルが部屋に戻ってきたのは、夜の十一時を過ぎていた。

やっと部屋に戻ってきたライルだったが、とても疲れた様子で、部屋に入ってくるなりベッドに倒れ込んでしまった。

まだかまだかとひたすら待ち続けていたパックボーンは、クタクタに疲れきっているライルの元へ慌てて駆け寄って行った。

「ライル、ライル、ねぇ、ライル！」

ベッドに倒れ込んだまま顔だけを上げて、パックボーンを見つめたライルは、うつろな目をしていた。

「ああ、パックボーン。ただいま……。どうかした？　あっ！　そうだったね、ごめん。夕食まだだったね。今すぐ、用意してくるから……」

そう言ってベッドから起き上がったライルは、とても眠そうで、そのうえ、疲れているせいもあるのか、ヨロヨロしながら部屋の扉に向かって歩きだしていた。

「ライル！　違うんだ。夕食なんていいんだけど……。話したいことがあるんだ！」

「えっ？　食事いらないの？」

「うん、いらない。朝の残りを食べたから……」

「なんだ、そうか……。じゃあ、僕、もう寝るよ……」

ライルはとても眠たいらしく、思考回路が働いていないようだった。パックボーンが、話したいことがあると言ったことも、分かっていないのか、聞こえなかったのか……。

「ライル！　ライル！　お願い、話を聞いて！」

ライルは、ベッドに横になったまま、今度は、顔も上げなかった。

「うん？　話……。ごめん、パックボーン。話なら、明日聞くよ……。疲れてるんだ……。今日は、もう寝かせてくれよ……」

「……。でも……。大切なことなんだ……」

今の段階ではまだ確信を持てなかったパックボーンは、キャムソンの木のことが気になりながらもこれ以上、ライルに強く言うことができなかった。

「スゥー、スゥー、スゥー……」

ライルは布団に潜り込み、あっという間に眠ってしまった。

「あ～、本当に寝ちゃったよ……。仕方ないか。明日の朝、話すしかないか……。キャムソンの木は、実をつけるまでに生長するのには、どんなに早くても五日間はかかったはずだ。あの時、何かを感じたのも、キャムソンの花の香りがしたのも夢だったのかもしれないな……。でも……。でも、確かに、キャムソンの木が呼んでる気がしたんだけどなぁ～。とにかく、定かじゃないんだ……。そんなに早く生長するわけないもんなぁ……。今、そんなこと言ってても仕方ない。とにかく、明日の朝、話そう」

あきらめてパックボーンも寝ることにした。ライルのことを待ち続けていたせいもあってか、パックボーンも、今日は疲れていた。精神的に……。


次の日の朝も、パックボーンは、ライルを起こしていた。

「あ～、う～ん……。おはよう……。パックボーン、毎日起こしてくれてありがとう！　助かるよ。う～ん。さあ、今日もがんばるかぁ～」

「ライル、話……、聞いてよ！　昨日、明日聞くって言ったじゃないか！」

「えっ？　そうだっけ……？　ごめん、全然覚えてないや……」

「ええ～！　約束したじゃんか！」

「ごめん、パックボーン……。怒らないでよ、ちゃんと聞くからさっ。で、何？　話って」

「うん。キャムソンの種のことなんだけど……」

「うん。キャムソンの種がどうかしたの？」

「キャムソンの種……っていうか、キャムソンの実は、木に実ってから、二日間の間に収穫しないと、みずみずしさを保てないんだ。それに、保存もできなくなるんだ。あのね、要するに……、実ってから二日間の間に収穫すれば、いつまでもみずみずしさを保ち、新鮮なまま保存できるってこと。つまり、チャンスはその二日間だけってこと。三日目になると、実が腐ってしまうどころか、実からの毒素によって、キャムソンの木も死んでしまうんだ。そうなったら、アーベルとメーベルと会話することができなくなるのはもちろん、あいつらの食糧もなくなってしまうってことでもあるんだ」

「ええ～！　そうなのか～。不思議な実なんだなぁ。……ところで、いつになったら、あのキャムソンの種は実がなるまでに生長するんだろうね。何カ月先かなあ。それが分からなきゃ、どうにもならないよな～」

「えっ？　ライル、何言ってるの？」

「何が？　……僕、何か変なこと言った？」

「うん。だって今、『何カ月先かなあ』って……。そんなにかかるわけないじゃん！　冗談でも、笑えないよっ。ハッハ……ハハ」

「えっ？　そうなの？　だって、普通、『何カ月』でも早いぐらいじゃない？　キャムソンの木って、そんなに早く生長するの？　どのくらい？」

「育つのに相応しい場所に運ばれたキャムソンの種は、早いと、五日間で実をつけるまでに生長する。けど……、それは稀で、多分、そうだなぁ～、十日間ぐらいが一般的かな～」

「ええ～！　そんなに早く育っちゃうんだ……。凄いねぇ～。そっか～。でも、それなら、実をつけるまでにはまだ時間あるよね」

「そうなんだけど……。パックには、気になることがあるんだ」

「えっ、何？」

「うん。上手く説明できないんだけど……。キャムソンの木が呼んでる気がしたんだ……。それに花の香りがした。もしかしたら……、まさかと思うけど、今日にも実をつけているかもしれない……」

「えっ？　それって、どういうことなの？　だって、僕達が、キャムソンの種を秘密の場所の湖のほとりにばら撒いてきたのは三日前だよ……。早過ぎるじゃん。パックボーン、さっき、早くて五日間って……。それに、それも稀なことだって言ってたじゃないか……」

「うん……。そうなんだけど……。もし、もしね、あの香りが、本当にキャムソンの花のものだとしたら……。パックが、あの香りを感じたのは、キャムソンの種を秘密の場所に運んだ次の日。そう、明け方だったんだ。そうすると、その日か、次の日には、花を咲かせていることになるんだよね。仮に、仮にだよ、花を咲かせたと仮定すると、次の日には、実をつけるんだ。そうすると、もう収穫できることになる。ううん、しなくちゃならない。しかも、明日までに……。

でも、いくらなんでも、そんなに早く生長するなんて考えられないんだ。でも、もし万が一実をつけていたとしたら……。だから、ずっと確かめに行きたかったんだ……、秘密の場所に」

「う～ん。パックボーンは、どう思うの？　もう実をつけてると思う？　それとも、まだだと思う？

……どっちだと思う？」

「正直、分かりません。ただ、ここは、コバルリン森ではありませんし、あのキャムソンの種は、トゥインクルの中にあった実のものですし……。もしかしたら、そういう何かの理由で、生長が早いのかもしれません」

「う～ん」

ライルとパックボーンは、あれやこれやと考えながら話し合っていたが、結局、確かな答えは出なかった。それにひきかえ、時間だけが過ぎてしまった。

「とにかく一度、確認しに、あの秘密の場所へ行こう。そうすれば、パックボーンだって安心できるでしょ。でも……。え～と、もう十時過ぎか～。今日は、時間的に、もうムリだから、明日ねっ。パックボーン、それでいいでしょ？」

「うっ、うん……」

パックボーンは、本当は今日中に様子を見に行きたかった。

「じゃあ、僕、今日も椅子作りしてくるよっ！　じゃあね、パックボーン」

ライルは、作業部屋に向かいながら、パックボーンの話を思い出していた。

「あんな遠い場所から、花の香りがここまで届くなんてあり得ないよなあ。きっと、心配し過ぎのパックボーンの勘違いか、夢だったんじゃないかな。いや、まてよ、七つの卵の木の生長の早さを考えると、パックボーンの言うことも分かる気がする……。そうだよなあ。もしかしたら、本当に実がなってるかもしれない……。それにしても、コバルリン森の植物って、みんな変わってるよなぁ〜。不思議だ……。コバルリン森には、もっと不思議な植物もあるのかなあ」

実《じつ》のところ、キャムソンの木のことが気になって仕方ないライルだったが、ライルには、今日中にやっておきたい椅子作りの大事な工程があったのだ。

この日の真夜中、眠っていたパックボーンはまた何かを感じ取った。

キャムソンの木が呼んでいた。そのキャムソンの木は、あの秘密の場所に立ち、すでに赤い実をつけていた。

「あっ！　ああ〜」

パックボーンは、驚いて目を覚ました。

「やっぱり、実をつけてるんだ……。あの香りは……、本当にキャムソンの花の香りだったんだ……。絶対行かなきゃ。秘密の場所に……」

パックボーンは起き上がると、目をパッチリと開け、机の上に座り込み、マフラーにくるまって朝になるのを待った。まだ外は真っ暗だというのに、眠ることなく朝が来るのをひたすら待ち続けていた。もう一度眠る気分ではなかったのと、夜が明けるのを待ち、朝一番にライルを起こして、秘密の場所に向かう準備をしてもらわなければならないと思っていたのだ。

「絶対に、今日、秘密の場所に行ってもらわないと……」

七

静かに夜が明け、外がうっすらと明るくなりだすと、パックボーンは、まだグッスリと眠っているライルの枕元に立ち、ライルを起こしていた。

「ライル！　ライル！　起きて！　……。ライル！　ライル！　もう、ライル！　起きろってば！」

「うぅ〜ん、何？　もう朝なのぉ〜。うぅん？　なんだよ、まだ薄暗いじゃんかぁ〜。もうちょっと寝かせてよ、勘弁してくれぇ……」

「ダメだよ、ライル、起きて！」

「もう！　パックボーン。しつこいよ。起こしてくれるのはありがたいけど、いくらなんでも早過ぎるよ……」

「お願い。ライル、起きて！」

「いったいどうしたんだよ……。ハア〜ア〜ア」

「キャムソンの木に、実がなったんだ！　多分、昨日。だから、期限は今日までだよ！　早く収穫に行かなきゃ……」

「えっ？　ええ〜。どうして分かったの？　どういうこと？　本当なの？」

「本当だよ。とにかく、パックを信じてよ！　だから、早く仕度して出かけないと……。今日中に、全部のキャムソンの実を収穫しなきゃならないんだ。だからライル、早く起きて！」

「うん。分かった……。すぐ仕度するよ」

ライルには、パックボーンが嘘をついているようには思えなかった。それどころか、昨日と違い、しっかりとした確信を持っているように見えた。

「ライル、全部のキャムソンの実を持ち帰ることはできないと思うから、残りは、あの秘密の場所へ置いてこなくちゃならない。とりあえず、何か、保管できる物が必要だ」

「分かった。でも、何でもいいの？」

「実は、キャムソンの木で作った木箱じゃなきゃダメなんだ。でも、とりあえずは、通気性のいい袋でもいいよ」

「う～ん、分かった。道具を持って行くよ。それから、念のため、麻袋も……」

ライルは着替えると、道具をいくつか借りるために作業部屋に向かった。それから外の小屋に麻袋を取りに行って、そのあとキッチンからパンをいくつかくすねてきた。全てをザックに押し込んで、ライル達は、秘密の場所を目指して、急いで出発した。

　ここ数日、天気の良い日が続いたせいか、道に積もった雪はすっかり融けており、この前よりも楽に登って行くことができた。それでも秘密の場所までの道のりは、やっぱりきつかった。

「ふぅ〜。もう一歩だ〜。ハアハア……。もう着くよ、パックボーン」

「はい！」

秘密の場所に近づくと、ライルの肩に静かにチョコンと乗っかっていたパックボーンの落ち着きがなくなってきた。

「絶対、実ってるはずだ……。間違いない……。絶対だ……」

パックボーンは、自分に言い聞かせるようにブツブツ呟きだした。

「ふぅ〜、ハアハアハア……。あ〜、やっと着いたよぉー。ハアハア……」

秘密の場所に到着し、両手を膝につけて、地面を見つめたまま息を整えていたライルが、やっと顔を上げた時、目の前には、これまでの秘密の場所とは全く違う光景が広がっていた。

「すっ、凄ーい！　こんなに……、こんなにたくさん……。まるで、違う場所みたいだ……。本当に実をつけてる……。凄い、凄い生長のスピードだ……。パックボーン。これが、キャムソンの木なんだね」

「そうです！　これが、キャムソンの木です。赤い実をつけたキャムソンの木です」

パックボーンは、目の前の、しっかりと赤い実をつけたキャムソンの木を見て安心した顔をしていたかと思うと、途端に、自信を持った誇らしげな顔つきに変わった。パックボーンの中で、何かが変わりだした。「デルブリック様……。ありがとうございます。パックにも、デルブリック様の言われた力が本当にあるのかもしれません。いえ、きっとあると、今は信じられる気がします……」

コバルトブルーの湖を囲むようにキャムソンの木が群生していた。背は低いが、どっしりとした立派な木だった。枝には、不思議な形をしたみずみずしい葉をつけ、真っ赤な実をつけた枝は、その重みで地面すれすれまで垂れ下がっているものもあった。真っ赤な実は、プルプルと、とても美味しそうで、辺りには甘い香りが漂っていた。

「こんなにたくさんの実を全部収穫するの？　こりゃあ、時間かかりそうだ……。大変だ！」

「はい！　こんなに……。全部が成長するなんて珍しいです。凄いです。きっと、ライルとこの場所のおかげですね」

「えっ？　僕は何にもしてないよ……」

「さあ、ライル、収穫しよう！　急がないと、暗くなっちゃうよ」

「うん。そうだね」

「ライル、実は、一つずつ丁寧に摘み取って！　とりあえず、麻袋に入れよう。パックも、下の方の実を摘み取るよ」

「ＯＫ！　分かった。じゃあ、取りかかろう！」

ライル達は、一生懸命キャムソンの実を収穫し続けていた。

「ホントにたくさんだ……。まだまだこんなにあるよ～。大変だ～」

キャムソンの実のあまりの数に、ライルとパックボーンは食事をとる時間もなかった。

「パックボーン、急がなきゃ！　僕達、かなり時間かかっちゃってるよ……。保管箱の準備できなくなっちゃう……」

「うん。でも、ライル、僕の届く所は、あと少しだよ……」

ライル達は、最後のひとふんばりと、収穫のピッチを上げた。

「パックボーン！　僕の方は、これで最後みたいだ！」

「ライル！　こっちも、この一粒で最後だよ！」

「あ〜、終わったあ〜。パックボーン、お疲れさま！　ホントに、随分時間かかっちゃったね」

「うん。予想以上にキャムソンの木が育ってたから、その分、実もたくさんだったからね」

ライル達が全てのキャムソンの実を収穫し終えた時には、すでに太陽も傾き、もう帰らなければならない時間になっていた。

「ねえ、パックボーン。道具は持ってきたけど……、もうそろそろここから下りなきゃ、帰る途中で暗くなっちゃうよ。これ、どうしようか？」

「ライル、とりあえず、今日持ち帰れない実は、このまま麻袋に入れてここに置いていこう」

「大丈夫なの？」

「はい。数日間は、問題ありません。その代わり、明日、またここに来ましょう」

「うん、分かった。じゃあ今日は、持てる分だけザックの中に入れて帰るよ。それでいい？」

「はい。早く戻りましょう」

「じゃあ、帰る準備するから待ってて。あっ、そういえばコレ……。パン持ってきてたんだ。パックボーン、待ってる間、これ食べててよ」

「ありがとう、ライル。いただきます」

ライルは、今収穫したキャムソンの実が入った幾つもの麻袋を一箇所にまとめ、自分が背負うことのできる重さまで、キャムソンの実をザックに詰めた。下りといえども帰り道もかなり時間がかかるし、結構きつかったので、無理しない程度の量にした。

「パックボーン、お待たせ！　さあ、帰ろう」


「ねえ、パックボーン。そういえば、何も言わずに出てきちゃったけど、アーベルもメーベルも、おとなしくしてるかなあ。心配だなあ、大丈夫かなー」

「ライル。リムが一緒だから大丈夫だよ。心配ない心配ない」

「うん、そうだね……。そうだよねぇー」

「さぁ、急がなきゃ！」

順調に下って来て、あとは比較的楽な道に出ると、ライルの中には、突然思い出したかのように一つの疑問が浮かび上がってきた。

「ねぇ、パックボーン。今日、出かける前に、キャムソンの実を保存するのには、キャムソンの木で作った箱がいいって言ってたでしょ。今、気がついたんだけど……。それって……。それってさあ、今、育ったばかりのキャムソンの木を使って作るってことなの？」

「うん。もちろんそうだよ。何言ってるんだよ、ほかにキャムソンの木はないだろ？」

「でも……。それって……。せっかく育ったのに……。しかも、あのキャムソンの木は育ったばかりだよ。それを切り倒すってことだよね？」

「そうです」

「……」

そんなことをするのは、ライルは気がすすまなかった。

「ライル。本当は、キャムソンの実を保管する箱は、もう寿命を迎えたキャムソンの木を使って作るんだ。そこまで生きたキャムソンの木は、背丈は変わらないけど、何百年も生きたんだ……、だから幹はとても太くなってるんだよ。でも、とても軽くて、それでいて丈夫なんだ。それをくりぬいて箱を作るんだよ。……まだ実をつけることのできる若いキャムソンの木は、決して使わない。

コバルリン森では、木をむやみに切り倒すなんてしない。植物全てに対してもそうなんだ。みんな森を大切にしているからね……」

「じゃあ、あのキャムソンの木も切ったりしたらダメじゃないか！　……僕達のこの森だって、みんなで大切に守ってるんだから……」

「うん……。ライル、でも……、でもね。ここ、この森には、元々キャムソンの木はなかっただろ。だから、どっちにしても、このままキャムソンの木をここに残すことはできないんだ。この森の生態系が崩れてしまうし、きっと何かと問題が起こる……。だから、まだ育ち始めたばかりのキャムソンの木だけど……、切り倒すしかないいんだ。

だから、あのキャムソンの木を使って、保存用の箱を作ればいい。キャムソンの実を守ってくれるから……。そうすればきっと、キャムソンの木も喜んでくれる……」

「う〜ん……」

パックボーンの言っていることはもっともなことだと理解はできたライルだったが、それでもライルの中には複雑な思いが残った。

その後ライルは、黙り込んだまま、黙々と歩いていた。

「ねえ、パックボーン。お願いがあるんだ！」

黙り込んでいたライルが突然、意を決したように声をあげた。

「えっ？　どうしたんだ？　ライル。突然……」

「お願い、パックボーン。一本だけでも残したい。キャムソンの木を……。鉢植えにして、僕の部屋で大切に育てるから……。成長したら、あの場所じゃなくてもいいんでしょ？　お願い……」

「ライル……。それは……、ムリだよ。気持ちは分かるけど……。でも、鉢植えで、部屋の中じゃ、キャムソンの木が可哀想だとは思わないか？　キャムソンの木は、森の中のきれいな空気、きれいな水を好むんだよ」

「うん……。そうだよね……。パックボーン、ごめん。ごめんね、僕、大事なこと忘れてたよ」

ライルは自分を恥ずかしいと思い、また黙り込み、落ち込んでいるようだった。

「いいんだ、ライル。パックにも、ライルの気持ちは分かるよ……。ライル、もう気にするな。元気出せ！　明日、素敵な箱を作ろう！　切り倒してしまうキャムソンの木のためにもさっ。もちろん、キャムソンの実のためにも……」

「うん、そうだね。ありがとう、パックボーン」

「さあ、ライル。アーベルとメーベルが待ってる。急ごう！」

「うん。リムもね！　パックボーン、リムのこと忘れないでよ。アハハハ」

「そうだ、そうだったね。アハハハハ」

この日は、ライル達が家に到着した時にはすでに真っ暗になっていた。

慌てて部屋に戻ったライルだったが、リム、アーベルとメーベルは、仲良く部屋の中を遊び回っており、パックボーンの言ったとおり、全く心配なかったようだった。

遊びに夢中で、ライル達が帰ってきたことすら気がついていないようだった。

「リム！　アーベル、メーベル、ただいま！」

「ワン！」

やっとライル達に気づいたリムは、いちもくさんでライルの元に駆け寄ると、ライルに飛びついて来た。すると、アーベルとメーベルもライルの元にやってきて、ライルの頭の上にとまり、ポコンポコンと交互に飛び跳ね、それは、とても喜んでいるようだった。

リムは、やっぱり心細かったのか、寂しかったのか、その後ライルのそばを離れようとしなかった。

ライルもパックボーンも、この日は早々と寝床に入った。明日も秘密の場所に行かなければならない……。そのことばかりが気になっていたせいか、ライルも、そしてパックボーンですら、今日収穫してきたキャムソンの実をアーベルとメーベルに与えることをすっかり忘れていた。実を与えさえすれば、ライルは今日から、アーベルとメーベルとも会話ができるようになっていたのに……。

ライルはベッドに入ってから、また突然、何か違和感を感じていたのを思い出した。ライルは、秘密の場所で、立派に育ったキャムソンの木を今日初めて見た時から、胸の奥に何かが引っ掛かっていたのだ。

「キャムソンの木……。そういえば、前にどこかで見たことがあるような気がする……。でも、そんなはずないよなぁ～。だって、キャムソンの木は、コバルリン森固有の植物のはずだもん……。この森にあるはずがないんだ……。そうだよ……。僕が知ってるわけない。やっぱり僕の考え過ぎかなあ。あ～、もう、明日も早く起きて、秘密の場所に行かなきゃならないんだ、余計なこと考えてないで、もう寝なくっちゃ……。うぅ～ん」

だが、ライルは、早く寝なければと思えば思うほど寝つけずにいた。どうしても考えてしまう……。

「あっ！　そうだ！　あの時、そう、デルブリックからの手紙を読んだ時……。そうだよ……。あの草原の中に一本だけあったあの背の低い木……。そう、デルブリックの手紙と同じ内容が書かれた大きな葉っぱをくわえて飛んで来たフクロウが舞い降りて来た木だ！　あの木と同じだ。実はつけてなかったけど、あの木は、確かにキャムソンの木だった……。そう、あれは、キャムソンの木だったんだ。そうだったのか～。僕はもう、キャムソンの木を見てたんだ……。今日、秘密の、あの場所で見る前に、僕はもう知ってたんだ……キャムソンの木を……。ハハハハハ、アハハ……。な～んだ、そうだったんだぁ～」

ライルは、何だか嬉しい気持ちでいっぱいになっていた。その途端、ライルは心地よい睡魔とともに眠りにつくことができた。

しかも、キャムソンの木は、モリルとメリルがトゥインクルを受け取った時に、そのトゥインクルを守るように立っていた、小さいけれど風格のある三本の木と同じだった。あの時の三本の木もキャムソンの木だったのだ。もちろんライルはそのことを知らないが……。

八

次の日、ライル達は朝早くから秘密の場所に来ていた。今日は、リムも、アーベル、メーベルも一緒だった。

ライルは、「ごめんね……。ごめん」と呟きながら、キャムソンの木を切り倒していた。幹が太くどっしりとしてはいたが、まだ中をくりぬいて箱にできるほどではなかった。それには、まだまだとても細過ぎた。

「背丈のわりには、これでも随分太いと思うんだけどなぁ～、何百年もすると、どんなに太くなるんだろう……。パックボーンは確か、背丈は変わらないって言ってたよな……。どんな姿なんだろう……。だって、幹をくりぬいて、たくさんの実を保管できるぐらいの箱が作れるんだから、相当太くなるんだ……。想像できないや。でも、見てみたいなぁ～。あっ、そうだ。コバルリン森に行ったら、見られるかも……」

ライルはとりあえず、数本のキャムソンの木を切り倒すと、一本一本の幹に細工を施し、幾つもの幹や枝を使って、このキャムソンの木達が実らせてくれた、大切な実を保存できる箱を作ることにした。

家造りの手伝いと、これまでの椅子作りの経験が、今、保管箱を作るライルの助けになっていた。

ライルが作業している間、リムと、アーベル、メーベルは、秘密の場所で自由に遊び回っていた。喉が渇けば、湖のきれいな水を飲み、また駆け回る。その繰り返しだが、とても楽しそうだった。

太陽が真上にさしかかる頃、アーベルとメーベルは、お腹が空いたのか、匂いに誘われるように麻袋からこぼれ出ていたキャムソンの実をいとも簡単に見つけだし、ポリポリと食べ始めた。

箱作りに夢中になっていたライルとパックボーンは、アーベルとメーベルが麻袋の中のキャムソンの実を食べていたことなど全く気づかなかった。

パックボーンもいろいろとアドバイスしてくれ、ライルは、結構、箱作りを楽しんでいた。

そんなライルの元に、アーベルとメーベルがやって来た。そして、ライルの頭の上で跳ね出した。ライルは、箱作りに集中していたので、そんなアーベルとメーベルを無視して作業を続けていた。するとアーベルとメーベルは、今度は、ライルの肩の上で跳ね始めた。それでも無視されると、次はライルの腕の方へポコンポコンと移動してきた。さすがのライルも、これには黙っていられなかった。

「アーベル！　メーベル！　やめろって！　今、大事なところなんだぞ！　危ないなぁ〜、邪魔するなよ」

するとアーベルとメーベルは、すぐにライルの元から離れて行った。

「何だよ！　ふん！　つまんな〜い。もういいよ、ライルなんて……」

「えっ？　何？　パックボーン、今何か言った？」

「えっ？　何？　ライル。今、何か言った？」

ライルとパックボーンは、不思議そうな顔をして辺りを見回した。

「えっ？」

「えっ？」

「どうかしたの？　ライル」

「あっ、うん……。別に……。何でもないよ……。もういいんだ、何でもない。ごめん、パックボーン。気のせいだったみたい」

「そう？　それならいいけど……」

ライルは、また箱作りに取り掛かりながらも、何だか変な感じが残っていた。

「確かに今……。声がした気がしたんだけどなぁ～。今まで聞いたことのない声だったような気がするんだけど……。でも、パックボーン以外誰もいないし……。やっぱり気のせいか……。まあいいや。それより今は、箱作りだ！」

ライルの元から離れて行ったアーベルとメーベルは、一番小さな湖のほとりで、リムと一緒にウトウトしていた。きっと遊び疲れたのだろう。

その後もライルは、夢中で箱作りに励んだ。パックボーンは、小さいながらも自分のできる範囲で、一生懸命ライルの箱作りを手伝っていた。

「ライル。そろそろ帰らなきゃならない時間じゃないか？」

「えっ？　もうそんな時間なの？」

ライルは、手を止め、顔を上げると、太陽の位置を確認した。太陽は、西の空に傾いていた。

「わ～。ホントだ！　もう帰らなきゃ……。あ～あ。完成できなかったなあ」

「ライル、仕方ないよ。こんなにしっかり作ってるんだもん。それより、今日も持てる分だけでもキャムソンの実を持ち帰った方がいいよ」

「うん、そうだね。そうするよ」


帰り道、パックボーンとライルは、今後の予定を話し合いながら歩いていた。

「パックボーン、明日も天気だったら来なきゃね」

「うん。そうだね。早い方がいいと思うよ。もう少しだったのにね」

「そういえば……、この前から、霧が出ないと思わない？　確かモリル、この場所は、ほとんど霧に覆われてるって言ってたのに……。不思議だなあ。でも、ラッキーだからいいか。霧に覆われちゃったら作業できないもんね。ねっ、パックボーン」

「はい！」

パックボーンは、「それはきっと、ライルの力だよ」と言いたかったのを押し殺した。

「それよりライル。ライルの部屋用の保管箱もいると思うんだ。トゥインクルの中にも入れておけるけど、とても全部は入らないだろ？」

「そっかぁ～。じゃあ、キャムソンの木も持ち帰らないとダメだね」

「うん。そういうことだね」

「じゃあ、何日か、秘密の場所に通うことになるなあ。パックボーン、僕、がんばるよ！」

「わーい！　わーい！　毎日お出かけだ～！　やったぁー」

「アハハハ……。わーい！　わーい！」

「えっ？　何、今の？　パックボーンの声じゃないよね？」

「はい、違います。パックは今、何も言ってません」

ライルとパックボーンは、顔を見合わせると足を止め、不思議そうに辺りを見回していた。

「いったい誰なんだ？　ここには、僕達以外誰もいないはず……。パックボーン、どういうことだろう？」

パックボーンもキョロキョロしていた。

「分かりません。でも、姿を見られたらまずいです」

「パック、ポケットの中に入って！」

「ライル、アーベルとメーベルも隠して！」

「うっ、うん。そうだった……。アーベル、メーベル、早くこの中に入って！」

ライルは、もう片方のポケットを広げると、慌てて叫んだ。もちろん小声で……。

ライルが慌てているというのに、アーベルとメーベルは、呑気にライルの頭の上で嬉しそうに跳ねていた。

「何やってるんだよ！　アーベル、メーベル、早くしろって！」

ライルは、かなり焦っていた。

「何で？　ヤダよ！」

「ヤダ、ヤダ！　ヤーダよぉ～だ」

「えっ？　何？　パックボーン？……。違う、パックボーンじゃない、さっきと同じ声だ……」

ライルは驚き、しばらく呆然となった。

「パックボーン、今……、今……。聞こえたでしょ？　聞こえたよね？」

次に声を上げたライルは、とても興奮していた。

「はい。パックにも聞こえました……」

「そうだよね、そうだよね。アーベルとメーベルが喋ったんだ。さっきの声も、アーベルとメーベルだったんだ……。あっ、そういえばあの時、箱を作ってる時に聞こえたのもこの声だった……。でも、どうして……」

「あの実を食べないと話せるようにならないはず……。ライル、収穫したキャムソンの実を、アーベルとメーベルにあげた？」

「ううん。だって僕、そんなことすっかり忘れてたもん」

「ライル、もしかしたら……、秘密の場所に置いておいた麻袋の中のキャムソンの実を食べたのかも……」

「そうか……、僕達が箱作りに夢中になってる間に、麻袋に入ってるキャムソンの実を見つけたのかもしれない……。だったら、もう、僕と話ができるってことだよね？」

「はい。そういうことになります。あのキャムソンの実を食べ続けている間は、話ができます。でも、あのキャムソンの実だけです。トゥインクルの中にあった実から取れた種によって生長したキャムソンの木に、最初になった実だけです。つまり、ライルと一緒に収穫した実だけです」

「うん……」

ライルは、自分の頭の上で跳ねているアーベルとメーベルに視線を向け、思いきって話しかけてみた。

「アーベル、メーベル。今日、キャムソンの実を食べたの？　秘密の……、ああ、今日行った、キャムソンの木がある場所で」

「うん。食べた。凄く美味しかった！　プルプルだったよね、メーベル」

「うん。プルプルだった！　今までのと全然違ったよ。あまーくて、美味しかった！」

ライルは、ニッコリ笑って、パックボーンと顔を見合わせた。

「アハハハ……。そう、そうかあ〜！　よかったなっ。これからは、ずっとその実が食べられるよ」

「わーいわーい！　やった〜！」

アーベルとメーベルは、声を合わせて喜んでいた。とてもご機嫌だった。

「アハハハ……」

ライルもご機嫌で、嬉しそうに笑い続けていた。

ずっと、「もし、この実を食べてもアーベルとメーベルがライルと会話できなかったらどうしよう……」と密かに心配していたパックボーンは、内心ホッとしていた。

「あっ！　そうだ……。今までずっと疑問だったんだ。どっちがアーベルで、どっちがメーベルなのか……」

ライルは、全く同じ姿をした、フワフワで真ん丸の白い玉のようなアーベルとメーベルを、全く区別することができなかった。

だからライルは、いつも一緒に、セットで名前を呼んでいたのだ。もちろん、二人?、二匹?はいつも一緒で、しかも同じ動きをしていたから、だからこそ、それでよかったのだ。今まで、それでも何の問題もなかった。

「ねぇ、アーベル、メーベル。怒らないで教えてほしいんだけど……」

「何？　何？　何？」アーベルとメーベルは、声を揃えて同時に答えていた。

「うん。どっちがアーベル？　メーベルはどっちなの？」

「僕がアーベル！」

「私がメーベルよ！」

そう言いながら、アーベルとメーベルは、代わる代わるライルの頭の上をポコンポコン飛び跳ねていた。

「えっ？　それじゃ、分かんないよ……。じゃあさぁ、アーベルは左手に、メーベルは右手、こっちに乗ってみてよ！」

ライルは、両方の手のひらを上に向け、自分の目の前に上げた。すると、「ポコン！」と左手に、そして「ポコン！」と右手に、アーベルとメーベルが乗って来た。

ライルは、左手を少し上げ、「アーベル？」、次に右手を持ち上げ、「メーベル？」と声をかけ、それぞれを確認した。そして、何度も何度も自分の手のひらに乗ったアーベルとメーベルを見比べていた。

「う～ん。やっぱりそっくりだ……。これじゃあ、見分けがつかない……分からない……」

ライルは、真剣に頭を悩ませていた。

「ふん！　僕達は全然違うよ！　そっくりなんかじゃないやい！」

「そうよ、そうよ！　酷いわ！　ふんっだ！」

「あああ～、ごめん、ごめんよ。これから少しずつ分かるようにしていくから……。待ってよ、アーベル、メーベル！」

アーベルとメーベルは、機嫌を損ねてしまったようで、代わる代わるライルの顔目がけてぶつかってくると、ライルの元から去り、リムの背中にポコンと乗っかってしまった。

そうこうしている間に、ライル達は、今日も無事に家に到着することができた。

アーベルとメーベルは、部屋に戻ってきてもまだ不機嫌らしく、結局この日は、ライルのことを避けているのか、一度もライルのそばに来ようとしなかった。

「アーベルとメーベル……、まだ怒ってるのかなあ。パックボーン。パックボーンは、どっちがアーベルで、どっちがメーベルか分かるの？　見分けがつく？」

「えっ？　ライル、何言ってるの？　もちろんだよ。アイツ、今、リムの頭の上にいるのがアーベルで、その横、ソファーの上にいるのがメーベルさっ！」

「ええ～！　何で分かるんだよ……」

「だって、全然違うじゃないか！　当たり前だよ」

「へぇ～。でも、僕には全然分からない。いくら見ても同じに見えるんだけど……」

ライルは、自分だけがおかしくて、何か劣っているんじゃないかとまた落ち込んでしまった。そして、またしても考え込んでしまった。

「そういえば、アーベルとメーベルって何なんだっけ？……。そうだ、ずっと不思議に思ってたんだ……。もちろん、生き物であるのは確かだけど……。ムースビックやドットビック、パックボーンとは、どう見ても違うし……、目も口も鼻も耳もどこにあるのかさえも分からないし……、あんな不思議な生き物見たことないしなあ。きっと、コバルリン森にしかいないんだろうけど……。でも……、そうだよ。ドットビックに質問した時……。あんなにいろんなこと知ってるドットビックでさえ、アーベルとメーベルについては全然分からないって言ってたし、トゥインクルの中に入ってたキャムソンの実のことも知らないって言ってたんだった。そうそう、ドットビックは、アーベルとメーベルという名前すら知らなかったんだよな。う〜ん。

あ〜、そうだよ、忘れてた。パックボーンだけは、アーベルとメーベル、その名前を初めから知ってたんだ。じゃあ、パックボーンは、知ってるはずだ。アーベルとメーベルのことを、もっと……。だから、見分けることもできるってことか？　何で、僕、今までパックボーンに聞かなかったんだろう……」

そう考えると、ライルはいてもたってもいられず、今まさに寝床に入ろうとしていたパックボーンの元に駆け寄って行った。

「ねえねえ、パックボーン。教えてほしいことがあるんだけど……」

「えっ？　いきなり何ですか？」

「アハハ……。パックボーンって、時々、やけに言葉遣いが丁寧になるんだよね。へへへ……」

「ライル！　そんなことなら、明日に備えて、もう寝たいんだけど……」

「ごめんごめん。そんなことじゃないんだ……。アーベルとメーベルのことなんだけど……、いったい

「パックボーン、知ってるのは、ホントにそれだけ？」

「うん、そうだよ。どうして？」

「ううん。そっかー、それならいいんだ……。ありがとう。アーベルとメーベルは、成長したらどんな何者なの？」

「えっ？　何者って？　どういう意味ですか？」

「う～ん。どんな生き物なのかなって。……だから、つまり……、パックボーンは、コバルリン森の守り人に仕えるジェニィウス・エランドなんでしょ？　アーベルとメーベルは？　……パックボーンは、知ってるんでしょ？」

「えっ？　う～ん。僕もよく知らないけど……。多分、コバルリン森では、皆から大切に敬われる生き物だよ。う～ん。それから……、パックの知ってることは……。え～と。そう、あいつらは、まだ子供だということ。そして、成長すると、今とは全然違う姿になるってこと。あっ、その姿を、コバルリン森の者でも誰もが見たことがあるわけじゃないんだ。残念ながら、パックもまだないんだ……。それから、あいつらの親の名前が、アペレスとアメレスってこと。でも……、アメレスは、もう……亡くなってしまったと聞いたことがあるんだ。パックが知ってるのは、それぐらいだよ。

　う～ん。きっと、卵のうちにトゥインクルの中に入れられたんだと思うよ。そしてその中で、アーベルとメーベルは生まれたんだと思う。きっと……」

　パックボーンは、その後に付け加えようとした自分の考え、「きっと、それはライルのためを思ってのことだよ。きっと、アーベルとメーベルがライルの助けになるはずだ」は、言葉にしなかった。

姿になるんだろう……。ねっ、パックボーン」

「ライル。もう寝た方がいいよ。明日も早いんだからさっ」

「うん。そうだね……」

ライルは、アーベル、メーベルと直接会話ができるようになったが、そのせいで、いや……、それはもちろん嬉しいことなんだが、その分、ライルには考えさせられることがもう一つ増えてしまった。

明日も朝早くから秘密の場所に行かなければならないというのに、ライルは、この夜もすぐに寝つくことができなかった。

「あ〜。何か頭の中がいろんなことでいっぱいで、グッチャグチャだよぉ〜。キャムソンの木で、箱を作り終えたら、もう一度、ゆっくり、いろんなことを整理しなくっちゃ……」

ライルは、とにかく早く眠らなきゃと思い、今はなるべく考えないようにした。


その後、ライル達は、三日間、秘密の場所に通い続けた。その間、天候にも恵まれ、秘密の場所は、不思議なことに一度も霧に覆われることはなかった。

そしてキャムソンの木は一本もなくなり、今、秘密の場所は、何事もなかったかのようにまた元の姿に戻っていた。ただ、キャムソンの木でライルが作り上げた箱が、コバルトブルーの湖のほとりに置かれていた。それはとても素敵な箱だった。もちろんその中には、たくさんの真っ赤なキャムソンの実が詰まっていた。

ライルの部屋の隅にも、キャムソンの木で作った全く同じもう一つの箱が置かれていた。その中にも、箱いっぱいに、いや、こぼれそうなほどの真っ赤なキャムソンの実がびっしり詰まっていた。

そして、ライルとパックボーンのここ数日の全ての作業が終了したこの日、二人は、お互いをねぎらいながら、リム、そしてアーベル、メーベルも一緒に、みんなで楽しく夕食を囲んでいた。だが、ライルには、パックボーンの様子が、どことなく沈んで見えた。

「パックボーン？　どうかした？」

「えっ、何でもないよ……」

「そう？　何か元気ないと思って……。具合でも悪い？　それとも疲れがドバ～ッと出た？」

「うん。何でもないけど……。やっぱり疲れたのかな……。へへへ」

「そうだよね。今日は早く寝るといいよ」

「うん。そうだね。そうするよ……」

パックボーンは、ライルとの別れの時が近づいていることを感じ取っていたのだ。そして今、自分でも不思議なぐらい、何ともいえない寂しさを感じていた。

パックボーンが早々と寝てしまうと、まだ眠れそうにないライルは、久しぶりにステンドグラスのロフトに上がり、七つの卵の木の前、いや、ムースビックとドットビックの前に座り、動くことも喋ることもない二人に向かって語り始めた。

「ドット。パックボーンは、変わったよ。ドットがいた時とは全然違うよ。見てるよね？　きっと分かってるんだよね……。そうなんだ、凄くしっかりしてきたよ。だから、心配ないよ……。僕達、キャムソンの木も育てたんだよ。パックボーンのおかげ。それに僕、アーベルとメーベルの言葉が分かるようになったんだ。それも、パックボーンのおかげなんだ。それからね、アーベルとメーベルのこと、少し分かったよ。でも……、まだまだ不思議なんだけどね……。

そう、それとね、僕、何もない広い広い、とてもきれいな草原に行った夢を見て、そこで、デルブリックからの手紙を読んだって言ったろ？　その時、ポツンと一本だけあった木、あれ、あれね、キャムソンの木だったんだ。僕、秘密の場所に育ったキャムソンの木を見る前に、もう見てたんだ。キャムソンの木を、もう知ってたんだよ……。凄いよね？　へへへ……。だから、安心して……。ね、ドット」

「ムース。お前がこんな姿になってしまってから、いろんなことがあったんだよ。分かってるかぁ～。……ムースも見守ってくれてるんだもんね、僕のこと……。でもね、僕、随分慣れてきたんだけど、考えると、今でも頭の中がグッチャグチャになるんだ……。へへへ。やっぱり僕には、不思議なことばっかりだよ……。

ムース……。いっぱいいっぱい話したいことがあるよ。早いよ、いなくなっちゃうの……。僕、コバルリン森に行かなきゃならないんだよ。ムース達の森に……行くんだよ。ねぇ、ムース、ムースビック……。もう一度、僕の前に現れてくれよ……。お願い……、お願いします。そして、そしてさあ、僕と一緒に行こうよ、コバルリン森に……。ねえ、聞いてる？　……きっと、聞いてるよね。へへへ、そんなこと言われても困っちゃうよね……。ごめん……。僕、やっぱりもう寝るよ」

「ムース、ドット、七つの卵の木。みんな、おやすみ」

ライルは、みんなにおやすみの挨拶をすると、突然思い出したように、七つの卵の木に久しぶりに栄養となる木箱のかけらをやり、ロフトから下りると、ベッドに潜り込んだ。だがライルは、なかなか寝つけなかった。

「どうしてみんな僕の前からいなくなっちゃうんだろう……。どうしてあんな姿になっちゃうんだよ……。もしかして、パックボーンも……」

ライルはそう思った瞬間、急に心配になって、ベッドから飛び降り、パックボーンの元に駆け寄っていった。

パックボーンは、スヤスヤと眠っていた。

「よかった～。大丈夫だ～」

ライルは何となく、パックボーンがいなくなってしまうような気がして慌ててしまった。ライルもこの夜は、少しセンチな気分になっていたのかもしれない。

そんなライルがやっと眠りについた頃。

静まり返った真夜中、優しい月の光に照らされた七つの卵の木が、また突然、七色に輝きだした。その輝きと月の光が交じり合い、七つの卵の木は、格別に美しかった。

数分間続いたその輝きが、スゥーッと消え去ると、七つの卵の木は、また元の何でもない普通の木の姿に戻っていた。

しかし、その七つの卵の木の枝には、すでに四つ目となる実がぶら下がっていた。それは、これまでと同じように、透き通ったガラス玉のような実だった。

その実は、枝にぶら下がったまま、突然七色に光り輝きだした。そしてしばらくすると、美しい赤色の光に包まれた。その光が、フゥーッと消え去ると、赤色のガラス玉のような実に変化していた。

「パリンパリン、バリッ」

その実は七つの卵の木の枝にぶら下がったまま割れ、また一人のジェニィウス・エランドが誕生した。

七つの卵の木の枝にぶら下がったそのジェニィウス・エランドは、とても器用に枝を伝い、七つの卵の木から下りてきた。そして、木の横に置物のように立っているムースビックとドットビックの前までやって来ると、二人をジッと見比べた。

「うん？　うぅ～む……。うん？　はて？　う～ん……」

そのジェニィウス・エランドは、しばらくすると、ムースビックの周りをグルグル回り、念入りにジロジロと眺め始めた。

「うむうむ、こ奴じゃな」

すると、そのジェニィウス・エランドは、もう一度ムースビックの前に立ち、そっと近づいて、ムースビックの頭の上に生えている葉っぱに「チュッ」と口づけをした。その時、一瞬だったが、赤い光が放たれ、一筋の光が、ベッドに眠るライルの元にも降り注いでいた。

口づけを終えたジェニィウス・エランドは、そのままムースビックの横に並び、黙って身なりを整えていた。

自分の役目を果たしたそのジェニィウス・エランドは、一度もライルに会うことなく、そのまま消えてしまった。いや、ムースビックの横に立ったまま動かなくなってしまったのだった。

だが、一瞬にして動かなくなってしまったそのジェニィウス・エランドは、スヤスヤとベッドで眠るライルの方を向いて、見守るような優しい微笑を浮かべているようだった。

今、七つの卵の木の横には、名前すら分からないジェニィウス・エランド、そしてムースビック、ドットビックの順に、三人が置物のように並んで立っていた。

九

次の朝、ライルは久々に自ら目を覚ますと、何か夢をみたような不思議な気持ちを抱きながら、バタバタと着替えを済ませ、ブツブツと呟きながら、また作業部屋へ向かっていた。

「何か僕、もうすぐコバルリン森に行くような気がする……。そんな気がする……。その前に、椅子を完成させなくっちゃ……」

ライルは、やけに椅子を完成させることにこだわっていた。ルキンさん家の完成は、まだまだ先のことだということはライルも分かっているはずなのに……。

ライルは、コバルリン森に行ったら、しばらく家には戻ってこられないと、自然に感じ取っていた。だからこそライルは、どうしてもルキンさんの椅子を完成させておきたいと思っていたのだ。それにこれは、モリルとの約束でもあった。「一度引き受けたことは、最後まで責任を持つ。自分の決めたことは、最後までやり通す」ライルが、いつもモリルに言われていることだった。ライルは、どうしてもそれを守りたかった。

この日もライルは、夜遅くまで作業部屋にこもっていた。

その日の夜、リム、アーベル、メーベルは、ライルが部屋に戻ってくるのを待っていたが、待ちくたびれて先に眠ってしまった。ただ、パックボーンだけは、起きてライルの帰りを待っていた。

「自分の役目は、もう終わったんだ……。ライルとは、お別れしなくちゃならないってことなんだなあ。きっと、パックは、今夜、消える。……そう感じる。その前に、ライルと話さなきゃ。まだ、伝えたいことが残ってる……。ライル……。早く戻ってきてよ……。時間がないんだ」

パックボーンは、机の上を行ったり来たりして、まだかまだかとライルの帰りを不安げに待っていた。

そしてパックボーンは、デルブリックとの会話をもう一度、思い返していた。


「それからパックボーン、これをお前に……」

デルブリックは、ポポックの止まり木から何やら優しく摑み取り、その握った手をパックボーンの前に差し出した。パッと開いたデルブリックの手のひらには、小さな小さな、とても小さな丸い玉が一つ乗っていた。それは、真っ白なフワフワとした羽根に覆われていた。

「何ですか？　コレ……」

「アメレスの子供の、偽者じゃよ。でもパック、これでも、ちゃんとした生き物だぞ。ハハハ」

デルブリックは、楽しげに笑っていたが、パックボーンは、ポカーンとしていた。

「アメレスが、わしの所に運んで来たんじゃよ。二つの卵とともに……」

「はあ～」

パックボーンは、今一つ理解できないまま、その不思議な白い玉をデルブリックから受け取った。すると、その白い玉は、ポコンポコンと跳ねながら移動して、パックボーンの肩にとまった。そして、そのままじっとおとなしくしていた。

「ハハハハ。お前のことが気に入ったようじゃな、パックボーン」

「そうですか？」

「ああ。その証拠に、お前の肩に乗ったままじっとしておるじゃろ」

「はあ、そうなんですか……」

「そいつを、一緒に連れて行ってやってくれ。お前とともに過ごし、お前の力を得ることによって、成長していくであろうぞ。頼むな、パックボーン。……ライルにも役に立つはずじゃよ……」

「デルブリック様、この子の名前は？」

「いや、まだついておらん。素敵な名前をつけてやってくれ。じゃあ、パックボーン、頼んだぞ」

「はい……。分かりました」


いくら待っても、ライルは一向に部屋に戻ってこず、パックボーンは、だんだんいらついてきた。そして机の上をあっちに行ったり、こっちに行ったりと、落ち着きなくウロウロと動き回っているうちに、今度は、いらつきを通り越して心配になってきた。

今パックボーンは、部屋を抜け出して下に様子を見に行きたいと思う気持ちと戦っていた。

「でも……、もしほかの人に見つかったら……。あ～、どうしよう……。時間がない」

カチャ。……バターン。

「お帰り！　ライル」

「えっ？　何だ、パックボーン、まだ起きてたのかい？」

「うん。ライルを待ってたんだ」

「そうか、ごめん、遅くなって……。僕を待ってたなんて、何かあったの？　パックボーン」

ライルは、とても眠たそうな顔をしていた。

「あのね、ライル……。ううん、ライル様。パックは……、いえ、私は、話したいことがございます」

「どうしたんだよ、パックボーン。『ライル様』なんてやめてくれって言ったろ？　もう、今更なんだよぉ～『ライル様』なんて……。ハハハ……アハハハ。それに、そんな改まった言い方しちゃってさっ！　変だよ……。パックボーン？……」

最初、笑っていたライルだったが、何か嫌な予感が頭の中をよぎり、ライルは一瞬にして真面目な顔になり、疲れも眠気も吹き飛んでいた。

「ライル様……。私は、もうすぐ……、ライル様の元から消えてしまいます」

「ちょっと待ってよ。いきなりやめてよ。そんな……」

パックボーンは、戸惑うライルに構わず、話を続けた。

「ライル様もすでに分かっておられると思いますが、私が消えた後も、私のこの体は、ここに残ります。そして、一粒の小さな真珠《パール》色の実をつけるでしょう。私の力は、未来を見透す力、つまり、予言する能力です。私は、あの月が空の真上に昇る頃、ライル様の時間でいうなら十二時を迎えると動かなくなります。それが、私には分かります。コバルリン森で、何か困ったことが起きた時、その実を食べてください。きっと、私の力がライル様をお守りすることでしょう。それから……」

「ちょっと、ちょっと待ってよ。そんなに淡々と話さないでよ。僕、何となく分かってたけど……。きっと、パックボーンも、ムースやドットみたいになっちゃうんじゃないかって……。でも、十二時なんて……。もう今、十一時四十五分を過ぎてるんだよ。もう全然時間ないじゃないか！　どうして……、今日、せめて今朝、言ってくれなかったんだよ……。言ってくれれば、今日一日、一緒にいられたのに……。それに、もしかしたらパックボーンが消えなくても済む方法を一緒に見つけ出せたかもしれないじゃないか！　どうしてだよ……。パックボーン……。みんなそうだよ……、勝手に僕の前に現れて、それで突然、僕の前からまた勝手に消えちゃうんだ……酷いよ……」

「ライル様、ありがとう……、ありがとうございます。でも、ライル様には、やらなければならないことがおありです。やはりそれをすべきでした。それから、ライル様、もう一つ、話したいことがあります。私の肩に乗っている、このちっちゃな奴。これをライル様にお譲りします。……この子は、私が、デルブリック様にいただいたものです」

「えっ？　デルブリックに？」

「はい。ですが、この子は、ライル様と一緒にいるべきなのです」

「でも……。これは、何なの？」

「私にも分かりません。ただ、デルブリック様は、『アメレスの子供の偽者』だとおっしゃっておりました。それと、『アメレスが、二つの卵とともにわしの所に運んで来たのだ』と……。私が聞いたのは、それだけです。きっと、ライル様の役に立つのだと思います。名前は、まだついていませんし、パックも決めていません。ライル様が、素敵な名前をつけてやってください。お願いいたします」

そう言ってパックボーンは、自分の小さな手のひらに乗った、まるでアーベルとメーベルのミニチュアのような小さな小さな白い玉をライルに差し出していた。「きっと、デルブリック様は、私に授ければ、ライルの手に届けてくれるだろうと考えられたんだろう」と思いながら……。

「でも……」

「ライル様、心配ありません。この子は、ほうっておいても自分の力で成長して行くはずです……。もう、時間が来ますね……。ライル様、私は、とても楽しかったです。本当に、とても楽しかったのです……。ライル様にお会いでき、一緒に過ごすことができました。そのおかげで、私も少し自信を持つことができました。感謝しております……。ありがとうございました。本当に……」

その時、今まで気丈に振る舞っていたパックボーンの瞳から、ポタッと一粒、大粒の涙がこぼれ落ちた。

「ライル様……、アーベルとメーベルのこと、お願いします。……必ず……、必ずコバルリン森に連れて行ってやってください……」

そう言うパックボーンの瞳からは、大粒の涙がとめどなくこぼれ落ちていた。そして、

「ライル……、ありがとう！」

その言葉を最後に、パックボーンは動かなくなってしまった。パックボーンは最後に、今までどおり

「ライル」と呼んだ。

「パック……、パック、パックボーン？　クスン……、グスングスン……」

ライルの目からも涙が溢れ出ていた。

ライルは、何も言わず、動かなくなってしまったパックボーンを握り締めていた。ライルの目から溢れる涙は、いつまでも止まらなかった。

何といってもパックボーンとは、一番長い時間を過ごしていたのだ。

ライルは、パックボーンを握り締め、ベッドに潜り込んでしまった。ベッドに入っても、とめどなく溢れ出す涙を止められずにいた。

ソファーの上でグッスリと眠っていたリムが、起き上がり、ベッドに飛び乗ると、布団の中に潜り込んで行った。

「クゥ～ン、クゥ～ン……」

ライルのことを心配しているのか、リムは、しきりにライルの頬っぺたをペロペロと舐めていた。

「リム……。ヒック、ヒック……。パックボーンも……ヒック、動かなくなっちゃったんだ……。ヒック、ヒック、グスン」

「クゥ～ン、クゥ～ン」

ライルは、リムに抱きついた。すると、ライルの目から、また涙が溢れ出てきた。

やがて泣き疲れたのか、ライルは、リムとパックボーンを抱き締めたまま眠ってしまった。

この時、ライルはまだ、すでに置物のようになってしまった新たなジェニィウス・エランドの存在に気づいていなかった。

翌朝、昼近くになってようやく目を覚ましたライルは、自分の胸に握り締められたパックボーンの姿を見て、やっぱりこれは夢じゃなかったんだと少し落ち込んだ。

「僕がコバルリン森に行くことを、みんなが望んでいるんだ……。きっと……、今はもういないムースビックもドットビックもそれを望んでいたんだ。……そのために、みんな、僕に力を貸してくれた……。そして、消えて行ったんだ……。パックボーンは、自分がもうすぐ消えてしまうと知ってたのに……、それなのに、僕が、今すべきことをやるべきだと思っていてくれた。みんなのためにも僕は、早く椅子を完成させて、コバルリン森に行くために何をすればいいのかを考えなきゃ。どこにコバルリン森があって、どうすればコバルリン森に行けるのか……。でも、だからこそ、僕が今すべきことは、椅子作りなんだ。

これから毎日、がんばろう……。アーベルとメーベルの相手はできないけれど、きっと、リムが面倒みてくれる……」

ライルは、グイ〜ッと背伸びをすると、まだ握り締めていたパックボーンをトゥインクルの横にそっと置いた。

こんな時にかぎってライルは、七つの卵の木の横ではなく、トゥインクルの横に置いたのだ。

ライルは、動かなくなってしまった置物のようなパックボーンの肩に、あのミニチュアの白い玉をそっと乗せた。

「ごめんね。ここで待っててくれよ。あっ、そうだ。きちんと名前も考えるからね」

白い玉は、パックボーンの肩の上で、おとなしくじっとしていた。小さな小さなミニチュアの白い玉は、全く手のかからないおとなしい生き物のようだった。

そしてその後ライルは、気持ちを新たに、作業部屋へと向かって行った。

作業部屋でのライルは、モリルが驚くほどの集中力で、夢中になって椅子作りに励んでいた。

終章　旅立ち

一

パックボーンが動かなくなってから、ライルは二週間近くもの間、朝早くから夜遅くまで作業部屋にこもり、椅子作りに励み続けた。モリルは、そんなライルに、嫌な顔一つ見せずに付き合ってくれた。

そして、椅子の完成は、あと一歩のところまできていた。それは、とても少年が作った物とは思えないほどの出来で、すでに、立派で素敵な椅子の形となっていた。

そんなある夜、リビングでくつろぐモリルとメリルの間では、ライルのことが話題にのぼっていた。

「モリル。もう随分二人で作業部屋にこもってるみたいだけど……毎日毎日、それも一日中よ。ライルの椅子作りはどうなの？　上手くいってるの？」

「ああ。とっても順調だよ。なんと、もうすぐ完成さっ！　きっとメリルもビックリする出来だぞ！ハハハ、さすが私の息子だよ」

モリルはとても満足げに、自分のことのように誇らしげな顔をしていた。

「あらっ、そうかしら。私の息子だからよ！」

「アハハハハ……。二人とも、親バカかもしれないなっ！　ハハハ」

「ウフフフフ……。でも、それを聞いて安心したわ。ずっと、気になってたのよ」

「ああ。本当に素晴らしい物になりそうだよ。それにしても、子供の発想力ってのは凄いものだな。おかげで、俺も勉強させてもらったよ」

「そう。楽しみね。でも……、ルキンさんは、気に入ってくださるかしら……」

「ああ、多分。もし気に入らなければ、我が家の玄関に置こう！」

「そうね、それもいいかもしれないわね」

「アハハハ……」

「ねぇ、それよりモリル……。ライルは、上手くいってるのかしら、あっちの方は……」

「さあ、どうだろうな。でも、昔みたいに毎日のように森へ行ったり、そうかと思えば部屋にこもっていたり、忙しそうじゃないか。それは、何かに夢中になって、毎日、充実してる証拠さ。きっと上手くいってるさ。……俺は、そう信じてるよ」

「そうね、そうよね」

「どうしたんだよ、メリル。どっしり構えていたお前が、今になっていきなりそんなこと言い出して」

「少し心配になったのもあるんだけど、もうすぐ、クリスマスじゃない？」

「ああ、そうだったなぁ～。すっかり忘れてたよ……」

「ええ、そうだと思ったわ。だって……。フフフ。いつもなら、一番張り切るモリルが、何も言わないんだもの。今年は、ライルと一緒にクリスマスを過ごせないと思っていたけど、もしかしたら……。喜ぶべきことじゃないのかもしれないけど、今年も一緒に過ごせそうかもって。だったら、そろそろ飾りつけしたいと思って……。今年は、ツリーもまだなのよ。

クリスマスの飾りつけは、毎年、子供達とモリルがやってるじゃない？　だから、気になりながらも何もしなかったのよ。それに、ライルがいないなら、どうしようかと……。でも……。リシエもクリスマスを楽しみにしてるのよ……。やっぱり、あの子のためにも、楽しいクリスマスにしたいわ……」

「ごめん、メリル。俺、ライルと毎日遅くまで作業部屋にこもってたもんなっ……。うん。明日、夕食を済ませたら、みんなで飾りつけをしよう！　楽しい我が家のクリスマスに向けて……」

「ええ。楽しみだわ。今年は、格別に素敵なクリスマスにしましょうね。いいえ、きっとそうなるわ」

「ああ、そうだな。そうと決まったら、早く寝るとするか。さあ、明日は忙しくなるぞ！」

「そうね！」

翌日、リビングでは予定通り、ライルも一緒に、きらびやかなクリスマスの飾りつけを部屋中に施していた。その作業は、ライルにとってもとても楽しく、全てを忘れ夢中になれる穏やかな時間だった。ライル自身も、毎日の忙しさと、次から次へと目まぐるしく起こる不思議な出来事に翻弄《ほんろう》されてもうすぐクリスマスだということをすっかり忘れていた。

「ライル。今年は、サンタさんに何をお願いするの？」

「えっ？　エへへへ……」

「何よ、その笑い！　まさか、とんでもないことお願いするつもりなんじゃないでしょうね？」

「それは言えないけど、もう決まってるんだ！　でも、絶対、秘密！」

「そう。秘密か～。サンタさんが、叶えてくれるといいわね。ううん、きっと叶えてくれるわよ」

「ジングルベエル♪　ジングルベル♪　サンタチャン！　サンタチャン！　わーい！　お星様だぁ～……」

今日は、リシエもはしゃぎまくっていた。久しぶりにライルも一緒で嬉しかったんだろう。

「さぁ、後は……、いよいよ、ツリーの飾りつけだ！　ライル、始めるよ！」

「へーイ！　真っ赤なお鼻の♪　トナカイさんはぁ～♪　いっつもみんなのぉ～♪　笑い者ぉ～♪　でもそのとっしのぉ～♪　はい一緒に！　クリスマスの日ぃ～♪　……」

「アハハハ……」

「キャハハハ……」

「ワン！　ワン！」

「ハハハ……リシエもリムも、ご機嫌だな！」

この夜、ラロック家は、大きなクリスマスツリーを彩る光と、みんなの笑顔、そして楽しそうな笑い声に包まれていた。

ライルは、小さなクリスマスツリーを抱え、リムと一緒に部屋に戻っていった。

扉を開けると、部屋の中は、たくさんの窓から射し込んでくる月の優しい明かりに照らされ、夜だというのに思ったより明るかった。優しい月明かりに包まれた部屋は、何だかホッとして、とても心地よかった。ライルは、この月明かりがもったいないと思い、部屋の明かりを点けるのをやめた。

「今日は、こんなに月の光がきれいなんだ、電気を点けたらもったいない。今日は、このままでいよう。……たまにはこんな夜もいいかもしれない」

その時、すでに七つの卵の木の枝にとまって眠っていたはずのアーベルとメーベルが、もの凄い勢いでライルの元にポコンポコンと飛び跳ねてきた。

「何だ？　コレ」

「ホント、変」

アーベルとメーベルは、不思議そうに、ライルの持つ、たくさんのオーナメントで飾りつけられたツリーにとまり、その上をポコンポコンと移動し、怪しげに嗅ぎ回っていた。

「アーベル、メーベル、どうしたんだよ？　何が変なの？」

「変な木だ！」

「ホントよ。変よね！」

「アハハハ……。これは、クリスマスツリーだよ！　もみの木に飾りつけをしたんだ。小さいけど、きれいだろ？」

「ちっともきれいなんかじゃないやい！　変だよ。これは、木なんかじゃない……」

「そうよ！　おかしいわ」

「え～。そう？　……そうかなあ～」

アーベルとメーベルは、言いたいことだけ言って、また七つの卵の木へ戻って行ってしまった。そして、枝にとまるとすぐに、「クゥー、クプクプクプ……、クゥー、クプクプ……」と幸せそうに眠ってしまった。

「リム。アーベルとメーベル、何だか怒ってなかったか？　……このクリスマスツリー、変かなぁ～」

「クゥ～ン！」

ライルは、小さなクリスマスツリーをベッドの横、サイドテーブルの上に置いた。

「あっ！　そうだ！」

ライルは突然、何かを思い出したかのように叫び声をあげると、トゥインクルの横に立っているパックボーンの元に駆け寄って行った。

「パックボーン。もうすぐ、椅子が完成するんだ！　あと少し……、ホントにあと少しなんだよ。サンガーさんに、ううん、ルキンさんに気に入ってもらえるか、僕には分からないけど……、でも、でもね、僕は、満足してる……。だから、もうすぐ、コバルリン森に行くことだけ考えられるようになるよ。僕も楽しみなんだ！　コバルリン森に行くの……。もちろんさぁ～、最初は、僕にとって不思議なことばかりで……、正直、戸惑ったし、不安だったよ。それに……、信じられなかったんだ。ずっと、夢を見てるんじゃないかとも思ったよ……。けど、けど今はね、僕、コバルリン森に惹かれてる……。エヘヘ。僕、きっと、行ってみせるよ！　コバルリン森に」

ライルは、嬉しそうにパックボーンに語りかけると、パックボーンの肩におとなしくとまっているミニチュアの白い玉の前に、自分の手のひらをそっと差し出していた。

「おいで！」

ライルは、ニッコリと笑顔を見せ、優しく声をかけていた。

最初は警戒していたミニチュアの白い玉も、ゆっくりとライルの手のひらに乗って来た。するとライルは、自分の手のひらに乗ったミニチュアの白い玉に顔を近づけ、優しく囁いた。

「君の名前を考えたんだ！　ずーっと考えていたんだけど、やっと、ひらめいた。『ポポト』。どう？　気に入ってくれるかな～……。君の名前は、『ポポト』だよ」

白い玉は、ライルの手のひらの上で、じっと動かず、しばらく何の反応も示さなかったが、いきなりライルの手のひらでポコンポコンと何度も飛び上がり、そして今度は、ライルの肩に乗ってきた。

「アハハ……。気に入ってくれたんだね？　ポポト！」

ライルは、「僕を受け入れてくれたんだ……」と、とても嬉しかった。

「パックボーン、聞いてたかい？　ポポトって名前にしたよ……。どう、気に入ってくれる？」

するとポポトは、またライルの肩の上で、ポコンポコンと飛び跳ねていた。

「アハハハ……。今のは、お前に聞いたんじゃないよ、ポポト。お前、可愛いなっ！　アハハ！」

ライルは、ポポトを眺めていると、自分の気持ちが穏やかになる気がした。

「あっ、そうだ。どうして僕、パックボーンだけここに置いたんだろう……。七つの卵の木のそばに、うん、みんなの所に連れてってやらなきゃ……」

ライルは、パックボーンを握り締め、ステンドグラスのロフトに上がっていった。

「さあ、パックボーン。みんなと一緒だよ」

ライルは、ドットビックの隣にパックボーンをそっと置いた。

「よっし！　これで、みんな一緒だ。あっ！　そうだ……。ムースビック！　ムースビックにも言わなきゃ」

ライルは、もう一度振り向くと、ムースビックに向かって語りかけた。

「ムース。僕、きっと、コバルリン森に行ってみせるよ。ムースの森に……」

ライルは、この時やっと、何か違和感を感じた。

「あれ？　何か変な感じ……」

「あっ、ああ～！　ええ～！　どういうこと？　どうして……。もう一人……増えてる……。でも、でも……。どうして……」

月明かりの中、ライルは今やっと、一瞬にして消え去ってしまったジェニィウス・エランドに気がついた。ライルは気が動転し、何がなんだか分からなくなっていた。そしてその場に座り込み、そのジェニィウス・エランドを呆然と見つめていた。

ムースビックやパックボーン、それにドットビックと比べても、かなり年を取っているように見える。シワシワの右手には、ゴツゴツとした杖が握られており、その杖を持つ腕は、ガッシリと強そうで、いかにも老いて見える姿とは、不釣り合いの体つきをしていた。髪の毛は、モシャモシャで金髪だった。そこからは、やっぱり小さな芽が生えていた。まとったマントはボロボロで、靴の先は破れ、そこから親指を覗かせていた。そして、首には、ふわふわの羽根飾りがぶら下がっていた。そんな風貌からか、そのジェニィウス・エランドは、威厳を放っていたが、奥まった小さな瞳は、優しさをかもし出していた。

「君は、いえ、あなたは誰？　どうしてここに？　僕……、あなたを知らない……。もしかして、もう動かなくなってるのか……。あなたも、七つの卵の木から生まれてきたの？……。……でも、いつ？もう！　どういうことなの？　どういうことだよぉ〜！」

ライルは、グシャグシャと髪の毛をかきむしり、頭を抱え込んでうなだれてしまった。

「ムース……。お前と呑気に話してるどころじゃなくなっちゃったよ……。僕、分からない。全然、分からない！」

今のライルはパニック状態で気がつかなかったが、この時ムースビックの体がピクリとほんの少しだけ動いた。

その後すぐだった。一瞬にして、ムースビックの体が、きれいな黄緑色の光に包まれた。ちょうどその時顔を上げたライルは、ムースビックの異変に気づき、言葉を失っていた。

月明かりだけのライルの部屋が、黄緑色の美しい光に包まれていた。

「あ、あ、あ、あ〜。ムース？　何？　何が起こったんだ？……」

ライルはパニック状態を通り越し、わけが分からなくなり、混乱していた。

黄緑色の光が消えると、ムースビックの体は、初めて会った時と同じ、生き生きとした淡い黄緑色になっていた。

「ふあ〜っ！」

ムースビックは、大きなあくびをすると、何事もなかったように、トコトコトコとライルの元に近づいてきて、ピョコンとライルの膝の上に乗った。

「あ〜、あ〜、わぎゃ、あっあっあっ……」

ライルは、意味の分からない言葉を発していた。

「おい！　ライル。何やってるんだあ、いつまでマヌケ面してるんだあ。な〜んてね！　アハハハ！」

「ムース？　本当にムースなんだね……。アハハハ、ヤッター！　また戻ってきてくれたんだ……。僕の前に……。話ができる……、動いてる……。夢じゃないんだね？　えっ？　でも、どうして？……」

「何言ってるんだ、ライル？　お前のおかげさっ！」

「何言ってるんだよ、ムース？　僕、何にもしてない」

「お前が願ってくれたんだろ」

「じゃあ、ドットビックもパックボーンも元通りになるってこと？」

「さぁ、それはどうかな？」

「何だよ、それ？　ムースがたった今、僕が願ったからって言ったじゃないか！」

「ああ、言ったさっ！　願うっていっても、いろんな願い方ってのがあるだろ？　まあ、いいじゃんかよ。それともライルは、俺がまた現れて不満なのか？」

「そうじゃないよ！　そうじゃないけど……、ただ、ただされ……、皆が戻ってくるといいなって思ったから……」

「ライル、それは図々しいって！」

「もう！　ムースは相変わらず憎たらしいなっ！　アハハハ！」

「へへへへ……」

ムースビックは、嬉しそうに笑っていた。

「あっ！　そうだ、ムース。この人、誰だか知ってる？　僕の知らない間に、みんなの隣、ううん、ムースの隣に並んで立ってたんだよ。……僕が気づいた時には、もう動かなくなってたんだ」

「ああ。もちろん知ってるさっ！　オルバースだよ」

「オルバース……？　そっかあ～……。あっ！　ねぇ、ねぇ、オル……バースだっけ？　オルバースもジェニィウス・エランドなんでしょ？　何で、動かなくなってるの？　僕、一度も会ってない。話もしてない……。ここにいるってことは、七つの卵の木から生まれたってことだよね？」

「自分の役目が済んだんだろ？　だからさっ！」

「でも僕、さっきも言ったけど……、話もしてないんだよ」

「それは仕方ないよ！　役目を果たしたら動かなくなるんだから……。それよりライル。いろいろと分かってきたみたいだなっ！　オレと初めて会った時には、何にも、な～んにも、ホントに何にも知らなかったもんなっ！」

「うん……。ドットビックやパックボーン、それにムースも……。みんなのおかげだよ」

ライルの頭の中を、今までのいろんな出来事が走馬灯のようによぎっていった。

「ねえ、ところで、オルバースの役目って何だったの？」

「さあな！　ただ……。オルバースは、素晴らしい力をお持ちなんだ！　それは、俺達ジェニィウス・エランドの中でも、オルバースしか持たない力さっ！　それに、いろんなことをご存じなんだ。何ていっても、もう何百年と生きておられるんだからな……。オルバースの力は、生命を回復させる力だよ」

「そう、そうなんだぁ～……。きっと、凄い人なんだね」

ライルは、そう言うと黙り込んだ。そして、長い時間、何やら考えているようだった。

「そうだ！　デルブリックの手紙に、『願い玉の木』って……。ドットビックが教えてくれたんだ。『願い玉の木』は、七つの卵の木のことだって。コバルリン森では、七つの卵の木を皆そう呼んでるって……。そうかぁ～……、そうだったんだ……。七つの卵の木に願いごとをすると、それを叶えてくれる実が実るんだ……。僕は、知らない間に、そうしてたんだ……。

だから今、ムースビックも蘇った……。そう、僕は、困った時、七つの卵の木の前で七つの卵の木に向かって呟いていたんだ。そうだ、『お願い』って言ってた気がする……。その度に七つの卵の木の枝に実がついた。きれいなガラス玉のような実が……。そうやってみんなが生まれたんだ……。そして、役目……、そう、僕の願いを叶えると消えちゃったんだ。でも、そんなことって……。いや、そう考えるとつじつまが合う……。いきなり現れて、いきなり消えちゃう。……本当はそうじゃなかったんだ。僕が、そうしたんだ……。

トゥインクルを開けることができなかった時、ムースビックが現れた……。デルブリックからの手紙が何なのか分からなかった時、ドットビックが……。アーベル、メーベルと話がしたいと思った時、パックボーンが……。そして、ムースビックともう一度話がしたいと思った時……、願った時……。えっ？オルバース？　じゃあ、オルバースは……」

ライルは今、とても真剣な顔をしていた。

「ムース、もしかして……。あれ？　どこに行ったの？　ムース？」

さっきまで、自分の膝の上にいたムースビックが、いつの間にかいなくなっていた。

心配になったライルが、必死でムースビックの姿を探していると、当のムースビックは、いつの間にかステンドグラスのロフトから下りて、リムにちょっかいを出していた。

ムースビックを見ると、リムも最初は驚き、ビックリして戸惑っていたが、今は嬉しそうにムースビックを追いかけ回していた。

「ペタン、ペタン、ペタン……」

静かな部屋に、ムースビックの奇妙な足音が響いていた。聞き覚えのあるその音にライルも気がついた。

「ムース！　ムース！　ムースったら！」

「何だよライル！　今、忙しいんだぞ！」

ムースビックは、リムと追いかけっこをしながら叫んでいた。

「ねえ！　オルバースは、ムースを蘇らせてくれたんだね？　だからすぐ、消えちゃったんだよね？　僕が、七つの卵の木、ううん、願い玉の木にお願いしたからなんでしょ？」

「ああ。正解さっ！　ライル、やっと気がついたのか？　相変わらず、どんくさいなっ！」

ライルは、ムースビックの挑発に乗らず、そのまま話し続けた。

「ねえ！　ムース！　どうしてみんな、僕にそのことを教えてくれなかったの？」

すると、ムースビックは、リムとの追いかけっこをやめ、ライルの元にトコトコと戻ってきた。そして、途端に真剣な表情をして話し始めた。

「ライル。もし、ライルが初めから七つの卵の木のことを詳しく知ってたとしたら?……。くだらない願いをどんどんして、あっという間に七つの実を使いきっていたかもしれないだろ? この実は、大切に使ってこそ意味があるんだ! 分かるだろ? デルブリック様は、それを心配していたんだと思う。それに、ライルが余計なことを考えないようにねっ。う～ん。例えば、オレ達が役目を終えたら消えると知っていたら、ライル、お前、黙っていられたか?」

「それは……」

「どうだ? ……そういうことだよ。みんな、デルブリック様のお心に従い、お前に言わなかったのさ! ……ライル。お前は、もう、四つの願い玉を使った。あと三つだ。残りの願い玉を、どう使うべきか……。ライル、お前は、もう分かっているよなっ?」

「……ちょうど三つ……。ドット、パックボーン、オルバースを蘇らせることができる……」

ライルは無意識のうちに呟いたが、それを聞いていたムースビックは、突然怒りだした。

「ライル! だからみんな、お前に言わなかったんだ! みんな、そんなこと願っていない。みんなが、願っていることが何なのか、ライルには、もう分かっているはずだ! 分からないっていうなら、ちゃんと考えてみるんだな!」

そう言い放つと、ムースビックはライルの元から去り、机の上にあるトゥインクルの上に寝転ぶと、眠ってしまった。

「う～……」

ライルは、七つの卵の木の前で考えていた。真剣な顔をして、ドットビック、パックボーン、そしてオルバースを見つめて、長い間……。

ふて寝したふりをするつもりが、トゥインクルの上で本当に眠ってしまっていたムースビックが、突然、ムクッと起き上がった。その時、ムースビックの瞳は、ライルのベッドに向けられていた。

「？　……いない」

まさかと思いながら、ムースビックはステンドグラスのロフトへ上って行った。するとライルは、まだ七つの卵の木の前に座っていた。

「ライル！」

ライルは、何時間もの間、七つの卵の木の前で考え込んでいるようだった。そんなライルを見かねたムースビックが声をかけると、驚いたのか、ライルの体がビクンとした。

「ライル。いつまでここにいるつもりなんだ？　もう、眠れよ……」

「ムース……。僕、いろいろ考えてたんだ。今までのこと……、今まで、みんなと過ごしたこと、みんなが、僕のためにしてくれたこと……、思い出してた……。僕、絶対、忘れない……」

「ライル。分かったから、今夜は、もう寝ろよ……」

「僕、ずっと考えてたんだ。でも、願い玉の木に、僕が何をお願いすればみんなが喜んでくれるのか……、そう思った時、すぐに答えが出たんだ。だから、一生懸命お願いしてたんだ。何度も何度も、この願い玉の木に……。僕が、本当に叶えてほしいと思ってお願いしたのは、これが初めてだから……。だから、何度もお願いしてるんだ……」

「そうか……。でも、もう眠りな！　きっと叶うから。さあ、ライル、もうベッドに入れ！」

「うん……」

　柱に掛かるからくり時計の針は、すでに、真夜中、二時を指そうとしていた。

　ライルは、みんなにおやすみの挨拶をすると、ステンドグラスのロフトを後にし、ベッドに潜り込んだ。すると、今までおとなしくライルの肩に乗っていたポポトは、慌ててポコンと飛び下り、再びトゥインクルの上に横になったムースビックの傍らにポコンと乗り、安心して眠りについた。ポポトは、ムースビックをパックボーンだと思ったようだ。二人は、どことなく似ていたから……。

　ライルが眠れずに、いつまでも七つの卵の木の前にいたのには、ほかにも理由があった。

　今、ムースビックには言わなかったが、ライルは、七つの卵の木にお願いしたのはいいが、いざとなると、とても不安になってきたのだ。その不安は、デルブリックの手紙を思い出した時、とても大きいものとなり、ライルの小さな胸を締めつけていた。

「デルブリックとの約束……。誰にも漏らしてはいけない秘密。大切な救いの地図……。コバルリンストーンを探すための地図。デルブリックの手紙には、『私達を救う』って書いてあった……。これは、何を意味しているんだろう。僕には、本当にコバルリンストーンを探し出すことができるんだろうか……。どうして僕が……、ううん、どうして僕なんだ……。生まれた時からの宿命だって……、どういうことなんだろう……。分からない……。

　コバルリン森……、どんなところなんだろう……。普通の世界じゃないはずだ。……ホントは、とても恐ろしいところなのかもしれない……、戻ってこられないなんてことは……」

ライルが考えれば考えるほど、不安が押し寄せてきたのだ。そして、初めて、自分の知らない未知の世界であるコバルリン森に行くことが恐ろしいと感じていた。

ベッドに入ったライルを一気に眠気が襲い、まだほかにもたくさん考えたいことがあったのだが、あっという間に眠りの中に吸い込まれていった。


翌朝、ライルは目を覚ますと、何はさておき慌ててステンドグラスのロフトに駆け上がって行った。

「おはよう！」

ライルは、みんなに朝の挨拶をすると、すぐに七つの卵の木を見つめ始めた。ライルは、キョロキョロと七つの卵の木をくまなく観察しているようだった。

「……ない」

ライルは深刻そうな顔をして、もう一度七つの卵の木を、隅から隅まで観察し直した。

そしてしばらくすると、ライルは七つの卵の木の前で、力なく呆然と立ち尽くしていた。

「やっぱり、ない。……どこにもない。どうしよう……。七つの卵の木に、僕の願いは届かなかったんだ……。どうしたらいいんだろう」

ライルは、自分の願いが届けば、七つの卵の木に、あのガラス玉のような実がすでに実っているはずだと思っていた。そして、自分の願いを叶えてくれるジェニィウス・エランドが現れると思っていたのだった。だが、七つの卵の木には、どこを探しても実はついていない。それどころか、少しの変化もなく、いつも通り静かにそこに立っているだけだった。

「あ～……」

ライルは弱々しい叫び声をあげると、ガクンと首を垂れ、落ち込んでしまった。

「ライル！　こんな朝早くから、またそんなとこで何やってるんだ？」

「ああ、ムース。おはよう……」

「何だよ！　そんな情けない声出して。朝なんだから、もっと元気良く、おはよう！　だろ」

「う～。そんな気分じゃないんだ……」

「もう！　何なんだよ。どうかしたのか？」

「うん。ダメだったんだ……」

「ダメって、何がだよ？」

「うん……。僕、きのうの夜、七つの卵の木、ううん、この願い玉の木にお願いしたんだ。何度も何度も、真剣にお願いしたんだよ……」

「ああ。分かってるよ。それはゆうべ聞いただろ。それがどうかしたか？」

「だから～、実がついてないんだ！　ほら、見てよ！　どこにもついてないだろ？　僕の願いは、届かなかったんだ……。ダメだったんだよ……」

「アハハハハ！　な～んだ！　そんなことか～。アハハ……。そんなことで落ち込んでるのか？　ライル。ハハハハ」

「そんなことじゃないよ！　酷いよ、ムース。とっても大事なお願いだったんだ！　何だよ！　ムース。

そんな言い方しなくたっていいだろ！　バカにしたように笑ってさっ！」

「まあまあ、ライル、落ち着いてくれよ……。そういう意味じゃなくてさあ」

「もういいよ！　黙っててよ！」

怒ったライルは、ムースビックに背を向けた。

「ライル、聞けって！　こっち向いて、ちゃんと聞けよ！」

それでもライルは、黙ったまま、そっぽを向いていた。ムースビックは仕方なく、トコトコと機嫌を損ねて自分に背を向けてしまったライルの正面に回り込み、チョコンと胡坐《あぐら》をかいて座り込んだ。

「ライル、いいか！　ちゃんと聞けよ。実はな、願い玉っていうのは、願ったらすぐ現れるもんじゃないんだよ！」

「えっ？　そうなの？」

さっきまでプリプリに怒って、背を向けて口も利こうとしなかったライルの顔が急変し、ムースビックの方に身を乗り出していた。

「もう！　だから、さっきからちゃんと聞けって言ってるだろ！」

「どういうこと？　ねえ、どういうことなの？　ねえ、ムース。早く教えてよ！」

ライルの目が、また生き生きと輝きだしていた。

「落ち着けって！　今、話すから。あのなっ、願い玉の木に自分の願いを伝えると、数時間経ってから、願い玉の木は、実、そう、願い玉をつける準備を始めるんだ。やがて願い玉の木は、変化し始める。……本来の姿を現すんだ。それは、真夜中にしか起こらない。それも月のきれいな夜でなければならない。そして、願い玉が現れるんだ」

「へ～。そうなんだ。真夜中か～。ああ、だからいつも、僕が気づいた時には、もうガラス玉のような実がぶら下がっていたんだ……。僕の寝てる間に……」

「そうさっ！　きっと、昨晩中には無理だったはずだよ。願い玉の木には時間がなかったはずだ。だから、ライルの願いを叶えてくれる願い玉が現れるのは、今晩だ！　でも、きれいな月が現れればだよ。これで分かったかい？」

「うん。そうだったんだね、……ごめん、ムース」

「いいさっ！　分かってくれれば。……しかし、ライルもまだまだだなあ～」

「エヘヘヘ……。よし！　じゃあ、着替えたら、食事持ってくるよ！　ちょっと、待ってて！」

ライルは、すっかり元気を取り戻していた。それと同時に、「自分はやっぱり、コバルリン森に行くことを望んでいるんだ、コバルリン森に惹かれているんだ」と改めて感じることができ、昨日の不安が吹き飛んでしまった気がした。

「まったく……。単純な奴だなっ！　ホントに世話がやける奴だ！　勘弁してほしいね！」

ムースビックは、ライルが部屋を飛び出して行く姿を見送りながら、あきれたように呟いていたが、その言葉とは裏腹に、ムースビックのニッコリとした顔からは嬉しさが滲み出ていた。

二

この日ライルは、いよいよ迫ったコバルリン森行きに備え、椅子作りの完成に向け、最後の作業をすることにした。

モリルはどこかに出かけたらしく、ライルは一人、作業部屋にこもり、今日中に完成させるために、今は他のことは何も考えず、集中して、椅子作りに取り組んだ。

そして、ライルが部屋に戻ってきた時には、もう夜の十二時近くになっていた。

リムも、アーベル、メーベルも、もう眠ってしまっていた。「そういえば、最近ずっと、構ってやってないなあ～」ライルは、ふとそう思い、密かに反省していた。

「ムース……。ただいま」

ライルは気がつかなかったようだが、ムースビックは、「ガチャン」と部屋の扉が開く音を聞くと、慌ててゴソゴソと何かを隠していた。

「おう！　ライル。お疲れさん。もう済んだのか？」

「うん」

「そうか。いよいよだなっ！　じゃあ、寝るとするか！」

「うん。僕、一度も願い玉の木に実が実るところを見たことがないんだ……。今日こそ、絶対、その瞬間を見ようと思ってたんだ！　今夜は願い玉の木が、どんなふうにあの実をつけるのか見守ることにするよ」

「そうか。じゃあ、オレは先に寝るぞ！」

「うん、いいよ。おやすみ、ムース」

ライルは一人、ステンドグラスのロフトへ上がって行った。そして、七つの卵の木の真ん前にどっしりと座り込んで腕組みをすると、いつ変化が起きてもいいように、睨みつけるような真剣な顔で、七つの卵の木をじっと見つめていた。

しかし、待てども待てども何の変化も起こらない。

「う〜ん。まだか〜？　今日は、きれいに月も出てるし。実は、いつになったら現れるんだ？」

そのうちライルは、眠気に襲われてきた。そして、何度も何度も眠い目を擦りながら、襲いくる睡魔と闘っていた。

今日も、とても静かな真夜中だった。アーベルとメーベルは、いつもどおり、その七つの卵の木にとまり、スヤスヤと眠っていた。

ライルがロフトに上がって何時間過ぎただろう。急に、月の光が七つの卵の木に降り注ぎだした。

「あっ！　何だ？　どうしたんだろう……。月の明かりが願い玉の木に集まってる……」

不思議に思ったライルは、その場から立ち上がり、窓から月を見上げた。しかし、空高くから美しいほのかな光を放ってくれている月には、別段変わった様子はなく、いつもどおり優しく輝いていた。

「何で急に、願い玉の木に月の光が……。他の場所は全然……あれ？　さっきより、部屋が暗くなってる。部屋に射し込まれた月の光全てが、願い玉の木に注がれてるみたいだ……。そういえば、願い玉の木、もの凄く大きくなったなあ」

七つの卵の木は、実をつける度に、グィ～ンと生長を遂げていたのだ。そのおかげで、枝の数も随分増えたし、幹もかなり太くなっていた。

淡い、柔らかい月明かりに照らされた七つの卵の木は、それだけでとてもきれいだった。

「パチン！　パチン！」

息を殺し、真剣な眼差しを七つの卵の木に向けていたライルの耳に、久しぶりに聞く、あの音が聞こえた。それは、耳をすませていないときっと気づかないだろうと思うほど、とても小さな音だった。

「あっ！」

その時、七つの卵の木がほのかに輝きだした。

ライルの肩の上におとなしく乗っていたポポトも、異変を感じ取ったのか、いきなりポコンポコンと跳ね始めた。興奮しているのか、次第に、高く、激しく跳ねだした。あのおとなしいポポトが、狂ったように……。

しばらくすると、七つの卵の木は、根元から透き通るような黄緑色に変化し始めた。

ライルは「ゴクリッ……」と息をのみ、七つの卵の木に釘付けになっていた。目を輝かせながら……。

七つの卵の木が放つ、うっすらとした輝きは、どんどんその明るさを増していき、七つの卵の木は、あっという間に、目を開けていられないほどの眩しい光に包まれてしまった。そしてその光の中を、キラキラと輝く幾つもの丸い玉が動き回っていた。

すると、七つの卵の木は、今度は七色の光を放ち始めた。

ライルは今、とても驚き、体をブルブル震わせ、声も出せない状態になっていた。だが、その驚きは恐怖からくるものではなく、感激と、目の前で起こっている不思議な現象と、何ともいえない美しさからくる心地よい驚きによるものだった。そして、ライルは今、その光に吸い込まれそうな気分になっていた。

七つの卵の木にとまっているアーベルとメーベルは、この異変の中、いまだにスヤスヤと眠っていた。それどころか、さっきまでよりも心地よさそうに眠っている。そんなアーベルとメーベルのフワフワとした真っ白い体にも七つの卵の木が放つ七色の光が当たり、とても美しく輝いて見えた。

七つの卵の木は、数分間もの間その美しい七色の光を放ち続け、ライルの部屋は幻想的な美しさに包まれていた。

数分後、七色の光は、七つの卵の木に吸い込まれるように消えていった。

七つの卵の木を包み込んでいた光が消えると、ライルの前に再び、はっきりと七つの卵の木の姿が現れた。だが、その姿は、今までとは全く違っていた。

透き通るような幹や枝、いや、七つの卵の木全体が透き通っていた。そして、幹の中には、幾つものストローのような管がはっきりと見え、その中をキラキラと輝く小さな丸い玉、よく見ると気泡のような丸い玉が上へ上へと移動していた。

ライルはその小さな丸い玉を目で追っていた。するとあることに気がついた。

「あれっ？　緑色と、黄色の玉が……」

七つの卵の木の中を移動している丸い玉は、黄色の気泡、黄緑色の気泡、緑色、赤色、青色、真珠色《パール》、そして透明色をしていた。全部で七色。どんどん現れる気泡のような丸い玉は、ストローのような管の中を上へ上へと上っていた。枝の中それぞれに、七色均等に交じり合っていたが、二つの枝だけ違っていた。まず一つは、黄色の気泡だけが枝の中を埋め尽くしていた。そして、もう一つは、緑色の気泡に埋め尽くされていった。二つの枝には、どんどん、それぞれの色をした気泡だけが上っていっていたのだ。

「やっぱり。この枝と、この枝。他の枝と違う。どうして？　何で？　他の枝には、まんべんなく七色の玉が動いているのに……」

ライルが疑問に思っていると、黄色の気泡に埋め尽くされている枝先に、小さな雫のような粒がぶら下がった。

「あれっ？　何だコレ？」

「あっ！　こっちにも同じのが……。二箇所だけか？　……他の枝には、ついてない」

すると、枝先にぶら下がった雫のようなその小さな粒は、どんどん膨らんでいった。それは、ライルの目の前で見る見るうちに大きくなっていった。そして、ある程度の大きさになると、自らきれいな丸い形に整えるように変化していった。そして、真ん丸いソフトボールぐらいの大きさになると、今までは濁っていた丸い玉が、スゥーッと透き通り、きれいな無色のガラス玉のようになった。

「あっ！　コレだ！　……七つの卵の木の実。願い玉……」

二つの実が現れると、透き通るような黄緑色の七つの卵の木が、どんどん元の、いや、普通の木の姿に戻っていった。そして、ゴツゴツしたこげ茶色の樹皮に覆われてしまった。

「あ～、あ～あ～……。いつもの七つの卵の木に戻っちゃった……」

そして、七つの卵の木の変化を証明するように、透き通ったきれいな無色透明の実が二つ、淡い月明かりに照らされてキラキラと輝きながら、七つの卵の木の枝先にぶら下がっていた。

「凄い！　凄かった……。なんてきれいなんだろう……。こんな木って……。こんな不思議な木がこの世に存在するなんて……。今まで、想像することもできなかった……」

ライルは今、かなり興奮していた。

「ふう～……」

ライルは、ゆっくり息を吐き、気持ちを落ち着かせると、七つの卵の木に美しく実った一つの実に、そっと手を伸ばした。すると、ライルの手が触れた瞬間、その実はポトンと枝から落ちた。

「わあ～！　危ない！　あ～、危なかった。油断してたよ～。危ない危ない、落とすとこだったよ」

すると、ライルは一瞬ヒヤッとしたが、何とか落とすことなくその実をキャッチすることができた。

ライルの手に落ちた瞬間、その実は七色に輝きだした。そして、次第に黄色の光に包まれていった。その光が消えた時、その実は、七つの卵の木にぶら下がっていた時の透き通るような透明色から、黄色の実へと変化していた。

「パリン　パリン　パリン」

その実は、黄色に変化するとすぐに、ライルの手の中で割れ始めた。そして、その中から一人のジェニィウス・エランドが現れた。

この時、ライルはとても緊張していた。この出会いは何度か経験していたが、今までで一番緊張していた。

　実の割れ目からチョコンと顔を出したジェニィウス・エランドは、しきりに辺りを見渡していた。その様子はまるで何かを探しているようだった。

「はじめまして……」

　ライルが、囁くように優しく声をかけると、そのジェニィウス・エランドは、やっとライルの存在に気がついたらしく、慌てて立ち上がった。

「あの～……、こんばんは。あの～……、あなたが、ライル様ですか？」

「うん。よろしく！」

「あの～……、グリームは？」

「グリームって？」

「私のかたわれです」

　ジェニィウス・エランドは、またキョロキョロと辺りを見渡した。

「へっ？　かたわれ……？」ライルは意味が分からず、戸惑っていた。

「あ～！　まだあんな所に……」

　今ライルの手の上に乗っているジェニィウス・エランドは、七つの卵の木の、上の方の枝にぶら下がっているもう一つの実を指差していた。

「ライル様！　早くあの実を手に取ってください」

「えっ？……ああ、うん」

ライルはいきなりのことで、ふらつきながら必死に背伸びをし、もう片方の手でその実を掴み取った。するとその実も、ライルの手の上で七色に輝きだし、やがて緑色の光に包まれた。そして、緑色の実に変化した。

「パリン　パリン　パリン　バリッ」

ライルの目の前にまた新たなジェニィウス・エランドが誕生しようとしていた。

「あれ？　出てこないなあ……」

心配になったライルが割れ目からその実の中を覗き込むと、たった今現れたばかりのジェニィウス・エランドとそっくりのジェニィウス・エランドが、目を瞑ったままその実の中にチョコンと座っていた。

「やあ！　こんばんは。……出ておいで」

先に現れたジェニィウス・エランドは、ライルの手の上で精一杯背伸びして、心配そうにライルのもう片方の手元を覗き込んでいた。

「グリーム！　ほら、ライル様よ！　早く出てきて……。どうかしたの？」

そのうち、先に生まれたジェニィウス・エランドは、ライルの手の上でジャンプをし始めた。

「ライル様。私をそっちの手、グリームのいる手に近づけてくださいませんか？」

「うん。分かった」

ライルは、自分の二つの手のひらを水平に、そして真横に並べた。すると先にライルの前に姿を現したジェニィウス・エランドは、ピョコンともう片方の手のひらに飛び乗り、実の割れ目からその中に入り込んで行った。

やがて、何を話してるかは分からなかったが、実の中からヒソヒソと二人の話し声が聞こえてきた。そしてその声が聞こえなくなると、ピョコンと同時に二人のジェニィウス・エランドが姿を現した。

「はじめまして！」二人の声はピッタリと揃っていた。そしてそれぞれ自己紹介をしてくれた。

「私は、メビーラと申します。よろしくお願いします」

「私は、グリームと申します。よろしくお願いします」

「僕、ライルと申します。よろしくお願いします。……エヘへ。それにしても……、そっくりだ……。瓜二つ……。うわあ～、仕草もそっくり！　……ホントにそっくり！」

「私達、双子ですから……」

また声を揃えて、二人同時に答えていた。

ライルの目の前に現れたジェニィウス・エランドのメビーラとグリームは、透き通るように白い肌をしており、頬っぺたはうっすらとピンク色に染まっていた。そして、クルッとした愛くるしい瞳もピンク色で、今にも涙がこぼれ落ちそうに、たえず潤んでいた。桜の花びらのようなフワッとした淡いピンク色の服をまとい、なんと背中には、これまたフワッとした羽根らしきものが生えていた。その羽根は、一度も止まることなくパタパタとずっと動いていた。それから、お尻にはしっぽのようなものが……。

そっくりな二人の唯一の違いは、背中から生える羽根が、メビーラは淡い黄色で、グリームは淡い緑色をしていたことだ。そっくりのメビーラとグリーム、二人一緒に並んでいると一段と可愛らしかった。

そんな二人の姿は、頭の中でライルが想像する妖精にとても似ていた。

「ホントに、そっくり……。あれ？　待てよ、僕、願いごとは一つしかしてない……。どうして願い玉の木に二つも実がついたんだろう」

ライルがボソッと呟いたのを、ジェニィウス・エランドの双子はしっかり聞いていた。

「ライル様。……私達二人の力を合わせなければ、ライル様の願いを叶えてさしあげることができません。だから、私達が一緒に……」

「そうなんです。だから、私達が一緒に……」

メビーラとグリームは、顔を見合わせて、不安そうに見つめ合っていた。

「そっか～。そうだったんだね……。変なこと言ってごめんよ」

「分かっていただければ、嬉しいです」

「ライル様。明日、満月になるはずですよね？」

「あ～、うん。そうかもしれない。それがどうかしたの？」

「はい。好都合です」

「はい。ピッタリのタイミングです」

メビーラとグリームが代わる代わる話すので、ライルはその度に右を見たり左を見たりと忙しかった。

「何が？」

「ですから、ライル様の願い。コバルリン森に案内するのにですよ」

「そうです。明日の夜、コバルリン森に案内できると思います」

「えっ？　明日？　そんなに急に……」

「何か、問題ありますか？」

二人の声は、ピッタリ合っていた。

「そういうわけじゃないけど……。こんなに早くなんて思ってなくて……。ちょっと、心の準備が……」

「早いに越したことはありません」

また二人、同時だった。

「ライル様は、明日の夜までに全ての準備を整えてください」

そう言うと、メビーラとグリームは、七つの卵の木に飛び移り、その根元に立ち、代わる代わる囁き出した。

「お願い……。みんなの実を実らせて……。明日の夜までに……」

「お願い……。みんなの実を実らせて……。明日の夜までに……」

メビーラとグリームは、何度も、囁きながら七つの卵の木の周りを飛び回っていた。

ライルは黙ったまま、そんな二人の姿をじっと見つめていた。しばらくすると、メビーラとグリームがライルのもとに戻ってきた。

「ライル様。ライル様は、もうお休みください。じきに夜が明けます。少しでも眠っていただかないと、明日に響きます。さあ、お休みください、ライル様」

「お休みください、ライル様」

ライルは興奮状態で、眠気なんてすっかり通り越し、目なんてパッチリとさえてしまっていたが、二人に声をかけられた途端、もの凄い睡魔に襲われ、瞼が急に、もの凄く重くなってきた。ライルの意思に逆らうように、瞼は閉じよう閉じようとしていた。

「う～ん、分かったよ……。もう……寝る……。ムニャムニャ……ムニャ……。は～……」

ライルの体は、もう半分眠っていた。ライルは、フラフラとステンドグラスのロフトを下りて行き、何とか自分のベッドにたどり着くと、バタンと倒れ込んでしまった。そして、無意識の中、布団の中に潜り込んでいた。ライルは、その時にはすでに、深い眠りの中に吸い込まれていた。

三

翌朝、ライルより先に目を覚ましたムースビックは、一人でステンドグラスのロフトへ上って行った。そのムースビックは、すぐにメビーラとグリームに気がついた。

メビーラとグリームは、それぞれ、七つの卵の木の枝にとまって眠るアーベルとメーベルに抱きついてスヤスヤと気持ち良さそうに眠っていた。

「よし！　いよいよコバルリン森に出発する時が来た！」

ムースビックは、一人、飛び跳ねて喜んでいた。

「こうしちゃいられない！」

ムースビックは、慌ててロフトから下りて行くと、ライルの元に急いだ。

「ライル！　ライル！　起きろよ！　もう朝だぞ。いつまで寝てるつもりだ！　今日は忙しくなるぞ。もう！　早く起きろって！」

「う～ん。ムース、うるさいよ～。……どうかしたのか～。もう……」

「どうかしたじゃないだろ。お前の願いどおり、メビーラとグリームが現れてるじゃないか！　いよいよコバルリン森へ出発だろ？」

「え～？　何言ってるの？」

「はあ？　お前、あの願い玉の木に、コバルリン森に連れてってくれってお願いしたんじゃないのか？」

ライルは、ベッドから飛び起きた。

「え～！　どうしてムース、そのこと知ってるの？　僕、何をお願いしたか話してないよね？」

「アハハハ……。やっぱりそうだったんだなっ。アハハ。オレには、そんなことお見通しなんだよっ！」

そしてムースビックは、心の中で呟いていた。「今、ライルに残る望みはそれだけじゃないか。誰だって分かるさっ！」

「あっ、そうか、僕の考えてること、ムースには聞こえちゃうんだったもんね」

「えっ？……そんなことより、ライル！　時間がないだろっ！　準備！　準備！」

ムースは、ライルをせかせながらも、ハッとし、自分の中に起きた変化に戸惑っていた。ライルの今の言葉で気がついたのだ。「そういえば、オレ、ライルの思ってることが分からない。……聞こえてこなくなった。どうしたんだ？……オレの力がなくなってる……」

「えっ？　ああ、そうか～。メビーラとグリーム、今日の夜、案内するって言ってたんだ……。準備って……、何だ？」

「必要な物さっ！　必要な物を全て持って行かなきゃ。よく考えろ！　ライル、今までのこと思い出してみろよ！」

「うん……」

「とにかく、いつまでもベッドの上にいないで、早く着替えてシャキッとしろって！」

「うん。そうだね……」

ライルは素早く着替えを済ますと下に下りて行き、顔を洗ってリビングに入って行った。

「おはよう！」

「おはよう、ライル」

ライルは、朝食が置かれたダイニングテーブルの椅子に腰を下ろした。

「今、スープ温めてるから、ちょっと待ってて」

しばらくすると、湯気の立ち上る温かいスープを持って、メリルがキッチンから現れた。

「あれ？　もうみんな食べたの？」

「ええ、先にいただいたわよ。リシエが、興奮してるみたいで、早く目を覚ましちゃったのよ。だから
いつもより早い朝食にしたの。ごめんね」

「そんなことといいんだけど……。リシエ、どうかしたの？」

「あれ？　ライルに話さなかったかしら？」

「何？」

「今日、ボルデさん家に招待されてるの。今日は、ほらっ、リシエと同じ歳のクリックちゃんの誕生日
なのよ。それで、みんなでお祝いしようってことになったのよ」

「あ～、そうなんだ。ふ～ん」

「ボルデさん家に行く前に、買い物したいから、昼過ぎには出かけるからね。ライルも、そのつもりで仕度してね」

だが、ライルは今日の夜、コバルリン森に出発しなければならなかった。「コバルリン森に行くチャンスは、多分、今日だけだ。まずいなあ。ボルデさん家に行ってる場合じゃないよな～。困ったなあ。そんなこと言えないし……」ライルは頭の中でどうすればいいのか必死に考えていた。

「ライル？　聞いてた？」

「えっ？　あ、うん。聞いてるよ。でも僕、今日は用事があるんだ！　あのね……、そう、そうなんだ。ロイブ達と約束してるんだ。だから僕、行けないよ。ごめん、よろしく言っといて！」

「ダメよ。今日は、ボルデさん家に泊まることになってるのよ」

「いいよ。僕、夜には戻るから留守番してるよ。僕のことは気にしないで行ってきてよ！　リシエも楽しみにしてるんだろ？」

「そう？　……ライル、一人で大丈夫？」

「うん、全然平気さ！　僕、幾つだと思ってるんだよ！　それに、一人じゃないよ。リムも一緒さ！」

「そうよね……。分かったわ！　じゃあ、留守番お願いね。私達、お昼には出かけるから……」

「うん！　分かった」

ライルはヒヤヒヤしていたが、自分の嘘をメリルが信じてくれて、密かにホッとしていた。

自分の部屋に戻ってきたライルは、部屋を見渡しても姿の見えないメビーラとグリームを探しに、ステンドグラスのロフトへ向かった。

「メビーラ！　グリーム！」

ライルは二人の名前を叫びながら梯子を上っていった。すると、ライルの目に、七つの卵の木の枝の上で、アーベルとメーベルに抱きついてスヤスヤと気持ち良さそうに眠っているメビーラとグリームの姿が……。

「しまった！　まだ眠ってたんだ……。昨日、遅かったもんなあ、起こしたら可哀想だ。静かにしなきゃ……。それにしても、二人とも可愛いなあ。あれじゃあ、アーベルとメーベルは目を覚ましても動けないだろうな……。アハハ」

ライルは、そんな二人の様子を梯子の上からニッコリと見つめていた。

「あれ？　寝てる時も、背中の羽根がパタパタしてる……。あの羽根、ずっと動いてるんだ〜。アハハ……。不思議だなあ」

ライルは、そーっと、そーっと、二人を起こさないように静かに梯子を下りていった。

「まだ、眠ってたろ？」

その瞬間、ライルは、足を踏み外しそうになった。

「わあ！　ムース……。もう！　脅かさないでよ！　あっ！　いけない。シーッ！　シーッ……。とにかく、ここから離れよう」

ライルは、また慎重に梯子を下り、ステンドグラスのロフトから離れた。

「ムース、どこにいたんだよ」

「ちょっとね。それより、あいつら、何があっても夜まで起きないと思うよ……」

「えっ？　夜まで……。どうしてムースにそんなこと分かるんだよ」

「だって、あいつら、夜しか行動できないんだ。だから、それまではずっと眠ってるのさっ！」

「へえ、そうなんだ……。えっ？　夜行性ってこと？」

「まあ、そんなとこかな。それよりライル、腹減ったよ。何か食わせてくれよぉ～」

「あっ、ごめんごめん。食事、持ってきたよ。ほらっ！　机の上に」

「じゃあ、ライル。食事が終わったら準備に取りかかろうぜ！」

「あっ、ムース！　僕、昼過ぎまで、リシエの相手をしてやりたいんだ」

「何だそれ！　もう、時間ないんだぞ！　……ライル、お前、分かってるのか？」

「うん。分かってるよ……。でも……、コバルリン森に行ったら、しばらくリシエと遊んでやれないんだ。それと……、昼からは、ちょっとやりたいことがあるから……、準備は、夜するよ！」

「はあ？　おいおい、ライル……。何考えてるんだあ。そんなんでいいのかよぉ～」

「ムース、大丈夫だって！　必要な物はもう分かってるから……。それをザックに詰めれば、準備ＯＫさっ！　だから今日一日、僕の自由にさせてくれないか？　心配してくれるのは嬉しいけどさ」

「分かったよ！　好きにしろよ！」

「ありがとう！　ムース」

　ライルは、急いで下に戻っていった。そして、すぐにリシエの遊び相手を始めた。リシエはご機嫌だった。

「あら？　ライル、どうしたの？　リシエに付き合ってるなんて珍しいわね」

「エヘヘ……。たまにはね。……最近、全然遊んでやってないからさっ！」

「そうよ！　最近、リシエ、寂しがってたもの。ありがとう、ライル。よかったわね、リシエ。……フフフッ、リシエったら、ご機嫌ね！」

「キャハハハ……」

「アハハハ……」

リビングには、リシエとライルの笑い声が響き渡っていた。


そして、あっという間にお昼になった。みんなで軽い昼食を済ませ、少し休んでいると、すぐにみんなの出かける時間になった。

そしてライルは玄関先に立ち、モリル、メリル、そしてリシエがボルデさん家に出かけて行くのを、複雑な思いで見送った。

「じゃあ、ライル。行ってくるわね。後のことお願いね」

「うん。行ってらっしゃ～い！」

ライルを残して三人は玄関を出て行った。

ライルは、少し寂しそうな顔をし、一人、呟いていた。「僕も、今日の夜、出発するんだよ……、僕の方こそ、行ってくるね……。あ～、しばらくみんなとお別れなんだなあ」

その時、また玄関扉が開いた。そしてそこからメリルが顔を出した。

「あれ？　メリル、どうしたの？　忘れ物？」

「うん、そうね、ちょっと忘れ物かな」

「何それ？」

「ライル、ごめんね……。今日は、クリスマス・イブなのに……。明日は、家族揃って、ゆっくり過ごしましょう。いっぱいご馳走つくるからね……」

「そっかあ。今日は、クリスマス・イブだったんだあ」

「なあに、ライルったら、今日が二十四日だってこと忘れてたの？」

「うん……。もうすぐだとは思ってたけどね」

「珍しいわね、ライルがクリスマスを忘れるなんて……。いつも、何日も前からソワソワするくせに」

「そうかなあ。僕、そんなにソワソワしてたかなあ」

「フフフフ……」

その時、家の外から叫び声が聞こえてきた。

「メリルゥ～！　何やってるんだ。急げよ！　遅くなっちゃうぞ！」

「メリル、モリルが呼んでるよ。急がなきゃ。僕、取って来てあげるよ、忘れ物ってなあに？」

「ううん、いいの。ただ、それだけ言いたかったの。……じゃあ、ライル、行ってくるわね」

「なんだ、忘れ物じゃなかったんだ。僕のことは気にしないでよ。クリックによろしくね。ボルデさんにも。メリルも楽しんできてよ。じゃあ、いってらっしゃい。メリル、早く行かないと、またモリルが叫ぶよ！」

「うん、そうね。じゃあね！」

ライルは少し寂しかったが、わざわざそんなことを言うために、自分を気遣って戻ってきてくれたメリルに対し、逆に、何も言わずにコバルリン森に出かける自分のことを考えると、申し訳ない気分になった。

「きっと、僕がいないと分かったら驚くだろうし、心配するだろうなあ」

そして、本当にみんなが出かけると、ライルは作業部屋に向かった。椅子は完成したはずなのに……。

ライルは、作業台の前に座って、背中を丸め、細かな作業に打ち込んでいた。ライルは、もう何時間もその作業に夢中になっていたのだ。

「やったあ！　やっとできたよぉ～。間に合ってよかったぁ～。さあ、部屋に戻らなきゃ。きっと今頃、ムースはイライラしてるだろうな～」

ライルが部屋に戻って時間を確認すると、柱に掛かるからくり時計は、すでに十時を回っていた。

「おう！　ライル、遅かったな」

「メビーラとグリームは？　もう起きてる？」

「いや、まだだ。あいつらは、十二時を回らないと起きないよ！」

「えっ？　そうなの？　じゃあ、まだ時間があるんだね」

するとライルは、机の椅子に座り、何やらコソコソ始めた。

「何だよ、ライル。まだやることがあるのかよ～」

「うん。ちょっとね。でも、すぐ終わるからさっ！」

「もう！　勝手にしろ！」

ムースビックは、いつまでも呑気なライルにあきれ返っていた。

すると、何かをやり終えて立ち上がったライルは、今度は机の中をゴソゴソと探し回り、一枚だけある家族全員が写った写真を探し出すと、お気に入りのコートの胸のポケットにそっと忍ばせた。

これで、ついにコバルリン森に出かけるための、ライル自身の準備は整った。

四

ライルがゴソゴソしている間に、柱に掛かるからくり時計は十二時ちょうどを指していた。すると、メビーラとグリームが目を開けた。

ドットビックの頭の上には、小さな可愛らしい木が……。そしてそこには、小さな小さな一粒の実が実っていた。その実は、青色にキラキラと輝いていた。ドットビックの横に立っているパックボーンの頭にも、オルバースの頭にも、一粒ずつ実がついていた。パックボーンの頭には真珠色《パール》の実が、そして、オルバースの頭には赤色の実が、どちらもキラキラと輝いている。

メビーラとグリームは、みんなの頭の上に無事に実った実を確認すると、顔を見合わせ、ニッコリと微笑んでいた。

「よかったわ！」

「本当によかった……。これで、間に合ったわね」

「そうね。後は……」

「グリーム、今度は私達の番よ！」

「ええ、分かってるわ……。必ず、ライル様をコバルリン森へお連れしなくっちゃ！」

「そうよ。デルブリック様がお待ちになってるわ」

「首を長～くしてね！」

「ウフフ……。さあ、グリーム。始めましょう！」

メビーラとグリームは、七つの卵の木に上って行った。そして、七つの卵の木の一番上、そう、先端に立つと、手を取り合い、背中の羽根を一生懸命にパタパタと動かし始めた。さっきまでよりも激しく……。

すると、メビーラとグリームの羽根から胞子のような粉が舞い上がってきた。その粉は、ピカッ……、ピカッ……と、時々光を放ちながら、七つの卵の木の周りを漂い、そして、窓の隙間をすり抜け、外へ飛んで行った。その不思議な粉は、メビーラとグリームの羽根からどんどん現れ、そして、順番に窓の隙間から外へ流れていった。

外に出たその不思議な粉は、みんな同じ方向に向かっていた。そして森の中へ飛んでいった。

その光景は数分間続いた。すると、メビーラとグリームの羽根から、その不思議な粉が現れるのがピタッと止まった。その時、いつでも、そう、眠っている時でさえ動いていた二人の羽根が止まった。初めて動かなくなった。

ちょうどその時、ライルがメビーラとグリームの様子を見に、ステンドグラスのロフトに上がって来た。

「あれ？　メビーラとグリームがいない……。いったいどこに行ったんだろう？　さっき見た時は、確かにあそこでまだ眠ってたのに……。そういえば、アーベルとメーベルもいないじゃないか……。おかしいな～、みんな、どこ行ったんだ？」

その時、ライルの肩にアーベルとメーベルがとまった。

「アーベル！　メーベル！　メビーラとグリーム知らないか？」

「メビーラなら、あそこだよ！　願い玉の木のてっぺんにいるよ」

「ライル、グリームもほらっ！　同じ所にいるわよ」

そう言うと、アーベルとメーベルは、ポコンポコンと、高く、高～く飛び跳ねていた。

「あれ？　お前達、そんなに高く跳べたっけ？……」

アーベルとメーベルは、ライルの知らない間に、確実に成長していたのだ。その証拠に、跳躍力が格段に強くなっていた。姿形は何も変わっていないのだから、もちろんライルに分かるはずがなかった。

「ライル、大変！　メビーラの様子が変だよ！」

「ライル！　グリームも変よ！　とても弱ってるみたいだわ！」

その時、七つの卵の木の上から何かが落ちてきた。ライルが反射的に手を伸ばすと、ライルの手のひらにはメビーラとグリームが……。

二人は、グッタリしていたが、まだかすかに息をしていた。

「メビーラ！　グリーム！　しっかりして……。いったいどうしたんだよ……。何があったの？」

最初に口を開いたのは、メビーラだった。

「ライル様……。消える前に……、よかった……。あの……、みんなの頭に実った力玉を……必ず……お持ちください。私達の頭にも……実るはずです……。私は……、天候を司る力を持っています」

「ライル様……。私は……、植物を蘇らせる力を持っています。ライル様、それぞれ……誰の力玉が何色かということを……必ず……確認してください」

「それから……、コバルリン森へは……、光が……導いて……くれます。私達が消え去り……、その後に残された……力玉を手にしたら……外に出て……その……光を……たどって……ください。光は……、今日、今夜だけです」

「もう……、時間が……。コバルリン森への入口を……開く……カギは……、オルターストーンの……首飾りです。忘れないでください……」

「もう一つ……。まずは……、ライル様の思う方へ……お進み……ください。……ライル様には……必ず分かるはずです……」

メビーラとグリームの振り絞るようなか細い声が消えた。

「メビーラ？　グリーム？　……やっぱり、メビーラとグリームも……。でも、皆とは違う……。どうしてあんなに弱って消えていったんだろう……。もしかしたら……、僕の願いを叶えるために、とても苦労したのかもしれない……。ありがとう。メビーラ、グリーム……。ホントにありがとう……」

ライルは、動かなくなってしまったメビーラとグリームを、優しく包み込むようにギュッと抱き締めてから、みんなの元にそっと置いた。

「えっ？　ドットビックの頭に……。あっ！　パックボーンにも、オルバースにも……実がついてる……。凄い！　キラキラしてる……。輝いてる……。もしかして、これが……、今、メビーラが言ってた力玉なの？　三人とも色が違う……。これが、グリームの言ってたそれぞれの色ってことなのか……」

ライルが、三人の頭の上に実った、とても小さいけれど美しい実に気を取られている間に、メビーラとグリームの頭にも実が現れていた。

メビーラの頭には黄色の実が、そして、グリームの頭には緑色の実がキラキラと輝いている。

「わあ！　メビーラとグリームにも……。今……ううん、ついさっきまで、なかったのに……。いつの間に……」

これで、全ての力玉が揃った。

すると、「パチン！」……「パチン！」……「パチン！」……と、眩しい閃光とともに、もの凄い音が次々に五回鳴った。

ライルは、眩しさに目も開けていられなかった。目を瞑り、両手で耳を塞ぎ、とっさにその場に縮こまった。

そして、音が止むと、ライルはゆっくりと目を開け、耳を塞いでいた手を静かに離し、恐る恐る七つの卵の木の方へ振り返った。

「えっ？　あ～！　いない！　みんながいなくなってる。ドットビックも、パックボーンもオルバースも、それに、メビーラとグリームも……。どうして……」

七つの卵の木の横に、きれいに一列に並んでいたみんなの姿が、跡形もなく消えていた。

「今度こそ……、ホントに……本当に消えちゃったの……？」

みんなが立っていた場所には、それぞれ、赤色の実、青色の実、パール色の実、そして黄色、緑色の実が、ポツンと残されていた。そして、そのビー玉のような小さな小さな実は、もう輝いてはいなかった。

「本当に……本当に消えちゃったんだ……、この実を残して……。僕きっと……、ううん、絶対、この実、違う違う、え～と、そう、力玉だったね。大切にするから……。みんなは今まで……、今まで僕のそばでずっと見守ってくれてたんだね。みんな、本当にありがとう……」

ライルは、喪失感と、何ともいえない寂しさを感じながら、それでも目の前に残された五つの実を全て摑み、コバルリン森へ行くことだけを考えるように努め、七つの卵の木に背を向けた。そしてロフトから下りる時、もう一度振り返り、七つの卵の木をじっと見つめると、「ありがとう」と呟いた。

「アーベル、メーベル、行くよ！」

毅然と言って、ライルはロフトを後にした。

五

ライルは、オルターストーンの首飾りを二つ握り締め、じっと見つめると、自分の首にぶら下げた。そして、ザックには、アーベルとメーベルの食糧である赤いキャムソンの実をぎっしり詰め、ロープと小さなランプ、それから、誕生日にメリルから貰ったナイフ、あとはビスケットとチョコレートを詰めた。

そして最後に、トゥインクルの中にある古い巻物を大切に収めた。

ライルはお気に入りのコートを羽織り、首にマフラーを巻いた。

「ムース！　準備できたよ。さあ、行こう！」

「リム……。留守番を頼むよ……」

「クゥ～ン　クゥ～ン……」

リムは、ライルの足にまつわり付いて離れようとしなかった。

「リム！　ダメだよ。お利口だから待っててくれよ……」

「クゥ～ン　クゥ～ン……」

リムは何かを感じ取ったのか、珍しくライルの言うことをきこうとしない。

「ダメだったら……」

「ライル！　リムはお前の相棒なんだろ？　だったら連れてってやれよ！」

「えっ？　いいの？　ムース、ホントに、リムもコバルリン森に連れてってもいいの？」

「そりゃあいいだろう。誰がダメって言ったんだ？」

「ううん、誰も言わないけど……。僕、てっきりダメだと思って……。そっかー、よかった！　リム！

お前も一緒に行こう！」

「ワン！」

リムは、ライルの周りを嬉しそうにピョンピョン飛び跳ねていた。

「さあ、みんな出発だ！」

ムースビックは、ライルの肩に乗っていた。アーベルとメーベルは、いつもどおりライルのコートのポケットに入ろうとしていた。

「アーベル、メーベル。今日はポケットに隠れなくていいよ。誰もいないんだ……」

「ライル！」

「えっ？　何、ムース」

「いや、家族に会わずに出発してもいいのかと思って……」

「うん。だって、モリルにもメリルにも、リシエにだって、コバルリン森に行ってくるなんて言えないだろ？　ちょうどよかったんだよ、出かけてくれて……」

「そりゃあそうだな……。悪かったな、ライル。……変なこと言って」

「別にいいよ。変に気を遣わないでよ、ムース。さあ、行こう！」

そして今、コバルリン森に向けて、玄関から勢いよく外に飛び出したライル達だったが……。ライルは、どうしていいか分からず、戸惑っていた。

「あれ？　おかしいな……。メビーラは、光がコバルリン森へ導いてくれるって言ってたはずだ……。でも……、光なんてどこにもないじゃないか……」

「おい、ライル。ホントにそう言ったのかよ。もっとよく思い出してみろよ！」

「う～ん。でも……、確かにそう言ってたよ」

勢いよく出発したライル達だったが、まだ家の前から一歩も進めずにいた。

「おい、ライル。どうするんだよ！」

家の周りを見渡しても、光なんてやっぱりどこにも見当たらない。どこにも……。

「あっ！　そうだ。初めは、僕の思う方へ進むようにって……」

「そうか！　で、ライルは、どっちだと思うんだ？」

「う～ん。分からない……」

「何だよそれ！」

「だって、分からないんだもん」

「どうするんだよ！　このままここにいるつもりか？」

「そんなこと言ったって……。分かったよ！　ここにいたって仕方ない。とりあえず進もう……」

ライルは、とりあえず、光苔の岩へ向かって歩き始めた。森の中をどんどん歩いて行った。

ライルもムースビックも一言も口を利かなかった。そんなライル達が、光苔の岩の近くまでやってきた時、いきなりムースビックが叫んだ。

「ああー！　ライル、見ろよ！　あれ！　あそこ、光ってるぞ！」

「えっ！　ホント？　どこどこ？」

ライルは、キョロキョロと辺りを見回し、必死で光を探していた。

「ほら、この先だよ！　ほら、見えてきたろ？」

「ムース……。は～……。あれは、光苔っていってね、苔の一種だよ。植物なんだ。夜になると光を放つんだ……。いつものことさっ！」

「じゃあ、あれじゃないんだ……」

ムースビックはガックリしていた。やっと、コバルリン森へ導く光を発見したと思ったのに……。早とちりだった。でも、仕方がない。ムースビックは光苔を知らない、今日初めて見たのだから無理もない。

しかしそれは、ムースビックの早とちりではなかったのかもしれない。

ライル達が光苔の岩に到着すると、その奥にうっすらと光る何かがあった。すると、今度はライルが興奮して叫んでいた。

「ムース！　見て！　あれ、あれ！　何か光ってないか？　ほら、あそこ」

「おお～！　ホントだよ、ライル！　光ってる！　光ってるよ……。ヤッター！　あれだよ、きっとあれのことだよ……。ライル、凄いぞ！」

ライル達は途端に元気を取り戻し、その光に向かって勢いよく走りだした。

その光の元は、よく見ると、小さな小さな花だった。そう、あの時、モリルを導いてくれたランプ草だったのだ。

「わ～。きれいな花。可愛い……」

「おい！　ライル。前を見てみろよ」

「えっ？　わ～！　ずっと続いてる……。同じ光がずっと続いてる……。凄い……」

「さあ、ライル急ごう！」

「うん！」

ライル達は、ランプ草の光に導かれ、ある場所にたどり着いた。すると、今までライル達を導いてくれたランプ草の光が消え、どこにも見当たらなくなった。再び森の中は、月明かりだけになった。

「あっ！　ここ……。ここって、あの時の……。どうして……。やっぱり、この森の中にあったんだ……」

ライル達が、今、たどり着いた場所は、ライルが幼い頃夢中になった美しい場所、そして、不思議な場所でもあった。そこは、月明かりに照らされ、とてもきれいだった。幼い頃来た時よりも、きれいな気さえした。

そして、湖のほとりには、あの時と同じようにいかだが浮いていた。

ライルは何も言わず、ただ微笑みながらそのいかだに乗り込んだ。リムもライルの後に続き、嬉しそうにそのいかだに乗り込んできた。きっと、リムの中にもこの場所が記憶に残っているのだろう。

「おい、ライル。大丈夫なのか？　これ……」

ただ一人、ムースビックだけが不安そうな顔をしていた。

「大丈夫さっ！」

ライルは、自信満々に答えた。

「そう……、そうか……、それならいいけど……」

はっきりと言い切ったライルに、ムースビックは何も言えなくなった。

そして、ライルがいかだを漕ぎだそうとした時、そのいかだは自然に動き始めた。ちょうど湖の真ん中にある浮き島を目指して……。いかだは湖の上を滑るように、滑らかに進んで行った。

「凄い！」

ライルが湖の中を覗き込むと、月明かりに照らされ、無数の小さな影が……。いかだの周りを、たくさんの魚達が取り囲んでいたのだ。

「うわ～……。もしかして……、この魚達が、僕達を運んでくれてるの……」

ライル達の乗るいかだは、あっという間に浮き島に到着した。浮き島には霧が立ち込めていた。全く先が見えない。

まずライルが先に、その浮き島に一歩足を踏み入れた。その時、ライルの足元に、ランプ草がポッと輝いた。そして、その先に次々とランプ草の光が……。

ライルは、再びランプ草の光に導かれながら進んで行った。すると、ライルの目の前に、あの時と同じ、あの不思議な大木が現れた。その木の根元に近い幹に、ポッカリと大きな穴が開いていた。

「あっ！　あの時の木だ……。あれ？　でも、こんな大きな穴なんてあったっけ？」

ライルが不思議そうにその穴の中を覗き込むと、大木の中にランプ草が一輪、光り輝いていた。そのランプ草は、今までで一番の輝きを放っていた。

「この草……。僕をこの木の中に導いているんだ。この木が何か関係あるのかな～……。よし！　みんな、この木の中に入るよ！」

ライル達が、穴の中、いや、大木の幹の中に入った途端！　ポッカリと口を開いていた穴が突然塞がってしまった。あっという間に、出入口が閉ざされてしまった……。ライル達は、この大木の中に閉じ込められてしまったのだ。すると、唯一の明かりであったランプ草の光も消え、大木の中は真っ暗になってしまった。

だが、ライルはそんな状態でも、不思議と不安も恐怖もなかった。

「おい！　ライル。どういうことなんだ！　真っ暗じゃないかぁ～！　どうするんだよ！　こんなとこに閉じ込められちゃったじゃないか！　ライル！　聞いてるのか？」

「うん。聞こえてるよ、ムース。心配ないよ。大丈夫だって！」

「ライル、お前、何でそんなに冷静なんだ？」

「えっ？　だって、僕、この木を昔から知ってるんだ……。この木は、とても素敵な木なんだ～。僕達を危険な目に遭わせるわけないいんだ！　絶対に！　だから、僕は全然平気さっ！　ムース、いいから落ち着いて……。静かにしててよ」

ムースビックが黙ると、そこは静寂の世界になった。

「わしの体の中に入り込んだのは誰じゃ……。……もしかして、ライルなのか？」

突然、ライルの耳に、聞き覚えのある声が聞こえてきた。

「はい、そうです。ライルです」

「何だよ、ライル、いきなり……。お前、何言ってるんだ？　頭おかしくなったんじゃないのか？」

「もう！　ムース、君に言ったんじゃないよ！　ちょっと黙っててよ！」

「何だよライル！　その言い方はよぉ！」

「ムース！　いいから黙ってて！　お願いだから静かにしててくれよ～」

「……」

「アハハハハ。ライル、よく来たな！　元気そうじゃのぉ」

「はい」

ムースビックは、黙ってはいたが、変な顔をしてライルの顔を不思議そうに覗き込んでいた。

突然聞こえてきた太く低い声は、ライルにしか聞こえていなかったのだ。しかもその声は、あの時の、この大木の声と同じだった。「間違いない……。この木が、僕に話しかけてるんだ!」ライルは今、確信していた。

「さあ、ライル。そのカギをわしの元へ、いや……、流れる丸い玉の穴に入れてごらん」

「えっ？　カギ……？」

ライルは、キョロキョロと辺りを見回していた。だが、真っ暗で、何も見えない。

「ハハハハハ……。ライルの首にぶら下がっておるじゃろ。ほら、二つのカギじゃよ」

「あの～……。カギって……？」

「えっ？　これですか？」

ライルは、オルターストーンの首飾りを握り締めていた。

「そうじゃ、それじゃよ……。さあ、それを二つの穴にはめてごらん」

「穴なんてどこにあるんだろう。真っ暗で何も見えない。これじゃあ、分からないよ……」

すると、ふわ～っと、上の方から光が射し込んできた。

「わあ～!　今度は何だぁ～!　も～、ここはどこなんだよ……」

ムースビックは、取り乱し、パニック状態になっていた。

頭上から降り注ぐ光のおかげで、ライル達の周りがうっすらと明るくなった。すると、周りの状況が見えてきた。今ライル達は、ゴツゴツとした高い壁に覆われた、直径三メートルほどの空間の、そのほぼ中央に立っていた。ライル達の周りには、上の方まで伸びたパイプのような透き通る管が幾つも張り巡らされていた。そしてその中を幾つもの丸い玉が、気泡のように上へ上へ向かって上っていた。

ライルは、辺りを見回していた。

「わっ！　何て光だ～……」

ライルの立っている辺りはほのかな明かりだったが、ライルが上を見上げると、眩しくて目を開けていられないほどだった。

「そういえば……、こんな光景、どこかで見たような……。あっ！　七つの卵の木だ！　ううん、願い玉の木に似てる……」

すると、ライルのすぐそばにある管から、そこを上って行く幾つもの丸い玉のうちの一つが、ライルの目の前に飛び出てきた。そして、宙をポヨンポヨンと漂っている……。ライルがその透明の丸い玉に釘付けになっていると、丸い玉がもう一つ、管から抜け出してきた。

ライルの目の前を二つの丸い玉が、ポヨンポヨンと漂っていた。

「わ～！　何だよ～、これ！　気持ち悪い……」

ムースビックは、ライルの肩の上で震えていた。

ライルには、今、ムースビックを気遣うゆとりがなかった。ライルの瞳は、その二つの丸い玉に釘付けになっていた。じっと見つめていると、ライルはその丸い玉に一カ所だけ穴が開いているのを見つけた。

「あっ、こっちにも同じ穴が開いてる……。もしかして……、二つの穴って、このこと？」

「二つの穴って、この穴のことですか？」

ライルは、誰に話しかけているのか、辺りを見回しながら叫んでいた。

すると、ライルの頭上の光が、一瞬だったがピカッと輝いた。

「やっぱりこれなんだ……。ありがとう！」

ライルは、自分の首にぶら下がっているオルターストーンの首飾りを外すと、紐を解いてバラバラにし、その首飾りのシンボルである、幾つもの小さな小さな穴が開いた動物の牙のような飾りだけ二つを手にした。それから残りの飾りはまた紐に通し、首に掛け直した。

そしてライルは、自分の目の前に漂う二つの丸い玉のうち、一つを掴み取った。すると、その丸い玉はブヨーンと変形してしまった。少し力を加えるだけで形が変わってしまい、穴までも消えてしまう。

ライルは、優しく包み込むように丸い玉を押さえ、穴の中に、この大木の声がカギと言った、牙のような飾りを差し込んだ。すると、その飾りはスーッと丸い玉の中に吸い込まれてさっきまであった穴は塞がってしまった。

ライルは、もう一つの丸い玉にも同じように首飾りの飾りを差し込んだ。今、ライルの目の前に浮かんでいる透明の丸い玉の中央には、その飾りが見えていた……。

そして、それぞれのカギを持った二つの丸い玉は、また管の中にスゥーッと入って行った。すると、その丸い玉は、管の中で、細い、糸のような光を放ち始めた。その光は、今ライルが入れたカギの牙に開いた穴から放たれていた。

二つの丸い玉は、幾筋もの光の糸を放ちながら、ほかの丸い玉と一緒に、上へ上へと上って行った。

ライルはその二つの丸い玉を目で追っていた。その玉は、どんどん高く高く上って行き、やがてライルの遥か頭上の眩しいほどの光の中に吸い込まれていった。

その時、もの凄い閃光がライル達に降り注いだ。

「わあ〜！」

ライルがもの凄い大声で叫んだ瞬間、ライルの体はとても強い力に導かれるように暗闇の中を落ちていった。

やがてその光が消えた時、そこには静寂が戻り、誰の姿もなくなっていた。

ライルはついに、コバルリン森への入口を開いたのだ……。

そして今、ライルの小さな冒険がスタートしようとしていた。

六

十二月二十五日。午後二時四十分……。

モリルとメリル、そしてリシエが家に帰ってきた。今晩のクリスマスパーティーのためのたくさんの材料を抱え込んで……。

「ライル！　ただいまぁ〜。おーい、ライル、いないのか〜。ボルデさんからお前へのクリスマスプレゼント、預かってきたぞ！」

「おかしいわね？　また森にでも出かけてるのかしら……」

「俺、ちょっとライルの部屋を見てくるわ！」

「ええ、そうね！　私は早速、ご馳走の準備に取りかかるわね！」

モリルは、玄関奥の螺旋階段をゆっくりと上って行った。

トン！　トン！

「ライル、入るぞ！」

モリルはゆっくりと扉を開き、ライルの部屋へ入って行った。

「ライル！　いないのか？」

ライルの部屋は、ひっそりと静まり返っていた。部屋の中はきれいに片づけられており、ベッドも不自然なくらいきれいに整えられていた。

「本当にいないのか～」

久しぶりにライルの部屋に入ったモリルは、この部屋を造った時のことを思い出していた。その時、モリルの目が、ライルの机の上のフクロウのランプに注がれていた。

「ああ、懐かしいなあ。あのランプ……、俺が子供の時から使ってるんだよなあ。だだをこねて母さんに買ってもらったんだ。どうしても手に入れたかった。他の人の手に渡るのは許せなかった。まだちゃんと点くのかなあ」

モリルの足は、自然にそのフクロウのランプの置かれた机に向かっていた。そばまで来ると、モリルは、明かりを点けてみようと、そのランプにそっと手を差し伸べた。その時、モリルの目にその机に置かれた一つの封筒が飛び込んできた。

その封筒には、『親愛なるモリルとメリルへ　—ライルより』と記されていた。

モリルは、その封筒を手にすると、その場で急いで開け始めた。その中には、自分達に宛てた短い手紙が入っていた。

『大好きなモリルとメリルへ
黙って出かけること、ごめんなさい。
いつか、ううん、僕の誕生日の日、モリルが言ってたでしょ……。
僕、これから冒険の旅に行くことにしたよ。リムも一緒に連れて行く。
だから、心配しないでね。
じゃあ、行ってきます。
メリークリスマス！　—ライル
あっ、それとそこにある包みは、僕からリシエへのクリスマスプレゼントなんだ。
二人から渡しておいて！』

ライルの手紙には、何度も何度も書き直した跡があった。

「ふぅ〜……。そうか〜。ライルは、とうとう、コバルリン森へ行ったんだ……」

モリルは、そう呟くと、ステンドグラスのあるロフトへ上がって行った。そして、自分の作ったそのステンドグラスを感慨深げに、じっと見つめていた。

メリルは、やっとリビングに戻ってきたモリルに気がつくと、すぐに声をかけた。

「もう！　何してたのよ！　……ところで、ライルは？」

「いなかったよ……」

そう言うと、モリルは、ライルの置き手紙と小さな包みをメリルに手渡した。

「何？　もしかして私に？　……まさか、クリスマスプレゼント？」

メリルは、照れくさそうに微笑んでいた。

「いいや……。その手紙を読めば分かるさ」

「何？　何なのよ……。モリルったら変よ」

メリルは、モリルから渡された手紙を開いた。すると、メリルにも、それがどういうことなのか、すぐに理解できた。

「分かったわ……」

メリルは、ただそれだけ、自分に何かを言い聞かせるように呟いていた。

するとモリルは、リビングにメリルを残し、どこかへ行ってしまった。

モリルがいなくなると、メリルは崩れ落ちるようにソファーに座り込んでしまった。

「ライル……」

何も言わずにリビングを出て行ったモリルは、自分だけの場所、作業部屋へと向かっていた。モリルは、動揺している自分の姿をメリルに見せたくなかったのだ。

モリルが作業部屋の扉を開けると、部屋の真ん中に、一脚の素晴らしい椅子が置かれてあった。その椅子の背には、小さな紙がテープでとめてあった。


『完成したよ！

ルキンさんが気に入ってくれるといいけど……。

モリルから渡しておいて！

それと、サンガーさんにもよろしく伝えてください』

「そういうことか……。だからライルは、毎日あんなに夢中で……。あいつは、自分が、しばらく家に戻れないのを知ってるんだな。だから……。約束を守ったんだな……。あいつ、最後までやり遂げて行きやがった……。アハハハ……」

モリルは、そのことが嬉しかったのに、なぜか、涙が溢れてきた。

「今頃、ライルは、どうしているんだろう……。コバルリン森へ行けたんだろうか……」

真暗な闇の中。


何も見えない……。

何も感じない……。

何も聞こえない……。

本当に、何の音さえもない……。


「ここは、どこ?

僕はコバルリン森へ……」

薄れゆく意識の中、ライルは、オルターストーンの石を握り締めていた。

ライルに課せられた宿命とは、いったい何なんだろうか……。

そしてライルは無事にこの村へ、愛する両親の元に戻ってくることができるのだろうか……。

ライルの、いや、ライル達の真の冒険は、やっと始まったばかりだ。

著者プロフィール

卯月　あお（うづき　あお）

現在、愛知県に在住。

コバルリン森　―秘密の贈り物―

2003年12月15日　初版第1刷発行

著　者　卯月　あお
発行者　瓜谷　綱延
発行所　株式会社文芸社
〒160-0022　東京都新宿区新宿1－10－1
電話　03-5369-3060（編集）
03-5369-2299（販売）

印刷所　株式会社ユニックス

ISBN4-8355-6501-0 C0093